读客

读客知识小说文库

读小说，学知识

王晓磊　著

相声神探

看似一本正经搞笑，其实正儿八经烧脑！

3

梦中婚

河南文艺出版社
·郑州·

图书在版编目（CIP）数据

相声神探. 3, 梦中婚 / 王晓磊著. -- 郑州：河南
文艺出版社, 2023.9
　（读客知识小说文库）
　ISBN 978-7-5559-1549-2

　Ⅰ. ①相… Ⅱ. ①王… Ⅲ. ①长篇小说－中国－当代
Ⅳ. ①I247.5

中国国家版本馆CIP数据核字(2023)第155476号

著　　者	王晓磊
责任编辑	崔晓旭
责任校对	丁淑芳
特约编辑	黄雅慧
策　　划	读客文化　021-33608320
版　　权	读客文化
封面设计	刘小梅
出版发行	河南文艺出版社
印　　刷	三河市龙大印装有限公司
开　　本	680mm ×990mm 1/16
印　　张	20
字　　数	295千
版　　次	2023年9月第1版　2023年9月第1次印刷
定　　价	59.90元

目　录

序 幕
"圆粘儿"

民国十六年（1927年），天津。

老田深吸一口气，紧了紧裤腰带，挑起挂着水桶的扁担，健步如飞冲进人群。由于走得太快，桶里的水时不时溅出来，搞得来往行人纷纷躲避，唯恐弄湿鞋袜。有人皱着眉头抱怨："要疯啊！急什么？你家着火了？"老田却不理睬，依旧横冲直撞，人太多挤不过去时就模仿京剧《艳阳楼》里大恶霸的架势，高喊一声："闪开了！"

按理说老田已年过五旬，在"三不管"摆了半辈子茶摊，是个老实谨慎的小买卖人，不该毛毛躁躁。可今天不一样，因为此刻有两个重要人物正在他的摊上喝茶，他得马上赶回去。

这两人其中之一是利盛商行的少东家沈海青。利盛商行是全国驰名的贸易行，其业务涉及纺织、外贸、金融等领域，除了天津，还在上海、汉口、济南等地设有分公司，甚至把买卖做到了海外。大老板郑秉善不仅会做生意，而且人脉广博，在商界、政界都有一定影响力。可惜郑秉善中年丧偶，年过半百膝下无子，也没有兄弟侄亲，只有一个外甥，便是沈海青。海青的父母死于海难，他自幼被舅舅收养，虽然不同姓，却是利盛商行未来的继承人。俗话说"龙生龙，凤生凤，老鼠的孩子会打洞"，这句话在海青身上却失了灵，他虽然成长在商人家庭，受过新式教育，还会点儿洋文，在公司里挂名副经理，却没有经商的天赋，最大爱好就是混迹"三不管"，结交江湖艺人，尤其爱听相声，有时来了兴致还票上一段，这在大户人家看来绝对是离经叛道。然而也正因为海青有这宗爱好，老田才有机会与其结识。

三个月前，"三不管"逊德堂药铺失火，掌柜的被烧死了。南北交战，时局混乱，军阀政府哪把小民的生死当回事，巡警应付差事，不分青红皂白就把老田的女儿甜姐儿抓走顶罪。当时老田卧病在床，多亏沈海青路见不平，打通关系将甜姐儿救出来；又经侠盗小丑暗中调查，最终真相大白。作恶者虽遭恶报，却闹得沸沸扬扬，小报记者捕风捉影，纷纷刊出《利盛少爷诱骗卖茶少女》的桃色新闻。虽是添油加醋乱编故事，却启发了老田——若能攀上沈少爷这样的乘龙快婿该有多好！想来自家虽穷，女儿还算漂亮，而且从小跟随自己卖茶，聪明伶俐，任劳任怨，这么好的姑娘难道沈少爷一点儿也不动心？若能攀龙附凤得此佳婿，莫说父凭女贵，单是聘礼就很可期，到那时再不用受累，棺材本就算有着落啦！所以一旦遇见海青，老田就竭力奉承，挖空心思要把他和甜姐儿撮合到一起，即便门不当户不对，也要努力争取，哪怕将来叫女儿做小，嫁过去当姨太太也好呀！

另一个"重要人物"是说相声的，艺名"小苦瓜"。此人贫嘴贱舌，流里流气，还是无父无母的孤儿，连个真名实姓都没有，瞧见他老田就气不打一处来。其实追根溯源，这麻烦还是老田自己招来的，当年老田看小苦瓜无依无靠甚是可怜，经常白给他茶喝，哪知日久天长这小子竟与甜姐儿混熟了，总在一起玩耍；年少时倒也罢了，如今他们渐渐长大，还在一处耳鬓厮磨，难免惹人闲话，若是女儿不争气，对那小子产生爱慕之情，甚至被那小子占了便宜，可如何是好？老田辛辛苦苦大半辈子，早就穷怕了，可不想再招个说相声的女婿，必须把那小子盯住。无奈小苦瓜与沈海青关系特别好，焦不离孟，秤不离砣，总是一起来喝茶，每当这时老田就忙得团团转，既要讨好沈少爷，又要防备小苦瓜，还得兼顾别的客人，连出来挑水都不省心。

从井台到茶摊距离并不近，快到中午正是热闹时候，逛"三不管"

的人来来往往，摩肩接踵，但架不住老田心急，又嚷又叫一路小跑，竟然只用了十分钟，撂下挑子好一阵喘，抬头一看——海青和苦瓜正在喝茶聊天，甜姐儿却远远蹲在一旁，扇着炉火。

老田暗自松口气，却又有几分失落，喜的是苦瓜没趁机跟女儿套近乎，忧的是女儿对贵人毫不挂心。他连忙张罗："丫头，怎么就知道扇炉火？招呼客人呀！沈少爷难得来咱小茶摊一趟，贵足踏贱地，人家是稀客……"

一语未落就听女儿顶回来："您说这话不亏心吗？他一个月少说来八趟，成天在'三不管'瞎混，连附近卖煎饼馃子的都跟他认识了，算什么稀客？"

"你……"这是事实，老田无法否认，"小买卖和气生财，礼多人不怪，你跟他随便聊几句也好呀。"

甜姐儿眼皮都没抬，依旧摇着蒲扇："没工夫！三天两头见面，哪这么多闲话可聊？不是已经沏上茶了吗，难道还要我喂他喝？"甜姐儿的话虽然夹枪带棒，却不是针对海青，而是讨厌父亲嫌贫爱富的嘴脸，故意对着干。

"唉！"老田拿女儿没办法，只得亲自出马，"沈少爷，今天这茶您喝着怎么样？"

海青脾气随和，笑着敷衍："挺好的，劳您费心。"

老田掀起茶壶盖，假模假式瞅了一眼，立刻变脸作色："丫头，你怎么给少爷沏高末呢？拿好茶叶呀！"

小苦瓜冷眼旁观，早知他心里打什么算盘，憋了一肚子气，这会儿见他装腔作势，实在忍不住，讽刺道："大叔，受累打听一下，您这买卖是正兴德还是庆林春？[1]'三不管'的野茶摊，两张桌子四张凳，连顶棚都没有，能有什么好茶叶？能解渴就行了，我们就为歇歇腿儿，便宜话不够您说的。"

老田听闻此言满面通红，却依旧嘴硬："你小子别瞧不起人，怎么

---

[1] 正兴德，天津著名茶庄；庆林春，北京著名茶庄。

没好茶？我还藏着几两龙井呢，地地道道的明前茶……丫头，快给少爷换好的。"

"别别别！"海青赶忙摁住壶盖，"不换了，就喝这个吧。"他不好意思说破——您的龙井我领教过，确实是明前茶，却不知是哪一年清明节以前的，早就没味儿了，还不如这个呢！

老田表面装腔作势，但尚有自知之明，赶紧见好就收："不换？那可委屈您了，怪不好意思的。您这样大户人家的少爷，什么好茶没喝过，能来照顾我这小买卖，是我上辈子修来的福气。何况您还救过我们丫头的命，我就更过意不去了，所以……"

"我明白。"苦瓜坏笑着接过话茬儿，"您心里总过意不去，常言说得好'升米恩，斗米仇'，恩情大了没办法回报，招待不好反倒容易得罪人。所以今后就别让沈少爷来了，省得您为难。"

"不！我不是这意思！"老田狠狠瞪他一眼，又挤出笑容，接着向海青献殷勤，"您别听他瞎说，我心里盼着您来，天天来才好呢，一看见您我就高兴……"

"瞧出来了。"苦瓜继续捣乱，"挑水才去了十分钟，再练练您都能参加奥运会了，要不是急着见少爷能这么快？只要少爷一来，您就好比年糕掉进鞋窠里——又黏又甜又跟脚！"

"你别插嘴！"老田不受他干扰，依旧逢迎，"我打心眼儿里喜欢少爷，感激少爷，可我这小门小户的又无以为报，少爷若不嫌弃，咱能不能拉拉关系……"

"懂啦！"苦瓜高声打断，"您要跟沈少爷拜把兄弟！"

"对……不对！"老田脑子都被他搅乱了。

"那就是想找少爷借钱。"

"胡说！"老田生气了，"你哪儿这么多废话！"

"我这不是捧着您聊吗？"

"我又不说相声，要捧哏的干吗？再插嘴我赶你走。"

"凭什么？我也是客人，又不欠茶钱，动不动就撵人，您这是买卖话吗？"

"你那一分两分的我不在乎，没有小白菜，照样办酒席！"

海青瞧他俩越说越僵，就快掐起来了，赶紧打圆场："苦瓜，少说两句吧，大叔是一片热心，你别总开玩笑……大叔，您老也不必客气，要总是这样特殊对待，以后我可不敢来打搅了。"

"是是是。"老田压低声音讪笑，"您请自便，我这就躲开。您这样的人物来逛'三不管'，传出去名声不好，就好比皇帝微服私访，万万声张不得，我懂我懂……"

话虽这么说，老田仍不甘心，每隔几分钟就过来献殷勤，一会儿茶烫了，一会儿水凉了，要不就拿起抹布在桌上一通乱擦，仿佛这张桌子特别容易脏似的，搞得海青和苦瓜不胜其烦。其实老田的心思他俩都明白，之所以还忍着尴尬来这儿喝茶，一是为照顾甜姐儿生意，二是为了听唱片。

自从上次火灾，田家的茶摊就换了地方，挪到相声场子附近一家南货店窗下。这家店为招揽生意在门口摆了一台留声机，播放曲艺唱片，田家父女近水楼台，借此吸引客人，许多人光顾茶摊不为喝茶，就为听听曲、歇歇腿；当然，作为交换，老田必须无偿为这家店提供热水，有时还帮忙做饭。苦瓜颇有上进心，总想磨炼技艺，可他没钱也没时间去观摩诸多名家的表演，听唱片也是一种学习，无奈他又买不起留声机，只能来此听蹭儿；海青倒是有留声机，但他贪爱热闹，什么戏曲、曲艺，乃至外国的交响乐、爵士乐，没有不听的，不单在家听，在外面遇见也不错过。既然两人都喜欢，有白听的好事自是多多益善。

今天这家店放的是一张鼓曲唱片，乐亭大鼓《独占花魁》，单弦伴奏，唱曲的是位女艺人，敲着大鼓，打着梨花片。海青不止一次在茶馆里见过乐亭鼓曲，每每听来都觉得有趣，虽然唱腔只有上下两句，循环往复，曲调简单，但酸溜溜、软绵绵的，十分悦耳，一点儿都不枯燥，所以天津人戏称其为"醋熘大鼓"。

这张唱片的词句也很俏皮：

　　姻缘那个有分天意该当，说书讲古都是劝人方……秦重我来至大街留神观望，胶皮车上坐定了一位美貌的姑娘。只见她黑铮铮的乌云黢黑瓦亮，耳戴着金坠子又把那个珠子镶；大红的胭脂涂在她那珠唇上，糯米粒的银牙又把那个金牙套儿镶；上身穿，鼓格的小袄儿本是一个时兴样，胳膊腕的镯子它是亮又光；肥中衣儿宽裤脚得把那空气放，小金莲真不大将够那二寸长；上海式的小坤鞋蹬在她的双足上，丝线的洋袜子又挺老长，颜色是淡黄……

听到这儿海青不禁失笑："为何是这样的唱词？不合理嘛。"

"有啥不对？"苦瓜诧异。

"这段故事我知道，《卖油郎独占花魁》是《醒世恒言》里的一篇小说。"

"什么盐啊、糖啊的，不懂。"

海青知他不识几个字，没读过书，耐心解释："《醒世恒言》是明代文人冯梦龙的小说集，其中《卖油郎独占花魁》写的是宋朝时候的事，可你听鼓词里唱些什么？坐洋车，镶金牙，花魁还穿着丝袜、高跟鞋，宋朝人能是这种打扮吗？"

"嘻！这不新鲜，是你少见多怪。还有人编了段《新杜十娘》，那里面杜十娘还坐轮船、打电话呢。"

"荒唐！真是不伦不类。"

"不伦不类？嘿嘿，我看你这种人是典型的得便宜卖乖，听曲时摇头晃脑，有滋有味，听完又挑毛病，一层布做夹袄——反正都是理儿！事事皆有变通，如今什么都讲究赶时髦，把古代故事放到今天演，这样才有噱头，能叫座。"

"我不否认新段子能叫座，但是传统故事很经典，不宜乱改，这样古事新说未免不雅。"

"什么俗了雅了的，那是你们吃饱饭的说辞，我们作艺的只知挣钱糊口。似《独占花魁》这类故事，评书也说，曲子也唱，还搬到了戏台上，估摸演了上百年，现在的艺人若还是老词老句、老腔老调，怎么吸引观众？甭管是俗是雅，先挣钱填饱肚子吧。再说江湖艺人的玩意儿也不是一成不变，昨天唱一个味儿，今天又是另一个味儿，要看观众喜欢哪样才能定下来，总得不断改良嘛。比如这乐亭大鼓，就是近年兴起来的，以前没有。"

海青颇感意外："乐亭不是地名吗？直隶省乐亭县，那里原先没有唱大鼓的。"

"有，但乐亭当地的鼓书跟天津、北京唱的乐亭大鼓根本不是一回事。咱这边流行的乐亭大鼓起源于京郊的平谷县，只不过曲调更优美，因为用梨花片伴奏，所以又叫'铁片大鼓'。"

"我又不明白了。鼓书艺人手里打的铜片、铁片，为什么叫'梨花片'？形状也不像梨花呀。"

"'梨花片'是好听的叫法，其实是'犁铧片'。"

"那是什么东西？"

"不愧是大户人家的少爷，衣来伸手，饭来张口，连这都不懂。犁铧是农具，耕地翻土用的，若是田里有石头、瓦块之类的硬东西，一不留神就把犁头崩了，折断的碎片敲起来声音清脆，索性拿它当乐器，唱曲时打节拍。如今艺人用的片都是专门找匠人做的，半月形，有的非常讲究，只不过沿用老年间的旧称，还叫犁铧片。"

"原来如此。"海青不住点头——不单书本上的是学问，世俗民情更是学问。

说到这儿，苦瓜勾起一桩烦心事："自从新曲种、新节目兴起，女艺人越来越多。当年我刚开始学艺时哪有什么女艺人，顶多是妓院的歌手[1]在落子馆[2]唱小曲，跟我们井水不犯河水。不过就是这七八年光景，各处园子都有了女艺人，一个个花枝招展、燕语莺声，只要她们登台，观众就跟扎了吗啡针一样，扯着脖子叫好。有一次我在茶楼演《大保镖》，连说带比画，累得一身汗也没要下几个好；我后场那个唱大鼓

---

1 歌手，歌妓。
2 落子馆，曲艺场，早期是专供妓女演出的场所。

的，上台半个字还没唱，朝下面抛个媚眼儿，顿时满堂彩，这玩意儿上哪儿讲理去？像《独占花魁》这类段子也是为了配合女艺人，她们搽胭脂抹粉，穿旗袍，烫着头，跟唱词里的花魁一个打扮，这样的节目能不叫座吗？唉！辛苦学艺不如盘儿尖条儿顺[1]，照这样发展，以后长我这副模样的还有活路吗？真是……"

苦瓜兀自唠叨着，海青却已走神儿，不由自主地往东边瞧——事有凑巧，此刻就来了一位"盘儿尖条儿顺"的时髦女郎。

那女子袅袅婷婷坐在洋车上，瓜子脸白嫩嫩，通关鼻梁，双眼皮，烫着燕尾式卷发，涂着醒目的口红；身穿玫瑰紫的丝绒旗袍，前襟绽放着一朵金线刺绣的牡丹花，肩上搭着米色围巾，露出雪白的臂膀，越发显得她身材匀称、体态窈窕；再往下瞧，旗袍的开衩直到大腿，淡黄的丝袜，一双尖尖巧巧的新式高跟鞋，在美艳之余又给她添了几分诱惑力；挎着小皮包，嫣然一笑百媚生，跟《独占花魁》里唱的一样。

"三不管"地方杂，不单有艺人和小贩，还有市井无赖、地痞流氓，罕有女子敢如此招摇。她乘洋车在街上一过，引得众人纷纷侧目，好个亮眼的摩登女郎！有个挑扁担卖水果的瞧她出了神，不小心绊个大马趴，滚了一地的苹果、石榴；有个剃头的瞧她出了神，一刀下去竟把客人的眉毛刮了；还有个炸馃子的也看她，糊里糊涂把擀面杖扔油锅里啦！

海青何尝不是两眼发直？一来觉得这女子漂亮，二来似乎曾在哪里见过。却见那洋车渐渐跑近，竟是直奔茶摊而来，眨眼间已停到面前。海青这才想起——她不是唱大鼓的小翠宝吗？

小翠宝自幼被一对牙行[2]的夫妇收养，不到十岁就在茶馆卖唱，一开始是学唱时调、莲花落，后来专攻梅花大鼓。她颇具天赋，又肯下苦功夫，渐渐在"三不管"有了名气，尤其近几年出落得美丽动人，色艺双绝，怎能不叫座？如今她不仅在多家曲艺园子献艺，还经常应邀前往堂

---

1 盘儿尖，相貌漂亮；条儿顺，身材匀称。
2 牙行，联络买卖、抽取佣金的交易人。

会演出，年纪轻轻已是知名艺人，风头直追"梅花鼓王"金万昌。

海青又忆起，两个月前翠宝和苦瓜都在同乐茶楼献艺，她的场次就排在苦瓜后面，如此说来，令苦瓜郁闷不已的女艺人岂不就是她？想至此回头一看，苦瓜满脸堆笑，嘴咧得快到后脑勺了，又是招手又是打趣："哟！刚才我还纳闷儿，怎么'三不管'这破地方突然霞光万道、瑞彩千条，一股仙气儿直撞我脑门儿，原来是大美人来啦！我的宝姐姐，咱可有日子没见了，近来可好？"

海青窃笑——心里嫉妒，见面却甜言蜜语，变脸比翻书还快，不愧是老江湖！

小翠宝充耳不闻，依旧倚在洋车上，直到车夫撂下车把，恭恭敬敬地退到一旁伸手相搀，她才慢悠悠起身，扶着车夫手臂款款走下来；双脚刚落地就掏出帕子擦手，似乎是嫌车夫身上不干净，好一副娇贵样儿，磨蹭好一阵子才抬头，轻轻扫了一眼苦瓜："你叫我什么？宝姐姐？拿自己当贾宝玉呀，也不找块镜子照照自己。"她的嗓音甜甜的、柔柔的，初听感觉有点儿沙哑，却仿佛有股磁力，能把大家的耳朵牢牢吸住。

海青还是第一次近距离观察翠宝，只见她戴着珍珠耳坠，胳膊上有个碧绿的玉镯，手指上还有一枚金光闪闪的戒指，珠光宝气，富贵招摇，不明底细的一定以为她是大户人家的阔小姐呢！亭亭玉立、皓齿明眸，笑起来更美，只是那笑容慵慵懒懒、冷冰冰的，就像是敷衍，似乎根本没把苦瓜放在眼里。

苦瓜却不在意，继续跟她开玩笑："一根筷子吃藕——挑眼啦！不让叫姐姐，我叫你宝妹妹。"

"那你岂不成了呆霸王薛蟠，草包一个？"

"嘿！武大郎攀杠子——上下够不着。你说怎么称呼是好？"

翠宝一脸不屑："甭姐姐妹妹的，有你这样的兄弟实在不光彩，咱还是生分点儿吧。"

"这话叫人伤心。"苦瓜虽是玩笑的口吻，也确实觉得寒心，扬手不打笑脸人，才两个月没见，怎么如此轻视自己？就算出名也不该如此傲慢呀！他心里不痛快，脸上却还笑呵呵的，"乍穿新鞋高抬脚，发财不认老乡亲。亏我还时常惦念你，吃也想着你，喝也想着你，一拿起窝头我就想到你……"

"你拿我当咸菜呀！"

"别生气，开玩笑嘛。自从你离开同乐茶楼，一晃两个多月，听说你越发出息，能到歌舞楼演出了。今天咋这么闲在，跑回'三不管'了？"所谓"歌舞楼"是一家茶社，坐落于法租界泰康商场的三楼，档次比同乐茶楼高得多，最知名、最当红的艺人才能在那儿演出，观众也多是富裕人士，收入更非"三不管"可比。

翠宝摇着雪白的手帕，抿嘴笑道："你以为我愿意过来呀？是同乐茶楼的万掌柜央求我干娘，死说活说非叫我回来演，还把我的包银翻了三倍。虽说同乐茶楼的台子不大，但毕竟是多年的老关系，万掌柜瞅着我长大的，你说我好意思拒绝吗？千难万难人情最难，只能多辛苦，再赶一场吧。"

海青在旁听了皱眉——同乐茶楼虽然比不上歌舞楼，却也是响当当的字号，在"三不管"久负盛名，捧红过许多名角，不是一般"撂地"艺人能去的，苦瓜卖艺多年又蒙前辈提携，才勉强登上同乐茶楼的舞台，翠宝竟然将其贬得一文不值，太狂啦！

苦瓜在心里咬牙——多拿两倍的钱，还假装不情不愿，这不是故意气我吗？却强忍着道："好啊，咱又能多亲近了……哪天开演？"

"明天开始，我应了一个月。"

"才唱一个月？还是你抢手，好吃不多给呀！"京津两地的曲艺场多以春节、端午、中秋三大节划分艺人档期，通常连演三四个月，只唱一个月的情况很少。

"这一个月里我攒底[1]。"曲艺演出都以京韵大鼓攒底，罕有以梅花大鼓攒底的，翠宝有此待遇难能可贵。

"嚯！从今以后我得称呼您'翠老板'啦！"

---

[1] 攒底，曲艺术语，最后一个登台表演，往往是由最有声望、艺术水平最高的演员担当。

"甭客气，咱互相关照。"话虽如此，翠宝却轻挑嘴角傲然一笑，俨然舍我其谁的架势。

"明天打炮唱哪一段？"

"《鸿雁捎书》。"这段《鸿雁捎书》是昭君出塞的故事，王昭君被奸臣陷害出塞和亲，半路上借大雁传书寄托思乡之情。

"真应景！您这位昭君声名远播，确实走出去啦！不过……"苦瓜话锋一转，"翠老板，您是从高雅地方来的人，恐怕不熟悉'三不管'吧？我给您提个醒，'三不管'这地方比不得租界，三教九流，鱼龙混杂，满街的流氓混混儿。您身上又是金又是玉的，太阳一照锃光瓦亮，跟个大灯泡似的，引来坏人可不是闹着玩的，东西遭抢不要紧，您不就吃亏了吗？"这话明是提醒实是挖苦——翠宝何尝不是自"三不管"走红的？刚离开几天就忘了本，您还有脸自比昭君思念故乡？

海青捂嘴窃笑——这话多损呀！

翠宝也是老江湖，岂能听不出弦外之音？她既不羞也不恼，还是不紧不慢的态度，口气却强横起来："敢抢我？谁这么大胆？前几天我干爹就把话放出去了，哪个不长眼的敢动我一根汗毛，打折他狗腿。"

"厉害呀！不过这话从您嘴里说出来听着耳生，冒昧打听打听，您哪来这么一门好亲戚？"苦瓜深知翠宝底细，她养父死得早，养母一直守寡，何时又冒出个干爹？

"说出来你也认得，我干爹就是咱们'三不管'的张七爷。"

她说得轻巧，苦瓜和海青听了都感到惊讶——这位"张七爷"本名叫张春贵，非良善之辈，表面上是饭馆老板，实际上是天津有名的混混儿，江湖诨号"鬼难拿张老七"，手下有几十个流氓打手，整日打家劫舍、欺行霸市、勒索钱财、作威作福，向艺人和商铺索取保护费，乃是南市一霸。

翠宝晃了晃腕上的镯子，炫耀道："前几天七爷请客，非要认我当干女儿，别人上赶着还巴结不上呢，天降福分我岂能不接着？当即磕头叫爹，他还送了我这只镯子呢。"

翠宝有张老七当靠山，苦瓜不得不忌惮，撇嘴道："真好！你真是越混越露脸，木偶戏上台——后头有人！你福分不浅呀。"这话阴阳怪气，实在不像恭维。

"哼！"翠宝白眼一翻，"这年头谁有本事谁吃肉，你挣不到钱是你本事不济。别以为风凉话我听不出，我是看在甜姐儿的面子上让着你。'一年小，二年大，越发惯得你不老成！'[1]"她训斥苦瓜几句，转而招呼甜姐儿："好姐们儿，这一路过来渴得厉害，快给我来碗茶……"

海青还是头一遭见苦瓜吃瘪，竟有些幸灾乐祸，忙凑过去咬着耳朵揶揄："你这张嘴不是挺能说的吗？接着说损话呀！哈哈，人家的干爹厉害，不敢招惹了吧？"

"你懂什么？俗话说得好，'干亲一进门，不是借钱就是害人'。认张老七这样的干爹，不是吉兆。"

海青好奇："翠宝读过书吗？"

"没有，买来的孩子，谁管她念书？"

"又是宝玉又是薛蟠的，她对《红楼梦》很熟呀。"

"你听曲不用心，梅花大鼓的唱段多是《红楼梦》的故事，她凭这个吃饭，能不熟吗？"

甜姐儿虽不是艺人，但自小在"三不管"长大，与翠宝是好姐妹，刚才见翠宝下车，早擦干净一只碗，倒上新沏的茶，轻轻地吹了又吹，这会儿已凉得不凉不热，正好递过去："你这疯丫头，一门心思钻钱眼儿里去了，一别两个月也不来看看我，快喝吧。"

翠宝也不客气，一仰脖喝了个干净，这才抱怨："傻丫头，我岂能不想你？只是天天赶场，始终不得闲，倒是愿意找你聊聊，哪有工夫呀？今儿碰巧路过，我干娘在同乐茶楼跟万掌柜聊买卖呢，我一会儿过去找她。"说着拿手帕小心翼翼擦着嘴角，唯恐弄花了口红。

甜姐儿感叹："人人都说你越来越漂亮，我倒觉得你瘦了。钱是好东西，但也得注意身体呀。"

---

1 梅花大鼓《劝黛玉》的唱词。

"你又不是不知道，有干娘她老人家在，我能做主吗？我是拉上套的牲口，一刻也歇不得，快别提这个……"翠宝挤出一丝微笑，"我呀，快熬出头啦！"

"怎么？攒了大笔钱？想要……"

"我订婚了。"

"订婚？"甜姐儿一愣，"真的？"

"你这傻丫头，当然是真的，岂能拿这个开玩笑？"

"和谁？"

翠宝笑得越发灿烂："有钱人家的少爷。"

"真的？"甜姐儿半信半疑。

"老天爷，我说的句句都是实话，你怎么不信呢？"

"多大年纪？"

"二十一岁。"

"阿弥陀佛！"甜姐儿松口气，"我还怕你干娘贪图钱财，把你许给老头子呢。"

"放心。"翠宝眉飞色舞一脸幸福，"我那未婚夫不老不小，不瘸不瞎，不疯不傻，人家是大户出身，上过学堂，还会画西洋油画呢。"

"他是画师？"

"不是，画着玩的，我在他家见过，花花绿绿的可好看了。他家有的是钱，住着大宅院，光是用人就养了几十个，我干娘要多少彩礼人家都愿意出，而且他高高的个子，不胖不瘦，双眼皮，高鼻梁，端端正正，一表人才，可英俊呢。"

甜姐儿扑哧一笑，刮着脸皮道："疯丫头，亏你说得出口，未过门的姑娘夸姑爷，羞羞羞！"

"这有什么害臊的？婚事都定下了，早晚是两口子嘛。我二人是吐不尽的情丝，丝里春蚕……"

"你怎么还唱上了？"甜姐儿笑罢又有些疑心，"该不会……是做二房吧？"

"说什么呢？"翠宝杏眼一瞪，"我可从来不看别人脸色活着！我们是明媒正娶，嫁过门就是一品少奶奶。"

"好好好，那可要恭喜你了，少奶奶。"

言者无心听者有意，老田假装往茶碗里续水，凑到旁边把她俩的话听了个真切，羡慕得两眼发红，赶紧在女儿耳畔敲边鼓："就知道恭喜别人，你自己也长点儿心吧。人活着要是不用心，就算天上掉馅儿饼也接不住。瞧人家翠宝姑娘，攀上如意郎君了，又体面又享福，你怎么就分不清好赖呢？人往高处走，水往低处流，鸟儿奔着高枝飞，有机会就得抓住啊！"

甜姐儿回头瞥了一眼："爹……"

"你还知道我是你爹呀？那就别把我的话当耳旁风。"

"爹……"

"别跟我讲歪理，人活着不就图个实惠吗？"

"爹，您别……"

"我是为你好，你娘要是活着也得……"

"爹！别倒了！水都溢出来了。"

"哦。"老田赶紧放下茶壶擦桌子。

翠宝见老田这副狼狈相掩口而笑，却道："傻丫头，其实你爹说得对。鼓词里唱得好，'春光有尽情无尽，人过青春无年少'，将来的事你也该想想了。有没有心上人？"

"我……"甜姐儿下意识扫了一眼坐在一旁的苦瓜，脸色微红，这话怎好当面提？噘起小嘴假装生气，"今天怎么了？小马拉大车，连你也跟着起哄。"

"我是认真的，没开玩笑。"翠宝说着打开皮包，从里面掏出一包香烟，划火柴点着吸起来。

老田眼睛一亮："嘿！三炮台，好烟啊！给我来一支。"这种三炮台牌香烟由英美烟草公司生产，是市面上价格最贵的烟，一般市民抽不起。

翠宝很爽快，把那盒烟往桌上一撂："大叔，我来得仓促，没给您带东西，这包烟才抽两根，剩下的孝敬您，别嫌弃。"

"好姑娘，多谢多谢。"老田如获至宝，赶紧揣进怀里。

"爹！您一大把年纪，怎么还张口向人家要东西？不害臊。"甜姐儿嗔怪父亲两句，又扭脸埋怨翠宝，"你原本不吸烟，何时添了这毛病？要是呛坏嗓子还怎么唱曲？"

"无所谓……"翠宝猛吸一口，吐着烟圈慢悠悠道，"反正我就要享福了，以后不愁吃、不愁穿，不必吃苦受罪，哪还用卖唱？"

"我倒忘了，你快嫁人了嘛，大宅门的少奶奶跑出来卖艺，岂不成了笑话？以后大门不出二门不迈，老老实实生儿育女吧。不过也不能抽太多，留神公公婆婆挑你的毛病，哈哈。"

"别打岔，说正经的……你羡慕我吗？"

甜姐儿一怔，没料到好姐妹会问出这句话。她凝神注视翠宝，见她春风得意，满面笑容，跷着二郎腿，一手托腮，另一只手夹着烟卷，宛如广告画上的大美人，隔阂感油然而生——这还是那个亲亲热热一起长大的好姐妹吗？甜姐儿自惭形秽地低下头，以细不可闻的声音回了句："羡慕……"

"哈哈哈。"翠宝仰面而笑，"有啥羡慕的？俗话说得好，男怕入错行，咱穷人家的姑娘何尝不是一样？都是迫于无奈挣钱养家，你卖茶我唱曲，这才有了分别。其实论相貌你不比我差，只是不会打扮，整天就是穿着这条破围裙；论性情你比我好，又温柔又厚道，男女老幼没一个不说你好的；即便论嗓音你也不赖，甜甜脆脆，喊一声'卖茶'能传出半里地。当初你若是学艺唱曲，兴许都没我的饭碗了，一等一的天赋，真是可惜喽！"

苦瓜早就顾不得唱片了，听闻此言不禁斜眼看她——越说越过分，这不是奚落甜姐儿吗？

甜姐儿也真好脾气，只赧然道："你抬举我了，我从小就笨，哪是学艺的料？根本比不上你……还喝吗？再斟一碗。"

"慢着。"翠宝攥住甜姐儿的手。

"干什么？"

"我看看，最近学了点儿相法。"她轻轻掰开甜姐儿的手指端详着，就像观赏一件工艺品，"啧啧啧！十指尖如笋，腕似白莲藕，多美的一双手呀。天生你这双手，应该是富贵命，出门坐洋车，回家住绣楼，吃的是燕翅席，穿的是绫罗绸，使奴唤婢，众星捧月，万种风流！可恨老天不开眼，怎就叫你托生在穷人家，当了野茶摊的卖茶姑娘呢？冬天迎风冒雪，夏天顶着老阳，端茶倒水，劈柴烧火，又是挑扁担，又是抓煤球，把一双富贵手糟蹋得黑不溜秋。你可真是小姐的身子、丫鬟的命呀！哈哈哈……"

眼见甜姐儿平白无故遭此戏耍，苦瓜心里冒火，平日的幽默豁达全抛到九霄云外了，便要起身与翠宝争执。海青知他一沾甜姐儿的事便要认真，忙摁住他肩膀低声提醒："人家女孩子说话，你急啥？好男不跟女斗，不就是几句闲话吗？别理她。"

甜姐儿呆愣在那里，也低头看着自己的手。她感到的不是屈辱，而是痛心，当年一处嬉戏的小姐妹，如今怎么变成这样？她挤出一丝苦笑，怅然道："哪有什么天生富贵？这都是命啊！"才分别几个月心就变了，世人的命运谁说得准？

"傻丫头，难过了？跟你闹着玩呢。"翠宝收起笑容，绕着圈上上下下打量甜姐儿，"当初都在一起混窝头，如今我找到乘龙快婿，岂能忘了好姐妹？放心吧，我一定会照顾你。你模样是模样，身段是身段，只是没钱打扮。不要紧，改天你到我家去，我给你换几件体面衣服，要绸缎的、丝绒的，再戴几件首饰，金的、银的我都有。别梳这辫子了，咱找理发店师傅，烫个最新式的飞机头……"

苦瓜终究管不住嘴，冷笑着插话："您那飞机底下挂炸弹吗？"

"呸！你懂什么？那是烫出来的发卷。"翠宝瞥了苦瓜一眼又回头拉住甜姐儿的手，"只要你按我说的打扮，肯定是沉鱼落雁倾国倾城。以后咱天天在一起，若有达官贵人请我吃饭，你跟我一起去，我就说你是我妹妹，一定把他们迷倒！你守着这么个破茶摊，三文两文的买卖，能遇到什么好姻缘？你跟着我，莫说有机会遇上有钱有势的男人，即便挨不上，也有玩有乐，得吃得喝。你就享福吧！"

"不，不……"甜姐儿连忙退后。

"羞什么？"翠宝轻笑，"怕见生人？唉！你聪明伶俐，慧敏心细，就是面子太薄，小家子气。也罢，我绝不让你为难，你只要老老实实陪在我身边，拎拎包，赔赔笑，再帮忙做点儿家务就行，将来等我嫁入豪门，少不了你的好处。"

　　"我不……"甜姐儿有些害怕，仿佛已不认识眼前这个人，吓得直缩手。

　　翠宝兀自不放："傻丫头，怕什么？今儿我刚好带着十块大洋，我的就是你的。走！我领你买双漂亮的新鞋去。"

　　苦瓜再也看不下去，腾地站起来，却见老田已抢先一步拦在甜姐儿身前，点头哈腰，笑盈盈道："翠姑娘，你的好意我们心领了，好东西你还是自己留着吧。这大忙忙的，来往喝茶的人多，丫头实在离不开，改天再让她陪你。"老田虽然自私却不糊涂，他妄想把甜姐儿嫁给海青固然是嫌贫爱富，但也是因为海青为人善良、知根知底。若是让翠宝把甜姐儿领走，到外面乱交朋友那还得了？再说翠宝如今是张老七的干女儿，少不了跟不三不四的人打交道，若遇到流氓淫棍，岂不把闺女害了？

　　"什么？"翠宝倏然变脸，方才的妖媚全然不见，将烟头往地上一扔，"您这话什么意思？是不是瞧不起我呀？我可从来不看别人脸色活着。不是姑娘我说大话，凭我的财力，买十个你这样的小茶摊也够了。我顾念旧情才肯领你闺女出去见世面，这是给你们老田家增光，懂不懂？"

　　小买卖家轻易不得罪人，翠宝的话已经很难听了，老田依旧和颜悦色，称呼却改了："翠老板，谁不知您是鼎鼎大名的角儿？我就是瞧不起我亲爹，也不敢瞧不起您呀！我这一把年纪笨嘴拙舌的，说错话也是难免，您别跟我一般见识。"

　　"别来这套……"

　　翠宝还想再说什么，苦瓜却在她背后冷冰冰道："甜姐儿不会跟你走的，她跟你不一样，只会卖茶，不会卖别的。"

　　"你这话什么意思？"翠宝转过身，目光如刀尖般射向苦瓜。

说相声的都为人诙谐，不爱与人争斗，可凡事关心则乱，今天苦瓜一心要为甜姐儿出气，也杠上了："什么意思你心里知道。"

　　"我不知道！"

　　"别揣着明白装糊涂，有些事是清水下杂面，你吃我看见。非要逼我说出难听的话来吗？"

　　他二人愤然对视，眼看就要撕破脸皮大闹一场。海青急得抓耳挠腮，不知如何劝解，老田忽然上前一步，指着苦瓜破口大骂："小兔崽子！你又喝酒了，是不是？不知哪个丧门星养下你这野种，整日招灾惹祸。灌完马尿跑到我这儿撒野，疯言疯语的，把客人都得罪了，这不是成心捣乱吗？幸好翠老板宽宏大量，好鞋不踩臭狗屎；若是碰上仗势欺人的浑蛋无赖，早就勾来同伙把你小子活活打死啦！"

　　海青心中暗赞——姜还是老的辣！田大叔表面喝骂，实则袒护。他怕翠宝叫来混混儿打苦瓜，故意这么说，如此一来翠宝就不好意思当"仗势欺人的浑蛋无赖"了。

　　"翠老板，"老田骂完苦瓜又接着央求，"您多体谅，要是闹起来，我这小买卖不就搅了吗？您是菩萨心肠，又是多少年的旧交情，得给我们父女俩留条活路啊！"

　　"哼！"翠宝怒气稍息，"实话告诉您，我带甜姐儿走绝非歹意，一是想带她见见世面，再者我身边缺个陪衬的人，将来嫁进大宅门也需要有知心的。只要您老愿意让甜姐儿跟着我，以后每月给您十块大洋，您同不同意？"

　　"呵呵，她一个卖茶的，邋里邋遢，不懂人情世故，见了达官贵人连句好话都不会说，带她出去肯定给您丢脸！再者……"

　　"少废话！我就问您一句，同不同意？"

　　老田愣了片刻，满是皱纹的脸庞抽动两下，轻轻叹了口气，却笑得更加和善："翠老板，这事儿我不能同意。跟您直说吧，我们家穷惯了，烂泥扶不上墙，祖坟上没长富贵蒿子，实在攀不上贵人，更不敢占您的便宜……"说着从怀里掏出那盒三炮台香烟，双手捧着毕恭毕敬交回翠宝手里，"您就当我是个不识好歹的傻子，别搭理我们了。"

翠宝似是没料到老田会说出这样一番话，攥着香烟呆呆出神。

苦瓜眼见此景，肚里比吃了凉柿子还痛快，多年来头一次觉得老田可敬，便在旁边再添一臂之力，朝海青嘀咕道："人家都说出绝交的话了，还赖着不走，多没意思呀。关云长放屁——不知脸红！"他嘀咕的声音不大不小，恰好能让翠宝听见。

翠宝回过神来，先看了老田一眼，又回头瞅瞅苦瓜，最后目光落到呆若木鸡的甜姐儿身上，讥笑道："好个不识好歹的傻丫头，有个疼爱你的笨爹，还有个心甘情愿护着你的傻小子，死脑筋的人凑到一块儿，互相壮胆，可真有意思……鼓词里唱得好，'奴家心中做痴梦，人生聚散似浮萍'。我好心好意提携你们，哪知不领情，活该受苦受穷。上赶着不是买卖，姑奶奶可不看你们脸色！"说完拎起皮包便走。

"慢着。"苦瓜笑嘻嘻的，故意气她，"您这样有名望的大腕儿哪能白吃白喝？本小利薄概不赊欠，还没给茶钱呢。"

"用不着你提醒，姑奶奶没忘！"翠宝回头，将一枚黄澄澄的铜钱扔到甜姐儿脚边，随即上车扬长而去。

甜姐儿凝望翠宝远去的背影，胸口仿佛压了块石头，难受得说不出话来，曾经知心的好姐妹怎会走到这步？正彷徨间又听父亲一声惊叫："哟！金镏子！"原来翠宝扔的不是铜钱，是一枚金戒指。

"啊？这怎么行？"甜姐儿连忙夺过，"她这是一时赌气，我得给她送回去。"

"得了吧！"老田又抢回戒指端详——那戒指上雕着吉祥的图案，是一柄如意和一堆小巧玲珑的柿子，做工很精细，分量还不轻，肯定值钱。

"不能要……"

"你不要我要！"老田犯了贪财的性子，把戒指揣进兜里，"我一把年纪了，在个黄毛丫头面前装孙子，还不得多挣点儿？再说她若是记恨咱，叫张老七寻咱晦气，这买卖就干不成了，兴许还得搬家，咱得多攒点儿钱留后路。"

一句话提醒了海青，忙问苦瓜："你也得罪她了，而且从明天开始还得和她同台，她要是找你麻烦怎么办？"

"哼！"苦瓜一脸不在乎，"堂堂七尺男儿，我还能怕她？敢做就敢当。她若是找混混儿欺负我，大不了老子不吃这碗饭，夹着铺盖离开'三不管'……"

"好样的！"

"换个地方继续说相声。"

"嘻！真泄气。"

"废话！别的我什么也不会呀。"

"怎么不会？你还能……"

"还能什么？"苦瓜狠狠踩他一脚。

"哎哟！没、没什么。"海青自觉失口——苦瓜除了说相声还能假扮小丑行窃，甚至一不留神成了报上宣传的"小丑神探"，但这是秘密，只有他和甜姐儿知道，不能当着田大叔的面说呀！海青赶紧转换话题："我没弄明白，翠宝究竟跑来干什么？"

"这事儿怨我。"苦瓜把错误归结到自己身上，"当初我和翠宝平起平坐，包银也都一样，我在前场总拿她砸挂[1]，还有一次演《闹公堂》，硬说她是我媳妇。她表面不计较，恐怕心里早就厌烦了，不过是为了挣钱勉强忍着。如今她成名了，有的是地方抢着邀她，再也不必跟我这等人客套，还得在我面前摆摆阔？今天若不是看见我在这儿坐着，她顶多跟甜姐儿招招手就过去了。"他这话有些夸张，其实是怕甜姐儿心里难过，故意把缘由往自己身上揽。

海青摇头慨叹："难怪《三字经》里说'勤有功，戏无益'，你们这些说相声的整天逗笑，有的也说，没的也说，时候长了是腥是尖[2]也就分不清了。"

老田却一言戳破："不对，我看翠宝就是冲着甜姐儿来的。"说着从袖里掏出一支烟卷，依旧是三炮台。

---

1 砸挂，相声术语，在表演中拿其他演员开玩笑。
2 是腥是尖，即是真是假。

海青大笑："嘿！您老还藏了一支呀！"

老田躬身，凑近炉火把烟点上，抽了一口缓缓道："我虽不是作艺的，但也在'三不管'混了大半辈子，什么玩意儿没见过？你们那些门道我都懂。台上拿谁砸挂就是帮谁扬腕儿[1]，她成名之前若不是你们这些说相声的总提她名字，兴许还没那么多观众熟悉她呢！只要不是故意贬损，她感激还来不及呢，哪会计较这种事？依我看，翠宝刚才那话八成不假，如今她应酬越来越多，家务没人操持，身边也少个陪衬，所以想让甜姐儿给她当丫鬟……唉！其实给人当用人也不是不行，在哪儿不是活着？碰上善良人家兴许还能交好运呢。要是沈少爷开这个口，我乐得把闺女送去，可是她不一样，我瞧着路数不正，不能让女儿蹚浑水啊！"

这话说得太露骨，搞得海青一脸尴尬，苦瓜更不愿顺着这个话题聊下去，赶忙把话岔开："变戏法瞒不过敲锣的，就算翠宝有本事，也不会发迹这么快。她究竟怎么发的财，咱都是混江湖的，谁不明白这里的事儿？"

有些话虽未明说，海青多少也能猜到，似翠宝这样唱曲的女子，有姿色就会被人惦记上，说好听的是艺人，说不好听的就是玩物。她口中那些"达官贵人"固然有欣赏她艺术的，更有许多不怀好意的，给她花钱、为她捧场，绝非单纯爱听大鼓，不是馋她身子，就是倚仗权势招来喝去，拿她当交际花，逢场作戏陪酒卖笑。

"唉！"甜姐儿叹息一声，"翠宝自小就被亲生爹娘卖了，学艺卖唱挨打受骂，何尝不是可怜人？再加上有个靠她挣钱的养母，许多时候是身不由己，如今富裕了，难免心骄气傲。坎坷的路走久了，心里也会多出一道道坎儿，无论她待我如何，我都不怨她，只盼她能早点儿嫁人，过安稳日子。"

苦瓜连连摇头："你心太善了，听我句劝吧，趁早忘了这个人。她说要嫁进大宅门，我信她个鬼！咱又没亲眼见到，我就不信正经人家的

---

1 扬腕儿，隐语，扬名。

相声神探3　021

少爷肯娶她。骑驴看唱本，咱走着瞧，照这样下去她得不了好下场。"

"别胡说。"

"我这话绝不是胡说……"苦瓜呷口茶，一本正经道，"穷人乍富扬眉吐气可以理解，但是她这样忘本的，能有什么好果子吃？'三不管'的艺人，天天有扬腕儿的，也天天有饿死的，先是大红大紫，最后下场凄惨的更是不在少数。翠宝刚有点儿名气就横着走路，行事张扬目中无人，岂能不招恨？今天得罪咱不要紧，改天要是得罪了有势力的人，吃不了兜着走！这倒也罢，靠和男人厮混挣钱，这种事儿藏还怕藏不住，她却不以为耻反以为荣，竟还要拉你下水，还懂不懂是非好歹？若是再沾上点儿恶习，或是赌，或是抽，咽气时有没有棺材躺还不一定呢！天作有雨，人作有祸。我看她是武大郎喝长颈鹿的奶——蹦着高地作（嗫）啊！"

话音未落忽然狂风骤起，暴土扬尘迷人眼睛，紧跟着便有轰隆隆的雷声。霎时间，所有摊贩、艺人都慌张起来，老田叫道："要下雨！赶紧到店里避一避。"说着便去搬炉子，甜姐儿收拾壶碗，连海青也跟着帮忙。

"不要紧，这样的暴雨来得快，去得也快。"苦瓜拾起板凳，意味深长地说，"天变一时，人变一刻。再好看的花也怕雨，风雨一到，还不知是死是活呢。"

第一章
还是钱多好

　　天津是一座奇特的城市，中外并蓄，土洋结合，一边是前清遗留的青砖碧瓦，另一边是租界的别墅洋房；有人穿着长袍马褂去吃西餐，有人坐着奔驰轿车去看京剧；破衣烂衫的报童也总备着几张英文报纸，洋人的西装里也可能揣着蝈蝈葫芦；杂货店里代卖跑马场彩票，电影院中场休息时表演相声。无论哪种文化都能在这座城市找到自己的位置，看似互相矛盾，却又浑然一体相安无事。

　　"三不管"是天津最热闹、最喧嚣的地方，茶馆酒楼高朋满座，江湖艺人争奇斗技，走街串巷的小商贩为一两个铜子磨破嘴皮，更有流氓混混儿寻衅滋扰。可就在离"三不管"不远的租界里，完全是另一番景象，宽阔的马路、优美的花草、高大的建筑，洋楼都配有先进的水电设施，即便是白天，街道也十分宁静，不但外国人乐于在此居住，有钱有势的中国人也非常喜爱，前清遗老、下野军阀、学界名流，乃至富商大贾纷纷在租界里买地建宅。

　　利盛商行郑老板的房子坐落于英租界的爱丁堡道，是一幢三层楼的西式建筑，折中主义风格，砖木结构，占地广阔，内部装潢也十分考究，既奢侈又安逸。

　　现在是上午十点钟，沈海青穿着睡袍，坐在二楼书房里，哼着小曲，心情大好——舅舅去德国谈生意了，据近日发回的电报，考察的项目非常理想。世界大战后欧洲各国普遍经济低迷，国内的工商业反倒呈现出勃勃生机，趁着国外萧条低价购进技术和设备已成为潮流，无论南方还是北方，越来越多的工厂拔地而起，很难想象这是一个军阀割据战乱不休的时代。

当然，海青心情舒畅不是因为生意蒸蒸日上，而是因为舅舅近期不会回来，这就意味着没人能管他，他想干什么就干什么。清早起来他享受了一顿丰盛的早餐，然后在书房批阅文件——这项工作很轻松，公司日常事务由几位经理负责，遇到疑难问题他们会直接发电报请示舅舅，交到海青手里的都是不要紧的文件，只要审阅一遍，盖上舅舅的印章就行。

不到二十分钟他就把工作做完了，或者说是敷衍完了，虽然没耗费什么脑力，但还是决定听音乐放松一下。正在他挑唱片的时候，管家老吴推门而入。

"您进来之前不能先敲门吗？"

老吴板着面孔："我觉得没必要，少爷。"

"哈！您这是看人下菜碟！"海青半开玩笑道，"舅舅在家时您每次都敲门，得到允许才进来，怎么对我一点儿也不尊重？"

"这不是尊重的问题，是效率问题。老爷在书房时一定是在办公或思考，我不贸然进来是怕打断他思路，您不一样，反正没干重要的事，直接进来节省时间。"

"我也在办公……"

"知道！但我计算过，您这些日子处理文件用的时间从来没超过半小时，我是算好时间才进来的。"说着老吴掏出怀表调整了一下指针，"而且我的表慢，可能还多等了两分钟。"

"好吧。"海青高举双手，"我认输，但下次最好还是敲门，万一我也在思考问题呢。"

"呃……行。"老吴撇撇嘴，"我还是敲门吧，每次都因为这类小事饶舌更耽误工夫。"

"OK！有什么事？"

"我刚刚打了个电话，替您安排了和赵经理、钱襄理的午餐，地点在顺兴楼，十二点整，已经订好桌了。"赵经理、钱襄理都是利盛商行的业务主管，郑秉善的得力下属。

"不！"海青抗议，"您无权安排我的事，午后我要去……"

"去'三不管'？得了吧，少爷。"老吴一脸嫌弃，"老爷出国这段时间，您一件正经事也没干过，不惭愧吗？"这个家里只有老吴敢这样跟海青说话，他虽是仆人，却是看着海青长大的，而且他年逾五旬一直未婚，对待海青就像对自己的孩子。

"谁说的？我每天都……"

"盖章也叫工作？这样的工作谁都能干。"

"不一定，没有手的人就干不了。"海青狡辩，"您不知道，盖印章很累的，我希望将来能发明一种盖章机器，这要是搞起来兴许是个赚钱的买卖……"

"算了吧，那机器没用，即便造出来也难觅您这样的懒人。"老吴皱着眉头，"少爷！别任性，老爷不在时我必须对您负责，一转眼都快两个月了，您既不去公司检查也不和其他经理讨论业务，太过分了吧？赵经理来电话说有重要的事，您今天必须和他见面。"

"我已经答应苦瓜去看相声……"

"没关系，只是一顿午餐，吃完再去也来得及。"

"不可能！每次和赵经理见面，他总是死死拉着我的手，不说上三个小时根本别想脱身。还有钱襄理，那家伙表面厚厚道道，其实最奸诈，有一次他把我的外套偷偷藏起来……"

"那是怕您跑了！您总不到公司去，他们好不容易逮到您一次，当然有许多事要谈，您就牺牲点儿娱乐时间吧。"

"可是……"

"没什么可是！"老吴把双手摁在海青的肩膀上，满脸凝重道，"我跟您说说心里话吧。少爷，您是好孩子，虽然您这人没什么用，而且游手好闲、胸无大志、不思进取、我行我素、脑筋也不聪明……

呃，但您的心是善良的。不管老爷怎么看待您，反正我已经对您不抱任何期望了，不敢奢望您做出光宗耀祖的成绩，只要将来能接过老爷的产业，照葫芦画瓢干下去就行。整天往'三不管'跑固然不体面，但您除了听听相声也没干别的，吃喝嫖赌都不沾，没糟蹋多少钱，您甘愿这样混日子也无所谓。可是郑沈两家的颜面总要顾及，该负的责任不能推卸，至少不能让公司的人寒心，您不在乎大伙在背后戳您脊梁骨吗？别太自私，考虑一下老爷的声望，您即便是装，也得装出个少东家的样子啊……"

"好好好，我去我去。"海青听得不耐烦，再次举手投降，"您都快把我说成千古罪人了。"

"太好了。"老吴立刻露出哄孩子的笑容，"只要同意见面就好，您是我的骄傲。"

"哼！刚才还说我是个没用的人。"

老吴假装没听见，忙不迭往外走："一言为定！还有两个小时，快换衣服吧，我去告诉大栓一声。"刘大栓是郑家的洋车夫，专给海青拉包月车。

海青一脸失落，被老吴揶揄两句倒没往心里去，关键是不能去"三不管"了。相声这玩意儿上瘾，一天不听浑身难受，更重要的是昨天苦瓜和翠宝吵了一架，闹得很不愉快，今天又要同台献艺，会不会出乱子？虽说有些担心，但已经答应老吴，不能再反悔，想到今天翠宝打炮的唱段是《鸿雁捎书》，他便取了一张金万昌的唱片，放在留声机上转起来：

　　哎哪！塞北沙陀迎烈风，我表的是出塞的昭君盼想还乡。我在心中恼恨奸贼毛延寿，将哀家的美人图贡献与番营。这位昭君她，玉石琵琶怀中抱起，您看她眼含痛泪出了雁门关城……

刚听几句，又见老吴风风火火闯进来，腋下还夹着报纸。
"您又没敲门。"

"呃……我敲了。"老吴敷衍，"唱片声音太大，您没听见。"

"哦，这说明您很有曲艺天赋，正好敲在鼓点上。改天您不妨和我一起去听……"

老吴没心思跟他胡扯，递上一张名片："这人又来了，想见您。"

海青接过一看，不禁讪笑——吴梦生。

吴梦生是《津华日报》的记者，这家报社规模不大，远不能与《大公报》《益世报》相提并论，但他们专门报道社会新闻，素以严厉批判为基调，在文人圈子里小有名气。前不久海青因为卷入一场租界的谋杀案与吴梦生结识，但是吴的追踪报道给案件调查添了不少麻烦，两人略有嫌隙。事后吴顾忌利盛商行的影响力，想化解矛盾，所以一再登门拜访，无奈海青拒之不见。

这次也一样，海青把名片随手一抛："不见。"

"他在大门外等着呢。"

"不见。"

老吴有些看不过："恕我多言，他两次登门您都拒不见面，这次再回绝是不是有些不近人情？"

"随他怎么想，反正我不能见他。"

"这次不同，他们刊登了一篇称赞咱们公司的文章。"老吴将那份《津华日报》放在桌上，"俗话说得好，冤家宜解不宜结。您随便跟他讲几句场面话也好呀。"

"别说了。"海青摆起少爷的派头，"您已经强迫我一件事，不要得寸进尺。我说不见就是不见，倘若反悔我就是狗！"他赌咒发誓，却并非记恨，而是忌惮——上次苦瓜冒充利盛的职员调查谋杀案，用的是假名"曼伦"[1]，如果自己和吴梦生走得太近，容易泄露秘密，要是让吴得知自己整天跟说相声的混在一起，岂不是又要大做文章？这还不打紧，万一被他察觉苦瓜是侠盗小丑可就糟糕了！因此还是保持距离为妙。

---

1 melon，瓜。

"我怎么答复他呢？"老吴很为难。

"编瞎话您还不会？跟他说，鄙公司很荣幸登上《津华日报》，感谢他们的宣传，以往都是误会，少爷根本没放在心上。可惜少爷今天没在家，改日有空一定回访。"

这瞎话说得通吗？明知少爷不在，上楼请示谁呢？留声机的声音开这么大，窗户敞着，人家早听见啦！老吴无可奈何："您真的会去回访吗？什么时候？"

海青笑了："孔夫子怎么对付阳货的？哪天趁他不在报社我就去拜访，叫他无话可说。"

"唉！您读书全用在这儿了。"老吴硬着头皮下楼答复。

海青将唱片翻个面，靠在舅舅的办公椅里，将双脚大模大样架在桌上，一边听唱片，一边浏览那张报纸。头版头条还是奉皖联军和北伐军的战况，第二条就是利盛的。上星期赵经理遵照郑秉善指示，给躲避战乱的难民捐了一笔救济款，这桩善举起了带头作用，许多公司纷纷效仿，慷慨解囊，报界对此评价颇高，一向不怎么说好话的《津华日报》也不吝赞美。

看着新闻报道里"急公好义""乐善好施"的赞誉之词，海青得意扬扬，又随手翻阅后面两版，突然被一张照片吸引——照片上是个身穿旗袍、浓妆艳抹的女子，倚在沙发上，手里夹着烟卷，动作非常轻佻，虽然印在报上有些失真，但相貌依稀可辨。

这不是小翠宝吗？

海青来了精神，仔细读新闻，标题是《江湖鼓姬搔首弄姿》。这是一篇评论文章，批判女艺人有伤风化，说她们卖弄姿色勾引观众，尤其点名翠宝。文末赫然写着"获悉该鼓姬将于近日重登南市同乐茶楼，登徒之辈影从吹捧，伤风败俗可窥一斑，本报将追踪采访"，记者署名正是吴梦生。

不妙！海青心头一颤，想要起身却忘了双脚还架在桌上，身子一挺脚底一滑，仰面朝天跌落在地，屁股摔得生疼，后脑勺磕个疙瘩，哼唧半天才爬起来，一瘸一拐往楼下跑："等一下！别让他走……"

吴梦生一头雾水，完全不明白怎么回事，他被管家回绝后走出郑家院门，正准备拦一辆洋车，哪知这位大少爷竟穿着睡衣追到街上，硬把他拉了回去。

　　两人在客厅沙发上落座，海青笑得很尴尬："早晨我去公司了，刚回来……呃，从后门回来的。管家说你刚离开，我赶紧追出去，迟一步咱就见不到了，哈哈。"

　　有穿睡衣去公司的吗？吴梦生也不点破，料想他是看了夸奖利盛的文章才改变态度，只是笑着敷衍："是啊，真凑巧……"

　　老吴为弥补刚才的失礼亲自备好茶水，恭恭敬敬给吴梦生斟上，给海青倒茶时却故意附在他耳畔，压低嗓子"汪汪"叫了两声。

　　海青脸一红："您什么意思？"

　　老吴把茶点摆到海青面前，是一碟骨头形状的小饼干。当着客人的面海青不便说什么，只能扬扬手打发他离开。

　　吴梦生轻轻抿了口茶，率先打破沉默，不再骂什么为富不仁、官商勾结，说起了恭维话；海青也很客气，把以往什么胡编乱造、蛊惑人心的指责收起来，对《津华日报》表示感谢，一时间气氛融洽。说了两大车客套话之后，海青终于把报纸摆到桌上："这就是贵社今天的早报？"

　　"是啊，我特意呈给您过目，还请批评指正。"

　　"辛苦了，最近的大事不少嘛……"海青不愿暴露真实意图，于是装作闲谈，从头版头条开始聊，先是和吴梦生探讨中原的战局，又感叹战区百姓生活艰难，既而展望了一下民族工业的美好前景，接着又以茶代酒，庆祝沙特阿拉伯摆脱英国殖民获得独立，甚至还聊了聊美国飞行员查尔斯·林白飞越大西洋的壮举……经过他的不懈努力终于把报纸翻到第二页。

　　"咦？这不是唱大鼓的小翠宝吗？"海青假装刚看见照片，"贵社一向只报道社会新闻，怎么也宣传艺人？"

　　"您仔细看看，这不是宣传，是批判。"

　　"区区一个江湖艺人，也值得大费笔墨？"

　　吴梦生骤然严肃，扶正鼻梁上的眼镜："无论我个人还是我们报社都对艺人毫无兴趣，我们关注的是时局和社会动向，没有意义的事我们从来不报道。现在的女艺人太不像话，尤其这些唱曲的，毫无廉耻，在台上挤眉弄眼搔首弄姿，是一股不良风气，我觉得应该清理舞台，不能再叫女艺人唱曲。"

站在曲艺爱好者的角度看，这实在不算大是大非的问题，艺界有所谓"色艺双绝"的说法，光有色没有艺，也吸引不了观众的。海青一笑置之："台上的动作多半是故事情节需要，你不要想太多。就拿小翠宝来说，我以前看过她的表演，没觉得有什么不好，许多男艺人也有夸张的动作。"

"不对！"吴梦生是个固执的人，"我虽然不喜欢曲艺，但也曾看过刘宝全的表演，那位老先生的动作大马金刀、刚劲有力，岂有扭扭捏捏之态？"

"不一样，这不能一概而论。"

"有什么不一样？"

"曲种、节目都不一样，刘宝全先生唱的是京韵大鼓，小翠宝唱的是梅花大鼓。"

吴梦生眨眨眼睛："区别很大吗？"

"唉！"海青叹口气——不懂艺术的外行整天写文章批判艺术，天底下怎么总有这种事儿？

他在苦瓜面前是"空码"[1]，在不懂曲艺的人面前却可谓专家，耐着性子介绍："京韵大鼓是从沧州、河间一带的木板大鼓演变来的，早先唱的都是金戈铁马的古代战场的故事。刘宝全先生是直隶深州人，早年学唱木板大鼓，后来他为了适应城市观众进行改革，以北京的语言声调吐字发音，缩短唱段、加快节奏，又创造了许多新唱腔，提高了艺术水平，才有了今天的京韵大鼓，所以他被艺界誉为'鼓界大王'，京津两地的演出只要请他去必定攒底，没有任何艺人能与他争锋。不过刘先生的节目依旧以战场题材为主，像什么《博望坡》《南阳关》

---

1 空码，隐语，外行。

《宁武关》，即便唱《大西厢》这样的故事也是高亢嘹亮，动作十分潇洒……"

"等等！"吴梦生从怀里掏出笔记本，快速记录起来。

海青等了片刻才接着说："梅花大鼓不一样，起源于北京，本就是贵族搞出来的玩意儿。清朝时八旗子弟由朝廷供养，不种田，不经商，天下太平没什么仗可打，就以吹拉弹唱为消遣，渐渐形成一种梅花调，在旗人之间传唱，后来才传到民间。三十年前北京票界出了一位奇才，名叫金万昌，他和弦师苏启元、王文瑞等人合作，改革梅花调的音腔，将其发扬光大，所以金先生有'梅花鼓王'的美誉。其他鼓曲伴奏只需要一把三弦，顶多加一把胡琴，可这种大鼓却要三弦、四胡、琵琶、扬琴四种乐器，有时还要加上个吹笛的，五人在台上宛如梅花的五个花瓣，也正是由此得名。这明显带着贵族艺术的痕迹，一般跑江湖的谁能带四五个乐师？梅花大鼓曲调婉转，节奏舒缓，再加上本就是文人创作的，唱的是缠绵悱恻的故事……尤其是《红楼梦》的唱段最多。"这句是昨天刚听苦瓜说的，他现学现卖，"节目不同，身段动作自然不一样，表现战场的举手投足大开大合，表现爱情的当然多是妩媚之态。"

吴梦生一脸漠然，显然对这些介绍不感兴趣，但还是奋笔疾书记在本上，而且用力画个圈，仿佛抓到了重点："承教，关键就在节目上！女人上台，又常演这种卿卿我我的唱段，当然不雅，这正是需要改正的地方。"

海青感觉自己说了半天全是白费劲，吴梦生根本不理解，或者说是不想理解。五四运动过去快十年了，风气日渐开放，如今电影里外国女人露胳膊、露大腿，乃至拥抱接吻的镜头比比皆是，极少有评论说这不雅，却对曲艺舞台上艺人的一举一动抓着不放。在某些文人看来，只有萧伯纳、易卜生才算艺术，京剧、大鼓就是封建糟粕，说他们崇洋媚外或许有些刻薄，但至少是柿子专拣软的捏，凡事若是区别对待，不讨论就定调子，也就没什么可讨论的了。

吴梦生收起本子，仍有些义愤填膺："台上的事暂且不论，有些女艺人出卖色相勾引观众，也是尽人皆知。就拿这个小翠宝来说，她常和有钱的观众勾勾搭搭，叫人家给她买首饰、买衣料，近来还总随同官员老板出席宴会，陪酒陪舞。人前尚且如此，私下还不知是何情状，这总不是光彩之事吧？"

这点海青不能否认，又想起翠宝拜张老七当干爹的事，也随着点头："是……你不喜欢曲艺，怎么注意上她的？"

"上个月我得到消息，有个买办和军队的人串通一气，向南方倒卖军火，中饱私囊，于是暗中跟踪调查。有一天他宴请一位旅长，带着个漂亮女人，那女人斟酒布菜非常殷勤，不仅唱了两段曲子，还勾肩搭背陪那位旅长跳舞，我就留心了。经过明察暗访才知道她就是小翠宝。"

"原来如此。"海青暗忖——真厉害，不愧是记者！

"后来我又参加几次商业活动，时而看到她的身影，渐渐对她有了兴趣……哦，你别误会，我说的兴趣是……"

"我明白，你觉得她身上有新闻可挖。"

"没错。有一天我在法租界遇见她，尾随到一家照相馆，想找机会和她单独聊聊，要是方便的话以后可以拿她当个线人，打听小道消息。哪知……"吴梦生咬牙切齿，一副仇深似海的样子。

"她拒绝了？"

"光是拒绝也罢了。"

"对你态度不好？"

"岂止不好？"吴梦生攥紧拳头，往腿上重重一捶，"她根本不拿正眼瞧我，把烟吐到我脸上，说什么区区小报，能给几个小钱？还不够她买盒火柴呢。"

海青回想昨日翠宝的狂态，不住摇头——这姑娘也太狂妄了，还嫌自己不招恨？

"她身边还有个老女人，凶巴巴的……"

"老女人？哦，可能是她干娘。"

"呸！什么干娘？一把年纪还浓妆艳抹的，简直像个老妖怪。她更可恶，对我又嚷又骂，还威胁说不滚开就叫巡警，要告我非礼。翠宝还假意劝解，说跟我这种小人物犯不着生气，还说我是'爬格子'混饭吃的，小杂鱼掀不起风浪……气坏我啦！"

"的确过分。"海青本想说和，但是翠宝母女确实无礼，听罢反倒不知如何劝解。

吴梦生冷笑："我看她是无知，不晓得我吴某人的厉害！等她们走后，我立刻买通照相馆的伙计，搞到一张照片，就是报上这张……瞧她轻浮的样子，岂是良家女子？"

海青看出来了，吴梦生批判翠宝不仅是为维护风气，更是要出胸中恶气。想至此更觉不妙，指着新闻末尾的一行文字："这是什么意思？'本报将追踪采访'……你还打算继续跟踪她？"

"当然，穷追猛打绝不放手。"吴梦生有些兴奋，"今天她要在同乐茶楼演出，而且是主演。下午我就去'三不管'，看看她怎么卖弄，再看看捧她的人是些什么货色，有机会我还要采访她，问她觉不觉得自己伤风败俗？明天继续写文章批她，一定要让她看看，我这小杂鱼究竟能掀起多大风浪。"当记者的自有手段，无论被采访者如何作答，没有挑不出毛病的，何况翠宝是那种性格，岂不浑身都是破绽？

海青叫苦不迭——怕什么来什么，吴梦生跟翠宝斗气倒不要紧，到茶楼一看，苦瓜在台上说相声，身份不就暴露了吗？这要是勾起他的好奇心，顺着追查下去，那还得了？有人倒卖军火他都能查出来，苦瓜假扮小丑的秘密哪还藏得住？小丑至今仍被警方通缉，如何是好？

说到这儿吴梦生已跃跃欲试："感谢您的招待，还教给我许多曲艺知识，真是受益匪浅。下午我还要跑新闻，先告辞了。"

海青赶紧挽留："快中午了，留下吃饭吧。"弄瓶酒把他灌醉，他就去不了啦！

"您的好意我心领了，只是我还有事在身不便叨扰，我到南市附近随便吃点儿，还得去茶楼占前排的座位呢。"

阻止不了姓吴的，就得想办法通知苦瓜，叫他别上台，可是"三不管"那破地方又没电话，这可怎么办？海青急得满头大汗，突然眼珠一转，拉住吴梦生胳膊："等一下！"

"怎么？您还有事？"

"我也想凑凑热闹,一起去吧。"

"您也去?"吴梦生一愣,继而露出微笑——早就听闻利盛的少爷不成器,喜欢到"三不管"浪荡,看来传言不虚。

海青换了副面孔,憨笑道:"不怕你笑话,我这人就爱凑热闹,有好戏岂能不看?你稍等片刻,我去换衣服,一会儿坐我家的汽车,咱俩一起去,顺便找个有名的馆子饱餐一顿,我请客。"

"这、这合适吗?"吴梦生受宠若惊。

"千万别客气,贵社宣传我们公司,理当道谢。"

"不敢当,不敢当……"

"若不接受我的好意,就是还没忘以前的误会。"

"不不不。"话说到这份儿上,吴梦生怎能再推辞?忙抱拳拱手,"那就恭敬不如从命,给您添麻烦了。"霎时间他觉得世上最真诚、最善良、最够朋友的人非这位少爷莫属。

海青不敢耽搁,快步上楼回到卧室,先静坐片刻喘了几口大气,将应对之策考虑周全,这才脱去睡衣换长衫,系好纽襻又匆匆下楼,跑到厨房告诉老吴:"今天不用洋车了,您快叫司机把汽车开出来,我得和吴梦生一同出去。"

老吴直皱眉:"少爷,快中午了,您和赵经理的午餐怎么办?"

"改到晚上不就行了。"

"答应好的事,怎能说了不算?"

"谁说了不算?计划赶不上变化。我要先陪吴大记者,人家报社给咱登新闻,又特意登门拜访,还不得谢谢人家?报界是社会喉舌,不能得罪。"

"刚才您不是这态度呀……"

"情况有变,甭管了。晚上我一定赴约,不去是小狗。"

"哼!反正您已经当一次狗了,破罐破摔也不在乎。"老吴拿这位大少爷没办法,只能照他说的安排。

汽车很快开出院子,停在大门前,司机小陈穿着灰制服、戴着白手套,为他们打开车门。海青拉着吴梦生在后排就座,待小陈坐上驾驶席立刻吩咐："去南楼。"

"南楼？"吴梦生一脸迷惑——南楼是郊区的一个村庄，距市中心很远，大老远跑那儿去干什么？

海青笑着解释："接个朋友，他也爱凑热闹。"

"要是不方便的话，咱们改天再……"

"不碍事的，一起去，坐汽车很快的。我这位朋友性情开朗，也喜爱鼓曲，我还打算介绍你们认识呢。"

吴梦生也不好说什么，时不时看手表，唯恐来不及。

海青则是一副漫不经心的样子，一路上看见什么聊什么，谈天说地乐乐呵呵。汽车向南越走越远，平坦的大道渐渐变成泥泞的土路，昨天下过一场雨，来得快去得也快，大马路早就干了，但乡间小路不一样，坑坑洼洼仍有积水，小陈怕弄脏汽车，稍微放慢速度，又走了大约一刻钟，道路两旁已看不到建筑，只有一片片农田。

正在前不着村后不着店的时候，海青聚精会神凝望窗外，突然大叫一声："停车！"

小陈吓一跳，一脚刹车踩下去，吴梦生正低头看表毫无防备，脑袋磕在前座上："哎哟！怎么回事？"

海青猛然回头："你没看见吗？"

"看见什么？"

"真没看见？"海青瞪大眼睛瞅着他。

"没、没注意……"吴梦生蒙了，"出什么事了？"

海青摇开玻璃，冲着窗外一通乱指："刚才有个男人，浑身是血一脸凶相，攥着一把刀跑了过去！"

"在哪儿？"吴梦生一阵兴奋，立刻探着脑袋往外张望——这是记者的本能。

"别冲动！"海青一把揪住他的衣领，"情况不对，可能是凶杀案，咱要是被牵扯进去太危险了，快走吧。"

不劝还好，这一劝吴梦生更激动——唱大鼓的算什么，凶案才是大新闻呢！连忙打开车门冲了出去。

快到秋收时节，庄稼长势大好，道路旁是一片低矮的红薯，可以望出去很远，但是目光所及哪有半个人影？吴梦生左右张望还在犹豫，海青又补上一句："可能往田里去了，那边有座茅草屋。"吴梦生不敢怠慢，顺着他手指的方向追下去。

　　海青关上车门立刻吩咐："掉头，去'三不管'。"

　　"什、什么？"小陈愣住了。

　　"掉头，快走！"

　　"可那位记者……"

　　"再不走扣你工钱！"

　　"是。"小陈哪还敢多问，扳动挡把，猛转方向盘，一脚油门踩下去，汽车疾驰而去，只留下一脸迷惑的吴梦生，在红薯地里瞎转悠——哪儿有茅草屋呀？

　　正午时分，当海青急匆匆跑进相声场子的时候，苦瓜和几位师兄弟正拿着窝头，往眼儿里塞咸菜。

　　苦瓜一看见他就笑了："你比诸葛亮还厉害，能掐会算，我们刚要吃你就来蹭饭。"

　　"呸！"海青满头大汗，"我大老远坐着汽车找你蹭窝头呀！出事了，快跟我走，有话跟你说。"

　　"我还饿着肚子呢。"

　　"下馆子去，我请客。"

　　"不去，甜姐儿帮我们蒸的窝头，挺香的。"苦瓜说罢又凑到他耳畔嘀咕，"哥儿几个都在这儿啃窝头，单我一人跟你下馆子？这么干不义气。"

　　海青扫了一眼，以掌穴的陈大头为首，小麻子、小傻子等七八个说相声的都在桌边，他倒不在乎请大伙吃顿好的，但是人多嘴杂就没办法说私密话了。

　　陈大头是绝顶聪明之人，察言观色早瞧出他俩有事，又顾及面子抽不开身，放着顺水人情岂能不做？他拿起两个窝头捧过来："少爷，您是老照顾主儿，没少给我们扔钱，我们吃的喝的、穿的戴的、铺的盖的、使的用的，哪一样不是您赏下来钱买的？别人吃不行，您随便吃！可惜我们这群穷骨头没有好的东西孝敬，只有这粗窝头，您千万别嫌弃，凑合添点儿吧。"

话说得漂亮，这窝头能白吃吗？海青不单要谢谢他，冲这几句场面话以后还得多捧场、多扔钱。他和苦瓜拿着窝头出来，往树底下一蹲，一边吃一边将上午发生的事原原本本述说一遍。

苦瓜听到他诓骗吴梦生下车，笑得险些噎着："砖头打架——你可真有两下手的！这缺德主意你怎么想出来的？贼起飞智呀。"

"咱俩谁是贼？我受你传染。"

"以往我小觑你了，没想到你足智多谋，狗急了能跳墙。"

"别提狗，我忌讳这种动物。"

"不过……"苦瓜收起笑容，"这件事办得不圆满，你是光着屁股系围裙——顾前不顾后。虽然把他甩开了，但难免结梁子，他岂能不恨你？以后他们报上不会再说你家好话了。"

"还不都是为了你？万事顾当前，姓吴的不是轻易服输的人，八成这会儿已经明白过来，正想办法往这边赶呢。你千万别登台，被他看见就麻烦啦！警方还在通缉小丑，我可不想去监狱听你说相声。"

苦瓜心里感激，却不想说肉麻的话，只轻叹一声："唉！越穷越吃亏，越冷越撒尿。本来就没钱，还三天两头不能演，看来我天生是受穷的命呀。"

俗话说得好，饿了吃糠甜如蜜，饱了吃蜜也不甜。海青是富里生富里养，平时哪吃过窝头？偶尔来一顿竟也觉得香甜，再加上折腾得有些饿了，片刻工夫便吞入腹中。苦瓜怕他不好意思，又进去替他拿了一个，戏谑道："真没出息，上次涮羊肉都没见你吃这么多，看来你也是穷鬼托生的！"

海青舔着手上的窝头渣，甘之如饴："主要是甜姐儿的手艺好，化腐朽为神奇。"

"是不错，但手艺再好也甭打算让她去你家，给你蒸窝头。"

海青瞟他一眼——这人千好万好，偏偏是醋坛子，我就随便夸一句，谁跟你抢媳妇呀？

吃完饭在井台边打水洗手，一回到场子苦瓜就凑到小麻子身边，笑呵呵道："兄弟，下午同乐茶楼那场我不上了，你说单的吧。"

小麻子通常是给他捧哏的，听闻此言不禁蹙眉："怎么回事？突然就不上了。"

"我不舒服。"

"哪儿不舒服？"

"浑身脑袋疼。"

"这叫什么话？我还胳膊闹脚气呢。"

"我脖子有胃炎。"

"我眼睛有风湿。"

"我后脊梁长鸡眼。"

"我嗓子眼长痔疮……嘻！"小麻子也是职业病，跟着开两句玩笑才绕回来，"说正经的吧，好端端的为何不登台？"

"皮裤套棉裤，必定有缘故，你别问了。"

海青也跟着说好话："麻子哥哥，今天我俩有点儿事，你就多受累吧，改天我请客。"

麻子的技艺不在苦瓜之下，只是为人吝啬，他没搭理海青，慢悠悠喝口水，昂着头对苦瓜道："师哥，咱得讲讲道理，场子里总共才几个人？咱俩又在同乐茶楼赶一场，本来就缺人，你还三天两头不上台，弄得我两头忙，你心里过意得去吗？"

"兄弟，甭说了。"苦瓜明白他心思，"今儿置杵[1]我不拿，让给你了，多帮忙吧。"

麻子这才露出笑容，一挑大拇指："爽快，那我就爱财了。"

相声场子有规矩，分钱时把一天挣来的所有钱归在一起，分成若干小份，按艺人的水平分配，最多的叫"整份"，稍次一等的是"八厘

---

1 置杵，挣钱。

份"，就是整份的百分之八十，以下还有七厘份、六厘份等，逐级递减，学徒只能拿分完账剩的零头。陈大头、小麻子都拿整份的钱，苦瓜却是八厘份，并非水平不高，而是资历不够，他原本是单独"撂地"的，加入场子不到三个月，暂时不能拿整份。而且每天下午苦瓜和麻子在同乐茶楼另演一场，这笔钱也不能自己留下，必须归入总账和大伙一起分。

海青觉得不公，苦瓜本来赚得就少，又少挣一天钱，怎么半点儿情分都没有？想要理论却被苦瓜拦住："你不是这里的人，别瞎掺和。"谢过麻子转身便去。

离开相声场子，海青仍愤愤不平："小麻子忒薄情，不过是稍微帮帮忙，还计较。"

苦瓜却道："不怨他，买卖锅里不煮交情，谁的日子都不好过，多劳多得是正理。再说捧逗之间原本只是一场买卖，台上配合默契，台下未必有多深的交情，真正台上台下都相互帮衬的，少之又少。所以前辈艺人常说'捧逗如夫妻'，也得看缘分。"

"这比喻倒也有趣。"

"北京有两位师叔，在台上珠联璧合，张寿爷看了都夸奖，下了台闹得跟仇人一样，一说话就急眼，互相之间不串门，吃饭时都不能坐在一桌，他们照样搭伙好几年，不都为了赚钱养家吗？"

海青笑了："这可能就是那种感情破裂却没离婚的夫妻。"

"嗯，相比之下我跟麻子还算不错，没打过架、没红过脸，虽说他有点儿抠门儿，好歹就这样吧。"

"你还真能将就……对啦！"海青心血来潮，"你把你们江湖人谈买卖的技巧教我一些，以后若再遇到难事，兴许我能给你帮腔。"

"哈哈！狐狸尾巴藏不住了，你这哪是帮忙，分明是拐着弯摸我的底呀！这都是不外传的，有违江湖规矩，不能露给你。"

"嘻，咱俩都这么近了，你露给我的还少吗？"

"这倒也是。"苦瓜自嘲，"该教的、不该教的，我全告诉你了，也不差这点儿。也罢，告诉你也无妨，至少能让你这榆木脑袋少吃些亏。我们说相声的跟人谈买卖，无外乎'疃''葛''夯''砍'四种手段，我一一讲给你听……"

两人信步闲游，边走边说，又到田家茶摊坐了一阵，海青执意要去茶楼看热闹，苦瓜讥笑："你真爱多管闲事，粪车从家门前路过，也得舀一勺尝尝咸淡。"话虽如此，其实他也想去，毕竟这关乎他以后的演出。二人辞别甜姐儿，走到同乐茶楼时已过下午两点，观众陆陆续续来了，刚要进门，却听远处一片喧哗。

二人扭头望去，见西边吵吵嚷嚷来了群人，一个个敞胸露怀、斜肩拉胯，腰里系着板儿带，腿上扎着绑腿，胳膊上有刺龙的、有画虎的，歪戴帽子斜睖眼，一看就不是良善之辈；中间倒有几个穿绸裹缎的，却也面貌凶恶，有的拿扇子，有的拿烟袋，还有一位捧着一把宜兴茶壶。正当中是一辆洋车，车上坐着个胖乎乎的中年人，头戴巴拿马草帽，身穿黑色拷绸马褂、月白缎裤子，脚蹬黑色礼服呢布鞋，左手攥着文明棍儿，右手揉着一对保定铁球；往脸上看，白白净净的一张面皮，没多少皱纹，浓眉大眼大鼻头，两撇小黑胡，咧着嘴笑容可掬——此人便是"三不管"的大恶霸张老七。

知道底细的人早就躲开了，不认识的可倒了霉，被那群无赖呵斥驱赶。这群人横行霸道，一直撞到茶楼门前，苦瓜怕惹麻烦，也拉着海青退到一旁。

张老七迈步下车，众随从都抢着搀扶，他明明腿脚没毛病也拄着棍儿，要的就是派头。苦瓜毕竟是在"三不管"混饭的，厌恶的表情瞬间化作笑容，又是作揖又是鞠躬："七爷，您老人家好！几天没见您老更富态了。"

"好好好。"张老七笑着答应，似乎心情不错。

海青心里嫌弃，却还是跟着拱手："七爷，您好。"论财力他是不怕张老七的，他舅舅更是手眼通天，但是金碗不碰破瓦罐，这帮流氓都是滚刀肉，被他们盯上也非常难缠，反正只是说句好听的，入乡随俗省得麻烦。

"这位是……"张老七表面稀松，内里精明，尤其眼光毒辣，他见海青虽然穿着大褂，却一脸书卷气，不像江湖艺人，隐约觉得面熟——两个月前因为逊德堂的纵火案他们在饭馆见过一面，虽然彼此间没有交谈，但脑子里多少有点儿印象。

海青正犹豫该不该亮明身份，又见茶楼里慌慌张张跑出一人，跪倒在地纳头便拜："七爷，可把您盼来了！"等他抬起头，海青才看清，此人衣着打扮跟那群混混儿差不多，只是年纪稍长，四十岁左右，身材不高，面色灰黄，撇唇咧嘴相貌丑陋，尤其左眼眸子上有块黄豆大的白斑，瞧着十分别扭。

"他是谁？"海青低声问苦瓜。

"张老七的徒弟。"

"黑道也收徒弟？"

"小声点儿，别叫他听见……无论哪行哪业、哪帮哪派，都有自己的门户，若没有靠山谁能在江湖上站住脚？这家伙姓石，其实岁数比张老七小不了几岁，本是梨园行经励科[1]出身，后因赌博败家沦为无赖，给张老七递了门生帖，认了本命师，还常自诩什么'护法大弟子'，因为眼睛有毛病，大伙都叫他'玉石眼'[2]。"

"玉石眼？"海青捂嘴直笑，"那不是牲口？"

"还不如牲口呢。他专在这一带大小茶楼里混，我们同行同道没少受他欺负。"

紧接着又有一位长须老者走出来，正是同乐茶楼的万掌柜。他也笑呵呵的，一个劲儿抱拳："七爷，贵客临门，我的福分不小。"万掌柜是典型的买卖人，无论见谁都和和气气。

张老七一贯心黑面善，无论心里藏着什么歹毒想法，嘴上却从不吝惜好话："万掌柜，买卖兴隆大发财源呀！我这人腿懒，难得出来一趟，本想自己溜达过来，孩子们不让，非要跟着伺候，这兴师动众吵吵嚷嚷的，叫您笑话了。"

---

1 经励科，经理人。
2 玉石眼，虹膜色素缺失，导致眼珠没有颜色，多见于马、狗等动物。

"岂敢？这是您的威风。"

"原不该给您添麻烦，但我的干女儿今天要借贵宝地献艺，软磨硬泡非叫我捧场……"说到这儿张老七还假模假式叹口气，"唉！那孩子怪不容易的，平日没短过孝敬，一口一个'干爹'地叫着，我岂能不答应？"

苦瓜冷笑——信你个鬼！翠宝就是再不明事理，岂能把你请到剧场来？让观众们知道她有个黑道的干爹，光荣吗？八成是你不请自来，没安好心。

万掌柜自然也能想到这一层，却不敢点破，还得顺着他说："理所应当，这是您当长辈的善心嘛。您能来不但翠宝承情，连我也觉得脸上有光，要不是今天这日子，只怕八抬大轿还搬不动您呢。快请快请……"说罢朝门里的茶房伙计一阵嚷，"快给七爷沏好茶，把深州蜜桃、泊头鸭梨、祥德斋的点心都摆上，要头一排正中那一桌！"其实这是便宜话，就算不给最好的位置他们也要抢，即便坐了别的客人也得叫混混儿撵走。

张老七排场大，有给他摇扇的，有给他擦汗的，万掌柜、玉石眼一左一右搀扶着，那群流氓众星捧月般把他让进茶楼。海青见他们进去，才问："张老七也喜好曲艺？"

"是啊，他比你内行，吹拉弹唱都会点儿，尤其爱听时调。"

"我在这儿也混了不少日子，从未见他来过呀。"

"他不用来，得有名的艺人到他家给他演。"

"堂会？"

"不花钱的堂会，赶上他心情好兴许赏点儿，心情不好非但没钱还给俩嘴巴。"

"嚯！没王法了。"

"没错，这句说到点上了，'三不管'就是没王法的地方，谁胳膊粗就得听谁的。还别说张老七本人，连他手下的崽子也不好惹，就拿玉石眼来说，时不时邀几个艺人攒个穴，他当穴头，一场演出下来分文不给，挣的钱都归他一人。你不答应他就打，演到哪儿打到哪儿，勾来一帮人连场子都砸了。"

"唉！无法无天……这么说张老七亲自来此给翠宝捧场，还是天大的面子喽？"

"面子？离倒霉不远啦！"

"此话怎讲？"

"你以为他真把翠宝当闺女看待？他这些年祸害过多少女艺人？但凡有点儿姿色的，千方百计也要算计到手，除非逃出天津不吃这碗饭，否则哪个逃得出他的魔爪？认闺女不过是个托词，他绝对没憋着好屁！当然，也有下贱的，为了赚钱上赶着给他当姘头，这叫'周瑜打黄盖，一个愿打一个愿挨'。翠宝如今是什么情况，我也摸不准，所以你别信她那些大话，哪有什么未婚夫？正经人家不可能娶她这样的媳妇。"

海青思忖——这话有理！设身处地想一想，我若是要娶翠宝这样的女子，舅舅还不把我扫地出门？

"已经开演了，咱也进去吧。"

"不忙，我今天不登台，也是客，若不去后台有失礼数，到后台就免不了啰唆客套，张老七又领来一帮混混儿，太烦人。还不如在外面等会儿，反正翠宝攒底，有热闹也在后头……"

刚说到这儿就见东边急匆匆跑来一人，正是吴梦生。这位文质彬彬的记者变了模样，头发乱了，眼镜歪了，白衬衫敞着领扣、挽着袖子，脏得都快成灰色了，鞋上、裤上都是泥。他这两个多钟头实在太惨了，在地里转悠半天没寻到新闻，踩了人家红薯还叫老农骂一顿，又是鞠躬又是道歉，回去一看汽车没了，这才知上了当。荒郊野岭哪有拉洋车的，只能靠两条腿，咬着牙在泥地里走了一段，老天爷待他还算不薄，南郊有不少砖窑，正有一家要往租界运砖，他跟赶驴的车夫说尽好话，总算让他爬上去，坐在砖垛上晃晃悠悠回到市区；即便如此他也没忘追新闻，一到租界立刻换乘洋车，紧赶慢赶来到"三不管"，别说午饭，连口凉水都没喝。

别瞧他模样狼狈，苦瓜却赞许道："这家伙不一般，真有毅力，绝对是能干大事的人。"

吴梦生离着老远瞅见海青，顿时火冒三丈，一猛子冲过来，指着他鼻子吼道："姓沈的，卑鄙小人！我好心好意登门赔礼，又是写文章，又是说好话，你讨厌我可以明说，就算把我赶出门也光明磊落，为什么耍我？你、你这王……"他有心骂几句脏话，又不愿失了文化人的身份，气得浑身颤抖，憋了半天才又数落道，"你口蜜腹剑！虚情假意！暗箭伤人！卑劣无耻！真他……不是东西！"

　　海青有愧，只能说软话："吴兄，别生气，有点儿误会……"

　　"呸！有啥误会？"

　　"我不是故意的。"海青确实不是故意耍他，乃是事态所逼，可这无法解释。

　　吴梦生听闻此言更生气了："这还不叫故意？把我扔到荒郊野岭，你自己坐车过来，亏你是读书人，满口仁义，一肚子坏水……"话说一半他抬头望着同乐茶楼的牌匾，眨了眨眼睛似有所悟，"哦！我明白了！你今天原本就打算到这儿来，对吧？你也是翠宝的吹捧者，瞧见我那篇文章心里不痛快，所以想为她出气，对不对？"

　　"不是，我……"

　　"不必解释，我知道，你也是曲艺场的常客，总往'三不管'跑，一定是日久天长迷恋上翠宝了，见不得别人说她坏话。这也可以理解，但你身为名门子弟，为个唱曲的使出此等下作手段，实在有辱斯文……！我想起件事……"吴梦生陡然一怔，搔着头皮思考片刻，忽然一拍大腿，"原来是你！"

　　"什么是我？"海青糊涂了。

　　"前些日子听人议论，说翠宝勾搭上一个有钱的少爷，好像还订了婚，就是你吧？"

　　"不是！"海青慌忙摆手，"你别乱猜。"

　　"一定是！早上见面你就说谎，什么出去上班，其实我在你家门口就听见了，你正在楼上听唱片呢，肯定是看见我那篇文章才跑出来拦住我。谈话时你一再袒护翠宝，不愿我把事情闹大，后来得知我今天要来这里便设下诡计，想阻止我。哼！可惜我吴某人不是轻易屈服的，我又回来啦！你若不是跟翠宝有密切关系，怎能如此关心？错不了，你就是她的未婚夫。"

海青哭笑不得——翠宝胡乱吹牛，是否真有未婚夫还不一定呢，这捕风捉影的事竟然又扣到自己头上！他赶紧解释："你误会了，我没和她订婚！真的，我们一点儿关系都没有……"

"是啊，你当然不承认。"吴梦生冷笑着扶扶眼镜，摆出看透一切的表情，"你家有钱有势，岂能娶个卖艺女子？我明白你的心思，订婚是假的，你只是玩弄她，甜言蜜语骗她献身，真等到谈婚论嫁时就一脚踢开，花花公子不都这样吗？"

"我不是那种人……"

"哼！别假惺惺地装无辜，你的风流韵事我听说过，几个月前你就勾引过一个卖茶姑娘，不清不楚的，现在又想换换了？以前我顾忌你家的颜面，不说破罢了。就凭你今天的所作所为，咱报上见，我写篇文章好好揭揭你的老底！"说罢吴梦生迈步就往茶楼里走。

海青急得直跺脚，此事若在报上宣扬，跳进黄河也洗不清了，赶忙拦腰抱住他："吴兄，听我解释……"

苦瓜本不想再与记者扯上关系，一直在旁边偷笑，哪知姓吴的又把甜姐儿的糊涂账翻出来了，顿时触了心头肉，也立刻揪住吴梦生衣服："把话说清楚，别血口喷人！"

"放手！光天化日你们还要打人吗？"

他挣扎着要进去，苦瓜和海青哪肯放，又不敢真动手。"三不管"从来不缺闲人，离着老远就瞧他们又拉又扯，各说各话也闹不清怎么回事，立刻围来不少看热闹的。正在闹得不可开交之际，又闻人群外一阵喧闹，有人高声叫嚷闪避，众看客让开一条道，跑过来三辆洋车——当先一辆载着位女子，正是翠宝。

她依然光彩靓丽、神采飞扬，穿着昨天那件旗袍，胸前的牡丹花金光闪闪，胳膊上挎着皮包。三人争执皆因她而起，见她来了自然停手。呆呆望去，又见第二辆车上坐着个中年妇人，大约五十岁，身材肥胖却穿着紧身旗袍，肚上的肥肉勒得一条条，手上拿着一个包袱；花白头发梳着髻儿，又是金钗又是银环，花里胡哨戴了一堆；徐娘半老还大加涂泽，一张圆脸不知抹了多少粉，如白纸一般，又硬生生在上面勾勒出一对蛾眉、一张红唇，红的真红，白的真白。

海青虽在窘境，见此妇人也不免发笑："我的妈呀！这副妆容瞧着瘆得慌，幸好是白天，晚上撞见准以为是鬼……这女人是谁啊？"

苦瓜答复："她就是翠宝的干娘。"

"瞧着不善。"

"好眼力，岂止不善，活脱脱一个母夜叉。"

说话间洋车已停下，翠宝刚要起身，又见后面第三辆车上的人抢先跳下车，快步过来搀扶——这是个二十出头的男青年，浓眉大眼、油头粉面，相貌还算英俊，只是身材有些瘦；穿着做工考究的黑色西装，系着领结，脚下皮鞋擦得锃亮。翠宝牵着他的手款款下车，朝他嫣然一笑，格外亲昵。

"这又是谁？"海青又问。

苦瓜也摇头："不认识。"

"我认识。"吴梦生接过话茬儿，"他是富家子弟，弘庆号杨老板的二儿子，叫杨俊山。"

弘庆也是天津知名的商号，一般市民也有耳闻。苦瓜故意瞥了海青一眼："都是大户人家少爷，你怎不认识他？可见你交际不广，做买卖不用心。"

"是啊！我的心思都花在'三不管'了。"也不怪海青见识少，其实连他舅舅郑秉善也跟杨家罕有来往。虽同为商贾，郑家与杨家完全是两路人。郑家算书香门第，却不是望族，全凭郑秉善留学外洋，归国后与海青的父亲一起创立利盛公司，兴办实业致富；杨家是官宦世家，自诩弘农杨氏后裔，前清时出过好几位四五品的官员，家境殷实，支系繁茂，落在天津的这支祖上是管盐税的官，近水楼台创办弘庆商号，以经营盐业为主，后来又投资不少店铺，成为一方富豪，但是随着工业、交通的发展，尤其是外资的大量涌入，杨家的事业已不似清末时期那么辉煌，却依然是天津数得上的大户，如今的当家人叫杨光宪。

杨俊山正是杨光宪的次子，仪表堂堂、举止潇洒，很有士绅子弟的气派，搀翠宝下车后又走向另一辆车，扶翠宝的干娘。这位妈妈似乎很"恋旧"，把自己当成了十七八的姑娘，不仅浓妆艳抹，还故作忸怩之态，在碰杨俊山的手之前先羞涩一笑，可惜她那肥胖的身体太不配合，又挎着个大包袱，动作更迟缓了，费半天劲儿才起来，或许是动作幅度太大，脸上厚厚的粉直往下掉，杨俊山扶她下车的样子活像是卸一袋沙子。

翠宝是知名艺人，很受瞩目，即便是不熟悉的人也驻足看美女。霎时观者如堵，连翠宝的干娘也觉脸上光彩，虚荣心大为满足，拉着杨俊山的手，带着炫耀的表情向众人介绍："这是我家姑爷。"

苦瓜、海青瞠目结舌——翠宝还真跟富家少爷订婚啦！

吴梦生也傻了眼——未婚夫不是沈海青呀！

杨俊山有点儿不好意思，迅速而不失礼貌地丢开她的手，给车夫付钱。他花钱很大方，每人都是一块大洋，又转身挽起翠宝的玉腕。围观众人纷纷议论："郎才女貌，多好的一对呀。""这男的是谁？娶她是做正房吗？""翠宝有了夫家，看一天少一天喽。""咱看不着，人家在家天天看。""啧啧啧，有钱真好啊！"

这时又见玉石眼跑出来，操着破锣一般的哑嗓子嚷着："我的小姑奶奶，你怎么才来？"

玉石眼也算"三不管"的小霸王，可是翠宝背靠大树今非昔比，对他不屑一顾："催什么？我是攒底的角儿，不看别人脸色，今天来得还算早呢。"

"七爷来啦！要捧你的场，在楼上候着呢。你若再不到，我就去你家找啦！"

翠宝听闻这消息，既不慌张也不尴尬，轻轻一笑："有什么大惊小怪的？一会儿我多卖力气也就是了。"

"一定要让七爷乐呵。"玉石眼一低头，这才发现翠宝跟个男人手牵着手，颇感意外，"他是谁？"

"与你无关，甭管了。"翠宝猛推他一把，"去告诉七爷，我已经来了，一会儿给他老人家请安。"

玉石眼急急渴渴，也顾不得多问，赶紧又跑回去禀告张老七。翠宝和杨俊山卿卿我我，说了几句悄悄话，这才慢慢步入茶楼。苦瓜早拉着海青躲进人群里，唯独吴梦生还在门口站着，翠宝认得他，擦肩而过时特意瞥他一眼，嘴角微翘，露出轻蔑的笑容。

这不是挑衅吗？吴梦生刚要与她理论，却觉后脑勺一痛——被翠宝的干娘抡起包袱打了一下。

"你怎么打人？"

"臭小子，你又追到这儿来了？"

"腿长在我身上，想来就来。"

"呸！"这位妈妈忸怩之态全然不见，拧眉瞪眼，掐着牛腰，厉声呵斥，"癞蛤蟆想吃天鹅肉，我闺女是何等人？结交的都是有身份的人，你一个穷小子，三天两头追在我们屁股后头，也不撒泡尿照照自己德行，还想和我闺女亲近，别做白日梦啦！"

"什么乱七八糟的？"吴梦生气得五迷三道，哆哆嗦嗦从怀里掏出证件，"我是记者，是记者！你没看今天的《津华日报》吗？"

"奶奶我有正经事忙，才懒得管你是做什么的呢。反正你给我老实点儿，别敬酒不吃吃罚酒，若再敢纠缠我闺女，我叫七爷打折你狗腿。"翠宝干娘抛下这番警告，一扭一扭地上楼了。

吴梦生今天事事不顺，窝了一肚子火，想要追上去，又见人影一晃——苦瓜笑眯眯把他拦住。

"吴大记者，您先别走。"

"让开！我要追新闻。"

"您写什么我不管，先把咱们的是非分辨清楚。"

"你是……"吴梦生扶了扶眼镜，刚才一脑门儿官司，纠缠半天都没细看，这会儿才仔细打量，"哦！咱以前见过，你也是利盛商行的人，好像叫……英文名字叫曼伦。"

海青在旁看着，捏一把冷汗——姓吴的记性真好，幸亏我通知苦瓜别上台。

"没错，就是我。"苦瓜应下来，"刚才您误会我们少爷，劈头盖脸骂了半天，这就想走？"

"好好好，翠宝未婚夫的事儿是误会，可他把我抛在郊外……"

苦瓜倏然收起笑容，大吼一声："那是你的错！"

"什么？我的错？"吴梦生被他这怒冲冲的气势镇住了，态度稍有缓和，"明明是他告诉我有凶案，我才下车的。"

苦瓜故作气愤，辩解道："我们少爷是有身份的人，岂能无缘无故戏弄你？那时真有个人浑身是血，手里攥着刀，就算没有凶案，也可能是村民杀猪宰鸡，弄一身血呀。我们少爷娇生惯养，心地善良，没见过这类事。"

"长这么大连宰鸡都没见过？"吴梦生不信。

"是呀！孟子曰：'见其生，不忍见其死；闻其声，不忍食其肉。是以君子远庖厨也。'你也是读书人，一定听说过这道理吧？我们少爷是谦谦君子，没见过杀猪宰鸡的，所以误会了。可是你不一样，你身为记者，整天在外面跑，应该见多识广啊！谁想到你也是个糊涂蛋，不动脑子，不辨真假，听风就是雨，一猛子蹿下车，拦都拦不住，这能怨我们少爷吗？"

"呃……"吴梦生被这番话绕住了，"可他为什么不等我，叫司机把车开走……"

"哎哟！你这记者怎么当的？糊涂到家啦！我们少爷又不傻，觉得有危险还不躲开？再说这也是为你好，万一真有歹徒把少爷伤了，我们老爷追究责任，你担待得起吗？"

海青在一旁忍着笑——没理的事竟然讲出道理了！

"暂时躲开也罢，为什么扔下我不管？"

"你忘了，少爷本来就是去南楼接朋友的，怕耽误时间，所以自己先去了。"

"接谁呀？"

苦瓜一拍胸口："我呀！"

"你不是他的秘书吗？怎么又成朋友了？"

"在公司我是他秘书，私下我们是朋友。正因为关系好，我才给他当秘书。"苦瓜就这一句是实话。

"那、那你跑乡下去干什么？"

"这是我们公司的机密，你管得着吗？"

吴梦生无言以对。

苦瓜兀自不饶，大呼小叫咄咄逼人："本来少爷打算先接我，回去路上再接你，可这一路上不见人影，怎么找都找不到你，只好先回来。少爷刚才还跟我念叨，说把你给丢了，心里过意不去，唯恐你有个三长两短，还想报警呢。谁料你狗咬吕洞宾，不识好人心，不分青红皂白就跟我们闹，西北风刮蒺藜——连讽带刺！西瓜皮擦屁股——没完没了！还要写什么狗屁文章骂我们，还有天理吗？分明是欺负我们少爷忠厚老实。"说着他朝海青脸上一指，"你瞧！气得我们少爷脸都红了。"

那是气的吗？海青抿着嘴不敢笑，憋的！

吴梦生臊眉耷眼低头思忖，八成是自己去砖窑找车时碰巧错过，还真是误会。他被苦瓜说迷糊了，又记挂着翠宝的新闻，没心思再争辩，赶紧低头认错："对不起，是我错了。"

苦瓜把眼一瞪："跟我说什么？给我们少爷道歉呀。"

"是是是。"吴梦生早已晕头转向，又向海青鞠躬，"我不对，错怪您了，还望您大人不计小人过。"

海青瞧他这副痛心疾首的模样，还真有些不忍，双手相搀："言重了，我也有不对的地方，咱还是朋友嘛。只求吴兄笔下留情，别在报上做我的文章。"

"不敢不敢……"吴梦生满面羞惭上楼去了。

直到他的身影彻底消失在楼梯，海青才笑出声："哈哈哈，真有你的，还什么'君子远庖厨'，没想到你还知道《孟子》上的话。"

"嘻！"苦瓜也笑了，"我哪读过书？只知道《开粥厂》的贯口里有这句，逮过来用。"

"哈哈，活学活用，了不起。你们这些说相声的，没理搅三分，黑的能说成白的，死人都能说活了，真是……不知该夸你还是骂你，佩服佩服。"

"常言说得好，好马出在腿上，好汉出在嘴上。做事不能瞻前不顾后，今天你若得罪姓吴的，他肯定会记下这笔账，试想他要是像盯翠宝一样盯着你，咱的秘密迟早暴露。唯有编一番话蒙住他，才不留后患。这才圆满呀！"

"是啊！"海青笑着点头，"这才更缺德呀！"

第二章
提起发财，这是个笑话！

人有穷富，瓦有阴阳，艺人也有高低贵贱之别，有的收入不菲买房置地，有的衣衫褴褛形同乞丐，除了人格和运气因素，关键在于有多少本事，一切功名利禄都是技艺换来的。万丈高楼从地起，再高超的技艺也是在表演中逐渐磨炼出的，所以"三不管"的茶楼虽然档次不高，却如同竞技场，日日笙歌争奇斗艳，造就过无数名家，实是卧虎藏龙之地。

哪家茶楼捧红的艺人多，哪家茶楼的名气就大，反之越有名的茶楼越容易请到当红艺人，这就是互相成就、水涨船高。在诸多茶楼之中，尤以同乐茶楼名声最隆、人气最旺，即便阴天下雨也座无虚席，何况今天是翠宝回归"三不管"的首演，水牌子[1]早就放出去了，引来无数看客，起满坐满，盛况空前。

海青和苦瓜来到二楼时演出已经开始，连过道也站满了人。海青好不容易才挤到稍微靠前的位置，踮着脚张望，只见台上正在表演耍坛子。这位艺人是个大胖子，满面笑容憨态可掬，还特意光着膀子，露着白花花的肥膘，下身却穿一条花裤子，系着红腰带，更显得滑稽笨拙；然而一只直径三尺、半人高的坛子在他手上舞动如飞，时而抛到空中，

---

1 水牌子，演出告示牌。

时而顶在头上，他却不慌不忙，游刃有余。

"好啊！"海青不禁喝彩。

苦瓜却在皱眉——他认识这个耍坛子的。此人叫张狗子，无论功夫还是纲口均属一流。按曲艺场的规矩，越是有名的演员登台越晚，以张狗子的名气至少也该排在三点以后，怎么现在就上台？八成万掌柜顾忌下边那群混混儿，怕文雅的节目镇不住场面，故意先挑热闹的演；可热闹的节目终究有限，况且艺人大多赶场，时间也不易错开，看来今天这场演出很难周全。

海青伸着脖子看了片刻，觉得不过瘾，还想往前挤，却被苦瓜拦住："别再靠前了，就站这儿吧。"苦瓜有算计，在同行眼中他是说相声的，而在吴梦生眼中他却是秘书曼伦，站得靠前太显眼，难免遇到熟人客套几句，若被吴梦生注意到就不妙了，索性挤在人堆里。

此刻他们站的位置在侧面，视角不好，却连观众席也能看清。台下第一排是松木的八仙桌、太师椅，桌上放着精致的茶壶盖碗，二排以后是方桌，至于最后几排是临时加的座，连桌子都没有，全是长条板凳。

张老七占据第一排正中位置，桌上摆满果品，混混儿们簇拥在桌边，这些人也分三六九等，有几个明明有椅子也不敢坐，侍立在七爷身后。如此一来挡了其他人视线，可是谁敢跟他们讲理？后面几桌的观众只能自认倒霉，歪着脑袋看节目。混混儿们经常打架，多少懂得拳脚，瞧张狗子耍得漂亮，也不免喝几声彩。张老七却毫不在意，他揉着铁球，叼着烟卷，时不时跟身边的打手闲聊几句，显然对这类节目不感兴趣，今天降尊纡贵只为翠宝。

同样是第一排，一桌之隔就是杨俊山，那桌格外清静，只有他自己——有座岂能不卖？必是他掷下重金把桌子包下来，不准别人坐。海青也是富家子弟，在"三不管"却无异于常人，即便跟贩夫走卒挤在一条板凳上也无怨言；而这位杨家少爷西服革履来曲艺茶馆，还自己包一张大桌，可见是招摇之辈。更气人的是，他明明占着好座位却不关心台上演什么，只顾着用手帕擦茶碗。同乐茶楼很规矩，壶碗都刷得干干净净，用开水烫了又烫，又用干毛巾擦得连个水珠都没有，而在杨俊山看来还不干净，仿佛他这辈子从未跟别人共用过一套茶具。瞧他举动就不像对曲艺感兴趣的人，甚至没来过这种地方，他的兴趣只是翠宝。

吴梦生上楼虽晚，却也抢到了座位，在最后一排。长条板凳都是临时加的，出于视线考虑越靠后板凳越高，那最后一排的板凳将近一人高，坐在上面两腿悬着，胆小的不敢上。吴大记者不但上去了，还唯恐瞧不清楚，竟然蹲在上面；他怒气未消，鼓着腮帮子，竖着眉毛，手里紧紧攥着笔和本，已经憋足了劲儿，别的艺人全不在意，就等翠宝登台！

海青环顾一圈有些不安："杨俊山是翠宝的未婚夫，张老七也觊觎翠宝的美色，一个有钱一个有势，后面还有个专门来找碴儿的吴梦生，我怎么感觉要出乱子呢。"

"你才明白呀！"苦瓜冷笑，"等着瞧，今天这场乱子小不了！"

这时观众席爆发出一阵笑声——张狗子没站稳，一屁股坐在台上，头顶的坛子摇摇欲坠，他又抻脖子又耸肩，费了半天劲儿才稳住，长出一口气："万幸万幸，阿弥陀佛……"他本就胖，还故意双掌合十、闭上眼睛，活像一尊大肚弥勒佛，等大家的笑声渐渐止歇，猛然睁眼，"糟糕！坐是坐稳了，我怎么站起来呀？"他大胖的身子，空身站起来都不容易，更何况头顶坛子，稍微一动坛子就晃悠，连试三次都不行，眼瞅着坛子左摇右摆，只好坐下，憨皮赖脸朝观众们笑，"诸位老少爷们儿，让您见笑了。常言说得好，人有失手马有失蹄，常吃烧饼没有不掉芝麻的，常吃牛肉没有不塞牙的，常吃猪肉没有不蹭一嘴油的，常吃鲫鱼没有不扎刺儿的，常吃……"

"别吃啦！"有个观众嚷道，"你够胖的了，还总惦记吃！"

众人笑得前仰后合，张狗子也乐了，改口道："咱不提吃了，人有失手马有失蹄，惯骑马惯跌跤，久在江边站没有不湿脚的。学徒的今天一时不慎，没练好，站不起来了。诸位能否容我把坛子放下，站起来再接着练？"

"不行！"观众瞧他傻憨憨的，都跟他逗，"就这样练！"

张狗子愁眉苦脸："诸位都是好心人，何必难为卖艺的？学徒我也算小小有腕儿，若把坛子摔了，今后还有什么脸在'三不管'混？怎么孝敬爹娘、养活媳妇？实话告诉大家，我练这点儿本事全靠我媳妇。我媳妇比我还高，比我还胖，五官挺漂亮的，亚赛[1]杨贵妃，可惜长得太黑，戴上胡子活像张飞，还是张飞的脾气，动不动咬牙瞪眼，管束我就跟教训儿女一样，非打即骂，总罚我跪地顶灯。日久天长油灯越顶越稳，她见我不在乎了，就换了饭碗，后来饭碗也渐渐顶习惯了，又换碟子、痰盂、瓦盆，越换越大，最后成了坛子，不知不觉我就练成这一身绝技。"

"哈哈哈……"众人听他这样学艺，哪有不乐的？

"真的假的？"海青问苦瓜。

"能是真的吗？他自幼学艺，冬练三九夏练三伏，下过苦功的。你瞧他坐在地上说个不停，又哭又笑的，脑袋上的坛子丝毫不动，一般人办得到吗？从刚才那一摔就是演的。"

张狗子很会做戏，耷拉着胖脸，两行热泪簌簌而下："诸位，不看僧面看佛面，不看鱼情看水情，就算您不可怜我，也可怜可怜我媳妇，没钱买米岂不把我媳妇饿瘦了？这样吧，我不把坛子放下，您容我双手扶着站起来，行不行？"

"不行！"有些观众知道他的本事，毫不通融，不知底细的也跟着起哄。

有个混混儿一猛子蹿起来，扯着嗓门嚷："胖子，别来这套！今天七爷在座，这是赏你小子脸，敢不卖力气？规规矩矩站起来，敢伸手碰一下坛子，把你腕子剁了！"

"讨厌。"苦瓜咕哝道，"幸亏是在园子里，若是'撂地'这会儿该开杵门子[2]了，他这么喊岂不是砸人饭碗？真是瞎起哄。"

"唉！"张狗子没办法，长叹一声，破涕为笑，"诸位都是高人，尤其七爷麾下英雄好汉，个个心明眼亮，想偷懒是万万不能了。学徒我

---

1 亚赛，好似，类似。
2 开杵门子，隐语，要钱。

斗胆亮亮真功夫，诸位上眼瞧！"说罢他双手往台板上用力一撑，随即弓身缩腿，一跃而起。别看他身材胖，行动却很敏捷，眨眼间已牢牢站定，还顺势扎个马步；那坛子依旧平平稳稳顶在他头上，动都没动一下。

"好呀……"掌声彩声响成一片。

张狗子却大叫一声："不好！裤裆裂了！"说着捂住屁股往后台跑，脑袋上还顶着那只坛子。哪是真裂了？不过是故意逗乐，在笑声中，他的表演结束了。

海青意犹未尽，却感觉有人轻轻拍他肩膀："小兄弟，借过。"回头一看，是万掌柜，手里捧着一把紫砂茶壶；身后还跟着个凶巴巴的大汉，海青见过此人，是张老七的心腹打手，因为身上刺了两条青龙，"三不管"的人都叫他"二龙"。

海青努力往旁边挪了挪，万掌柜挤过人群，毕恭毕敬把茶壶捧到张老七面前："七爷，这是本店最好的茶叶，专给您预备的。"张老七坏事干得太多，总怕有人谋害，无论到哪儿都只用自己的茶壶；万掌柜亲自为他沏茶，即便如此二龙也在旁跟着。

张老七还算给面子，微微起身接过茶壶，万掌柜索性也在桌边奉承着，却不见玉石眼的踪影。这时观众又一阵喝彩——下一个献艺的已经登台，是个身穿练功服、提着宝剑的大姑娘。

海青认识，这是随父卖艺的陈三侠。她父亲的诨号叫陈大侠，是"三不管"有名的把式匠，弹弓打得出神入化，据说还有一手压箱底的绝技叫"流星赶月"，却没人亲眼见过。三侠的弹弓打得没有她爹好，拳脚功夫却很不错，也算小有名气。

"哟！上来女的啦！"

刚才张狗子表演，混混儿们还算老实，这会儿见女子登台就有些不安分了。三侠姑娘虽不是很漂亮，却也年方二八、身段俏丽，混混儿们纷纷尖着嗓子叫邪好，其中一人竟凑到台边，一脚踏在台板上，放声调笑："妹妹，留神点儿！慢慢练，可别伤了你那杨柳细腰，哥哥心疼。"

虽说艺人的社会地位不高，遇见女艺人开几句玩笑也是无可奈何的恶俗，但是似这般哥哥妹妹的占便宜实在不雅，这不是公然耍流氓吗？

不少观众皱起眉头，却敢怒不敢言。

三侠姑娘久在"三不管"，这种场面见多了，根本不理睬，抱拳朝台下道："各位老少爷们儿，小女不才，自幼随父学艺，三更灯火五更鸡，着实练过几年。常言说得好，活到老练到老，练到八十不算好，直练到棺材里也未必高。莫想人前夸海口，强中自有强中手，我年纪轻轻不敢说有什么功夫，就是能耍两下，今天借同乐茶楼这方宝地，练几手八仙剑，练得不好，请大家多多指教。"她嗓音清脆、底气十足，话音刚落已拔剑出鞘，随即提膝亮剑，猛地向前一蹿，朝那混混儿的面门刺去。

她手底下有分寸，岂能真刺上？却吓得那混混儿连退两步，一屁股跌坐在地，满层楼的观众全乐了。那混混儿吃了个瘪，脸上无光，骂骂咧咧起身，撸胳膊挽袖子，便要上去动手，可是仔细一瞧顿时傻眼——三侠年纪虽轻，功夫却很棒，招招有式，式式有法，一把宝剑舞得刚劲有力，又快又狠，风不透雨不漏，如同一团旋风。

那混混儿自知打不过，却不肯服输，假模假式叫道："死丫头，有本事你下来呀！"连叫两声，三侠理也不理，自己练自己的，他也不敢蹿上去。其他混混儿都觉得没意思，过来两人拽住他的肩膀往回拉："回来吧，别丢人现眼啦！"一来这帮无赖欺软怕硬，真遇见厉害的他们心里也没底；二来张老七没发话，谁也不敢真闹。

三侠虽在舞剑，却是眼观六路耳听八方，见那混混儿退了回去，也暗自松口气，这才渐渐放慢速度。卖艺的有尖有腥，尖的虽好，却只有行家才能看懂；腥的是假，但花拳绣腿反而吸引观众。三侠放缓动作，洞宾背剑、钟离献宝、湘子提篮、仙姑醉卧……这些招式远不及刚才的实用，但姿势优美潇洒飘逸，观众全神贯注欣赏，连心不在焉的杨俊山也抬头观看。

海青赞叹："三侠的功夫真是越来越好。"

苦瓜讥笑："这话说的，就好像你真懂一样。"

眼看二十四路八仙剑法就要练完，必定博得满堂彩，却听哐的一声脆响。茶馆里有响动很正常，但混混儿们心里有鬼，尤其保着七爷出来更是加强了警惕，锅伙¹之间时常火并，唯恐有人捣乱，听到声响一股脑儿站起来，有家伙的掏家伙，没家伙的就抢椅子，二龙攥着匕首护在张老七身前，厅堂里一阵乱，隔了片刻却没其他动静，又见玉石眼从舞台边幕跑出，笑道："没事！各位兄弟少安毋躁，刚才后头不留神摔了东西，不碍事的。"

他们不碍事，却把前台吓得不轻，有些观众还以为混混儿要砸茶楼呢。茶楼计时收费，多看一段多交一份钱，万掌柜唯恐走了观众，连忙作揖安慰："诸位宾朋多多包涵，快请落座，好戏在后头……"安抚了好一会儿，又跟张老七客套几句，这才去后台查看。

虚惊一场，唯独苦了三侠姑娘，一套剑法刚好练完收势，人心惶惶的谁也没注意，她干巴巴站在台上，连叫好的都没有。苦瓜脑筋快，怕她尴尬，藏在人堆里喊了一句："好剑法！刚才后台一声响，必定是剑气把张狗子的坛子击碎了。"

"哈哈哈……"观众闻言大笑，连张老七也忍俊不禁，随即响起掌声。三侠总算没折腕儿²，抱拳谢客回转后台。

不知什么缘故，舞台空了好一阵，观众等得都快不耐烦了，才见走上一个丑模丑样的年轻人，正是小麻子。苦瓜抿起嘴唇："不妙，混混儿连看两段又虚惊一场，都坐不住了，刚才那场又是女的，这场不好接，麻子可能要被轰下去。"

海青想起分账的事，幸灾乐祸："好啊，我就等着出乱子，还没见过把艺人轰下去的场面呢。"

"嘿！你是瞧热闹不嫌事儿大呀。留点儿神，小心他们扔茶壶砸到你脑袋上。"

"扔茶壶？"

"是啊！你以为他们只是叫倒好？有什么算什么，全往台上扔，讲礼貌就不当混混儿了。"

---

1 锅伙，指旧社会混混儿们盘踞的房子、据点。
2 折腕儿，隐语，坏了名声。

麻子年纪不大却久历江湖，脑子很清醒，知道必须先稳住张老七才能演下去，于是抱拳作揖："各位高朋贵友，麻子三生有幸，今天七爷大驾光……"

哪知一句话尚未说完，有个混混儿喊道："下去！七爷的面子不是赏你的！"

活该麻子倒霉，平日说对口的，他与苦瓜一对一句插科打诨，互相有照应，今天就他自己，单的本就难说，还遇上一群无赖，如何是好？只能强作笑颜耍贫嘴："您说得对，七爷岂能来捧我？大伙全是为翠宝来的，我是灯泡上抹糨糊——沾沾光。我这张麻脸还不如翠宝的脚后跟好看呢！但是再好的庄稼也离不开粪，再勇的将军也离不开兵，容我先垫垫场，说一段……"

"不听不听！"无论说什么那家伙也不买账，"大麻脸，下去啵！"

"哦！下去啵！回家和泥，填填你那一脸麻坑儿。"别的混混儿也起哄，越嚷声音越大。苦瓜、海青都替麻子捏把汗，齐向张老七望去，见张老七一脸微笑，嗑着瓜子，嘬着茶水，始终不说话——这就是默许崽子们胡闹。

混混儿们更加得势，开始只是喊："大麻脸下去啵！"既而不知谁嚷了一句："叫翠宝上来！"于是其他人也跟着喊："宝儿！宝儿！"紧接着什么橘子皮、苹果核全扔向麻子。还真有个混混儿绰起茶壶，可刚举过头顶又放下了——不是怕伤到麻子，唯恐茶壶摔碎，翠宝登台时滑倒，七爷追究起来担待不起。

他倒是把壶放下了，但殃及池鱼，后面那桌客人倒了霉。茶壶举到半空中，壶盖能不掉下来吗？正砸在后边那位的脑门儿上，半壶热水泼了出去，弄得人人都跟落汤鸡一样。那桌客人也不敢理论，立刻离席——惹不起还躲不起吗？

走的何止这一桌，胆小的早就溜了，即便不怕事的也往外走，大家看曲艺是为了消遣，眼瞅着要出乱子，谁蹚这浑水？客人们争先恐后离场，楼梯上挤都挤不动。那楼梯底下有个伙计，计时收费等着敛钱，眼见一大群人涌下来，哪还拦得住？甭管给没给钱，呼啦啦全走了。

麻子倒是机灵，早有心理准备，见势不好扭头就跑，一块橘子皮没挨上就窜后台去了。苦瓜明白，这时叫谁上谁也不干，挨砸还在其次，传扬出去名声有碍，有个会说不会听的，还以为自己演砸了呢！无奈之下万掌柜冒着"枪林弹雨"亲自登台："诸位好汉，别扔别扔！我来了，有话好好说……"

张老七稳如泰山，只是轻轻使个眼色，混混儿们立刻不扔了，却还"宝儿！宝儿！"地叫个不休。

万掌柜苦笑——能在"三不管"经营茶楼的岂有傻瓜？自从张老七一进门他就知道要乱，一再挑热闹的节目上台不过是想稳住混混儿，尽量拖延，毕竟其他客人多留片刻他便多挣点儿，多卖几壶茶也是好的。更要紧的是，翠宝虽然到了，伴奏的还没来，必须拖到乐师赶到才能演。

"诸位！赏个面子，听我一言。"他抱拳拱手把话挑明，"没有打虎将，过不了景阳冈。我知道诸位都是为翠老板来的，如今她在九河下梢[1]无人不知，色艺双绝谁不喜欢？诸位贵足踏贱地，只要进了门就是我万某人的衣食父母，岂敢不让大家尽兴？别的都不提，就凭七爷往下边一坐，天大的脸赏给我们同乐茶楼了，就该立刻叫翠宝登台，至少唱三段！"

"对！快叫她上！"

"但是……"万掌柜略一皱眉，"诸位也得体谅我的难处呀。翠宝是老板，是底角儿，至少有六成客人是看她来的，这么早就请她上台，唱完了观众一哄而散，小店不就损失了吗？再者翠老板唱完，还让不让别的艺人上？不让别人上，人家少挣一份钱；让别人上，那就排在翠宝后头了，究竟谁攒底？那不把翠老板的风头压了吗？这不合规矩。"

这话入情入理，尤其最后一句，艺人的排序关乎声望，混混儿都是陪着七爷来捧翠宝的，不能不顾忌这点，所以都不嚷了。

---

1 九河下梢，指天津。

"不过话说回来，哈哈……"万掌柜又笑了，捋着胡子笑得十分爽朗，特意提高嗓门儿，"今天七爷大驾光临，什么规矩不能破？即便天王老子，来到'三不管'也得给咱七爷让路！江湖人讲究的是爽快，就冲七爷今天肯赏脸，甭管是赔是赚，甭管合不合规矩，也甭管后台谁有怨言，姓万的一人担待。现在就请翠宝登台，绝对叫七爷满意！"

这番话简直说到混混儿们的心缝里去了，争着附和："好！掌柜的爽快！"

"哈哈哈。"张老七仰面大笑，也挑起大拇指，"万掌柜，您真是老江湖！放心吧，今天算我包场，绝不叫你赔本。"

万掌柜跪地打千儿："谢七爷！"他费半天唾沫就为这句承诺，随即起身，兜足丹田气朝后台喊道，"有请翠宝老板……"

海青冷眼旁观，不禁感慨："今天我算明白了，什么叫'好汉出在嘴上'，万掌柜这张嘴比你们说相声的厉害……"话说一半回头一瞧，苦瓜没了踪影，不知何时走开的，抬头一找——他正坐在一张方桌边吃橘子呢。

"嘿！你怎么坐下了？"海青赶紧追过去。

苦瓜吐了橘子核，又抓起一把瓜子："走了一大半观众，有座位还不坐，傻呀？"

"你怎么还吃上了？"

"反正前头的客人已经付过钱了，不吃白不吃。你不吃，卖瓜子的就收走了，接着卖别人。"

"唉！"海青在他身边落座，"台上台下都加一块儿，只有我一个人是傻子。"

在艺界"老板"这一称呼不是随便叫的，独自一人干买卖当不成老板，必须是有班底、有号召力的艺人才能享此殊荣。往大了说，剧场凭他叫座挣钱；往小了说，伴奏乐队靠他养家糊口，一个人关乎一群人的生计，这才能叫老板。几个月前翠宝还是普普通通卖唱的，如今在诸多观众追捧下已迈入这一行列。

红花还需绿叶配，翠宝尚未登台，伴奏的先行一步，又有茶房搬上鼓架子。五位乐师联袂而来，虽然有老有少，却是同样装扮，灰大褂、青布鞋，头上戴着黑缎子的六合帽。五人带着乐器一上台，苦瓜忍不住惊呼一声："好排场！"

"怎么了？"海青没瞧出门道。

"你不晓得，虽说梅花大鼓需要多样乐器伴奏，但那是旗人玩票的时候，一般艺人谁聘得起这么多伴奏？如今乐队都简化成两三人，一把三弦，一把四胡，顶多再来一个弹琵琶的，今天竟然还有扬琴和笛子，排场不小，而且这几位都是何等人物！"

"很有名吗？"海青不认识。

"岂止有名？那个戴着墨镜、抱三弦的是个盲人，姓卢，别看才三十岁，技艺好得很，曾跟'三弦圣手'韩先生学艺。拉胡琴的姓钟，弹琵琶的姓白，敲扬琴的姓周，这三位先生也都是高手，傍过刘宝全、金万昌，都是能包全场的乐师。"

"什么叫'包全场'？"

"就是只要他们往台边一坐，什么京韵、梅花、单弦、时调，甭管唱什么他们都会弹，各种乐器都拿得起来，整场演出从头到尾的伴奏全包了。星星扎堆不显亮，平时这几位各有各的场子，准是万掌柜特意请来的，没少花钱呀。"

"那个拿笛子的呢？我看他比咱俩还年轻，也很有名？"

"嘻！甘蔗地里栽葱——比别人矮一截呢！那是小六子，火候差得远，但也是个多面手，兴许将来有出息。"

"他家兄弟很多吗？排到第六了。"

"不是，他只有一个哥哥。因为他家姓陆，大伙叫着不顺嘴，日久天长就喊成了'六'。他哥叫'六子'，他叫'小六子'，他爹是'老六'，他娘是'六婶'。"

"嘿！全家都排第六。"

这时周围响起喝彩声——虽说走了许多观众，毕竟还有留下的，这些人或是听曲成瘾，或是爱看热闹，更有几位是翠宝的忠实拥趸，莫说混混儿闹事，就算房倒屋塌他们也不走。这些人多是行家，也看出伴奏的不一般，正角儿还没来，先给乐队叫了几声好："好弦儿！好琵琶！"

海青环顾一圈，除去张老七带来的还剩三十多位观众，后面的板凳已经空了，正纳闷儿吴梦生怎么也走了，哪知回头一看——这位吴大记者竟然跑到第一排杨俊山那桌去了，杨少爷却不知所终。

苦瓜也瞧见了，不免讥笑："一个胆贼大，一个胆忒小。姓吴的不知死活，一会儿翠宝要是指着他向七爷诉委屈，他岂不挨揍？至于那个姓杨的，虚有其表，没骨气！"

"我猜他是第一次来'三不管'，没见过这阵仗，难免害怕。"

"翠宝是他未婚妻呀。他们杨家不是有钱有势吗？还怕了张老七不成？自己媳妇叫人家逼着上场，他连个屁都不敢放，自己先溜了，这种男人靠不住。"

"是啊！"海青斜他一眼，"为了心上人敢冒险劫牢，那样的男人才靠得住。"

苦瓜假装没听见，低头喝水。

这时乐声响起，丝竹齐奏，将气氛烘托到极致，翠宝就在这悠扬的乐声中缓缓走来。不知何时她换了装扮，脱掉绣花旗袍，换上一件淡蓝色布衣、灰色粗布裤，脚下的高跟鞋也换成寻常布鞋；卸去脂粉口红，摘掉一切首饰，然而天生丽质，洗去铅华更显可爱。台下观众如疯癫一般，一声接一声地叫嚷，一声比一声高："就等你啦！大美人！今儿可来着了！"叫好的声音实在太大，连她开场的铺纲都被彩声淹没了。

这情形连海青都看呆了，不由自主地跟着鼓掌。苦瓜一阵点头，又一阵摇头——翠宝自"三不管"成名，红遍各大曲艺园子，回到"三不管"还是换成当初的装束，以示不忘本；可惜她的心已经变了，永远回不到过去，这么穿只是噱头。

足足热闹两分钟，喝彩声才渐渐平息，这才听清翠宝的话："还要感谢各位衣食父母，多谢七爷抬爱……"

只听清这一句，后面的话未说完，混混儿们已急不可待地叫起来："《思夫》！唱《思夫》！"

坐在后面的观众纷纷皱眉——所谓《思夫》是指传统唱段《王二姐思夫》，出自《醒世恒言》。许多曲种都演这故事，梅花大鼓也唱，其实唱段本身并无不雅，只是其中有一句"我的二哥哥"，每逢唱到这句时总有不正经的观众高声答应"欸！"占女艺人便宜，以至于有些市井闲人明明不爱曲艺，也知道这段《思夫》。今天来了这么多混混儿，答应的还能少了？实在不成体统。

"翠老板！"起哄声中前排有个人站了起来，朗声质问，"您临时换唱段，不好吧？"说话的正是吴梦生。

竟然有人敢在张老七眼皮底下唱反调？众人皆感意外，连众混混儿都暂时闭嘴，不知此人是何路数。吴梦生毫不在意旁人眼光，似笑非笑道："外面牌子上写得清清楚楚，今天的唱段是《鸿雁捎书》，观众也是为您这段《鸿雁捎书》来的，您临时换唱段，是不是有欺骗观众之嫌？"他不懂曲艺，也不知《捎书》与《思夫》有何区别，就是存心挑刺。

翠宝处变不惊，嫣然一笑："吴大记者，没想到您也来赏光，听说您在报上写文章捧我了，多谢多谢……"

有两个混混儿已拿起茶碗，准备砸这小子，一听是记者，还捧过翠宝，又都放下了。

唯有吴梦生知她是正话反说，故意讽刺自己，况且在茶楼门口就遇见了，现在又装作才看见，这不是视自己为无物吗？于是更生气了，却强压怒火道："究竟唱哪一段，您最好拿定主意。"他心里已经盘算好文章，只要翠宝唱《思夫》，甭管后面怎么演，先给她扣上一个"随心所欲怠慢观众"的评语。

"《思夫》！《思夫》！"混混儿们又叫个不休，这似乎是张老七点的。

"诸位……"翠宝泰然自若，笑盈盈抱拳拱手，"今天七爷大驾光临，我起码要唱三段，《王二姐思夫》自是少不了的，《鸿雁捎书》也要唱。咱们茶吃后来酽，好戏放后边，头一段我想别开生面，不唱《思夫》，也不唱《捎书》，要唱个冷门的，来段《黛玉归天》。实不相瞒，这段我以前不会，也是初学乍练，背后下了些功夫，今天首次在台上献唱。请诸位赏下耳音，小女子恭恭敬敬挚挚诚诚，伺候您这段黛玉……"说着她左手拿起竹板，右手拾起鼓箭[1]，摆了个妖媚羞涩的姿势，这才柔声道："归天。"

"好！漂亮！"观众反响热烈，能听到一段新节目都很满意。

吴梦生没再说什么，悄然落座打腹稿。海青松口气："我还替吴梦生担心呢，看来无碍了，混混儿们顾忌他是记者，不敢怎样。"

苦瓜却摇头道："谁说没事？麻烦大了，他已经被盯上了。你瞧张老七的脸色，跟轴画似的耷拉着，分明已经生气了。就算张老七懂得好歹，不结怨报界，手下那帮小喽啰还献殷勤呢。明枪易躲暗箭难防，不能掉以轻心，一会儿你给姓吴的提个醒，叫他老老实实在家躲几天，别轻易出门，要不然走在胡同里脑后挨一闷棍，死都不明白怎么回事。"

说话间表演已经开始，卢先生拨动三弦，钟先生拉起四胡，白先生拨弄琵琶，周先生敲击扬琴，小六子也吹笛合奏，翠宝左手击节，右手执箭击鼓。在诸多大鼓类曲种中，梅花大鼓的鼓点花样最多，也最为烦琐，只见翠宝腰板挺立、面含微笑、直视前方，并不低头看鼓，手上却不松懈，时轻时重，时快时慢，时而故意击在鼓边上，时而用力打在鼓中央，疾时如狂风骤雨大浪奔腾，缓时如铜壶滴漏泉水叮咚，抑扬顿挫皆有章法，与乐队配合得天衣无缝。

"好！"苦瓜也极为难得地叫了一声。

海青笑了："怎么样？你也佩服她？"

苦瓜兀自嘴硬："我服她的本事，不服她的人性。这击鼓单是一门技艺，纯凭腕子的劲儿，有些艺人唱得不错，一击鼓就惨了，胳膊上下抢着，拱肩缩脖四鬓汗流，他敲着累，观众看着也累，一段看下来活像搬了二百斤煤球。翠宝会用巧劲儿，游刃有余内紧外松，敲起来又好听又好看，能有这番造诣果然得益于金先生。"

"她拜金万昌为师了？"

---

1 鼓箭，曲艺演员击鼓的竹棍。

"拜金先生为师？想得美！金先生是这一行的活祖宗，想拜他为师的人挤破门槛，哪就轮到翠宝？听说金先生授徒每月收十块大洋，每个唱段都是上百句，一句一句教，一个字一个字抠，没几百块哪学得下来？还别说翠宝没钱，就凭她那位要钱不要命的干娘，即便花得起也不花。"

"那她跟谁学的？"

"捋叶子。"

"偷艺?！"

"你别大惊小怪，爬不上杨树爬柳树，虽说偷艺犯忌讳，也是没办法的事。穷孩子想靠这个吃饭，不偷从何得来？再说偷艺也得靠天赋，若是没眼力、没悟性，叫你偷还偷不来呢。当年翠宝唱时调，天天追着金先生跑，有时甚至不要包银在茶楼白唱，就为找机会观摩金先生演出。可光知道唱词还不够，幸亏翠宝有个好弦师，黄师傅，也是教她时调的师父，精通音律又有文化，能帮她规制唱腔……咦？"苦瓜忽然意识到不对——给翠宝伴奏的一直是黄师傅，怎么没来？虽说黄师傅的技艺略逊于卢、白、钟、周四位，至少比小六子强得多，他若在此何须小六子跟着凑数？

翠宝一套鼓打完，已收获无数喝彩，有些观众是真懂行，混混儿们则是瞎起哄，反正都是捧角儿来的，越热闹越好。翠宝收住鼓箭，乐队弹了个过门，她轻启朱唇引吭高歌："哎哪！季秋……"

"好啊……"刚唱俩字又是一阵碰头好，张老七恶狠狠扫了众混混儿一眼，他们这才意识到捧过头了，赶紧闭嘴，大家终于可以安安静静欣赏艺术。梅花大鼓一板三眼，曲调婉转舒缓，以悲调著称，黛玉之死又是整部《红楼梦》里最悲的一段，故事本身就够凄惨，再加上艺人的演绎更是催人泪下，据说金先生演唱这段时曾有观众痛哭流涕。翠宝身为女子，嗓音条件与金先生不同，高亢有余而低音不足，却能发挥女性的优势，融入人物声情并茂，以表演取胜。只见她秀眉微蹙、杏眼低垂，熠熠目光中带着忧愁，仿佛她本人就是潇湘馆里病恹恹的林妹妹，倾身唱道：

哎哪！季秋霜重雁声哀，菊绽东篱称雅怀。我表的是潇湘馆病倒了林黛玉，门儿寂静掩苍苔。贾母她忽一日闻听黛玉病到了垂危后，老人家不放心前来看望外孙女孩。只见她气息奄奄身不动，贾母说你一病因何这等衰？林姑娘杏眼微睁定了一定，勉强着支持略把头抬……

海青虽然常在"三不管"厮混，却对相声以外的节目不大上心，特别是梅花大鼓，总觉得不热闹，没耐心听完，今天还是第一次全神贯注观看，只觉曲调悠扬、词句文雅，颇值得回味。翠宝的唱腔百转，如怨如慕，如泣如诉，仿佛一片凋落的花瓣被风吹起，在空中翻了又翻，扶摇直上飞入天际，又戛然而止，荡悠悠飘落下来，百转千回身不由己，直至坠入无情流水，盘旋荡漾随波逐流……把一个孤苦无依、悲悲切切的林黛玉演绎得淋漓尽致，不知不觉海青已忘记翠宝的轻狂，眼中只有楚楚动人的美丽姑娘。

在座的其他观众，包括张老七也都屏息凝神静静聆听，直至两番唱罢转入间奏才再次响起掌声。海青回过神，端起茶碗喝水，送到唇边才想起自己没买茶，这是前一桌客人剩的，不禁扑哧一笑："我真是入迷了，确实好，与听唱片的感觉完全不一样。"

"当然。曲艺就应该在现场看，我们艺人都是'人来疯'，只要有观众捧场，平添五百年道行！"

随着音乐，翠宝再次执箭击鼓，却与先前的动作大不相同。只见她微微低头、紧闭双唇，表情变得有些冷峻，高高举起鼓箭，开始借胳膊的劲儿，却敲得更有力，更震撼。这样击鼓肯定费力，不多时她光洁的额头上已隐隐冒出汗珠，到后来干脆俯下身子，用力挥舞右臂，左手竹板也越打越响。这样表演固然失了优雅，却多了几分气魄，乐队也随之曲调激扬。卢先生双目失明，听觉却比常人灵敏，他聆听鼓点加速弹奏，手底下不断变换指法；钟先生一开一合拉着琴弦，双手上下齐动，由于动作太大，身子摇摆起来，仿佛喝醉了一般；白先生已将琵琶嵌在怀里，紧紧抱住，两手快得瞧不清轮廓；周先生也摇头晃脑，拱肩缩背用力敲击扬琴；吹笛的小六子早已跟不上节奏，脸红脖粗，前仰后合，总是慢一点儿，到后来为了不干扰别人他干脆滥竽充数，只摆样子不出音儿。一时间舞台仿佛变成了擂台，翠宝与乐队较上劲了，一边急敲，一边急奏，似乎要比比谁更快，互相烘托越来越快，如大江奔流、战马疾驰一般。

观众见他们如此卖力，都觉酣畅淋漓，一阵接一阵喝彩，那叫好声震耳欲聋，简直像是要把房顶掀了。

"好气魄！"海青也随之赞叹。

苦瓜却笑了："哪有这样演的？这分明是诈粘子[1]。"

热烈气氛一时达到顶点，眼见翠宝渐渐放缓鼓点，喝彩声才慢慢止住，伴奏也恢复到舒缓。翠宝又一次启唱："哎哪！姑娘呀……"

苦瓜面色一凛："不妙，夯头鼓[2]了。"

"是吗？"海青一开始没意识到，又听了几句果然感觉翠宝的声音变得有些干涩，虽然很嘹亮，却不似先前那么优美，"她怎么了？嗓子卡痰了？"

"唉！不行。"苦瓜把瓜子皮随手一扔，"都说十五月亮好，一夜不如一夜圆，这才几天没见，她的嗓子已大不如前。"

"怎么搞的？金先生一大把年纪嗓子还很好，她还不到二十岁就出毛病。"

"不罕见，年纪轻轻就败嗓的数不胜数，无外乎两样，不是累的就是自己作的，我看这两样她全占。刚刚成名就想多挣钱，无论哪里邀她演出都应着，恨不得一天赶六场，还要上堂会，用嗓过度能不坏吗？她长得漂亮又不安分，对那些给她花钱的男人来者不拒，人家既然捧她，她能不应酬吗？少不得胡吃海喝，小烟卷还总叼着，铁嗓钢喉也经不起这样祸害呀！看情形她也知道自己嗓子不行了，前半段还能支撑，后半段有点儿接不住，所以才卖力击鼓，想尽量博得好感，可这样更累，气

---

1 诈粘子，隐语，故意制造声势，煽动观众情绪。
2 夯头鼓，隐语，嗓子哑了。

都快喘不匀了。还说唱三段，只怕这一段唱完她嗓子就不出音儿了。"

"那她一会儿怎么应对张老七？吴梦生还虎视眈眈挑毛病呢，这下更有的写了。"

"今天总能应付，倒是日后堪忧，凭她现在这嗓子，传扬出去只怕再也没有哪家茶楼肯请她攒底了。难怪她想嫁人，原来唱不动了，想找条后路。"

然而情况比苦瓜预言的更糟，随着唱段推进，渐渐进入高潮，慢板换成了快板，内行把这种板式叫"野鸡溜子"。这时翠宝已明显不支，中气不足，只能用力喊着唱，声音徒剩尖亮，无美感可言；忽而一口气没缓过来，竟慢了半拍。后排观众开始低声议论，也不知谁说了句："这'野鸡溜子'名副其实，真唱出野鸡打鸣的音儿了。"

海青回头望了一眼，有几位年老的观众眉头紧锁，显然是顾曲的行家，对翠宝的表现很不满意；但其他人仍目不转睛盯着舞台，还有几位甚是热忱，完全不在乎失误，依旧笑盈盈地打拍子——看来大家对美女比较包容，若是男艺人唱成这样早就喝倒彩了。

幸好翠宝沉得住气，嗓音虽然不佳，表情动作一丝不苟，简直把林黛玉受病魔折磨的样子演活了，一举一动、一颦一叹，无不叫人又爱又怜，到后来不知是故意的还是嗓子实在不行了，声音变得颤抖而沙哑，颇有病重垂危气息奄奄之感，刚才还在非议的观众转而为她精湛的表演鼓掌。

转眼间这段《黛玉归天》已临近末尾，曲调越发悲凉，翠宝正唱到那句"黛玉正要把话讲，一阵昏迷痰往上来……"，只见"来"字出口她骤然一顿，双目圆睁，嘴唇颤抖，身子一晃。

"好！"所有观众都折服于她逼真的演技。

这种突然一停的唱法实属罕见，却入情入理符合故事情节，连苦瓜都没料到，拍着大腿夸赞："改得好！果然艺不错转[1]，我服啦！"

哪知喝彩过后翠宝却没有接着唱，依旧保持那个姿势站在台上，一

---

1 艺不错转，行话，是指某个演员成名必然有其道理，有与众不同的地方。

时间鸦雀无声，静了两三秒，连乐队都有些不知所措。别人犹可，卢先生什么也看不见，觉得该继续了，于是拨动三弦催促启唱，三弦是最主要的伴奏，他这一弹其他乐器只能跟进，悠扬的乐声又响起来。

然而翠宝还是没唱，她的嘴半张着，眼神渐渐变得呆滞，胳膊往下一垂——啪的一声响，竹板脱手掉在台上。

这时所有人都意识到情况不对了，台下一阵喧哗，连张老七也站起来："怎么回事？"

只见翠宝又是一晃，碰翻了鼓架，随即双腿一软、身子一歪，倒在台上。

台上台下一片混乱，第一个扑到翠宝身边的是吴梦生——这位记者的反应还是那么迅速，踢开椅子，一猛子蹿上台。他虽恼恨翠宝，还不至于见死不救，这时也顾不得男女之别，抱起翠宝的脑袋，使劲掐她的人中穴。

第二个赶到的是陈三侠，她似乎就站在边幕里，见此情形立刻跑出来，手里还攥着剑。她怀疑翠宝是中暑，连忙撩起衣服下摆朝翠宝脸上扇风，并朝后台嚷道："掌柜的！翠宝晕倒啦！"紧接着四位乐师也抛下乐器围拢过去，只剩卢先生还怀抱三弦坐在舞台边，眯缝着瞎眼，不知所措。张老七领着徒子徒孙聚拢到台前，观众也涌过来。

海青想往前挤，却被苦瓜揪住："别去，姓吴的和张老七都在，不方便说话。你又不是大夫，过去也没用。"

"来时还好好的，怎会突然晕倒？"

"我怎知道？我又不是她肚里的虫子。"苦瓜虽这样说，却也满脸关切，抻着脖子往台上望。

吴梦生天天跑新闻，经历过不少突发事件，还真有些手段，在他的抢救下翠宝渐渐转醒，却面色苍白，双眼迷离，牙关紧咬着。观众们很爱怜这位年轻漂亮的姑娘，纷纷询问，张老七似乎也动了真情，攥住她的手轻轻摇晃："宝儿！怎么了？哪儿不舒服跟干爹说。"

吴梦生却道："别闹了，她需要安静。"

有个混混儿撸起袖子骂道："你这臭小子，还敢跟七爷瞪眼，是不是活腻……"

话未说完张老七照他脸上就是一巴掌："闭嘴！记者说得对。"又转身对众人道，"都给我安静点儿！"他说话还真好使，在场之人谁也不敢再出声，往后散开几步。

吴梦生又抬头询问："诸位，有医生吗？"

大家面面相觑，却无人应答，显然并无一人是医生。这时又听后面一阵喧哗，翠宝的干娘、玉石眼都跑出来，还多出一位唱三弦的艺人，名叫何剑平，走在最后边的是杨俊山——他没离开，躲进后台了。

万掌柜自然也赶过来，却不是从后台出来的，是从栏柜那边，手里端着一碗凉水，身后还跟着好几个茶房伙计。他想给翠宝灌凉水，可瞧情形又不像中暑，于是用手蘸水轻轻拍在她额头上。

这会儿干娘已六神无主，一把推开万掌柜，扑在翠宝身上放声哀号："乖女儿！你怎么了？说句话啊！你走了我可怎么办？你不能撇下娘不管啊……醒醒啊……"

"别闹！"张老七看不下去了，"她还没死呢！号什么号？还不快去找医生！"

干娘吓一哆嗦，瘫在地上不敢再号，她是干打雷不下雨，哭了半天连眼泪都没掉。万掌柜张罗请医生，有几位热心观众主动掏钱帮翠宝看病，这个说要请著名中医施今墨[1]，那个说去租界的医院请西医，还有人说病急不能耽误，最好就近找个药铺坐堂的。饶是万掌柜聪明过人，这会儿脑子也乱了，正不知该听谁的，只见吴梦生一阵摆手："别吵！她嘴唇动了，好像有话要说。"

现场立刻鸦雀无声，只见翠宝气若游丝，目光涣散，嘴唇微微翕动，却听不清说什么，好几个人都把耳朵凑过去，这才勉强听见："药……我的药……"

"药？！"干娘反应过来，左右一通乱摸，似是想找什么东西却没

---

1 施今墨，近代北京四大名医之一，定期在天津坐诊。

找到，又朝后台嚷着："包！我闺女的皮包呢？"

"在、在这儿。"杨俊山挤进人群，把翠宝的包捧来。

干娘一把夺过，掀开搭扣，稀里哗啦一阵翻，忽然"哎哟"地叫了一声——手指上割了道口子，不知被什么东西划破的，她索性把包里的东西都倒在台上，挑出一个茶色玻璃瓶，里面装着满满的半透明药液，却没贴标签。

吴梦生瞧她有气："既然有药，为何不早拿出来？"

"谁知她闹得这么厉害？以前从没……"干娘的手指划破了，血淋淋的，药瓶的木塞又很紧，她实在拔不开，于是交给杨俊山。杨俊山眼见翠宝晕倒，早就慌神儿了，哆哆嗦嗦地也打不开。

"让我来吧。"吴梦生接过药瓶，仍有些不放心，在翠宝眼前晃了晃，"是这个吗？"

"嗯……"翠宝挣扎着点点头。

"喝多少？"

干娘道："平常喝半瓶，厉害的时候喝一瓶。"

"来，大家把她扶起来。"

混混儿们一贯爱占女人便宜，都恨不得趁乱在翠宝身上摸一把，但碍于是七爷的女人不敢染指，最后万掌柜扶头，陈三侠托腰，两人架起翠宝上半身，让她倚在干娘怀里；吴梦生这才拔开木塞，把药瓶凑到她唇边。翠宝很虚弱，张着嘴努力往下咽，吴梦生唯恐她呛着，只将药瓶倾斜一点点，花了好大会儿工夫才把这瓶药喂完。

"还是让她躺平吧。"

众人不敢轻易挪动，小心翼翼地将她放平，又怕她着凉，万掌柜脱下大褂盖在她身上。翠宝的气色似乎略有好转，眼神渐渐明亮，还挣扎着挤出一丝笑容，似是向大家致谢。干娘松了口气，摸着她的头软语道："乖女儿，闭上眼睡会儿吧。"

"这药还真灵。"吴梦生翻来覆去看瓶子，除了瓶底刻着个小小的"生"字再无其他标识，不禁好奇，"这是什么药？汉方还是洋药？"

干娘敷衍道："就是治她这种病的药。"

"她得了什么病？"

"乱打听什么？"干娘又想起眼前这人是记者，"不关你的事，别多问。"

"哼！我就不该管你们的闲事。"吴梦生把药瓶往台板上一撂，气哼哼走开，又去酝酿他的新闻稿。

海青站得虽远，却将他们的对话听了个真切："看来翠宝果真有病，服药非止一日，你没听说吗？"

"没有。"苦瓜摇头，"非但我没听说过，甜姐儿也不知。以前她俩无话不谈，翠宝若是有病甜姐儿肯定知道，应该是最近患上的。"

观众陆续坐回座位，有的喝茶，有的收拾东西准备离开，唯独急坏了万掌柜——今天这场算是赔到家了，艺人晕在台上，有什么脸再找观众要钱？张老七包场也不可能了，请那几位伴奏的高手还得贴出去一笔，翠宝还在台上躺着，等到什么时候才能起来？

万掌柜凑到翠宝的干娘面前："老姐姐，你叫她这样躺着也不是办法呀。店里没有被服褥子，台板冰凉梆硬，躺时间长了更作病，赶紧找辆车把她拉回家吧，若是实在不行……"后半句他没好意思说出口——实在不行拆块门板，叫几个伙计像抬死人一样把她抬回去，空出台来让何剑平接着唱，我得捞本钱呀！

干娘刚才还哀戚戚的，听闻此言瞬间变脸："掌柜的，你这话什么意思？想打发我们走？咱得把账算清楚，这场好歹我们算是演了，今天的包银不能少，再说我闺女是因为在你这儿唱才累病的，回到家还得找大夫仔细瞧瞧，你是不是也该赔我们汤药钱呀？"

万掌柜见她倒打一耙，脸都气白了："这话没道理，刚才大伙都看见了，她明明是宿疾发作，随身带着药，怎么能怪我？前几天咱谈的是演一个月，包银给你们涨了，如今她一病倒，我还得另请别的底角儿，又是一笔开销。我念在以往的情义不叫你们赔偿也就罢了，你反倒叫我掏钱，亏你张得开嘴。"

"我不管！反正你得出点儿血，我闺女就在这儿躺着，今天不拿出钱来我们不走。"

"你、你⋯⋯你这不是要无赖吗？"万掌柜是买卖人，本不想撕破脸，可瞧她这态度实在忍无可忍，"母夜叉！我劝你放明白些。万某虽不济，但天津卫大大小小的曲艺园子哪个我不熟识？做人要往远处看，鸟惜羽毛虎惜皮，翠宝年纪轻轻的，别败坏她名声。今天你在我的茶楼耍无赖，明天就叫你臭名远扬，看以后谁还找你们演！"

"放你的狗臭屁！你以为有个茶楼就能欺行霸市呀？别忘了我们翠宝是七爷的干女儿，谁敢欺负？"

这话倒真把万掌柜吓一跳，若她仗着恶霸的势力讹自己，还真是没办法。万掌柜赶紧朝张老七作揖："七爷！我绝不敢慢待您，三节两寿也从没短过孝敬。这码事您瞧得清清楚楚，谁是谁非一目了然，您可得一碗水端平。"

"哈哈哈⋯⋯"张老七仰面而笑，"二位，别这么鸡猫子喊叫，伤和气，也叫客人看笑话。既然二位都倚重我，我也不能辜负你们，干脆我出个主意，今天还算我包场，翠宝那份钱也由我出。"万掌柜和干娘都乐了，正要说恭维话，却听他话锋一转，"不过嘛⋯⋯让翠宝在这儿躺着也不像话，拉回家又太远，有病的人别折腾。我家倒是很近，不如抬到我家养着。"

海青听闻此言瞧苦瓜一眼——叫你说中了！黄鼠狼给鸡拜年，没安好心！

干娘立刻傻眼，进张老七的家门不就被他霸占了吗？翠宝被他糟蹋了还怎么嫁人？干娘心里本有算计，反正翠宝就要嫁进杨家了，这会儿唱不唱的无所谓，末了再敲万掌柜一笔就收手，哪知张老七节外生枝，她岂能送羊入虎口？可又惹不起这位活阎王，只能软语恳求："七爷，您疼爱翠宝，是我们几辈子修的福，可她有病在身，不方便到您府上添麻烦。再说她一个大姑娘，住到您家⋯⋯"

"嘻！这话说远了。"张老七理直气壮，"她是我干闺女嘛。女儿到干爹家住几天，有啥大惊小怪的？"

"七爷，她还病着呀⋯⋯"

"放心，我找大夫为她调治，我那儿吃得好穿得好，即便一天一根人参也花得起。怎么？你不答应？"

干娘哪敢说一个"不"字，只能跪地磕头："求您开恩！可怜我这寡妇失业的。"

张老七视而不见，混混儿们有的笑、有的闹："老娘儿们，别给脸不要脸！翠宝到七爷家更享福，准保大病痊愈，调养得更滋润！兴许哪天变出个小的来，你可就赚了。"

干娘恳求无用，眼瞅着他们就要拆门板抬人，又转身拉住杨俊山的手："姑爷！你快说句话呀！堂堂弘庆杨家，岂能叫人把未过门的媳妇抢走？"

张老七闻言一愣，不禁仔细打量杨俊山，见这小子战战兢兢满脸怯意，但衣装华贵油头粉面，似乎干娘所言非虚。张老七固然是"三不管"的土霸王，可是杨家财大势大，即便这小子不济，他家的长辈也不好斗。可转念一想，杨家是什么门第，能明媒正娶一个唱曲的？八成也是寻花问柳、口是心非。

想至此他阴阳怪气道："原来这位是杨家的少爷，失敬。"

杨俊山瞠目结舌愣在那里，不敢搭话。

张老七更有底气了，向前一步，冷笑道："少爷，我张某人是何许人物，您或许有所耳闻。今天我就问您一句话，小翠宝是不是您的未婚妻？您若说不是，我就抬走；您若说是，我给您放下，改天到您府上拜访，兴许到您大喜之日还要讨一杯喜酒，毕竟我是她干爹嘛，哈哈哈……"这明显是恐吓，混混儿们也都凑上前，一个个龇牙咧嘴，皮笑肉不笑，齐刷刷瞪着杨俊山。

"我、我……"杨俊山头遭来"三不管"，哪跟流氓无赖打过交道，磕磕巴巴的，连句完整话都说不出来，若不是干娘死死拉着他的手，早就落荒而逃了。

海青在一旁看着，又气又急——光天化日下抢人，太猖狂啦！苦瓜说得没错，姓杨的没骨气，欺负到头上都不敢还嘴，莫说翠宝是未婚妻，就算是陌路之人也不救吗？张老七那是吓唬人，不敢找麻烦，即便真找麻烦，你杨家又不是没势力，跟他斗啊！

张老七步步逼近："杨少爷，给一句答复有这么难吗？您该不会是打哑谜，戏耍我吧？"他突然收起笑容，厉声问，"翠宝究竟是不是你未婚妻？"

眼瞅着杨俊山吓得倒退两步，甩开干娘的手便要夺路而逃，众人敢怒不敢言。海青素来是路见不平就要管，真想冲过去喊一声"是我未婚妻，有麻烦你找我们利盛郑家"，哪知还未张口忽听一声惨叫："啊……"翠宝坐了起来！

众人皆是一惊，只见她捂着腹部不住惨叫，那声音撕心裂肺，简直不似人声，继而又左右翻滚浑身抽动。干娘跪爬两步："宝儿！你怎么了？"想要抱住女儿，却被她踢了一脚，跌坐在地。众人不知她是病痛还是魔怔，谁也不敢轻易靠前。

苦瓜却向海青耳语："八成是装的，她是机灵人，缓过劲儿来知道情势不妙，若不装疯卖傻难过张老七这一关。"

翠宝兀自翻滚号叫，头发披散着，衣服也磨破了，折腾足有半分钟才渐渐平息，大伙总算围拢过去。却见她浑身瘫软、力尽虚脱，额头上满是汗水，褂子都湿透了，胸部剧烈起伏，只有出来的气儿，没有进去的气儿；忽而涣散的目光变得犀利，颤抖着伸出右手，指着某样东西。

众人顺她手指的方向看——是那只倒在旁边的空药瓶。

"怎么了？"干娘这才慌慌张张把她抱住。

"毒……"只挣扎着说出这一个字，翠宝身躯一挺，双腿一蹬，已然断气！

所有人都呆若木鸡，甚至连怀抱翠宝的干娘都不敢相信眼前这一幕，她掐着翠宝的肩膀晃了两下，又颤抖着探了探鼻息，这才确信翠宝已死，随即"嗷"的一声尖叫，也昏死过去。

众人又是一阵乱，顾不了死的先顾活的，万掌柜、玉石眼等人拉过干娘，又是掐人中，又是拍后背；茶房伙计们急得团团转，不知眼前这情况如何是好；杨俊山依旧直挺挺愣在那儿，已经吓傻了；吴梦生手里还攥着笔记本，嘴巴张得大大的，没料到自己会遇上这么大的新闻；张老七却眉头紧皱，死死盯着翠宝的尸身，显然心有不甘；其他观众反应不一，有的摇头，有的叹息，有的窃窃私语，有的扭过脸不忍再看。

海青听了苦瓜的话，满心以为是糊弄张老七的计策，哪知翠宝真的断气，也呆住了，回想一刻钟前还引吭高歌的美人，转眼就香消玉殒，实在难以置信："真的死了……怎么会……"

苦瓜茫然跌坐椅上："甜姐儿听说一定心疼死……疯丫头，唱哪段不好，偏偏要唱《黛玉归天》。归天归天，这下真的魂归离恨天啦！什么成名发财、嫁入豪门，到头来不过是一场笑话。"说着竟然流下泪来——矛盾归矛盾，毕竟都是苦孩子，物伤其类啊！

其他艺人也很难过，钟先生、周先生心疼得直跺脚，可惜这个唱曲的好苗子，何剑平摇头晃脑不住叹息，陈三侠更忍不住嘤嘤啜泣。干娘总算缓醒过来，呼天抢地大哭不止，这回是真哭了，两个茶房连忙劝："长胳膊拉不住短命鬼，是儿不死，是财不散。您老别哭，先保重自己。"怕她面对尸体哭起来没完，干脆连搀带扶把她送去后台。万掌柜欲哭无泪，经营茶楼半辈子，头一次有艺人死在台上，也不知道该怎么办了，苦着脸跟玉石眼商量如何善后。

"都别动！"吴梦生大叫一声，又蹦到台上，"谁也不准碰尸身，她临死时指着药瓶说有毒，这可能是毒杀！"

"啊……"

大伙一阵惊呼，别人还倒犹可，万掌柜吓一大跳——摊上死人就够倒霉了，再扯上凶杀案，这买卖还怎么干？赶紧跳出来说："你是不是听错了？"

"我没听错。"吴梦生态度决然，"其他人也听见了吧？"

一问之下真有几人点头，连张老七也说"好像是"。大伙瞟向翠宝的尸体，直至此刻她的右手还指向药瓶，散开瞳孔的双眼依然睁着——死不瞑目！

万掌柜唯恐打官司，又争辩道："即便没听错，临死之人胡言乱语也是有的，当不得真。"

三侠姑娘擦了擦眼泪，忽然插言："我听我爹说过，中毒的人嘴唇发青，你们看翠宝的嘴，是不是颜色有些深？"不知是不是心理作祟，听她这么一说连海青看了也觉得像中毒。

万掌柜仍不死心："就算药里含毒吃死了人，也是卖药的责任，扯不上毒杀。"

"不一定！"吴梦生的执着劲儿又上来了，正颜厉色道，"卖药的敢随便下毒？药瓶上刻着字，跑得了和尚跑不了庙，不怕打人命官司吗？即便这药成分里含毒，翠宝又不是头一回喝，怎么偏偏这次出事？大伙刚才都看到了，药是从她包里拿的，而皮包一直放在后台。"

"你是说……有人……"万掌柜满头冷汗，眼睛睁得大大的，不敢再往下想。

张老七阴沉着脸接过话茬儿："去过后台的人都有可能下毒。"

"恐怕不止。"吴梦生接着道，"现在这种状况，你能确定就是那瓶药把她毒死的吗？别忘了她喝药前已经发病。除了那瓶药她还吃过什么，喝过什么，接触过什么，全没搞清楚。依我看最好什么也别动，立刻叫警察过来。"

"找警察？！"万掌柜更慌了，"你说了半天全是推测，倘若查出就是病死的，岂不虚惊一场？"

"虚惊一场总比冤沉海底要强！"

万掌柜还欲争辩，张老七一拍桌子，怒吼道："大胆！"

混混儿们气势汹汹一拥而上，将吴梦生围住："臭小子，当着七爷的面还敢提鹰爪孙[1]，活得不耐烦了吗？"

"我说的不是他。"

"那、那是？"混混儿们糊涂了。

张老七渐渐沉住气，翩然落座："敢在我的地盘上杀人，还就在我眼皮底下，分明没把我当个活物！俗话说得好，好汉护三村，我既然吃大伙的孝敬，就得主持公道，何况翠宝是我干闺女。"他这话说得冠冕

---

1 鹰爪孙，黑话，指警察、办案的人。

堂皇，还真有急公好义的气魄，"张某人一向跟翘子窑[1]不照面，今天破破例，就当太阳打西边出来，我也做一次安善良民……弟兄们！"

"有！"混混儿们齐声答应。

"前门后户全部关闭，连窗户也给我盯住了，无论前后台不准走脱一人，今天不查个水落石出谁也别想溜——报警去！"

此言一出顿时大乱，还有三十多位观众呢，招谁惹谁了？看场曲艺连家都回不去了，这样的安善良民还不如不当，有的急急渴渴往外跑，却被混混儿连打带骂拦住，有的过来跟张老七说好话，赌咒发誓自己是清白的。更惨的是还有几个小贩，卖花生、瓜子、萝卜、橘子的，他们整天挎着篮子在各个茶馆里串，倒霉催的偏赶上这会儿迈进同乐茶楼，也不能走了。一片混乱中苦瓜不见了，海青急得直冒汗，寻来寻去也找不到，总算醒悟——不愧是侠盗小丑，这么多人都困不住，可是你跑了我怎么办呀？

着急也没用，只能静观其变。要说也真快，不一会儿工夫去报警的混混儿就跑回来了，后面跟着个怪模怪样的家伙。此人也就十六七岁，脸上脏兮兮的，一对小眼睛，穿着打补丁的衣服裤子，趿拉着一双破布鞋，手里拎着一只打更的木梆子，唯独头上戴着一顶大檐警帽。海青识得他是"三不管"的"巡警"小梆子——"三不管"是江湖艺人、无业游民聚集之地，坑蒙拐骗时有发生，前清时期朝廷腐败国事不振，官府就懒得搭理这块地方；如今军阀混战，当官的大半为了搂钱，遇上麻烦一推六二五，再加上恶霸横行，更没人愿意费力气改善治安。警所还真有鬼主意，弄来个小叫花子，给他顶警帽，每月赏他点儿钱，叫他日常巡街；莫说大事管不了，连小事也不敢掺和，就是充当眼线，真闹出大乱子不管不行时给警所通风报信。他白天巡街，晚上敲梆子，所以绰号叫"小梆子"。

玉石眼狐假虎威，一见带来的是他，便斥责报警之人："废物！叫他来干什么？直接去警所报案呀。要他无用，滚滚滚！"

---

1 翘子窑，黑话，指官府、衙门。

小梆子巴不得如此，转身便溜。

"等等……"张老七抬手唤道，"你过来。"

小梆子整天在"三不管"溜达，岂能不认识张老七？只见他战战兢兢，强笑着蹭过去："七爷有何吩咐？"

"你来了也好，我们这种身份不方便去警所，你好歹算半个官面上的人，不如就由你去报案。我知道他们不愿意管这儿的事，到了警所你就跟他们说，死者是我的干女儿，叫他们所长亲自来，还要带检验吏，若是不来，三天之内'三不管'必有一场大乱，闹出什么事说不准，叫他掂量一下那时他的乌纱帽还能否保得住。"

"是。"小梆子领命便去。

"慢着……"张老七又嘱咐，"话要讲清楚，张某这次是路见不平拔刀相助，我只是观审的，苦主不是我。"黑道也有黑道的风气，他一个瓢把子[1]找官府告状，传扬出去怕被别的黑道笑话，这必须分辨清楚。

小梆子疑惑："苦主是谁？"

"死者的干娘。"

"干娘……"小梆子一时没琢磨明白，大着胆子问，"您是死者的干爹，苦主是干娘，你们老两口谁打官司不都一样吗？"

"胡说！"张老七一跃而起，抡圆了扇他一嘴巴，"谁跟那老娘儿们是夫妻？两码事！"

"这都哪儿跟哪儿呀……"小梆子已经吓糊涂了，捂着脸委委屈屈走了。

张老七余怒未消，背着手踱来踱去，不留神说出了心里话："好不容易看上个漂亮妞，还没算计到手就让人害死了，好大胆子！我倒要看看凶手是谁，决不放过他！"

---

1 瓢把子，黑话，指老大、匪首。

第三章
人心都坏了

傍晚五点，正是"三不管"最后的高峰时段。

"撂地"艺人大部分已经收了，小贩们却忙得不亦乐乎，尤其是那些卖小吃的，挎着提篮在人群中挤来挤去，大声吆喝："还剩俩，便宜啦！谁包圆儿？"不放过任何一个路人，趁着天还没黑赶紧卖完，他们也能早些回家休息。当然，不是所有人都急着回家，有些游客出了市场直奔饭馆、戏园，甚至是赌场、妓院，只要有钱有闲，不愁没有消遣的去处。大大小小的曲艺茶楼也到了最热闹的时刻，攒底的名角儿纷纷登场，这边唱《探晴雯》，那边是《华容道》，京韵雅乐此起彼伏，喝彩声直传到街上。唯独同乐茶楼冷冷清清，其实人也不少，却没心思作乐，已经乐极生悲啦！

张老七一声令下，大门关闭，以玉石眼为首的混混儿拿着棍子在门前巡逻，前后台加一起五十多人，一个也走不了。只要身在"三不管"，谁也不敢违背张老七的命令，莫说回家吃饭，就是家里着火也不能走。好在茶楼不缺水，还困住几个卖零食的，吃喝都不愁，问题是翠宝还在台上躺着，死尸不离寸地，面对尸体谁还吃得下东西？而且张老七大模大样坐在第一排，二龙怀揣攮子在一旁保驾，众人避之唯恐不及，艺人们都躲进后台，万掌柜领着伙计钻进账房，观众没处躲，只能挤在窗口往外张望，盼着警察快来。

海青也在其列，他手扶窗台，望着西斜的红日，心中五味杂陈——匹夫无罪，怀璧其罪，美貌并未给翠宝带来幸福，反而招致灾祸，如果她是被毒死的，那么害她的人是谁？毫无疑问，这位姑娘性情太过张扬，但她只是个唱曲的，即便在艺界大红大紫，放到社会上也只是微不足道的人物。她的骄横说穿了不过是穷人乍富，难道就因此惹来杀身之祸？或许还有不为人知的秘密。

胡思乱想间，听到身边的人喊："快看，来了！还有汽车呢。"

海青顺着他手指的方向望去——从远处驶来两辆黑色汽车，前面一辆是福特T型巡逻车，车里坐满了人，还有几名警察手扶窗户站在外沿上；后面那辆是小轿车，左右两边还有挎斗摩托护卫，肯定载着不一般的人物。

观众望眼欲穿，总算盼来救星，可是兴奋过后又唉声叹气："安善良民报案，巡警老爷爱搭不理，恶霸头子报案如此重视，什么世道啊！"海青却无暇抱怨，紧盯着那辆小轿车，感觉有些眼熟。

巡逻车不住鸣笛，行人纷纷闪避，不多时已停在茶楼门前。二十名警察迅速下车，整整齐齐列成两队，穿蓝大褂的检验吏也提着箱子立正站好，有个警员高呼一声："敬礼！"轿车的门才缓缓打开，从里面走出一位五旬上下、身材高大的警官。

海青笑了——果然是他！警察厅的副厅长曹顺祥。

按理说一般案件不会劳烦厅长出马，可恰巧曹副厅长正在下边警所巡察，小梆子跑去报案让他碰上了。所长听完小梆子转述的话一个劲儿嗑牙花子，懒得管，却又不得不管，张老七说得明明白白，若不管他就要闹事，往小了说是打砸抢，往大了说杀人放火，到那时闹得人心惶惶，上司怪罪，混混儿们抽死签[1]，随便弄俩人顶罪伏法，伤不到张老七半根毫毛，而自己的乌纱帽不就丢了吗？何况如今这世道，说是邪怕

---

1 抽死签，黑道规矩，又叫"黑红签"，把竹签放在瓶子里，抽中红签的负责打架闹事，抽中黑签的投案抵罪。

正、匪怕官，其实就连军警督察处的处长也是黑道出身，究竟谁怕谁呀？所长左思右想，索性趁着曹副厅长在场先汇报一下，甭管这一案能不能办好，为保住官帽先打个"预防针"。

曹顺祥早年曾在清军服役，又受训于北洋巡警学堂，虽然算不上很清廉，却是个敢办事的人，一见所长怵怵忐忐的模样就火冒三丈，这样的尿包见了张老七还不得叫祖宗？一气之下他竟亲自出马，调了二十名健壮的警员气势汹汹赶来——无论出了什么事，先把张老七震慑住，岂能让流氓混混儿闹翻天？

混混儿们也没料到勾来这么大阵仗，又是汽车又是枪的，玉石眼见来了位大官，谄笑着凑上前，想逢迎几句，哪知副厅长的勤务官李大彪照他胸口就是一脚："浑蛋！拿着棍棒满街溜达，反了你们不成？"这一脚将玉石眼踢出一溜跟头，险些折断肋骨；噼里啪啦一阵响，其他混混儿见势不妙赶紧把家伙扔了；警察一拥而上，有的挥警棍，有的抡皮带，把混混儿赶进茶楼，两名持枪的警员往门口一堵，这才请副厅长入内。

海青早就迎到楼梯口，赶紧打招呼："好久不见呀，曹叔叔。"

副厅长本是黑着脸上楼的，一见是他反而发笑："又是你！好孩子，你可真了不起，怎么每次出乱子你都在场？"

"每次也都有您呀。"

"废话！我是办案的。"

"可能咱俩有缘。"

"这种缘分还是不结为妙。"

"天注定，躲不过的。"海青搓着手，笑嘻嘻套近乎，"曹叔叔，您最近身体可好？晓燕妹妹的功课忙吗？有机会我还想约她出去玩呢。"晓燕是副厅长的女儿，既聪明又漂亮，海青对她印象深刻。

副厅长听他提起女儿就皱眉："她忙不忙的跟你有什么关系？你小子最好离她远点儿……还有！不准称呼我叔叔，要叫副厅长。"

话未说完又有人呼唤："曹副厅长，您来了。"

海青回头一看——打招呼的是杨俊山，原来他也认识曹副厅长。

"嘿！一个卧龙，一个凤雏。"副厅长越发哂笑，"不成器的少爷秧子都凑一块儿啦。"

杨俊山脸红："副厅长，这次不怪我……"

"哼！上次你也这么说，怪不怪的查过之后才知道。"看情形副厅长跟他打过交道，而且印象不佳。

海青接着套近乎："刚才的事从头至尾我都看见了，需不需要我帮忙？咱们……"

"停！二位别跟我这么亲近，我这儿办案呢，不是闹着玩。若验出是命案，你们不是嫌疑犯也是目击者，都给我一边待着去，不叫你们别过来！"

杨俊山老老实实躲开了，海青却不声不响尾随在后，换作别人早被警察赶开了，但是海青以前曾协助曹副厅长办案，副厅长最亲近的勤务员李大彪跟他很熟，非但没轰他，反而跟他打招呼；别的警员都是下属警所的，临时跟着副厅长出来办案，瞧这情形哪敢多问，还以为他是副厅长手下的密探呢。

副厅长径直来到舞台边，张老七见来者是他，忙起身以示尊重，两人四目相对却又迅速避开，谁也没说话——其实他俩认识，在处理逊德堂纵火案时还曾经联手，但是官匪不同路，即便认识也不能当众寒暄。对张老七而言，跟警察头子走得太近显得他不够光棍，有谄媚官府之嫌，却又不敢不给面子；曹副厅长也知张老七树大根深，凭自己的能力根本无法将其铲除，所以只要压住他的气焰，使其有所忌惮就行。大家都是聪明人，彼此心照不宣。

厅长转过身，漠然审视翠宝，没有丝毫怜悯，对他而言这只是一项工作，无论死者是美女还是丑八怪都一样："有人动过尸体吗？"

"没有。"万掌柜简单说明情况，并亲手奉上一壶最好的茶。

副厅长把手一摆："放一边吧……验尸。"

检验吏立刻动手，哪知还没采取什么先进手段，仅是拿银针在翠宝的喉咙里探了一下，立刻就黑了；又取过药瓶闻了闻，用银针检验也是黑的。检验吏不住摇头："肯定有毒，还不是什么高明的毒，八成就是一般的砒霜。"

副厅长蹙眉："这么说来……毒药很容易搞到手喽？"

"太容易了。"检验吏苦笑，"就是寻常毒耗子的，十家药房里八家都卖，按规定卖砒霜的店铺应该在警所登记，可如今这年头……嘿嘿，不好查。这玩意儿杂质多，邪味重，品质很差，下的真敢下，喝的也真敢喝。却也难怪，把砒霜掺进救急的药里，死者犯了病，肯定不假思索就灌下去，真够歹毒的！"

"你肯定她是中毒死的？"

"对。但具体的情况还得再详细验验，拉回去再说吧。"

副厅长环顾满堂或站或坐的人，明显有些犯难，不可能把这么多人都带回警所，只能就地侦办，命令警员封锁舞台、勘查现场，给在场所有人做笔录。

此令一出，除了海青和吴梦生，其他观众都愁眉苦脸，显然此时他们对翠宝的喜爱已消退，只剩下后悔——喜欢谁不好，偏偏追捧她，现在被躺在台上的臭皮囊害得有家不能回，饿着肚子还得受审，要耗到什么时候？

等待侦讯的人太多，只好分为两组，观众和混混儿们都排好队，在大厅受审；凡是演出期间去过后台的人都在第一排列坐，由副厅长和两名办案老练的警员重点盘查。因为后台也在搜查范围内，副厅长把办公地点设在账房，将涉事人逐个叫进去问话。

海青在舞台前站了片刻，猛然发觉自己被无视了，非但没人招呼他排队，似乎警察还把他误认为自己人。那还客气什么，去看看副厅长怎样审问。账房就在卖茶的栏柜后边，不仅是算账的地方，还寄存客人自带的茶叶，由于隔着一道栏柜又常有伙计进进出出，所以这间屋没装门，每晚万掌柜会把钱带回家；海青趴在栏柜上，歪着脑袋能看清里面的情况。

第一个被叫进去的是翠宝的干娘，她已经死去活来哭过好几轮，簪环也掉了，发髻也散了，不住地抹眼泪，一脸浓妆揉得乱七八糟，红一道黑一道，蓬头垢面的样子更像鬼了。两名警员连搀带架把她弄进账房，她往椅上一坐，咧开大嘴又开始号："老天爷啊，怎么不开眼呀……我的心头肉，你这一去娘可怎么活……"

警员一开始还想等她哭完，后来看她没有停下来的意思，只好耐着性子劝解："别哭了，人死不能复生，节哀顺变。"

"你说得轻巧，能不哭吗？"她早已挤不出眼泪，却还用手绢揾着眼睛，"我就这一个闺女，要才有才，要貌有貌，打着灯笼难找，认识的人哪个不说好？谁想到，好端端的……"

"哭也哭不活呀，别闹了，有话问你。"

警察说警察的，她照样哭她的："活活疼死我呀……"

"差不多得了！"警员有点儿着急，拿笔敲桌子，"再哭你就出去，我们先问别人……"

曹副厅长坐在一旁，抬手制止警员，不紧不慢道："你还想不想为女儿报仇？杀人者偿命，你的损失也要赔。"

只这一句话，她立时不号了："对！绝不能放过凶手！竟然坑害到老娘头上，不但要让他偿命，还要让他赔钱，叫他倾家荡产。"

"能不能报仇，关键要看你是否配合我们工作。"

"配合！一定配合。"

警员这才得以顺利问话："死者姓名？"

"小翠宝，谁不知道呀？我闺女是有名的……"

"姓什么？"

"我想想……"

"姓什么还用想？"

"她原先跟我男人的姓，后来我男人死了，那边也没亲戚，索性跟我的姓，不过……"

"你叫什么？"

"我娘家姓王，夫家姓刘。"

"哦，刘王氏……嘿！人如其名，你这蓬头垢面的模样真像个流亡的。"警员强忍笑意，低头在本上记着，"就写刘翠宝吧……多大年纪？"

"四十四，属大龙的……"

"没问你！死者多大年纪？"

"我也不清楚，十六七吧。"

"不清楚？"警员诧异，"你连自己女儿哪年生的都不知道？"

"她是养女，买来的。"

"原来如此……"警员看她的眼神顿时变了，口中更不客气，"买她的时候没问清楚年龄吗？"

"问了，提起这个我就气不打一处来。"刘王氏把手绢往衣襟里一掖，撇着嘴道，"当时她爹说七岁，怎么可能？我看顶多五岁，脏兮兮的，瘦得皮包骨头，胳膊细得跟柴火棍儿一样，光剩个大脑袋，丑模丑样的，三分不像人，七分倒像鬼。就这样的丑丫头竟还狮子大张口，要价五十块大洋，真是穷疯啦！哪个不开眼的肯花五十块大洋买这种孩子？也就是我男人，天天在票房里泡着，耳音好，听出这孩子有副金嗓子，最后还价到三十，把她领回家。遇上我们夫妻是她前世积德，要不然送到窑子都不收，得活活饿死。我辛辛苦苦养育她十年了，不容易呀！又给她找师父，又给她做行头，用心调教着，如今出落得水葱一般，能说会唱人见人爱，一眨眼的工夫就没了，我心里能不委屈吗？"

警员简单记录，正要提下一个问题，副厅长突然插话："刘王氏，你知道翠宝的亲生父母姓什么吗？"

刘王氏眼皮往下一耷拉："不知道。"

"她是哪里人？本地的还是外埠的？"

"不知道，买她时是我那死鬼丈夫谈的，我什么也不知道。"

"哼！知道你也不说呀。"买孩子的家庭通常不愿提起孩子的真实身世，更有不少是通过人贩子，买卖双方不见面，副厅长没再追究，转而问，"你丈夫哪年死的？"

"九年前。"

"哦？你刚才说养育翠宝十年……也就是说，买下翠宝还不到一年你丈夫就死了？"

"差不多吧……"刘王氏有些踟蹰，"年头太久，有些事我也记不清楚，反正我们母女够苦的……"

"你丈夫生前以何为业？"

"拉房纤儿的[1]。"

"因何亡故？"

"唉！他早年就有痰喘的毛病，后来又抽大烟，有天晚上与朋友应酬，多喝了几两酒，晚上回来抽大烟，抽到半截突然抽风，又哆嗦又吐白沫的，没救过来，抛下我们孤儿寡母就……"

"丈夫死后，你靠什么生活？"

"吃瓦片。我男人留下两所小院，我们娘儿俩住着一所，另外招了一院子租客。"

"除此之外还有别的收入来源吗？"

"没有。"

"你抽大烟吗？"

"我……也抽。"刘王氏犹豫片刻还是承认了。

前清以来一直明令禁止吸毒、贩毒，哪怕鸦片战争割地赔款也要坚持禁烟，情况一度好转，但是民国以后局势动荡，禁烟令逐渐沦为一纸空文，尤其近十年军阀混战，政令不一，有些地方甚至要靠贩毒维持军费开支。而且有些军阀本身也吸毒，上梁不正下梁歪，当官的以毒养军、以军护毒，岂会禁绝民间吸食？反正民不举官不究，只要不是公然开设烟馆售卖鸦片，官方就睁一只眼闭一只眼。曹副厅长也无可奈何，没再纠结这个问题："你还有别的孩子吗，亲生的？"

"没有，我膝下就翠宝一个，视如掌上明珠。"

"恕我直言，吸毒的人大多瘦弱，你倒是挺胖的，名贵补药一定没少吃吧？保养方面的花费也不小。"

"瞧您说的。"刘王氏赧然一笑，"我这哪是胖？是浮肿，也是一身的病，时常犯头疼。我年轻时也标致呢，现在不行了。"

"好吧，且不算吃穿用度，单是你那杆烟枪就烧不少钱，你又没有

---

1 拉房纤儿，房产中介。

其他孩子赡养，就凭房子租金够维持开销吗？"

"翠宝在外边卖唱，也能挣钱。"

副厅长笑了，意味深长道："这样看来你丈夫死后的九年间不是你供她吃穿，而是她小小年纪挣钱养你呀。"

"呃……"刘王氏脸上一红，干脆不再遮掩，"这有什么大惊小怪的？女儿养妈天经地义，我买孩子不就为防老吗？当年我男人能赚也能花，死时除了房子没给我们留下多少积蓄，而且房子地段又太一般，租不出好价钱，但凡有别的办法我也不能让她小小年纪就卖艺，起码再养大些。再说您以为卖艺没本钱吗？我给她请了弹弦的师父，在我家房子里白住着……您打听这些私事跟案件有关系吗？"

"情况了解得越详细越好，至于有没有关系得由我们判断，你只管回答。"说着副厅长朝警员使个眼色。

警员继续提问，他戴上白手套，把那只玻璃药瓶摆在桌上："这药怎么连标签都没有？"

"有标签，我撕了。"

"为什么撕掉？"

"这……"刘王氏难以启齿，"怕别人看见。"

"究竟是什么药？"

刘王氏自知隐瞒不过，磨蹭半晌才说："药房专门配的一种药，叫'康毒平'。"

海青趴在外头栏柜上，听到这药名心头一痛——康毒平！一听便知是戒毒药，难怪她不肯告诉吴梦生。想不到翠宝年纪轻轻、如花似玉，也身染毒瘾。

"三杆大烟枪，你们家好门风啊！"警员讥讽了一句，"你女儿什么时候染上毒瘾的？"

刘王氏索性破罐破摔，满不在乎道："刚抽上不到俩月，最近邀她的地方多，有时还得跟人应酬，到晚上累得说不出话，抽两口解解乏，当年不济的时候想给她抽还抽不起呢。可惜这孩子没福，抽了没些日子就说嗓子难受，白天也提不起精神，非嚷着要戒。"

警员终于动了恻隐之心，摇头叹息："难得，还想着戒，是个要好的姑娘。"

"好什么？要不是因为戒，还死不了呢。"

"嘿！你还逮着理啦！这药在哪儿买的？"

"西关有个生记药房，掌柜的姓宋。"

"嗯。"警员早看见瓶底刻着"生"字，线索对上了，但是这种药是药房自己配的，木塞上没有蜡封，无法判断是药液本身有毒，还是有人在他们取药后下毒，于是又问，"你们在他家买药有多久了？"

"大概一个月，这是第四瓶。"

"喝了见效吗？"

"凑合吧，听说这是南洋传来的秘方，犯瘾的时候喝两口倒是能顶一会儿，连着喝也没见多大效力。"

"也就是说她以前喝这种药并无不良反应？"

"没有……"刘王氏眼珠一转，又改口道，"也难说，那个宋掌柜是典型的笑面虎，看着厚厚道道，谁知揣着什么坏心眼？他说自己是从南洋学医回来的，我不信，八成就是他给我闺女下的毒。你们可得给我做主，一定要封了他的店，让他给我赔钱。"

警员好奇："你说这话有何根据？难道他和你家有仇？"

"没仇呀。"

"无冤无仇，为何下毒？"

"你不懂，没仇也有可能下毒。"刘王氏神神秘秘道，"我闺女才貌双全，红遍天津卫，其他唱大鼓的不嫉妒？同行是冤家，不得不提防。无论到哪儿演出我闺女都带自己的茶壶，就怕有人在水里下药，万一叫人下了白马汗，嗓子不就毁了？必定是那些人不得下手，转而买通姓宋的，在药里下毒。把我闺女害了，他们才能多赚钱。"

警员觉得这猜想太牵强，却懒得跟她争辩，搪塞道："行啊，毕竟药是从他家买的，我们查查看……你闺女有没有可能是自杀？"

"什么？"刘王氏瞪大眼睛，像个受惊的蛤蟆一般蹦起来，"我真昏了头！还以为来了青天大老爷，原来你们都是白吃俸禄的，就会敷衍了事。刚问三句话就说她是自杀，死了白死，难道我们就该冤沉海底？"说着往地上一坐，又哭又闹撒泼打滚儿，"老天爷，我闺女让人害了都没人做主，冤死啦……"

"别闹了！"警员敲着桌子，"我没说她是自杀，必须问清楚，排除各种可能。"

"她为何要自杀？"刘王氏厉声反问，"当初学艺时挨打受骂，唱错一个字罚在日头底下跪着，那时为何不自杀？我男人刚死那会儿家里缺钱，把她的棉衣当了，三九天在街头卖唱冻得她直掉眼泪，那都不曾寻短见，如今挣钱了，天天穿金戴银吃香喝辣，反而想死？再说她已经定亲了，眼看要嫁入豪门使奴唤婢，放着福不享，偏要往阎王殿里钻，说得通吗？"

警员点头赞同，连趴在外边的海青也觉此言有理——如果翠宝一心赴死，何必要戒毒？还有她咽气时惊惧的表情、不瞑的双目，众人亲眼所见，哪有半点儿自杀迹象？

副厅长再次打断问话，端起茶碗慢悠悠道："你说翠宝已经跟人定下亲事，男方是谁？"

提起这个刘王氏来了精神，从地上爬起来："说出来怕你不信，我女婿是大名鼎鼎的杨家二少爷，杨光宪老板的儿子——杨俊山。"

"噗！"副厅长刚喝口水，险些呛着，"咳咳咳……我确实不信，你可真敢吹，弘庆杨家能要一个唱曲的儿媳？"

"别瞧不起人，我姑爷就在外面，不信你问他。"

副厅长一笑置之："俊山那孩子我认识，怎么说好呢？杨老板老来得子，精力有限不大管教，那孩子也是年少轻狂，未免有些风流，但婚姻大事家里还是很重视的。"

副厅长碍于杨家的面子，话说得很委婉，其实就是暗示杨俊山是到处拈花惹草的花花公子，他说订婚当不得真。海青听明白话中含意，暗暗憋气——凭什么说我和姓杨的是"卧龙凤雏"？我不过是爱听相声，跟他完全不一样嘛！

刘王氏往椅子上一靠，扬扬得意道："厅长，您的话我明白，但我也不是傻子呀！我膝下就这一个女儿，甭管生的领的，还指望她给我挣棺材钱呢。我是不见兔子不撒鹰，但凡姓杨的不是真心想娶，我能让他凑这么近？实不相瞒，翠宝是进过杨家大门的，俊山他娘都亲眼见过，婚事他家同意了。这次跟同乐茶楼订下一个月是翠宝最后一笔买卖，唱完就上花轿当少奶奶去了。可惜……唉！"说到这儿她才又想起翠宝已死，富贵梦做到头了，一阵长吁短叹。

副厅长眉头紧皱，不相信杨家会明媒正娶一个卖艺女子，但刘王氏的态度又很肯定，杨俊山好色风流，因此惹过麻烦，实在真假难辨，只能再向别人求证。副厅长放下茶碗，示意警员继续提问。

"请详细说说从今天早晨到事发前的情况。"

据刘王氏陈述，她们是凌晨四点钟离家的，因为翠宝已有婚约，这次在同乐茶楼是她最后的演出，所以她本人十分重视，还特意准备了当初在"三不管"卖唱时的朴素衣装，为避免演出时烟瘾发作，天不亮就到生记药房买了一瓶"康毒平"，又跟宋掌柜聊了一会儿；天亮后在附近一家小馆吃早餐，八点左右她们依照前一天的约定在法租界的天祥商场大门口与杨俊山会合，随后三人逛商场，买了一盒雪花膏，又到利威洋行看珠宝，到新洋裁缝店定做一套女士洋装；大约十二点在盛昌西餐店吃午饭，然后乘洋车至同乐茶楼，这期间一切花费均由杨俊山支付。到茶楼后他们在门外与某报社记者发生口角，上楼后杨俊山包下前排的一张桌，她们母女则到后台化装准备，至登台前刘王氏一直陪在翠宝身边，也有几名艺人曾与她们交谈，所言之事无关紧要，翠宝也没有任何不适症状；大约是下午三点一刻，在"观众"的迫切要求下翠宝提前登台，同时杨俊山受到惊吓躲进后台，刘王氏与其交谈时台上发生变故……

副厅长一直耐心聆听，中间未打断，直至刘王氏说完他才提出一个疑问："为何天不亮就出门？四点太早了。"

刘王氏惨兮兮道："翠宝出名了，买药时若叫闲人看见，传扬出去不好，知道是戒毒药也罢了，就怕以讹传讹，不知道的还以为我们染上什么见不得人的病呢。再说天亮后俊山一直陪着，脱不开身，也没有让姑爷陪着未过门的媳妇买戒毒药的道理呀！太不体面了。"

海青暗忖——真不容易，你还懂得"体面"二字。

这时又有几个戴白手套的警察走过来，他们刚搜查完后台，将翠宝的遗物呈到副厅长面前，有一只皮包、一个包袱。皮包里装着一盒胭脂、两盒雪花膏、半包三炮台香烟、一盒火柴、一副唱大鼓的铁制梨花片，以及项链、耳环；那包袱实际上是一条披肩，里面裹着翠宝换下的旗袍、高跟鞋，以及一条手帕；除此之外还有大鼓、鼓箭、竹板，以及翠宝专用的茶壶，那是一把精致的紫砂壶。

"这是怎么回事？"副厅长注意到披肩不太干净，有污渍，还有几点血迹，"死者呕血了吗？"

"没有。"勘查现场的警员回答，"死者并未出血。"

"哦。"刘王氏恍然大悟，"翠宝晕倒时我慌慌张张找药，不小心把手划破了，可能是我蹭上的。"说着举起左手，让警察看她手指上刚刚结痂的伤口。

"原来如此。"副厅长看看其他东西，又发现奇怪之处，"没钱，连个铜板都没有，任何人出门多多少少总会带点儿钱吧？"

刘王氏把嘴一撇："可能她忘带了。"

"你身上有钱吗？"

"我也没带。我们出来是为了挣钱的，况且身边跟着阔姑爷，哪还用带钱？"

"哼！算盘打得真精。"副厅长吩咐把东西带回警所。

刘王氏又坐不住了："干什么？那是我家的东西，首饰值不少钱呢……"

"不抢你呀！结案后会还给你的。"警员安抚住她的情绪，"如你刚才所言，在后台时你未发觉有人接触放药瓶的皮包，这就难办了。能否再好好回忆一下？"

连哭带闹折腾半天，又详细交代一天的行程，刘王氏也累了，冥思苦想半天，哑着嗓子说："实在回忆不起，兴许是有人趁我们说话时下的毒。"

"有没有怀疑对象？"

"说有也有，说没有也没有……"

"这叫什么话？你们母女跟谁有矛盾？"

刘王氏倒也不亏心："要是这么说，后台所有人都可能下毒。"

警员哭笑不得："看来你们人缘不错嘛。"

"别这么冷嘲热讽的，这年头撑死胆大的，饿死胆小的，扪心自问谁没点儿邪念？人心都坏了！"

"是啊，人心都坏了。"警员竟随着咕哝了一句，低头看了看艺人名单，随便挑出一个试探道，"有没有可能是练武的陈姓女子？"

"有可能呀！"刘王氏一拍大腿，"陈三侠功夫虽好，却不如我闺女漂亮，只能给我闺女垫场。常言道'三岁看见老'，那丫头从小就心高气傲，整天梗着脖子、仰着脸，一副凡人不理的样子，能不嫉妒我闺女吗？他们一家是练把式的，会武，一定也懂得用毒。她爹那个把式场子可赚钱了，就该让她家赔！"

警员听她说的这些纯属猜测，拿不出证据，又挑了一个："有没有可能是唱单弦的何剑平？"

"有可能，何剑平也算名角儿，唱得不错，挺能挣钱，但是如今这年头阴盛阳衰，他的包银比不上我闺女，一定不服气。而且最近他常到我家走动，表面嘻嘻哈哈，说是想租房，谁知安的什么心？早该提防。"

警员越听越玄乎，又问："有没有可能是那个说相声的麻子？"

"小麻子……也有可能，那小子是个穷抠，可在乎钱啦！一定没少攒，观众为了看我闺女把他轰下台，他心里能不恨吗？"

另一位警员也跟着问："有没有可能是万掌柜？"

"最有可能的就是他！我闺女都快嫁人了，原本不想再演，就是他到我家软磨硬泡，非叫我闺女登台。结果我闺女一来就死了，您说这事儿反常不反常？我下定决心了，即便把这座茶楼拆成木料一块块卖了，也得叫他赔我姑娘这条命。"

两位警员相视而笑。

莫说他们，连海青也看透了——刘王氏瞧谁都有嫌疑，而且越有钱的人嫌疑越大。这哪是给女儿报仇，分明是讹钱，定谁的罪都可以，只要有人赔钱就行！

副厅长却没笑，一言不发，低头注视着刘王氏的双脚……

第二个被问话的是万掌柜。店里出了人命，前边混混儿不依，后边警察不饶，万掌柜虽有一颗七窍玲珑心，这时也一筹莫展，连凳子都不坐了，皱着眉头往账桌前头一蹲，一锅接一锅地嘬烟袋，搞得曹副厅长也犯瘾，点上烟卷跟着抽。小小一间账房烟雾缭绕，不知道的还以为着火了呢。

据万掌柜陈述，本来今天安排得很好，为了迎接翠宝回到"三不管"首演，他还特邀了几位伴奏，是张老七的突然到来打乱了计划。他不得不更改节目顺序，安抚混混儿，尽量让张老七满意；在翠宝登台前他一直忙里忙外，并与玉石眼商量节目，进出后台的次数连他自己都记不清；翠宝登台后他被小麻子纠缠，要求结算包银，刚打发走小麻子台上就出了变故。

海青猜测，副厅长并未怀疑万掌柜，至少表面如此，毕竟在自己店里下毒杀人有违常理。副厅长只提出一个问题："演出期间除了艺人、伙计以及杨少爷，还有别人到过后台吗？"

"惭愧惭愧。"万掌柜惨笑，"按理说没有，可今天太乱了，连柜台里的伙计也跟着忙，又是沏茶，又是端点心，唯恐七爷的人动怒。平心而论，谁愿意招待这帮人？伺候好了扔几个小钱，伺候不好分文没有，还大闹一场，把正经客人都吓跑了。可是没办法，得罪七爷这买卖就没法干了，我是哑巴吃黄连有苦说不出，还得满面春风伺候着。从中午就提心吊胆，别的全都顾不上了，实不相瞒，就连那位杨少爷何时溜进后台的我都不知道。"

打发走万掌柜，下一个进去的是玉石眼，两名警员一瞧是他，顿时笑了——这家伙在"三不管"小有名气，警所的人都认识他，平时他倚仗张老七的势力作威作福，整天吃五喝六横着走路，巡警也不敢管，今天跟着副厅长办案，有了靠山还不整治他？

"姓什么？"

玉石眼咧嘴一笑，露出满嘴黄牙："您这不是明知故问吗？咱低头不见抬头见的，还能不知道我姓什么。"

"少废话！"警员把眼一瞪，"这是办案，严肃点儿。"

"是是是。"玉石眼想起楼下挨的那一脚，赶紧低头。

"姓什么？"

"姓李。"

"哦。"警员冷笑，"我才知道你姓李，原先还以为你姓玉呢。"

"有姓玉的吗？"

"有啊，旗人就有姓玉的。"

"我不是旗人。"

"那是我搞错了，我还以为你是前清正绿旗的。"

"有正白旗、正红旗，哪来的正绿旗？"

"哼！但凡祖上不是沾点儿绿，也养不出你这样的杂种。"

海青在外偷笑——这帮警察嘴也够损的！

副厅长也笑了，却抬手示意他们别再戏耍，警员清了清嗓子，正式提问："你与同乐茶楼有何关系？"

"这个……我算是经理吧。"

"经理？我记得去年玉壶春茶楼被砸，伤了十多人，那时警所提审过你，你也自称经理，还有茗远茶楼、玉露茶楼、庆萱茶楼，你都经常出没，你究竟是哪一家的经理？"

玉石眼听他这么问，有些为难："都是……也都不是。"

警员把话挑明："你就是在茶楼讹吃讹喝、敲诈钱财的，对不对？"

"别这么说呀！您是光看见贼吃肉，没看见贼挨揍，我确实每月从各家茶楼抽成，可这钱也不是白拿的呀！茶楼要什么艺人，得我去找；包银数目谈不拢，得我去谈；艺人们在各家茶楼的档期错不开，得我去协调；要是七爷手下的兄弟在茶楼里打架，也得我去劝解。别看我天天有吃有喝，受的闲气也不少，再说我每月收来的钱得上交七爷，留在我手里的只有零头，纯粹是马勺里的苍蝇——混饭吃的。”

警员还想继续恫吓，副厅长却制止道："别这么凶，他天天在茶楼里混，知道不少内情，兴许能帮上大忙。"说着竟抽出一根香烟丢过去，还亲手划着火柴。

"哟！谢谢，您是体恤下情的好官。"玉石眼恭维一句，撅着屁股凑到账桌前把烟点着。

厅长也点上一根，随口问："你干这行多少年了？"

玉石眼吞云吐雾放松不少，又开始扬扬自夸："十多年啦！当着您的面绝不吹牛，租界里的大剧场不敢说，但凡南市一带的茶楼、戏园，没有我不熟悉的！'三不管'所有的'撂地'艺人，没有我不认识的，什么样的演出咱都能张罗，您若用得着我，只管吩咐。"

"好啊，以后我家办堂会，找你帮忙。"

"不敢不敢，提什么帮忙，"玉石眼受宠若惊，"您是大人物，叫我办事是看得起我，义不容辞！"

"哈哈哈，不愧是在街面上混的，够朋友。"

"那当然，咱们义气当先！"

不单在座的两名警察，连海青也觉得别扭——堂堂警察厅副厅长跟个江湖混混儿讲哪门子义气？

厅长满面笑容，似乎对玉石眼饶有兴趣，问及他的身世。玉石眼有些不好意思："您别笑话，我就是个败家子。我家祖上三代都是梨园行，我爷爷还进宫给慈禧太后唱过戏呢，我父亲虽不出名，也是二路老生，傍过几位名角儿，到我这儿不行了。"说着他指指自己的左眼，"天生这毛病，怎么扮戏？唯独演司马师合适，也不能天天唱《铁笼山》吧？我嗓音也不佳，实在不是这块料。但辈辈都是吃戏饭的，除去这行没别的门路，父亲只能把我带到戏班，也拜了个师父，学习检场、跟包之类的差事，一来大家照顾我父亲的面子，二来日久天长跟各个剧场都混熟了，我就专门在外面跑，给几家戏班联系演出。"

副厅长不住点头："这也是正经营生。"

"是啊，七行七科¹，我也在其内。"

"怎么混到'三不管'的？"

"不争气，败家呗。"玉石眼直言不讳，"我娘死得早，十五年前我父亲又病逝，留下一笔积蓄，我在外面联系演出挣得也不少，本来日子过得挺好。婚事早在父亲活着时就定了，守丧一年才能迎娶，独自一人闲着无事，便到赌场里耍钱。不留神上瘾了，不到一年光景输得精光，还欠了一屁股债，最后实在没辙，我把戏班里的行头偷出来押到当铺，想靠这笔钱捞本，结果又是肉包子打狗。偷东西的事也暴露了，梨园公会²把我除名，再也没有戏班用我，家里当卖一空，就连未过门的媳妇也退了亲，赌场的人天天上门催债，说不还钱就打死我。那时真是上天无路入地无门，跳河的心都有，幸而我在赌场门口遇到七爷。那时七爷刚在'三不管'站住脚，手底下正缺人，得知我是经励科出身，便把我收留了，还跟赌场谈判给我免了债，从那以后我就入了锅伙，专门替七爷管理茶楼的事，跟老本行也差不多。若没有七爷我早就死了，救命之恩如同再造，能不为他老人家赴汤蹈火吗？"

言者无心听者有意，副厅长听罢笑道："有句老话叫'逼上梁山'，你听说过没有？"

"听说过。"

"你有没有想过，当年会不会是因为张老七正缺个盘剥艺人的经纪人，故意在赌场设陷阱让你输钱，好拉你这个行家下水？"

玉石眼一脸尴尬，沉默片刻又强笑道："实话实说，我也曾这么想过。但俗话说得好——愿赌服输！我染上赌瘾也怪不得别人，就算这是个坑也是我情愿往里跳的。再说这些年七爷也没亏待我，仗着他老人家的势力我也挺威风，既然混到这一步还能怎样？在哪儿跌倒，就在哪儿躺下呗。"

---

1 七行七科，指梨园七行，生、旦、净、丑、杂、武、流；七科，音乐、服装、容妆、盔箱、剧务、交通、经励。
2 梨园公会，又名正乐育化会，1914年成立，总部在北京，是专门管理戏曲艺人的组织。

“哈哈哈，你倒是看得开。”副厅长话锋一转，“今天这场演出后台挺乱的吧？”

“可不。七爷也没事先知会一声，突然大驾光临，可把万掌柜吓坏了，我也没想到……”

厅长打断：“你不是跟张老七一起来的？”

“不是。”

“偶遇？”

“也不是。我一人管好几家茶楼，咋会这么巧遇上？我是听说翠宝认了七爷当干爹，今天恰好在同乐茶楼开演，我才特意来看看。没想到翠宝的面子这么大，竟把七爷他老人家惊动了，我既在此，当然得跟着万掌柜一起忙活。”

厅长顺水推舟：“你在后台忙些什么？”

“后台？我根本没在后台站住脚，来来去去，光在外边跑啦！”

“外边？”

“是呀，七爷带着兄弟们来的，万掌柜怕一般的节目压不住场，要拣好的、热闹的上。艺人也是有时段的，排前面那些艺人都不成，上去也只能招七爷烦，我把他们全轰了，可好角儿最早也得三点以后登台，没到时间人家都没来，我得挨个去请。张狗子、陈三侠都是我临时找来的，还有……”

“为什么万掌柜不亲自去叫，而是让你去？”

“嘿嘿，这就是我们这行人吃饭的根本。”玉石眼露出一丝自傲的表情，“万掌柜若去请，人家来是人情，不来是本分，即便来也要临时加钱，这是救场啊！换我不一样，都知道我是七爷的人，我去请谁敢不来？不想在‘三不管’混了？就算张狗子已经在别的茶馆登了台，也得扔下那边的观众来同乐茶楼演。”

副厅长听罢明显有些失望，海青大概能猜到他所思所想——玉石眼大多数时间在外边找人，那么后台发生的事也不甚了解，再者既然艺人们都是临时找来的，打乱了演出顺序，翠宝之死就不似有预谋，这一案越发莫名其妙。

不过副厅长只是略一蹙眉，又恢复笑容："你跟翠宝相熟吗？"

"熟！"玉石眼拍拍胸口，"我看着她一天天长起来的，当初就是个卖唱的穷丫头，别看有几分姿色，瘦得跟个萝卜头似的。女大十八变，这些年本事大了，模样也越来越漂亮，马槽改棺材——成（盛）人啦！"

"据你所知，她有没有仇家？包括她养母。"

"没有！"玉石眼不假思索一口咬定，"翠宝这丫头伶俐得很，嘴也甜，走到哪儿都受欢迎，从没听说她与人结怨。至于她娘……虽说大伙背地里都叫她'母夜叉'，终究是一介女流，说穿了全都是为钱，无非你多我少的，能结什么大仇？没仇家。"

"真的？"副厅长觉得他回答得太快了，"再好好想想。"

玉石眼转着他那花白的眼珠想了片刻，还是摇头："没有，至少我没听说过……真的！"

厅长换了个问法："你跟翠宝私交如何？"

"好着呢！我待翠宝就像对待我亲妹妹一样，自她在'三不管'卖艺的第一天我就护着她。您别瞧我天生这副模样，其实心特别软，就见不得别人受苦，她们孤儿寡母的实在不容易，能帮的自然要帮，一到冬天我就给她家送煤球。每次她想涨包银都是我替她谈，远的不提，这回万掌柜请她来演还是我帮忙呢，如今人家是大腕儿，哪还瞧得上'三不管'的小园子？翠宝肯来是瞧我的面子……"

海青偷听至此，忽然背后有个气喘吁吁的声音道："他、他胡说八道。"回头一看——小梆子。

"哟！你才回来？"

"是呀。"小梆子那顶视若珍宝的破警帽也不戴了，拿在手里扇着风——他不是正式在编的警员，警所也不拿他当自己人，副厅长带队过来时汽车挤满了，他只能在后边跑，两条腿哪赶得上四个轮子，被甩出去老远，累得上气不接下气，赶回来正瞧见审问玉石眼这一出。

"玉石眼说假话？"

"当然，这家伙嘴里要是有实话，母猪都能飞上天！"小梆子跑得口干舌燥，恰好栏柜上放着半碗凉茶，也不知是谁喝剩的，他拿起来就灌，嗝得吱吱响，放下碗才接着道，"他仗着七爷的威风，一向是强取豪夺，有枣没枣打三竿子，没有好处哪肯帮人办事？别听他胡呲，他非但没帮过翠宝，反而欺压得最厉害。"

"为什么？"

"混混儿欺软怕硬，像陈三侠那样一家子练武的，玉石眼也不敢胡来。翠宝自幼孤苦，没有爹妈，只有一个认钱不认人的干娘，还是寡妇，连块自己的地都没有，到处游走卖唱，无依无靠的当然受欺负。还给寡妇家送煤球？他没半夜蹿寡妇门就不错了！欺负老实人，蹿寡妇门，刨绝户坟，打瞎子，骂哑巴，踢瘸子拐棍儿，砸要饭的碗，逮个蛤蟆都能攥出尿来。我记得有一年冬天，那时我还拾毛篮[1]呢，翠宝在玉露茶楼唱曲，有一天刮大风，冷飕飕的没几个客人，只赚了十几个铜钱，出来正撞见玉石眼。这个王八蛋连句客套话都懒得说，硬生生抢了去，还骂骂咧咧嫌少，这跟抢小孩子嘴里的糖有何区别？如今翠宝成名了，他又态度大变，嘻嘻哈哈往前凑，依我看也没安好心，八成是想占便宜。"

海青听罢暗想——有没有这种可能，翠宝正是为了不受玉石眼欺压才认张老七当干爹？

此时副厅长已经问完，低头审阅警员的记录，微微点头："行，暂时就这样吧。"

"要是没别的事……"玉石眼起身，"我先走了。"

"慢着。"副厅长笑呵呵叫住他，"把你身上藏的东西掏出来。"

"啊？什么东西？"

"别装傻！以为我这副厅长是白当的？早注意到了。从你一进来手就总往肚子上摸，我故意给你一支烟，结果你撅着屁股点烟时左手还不忘护着腹部。这么在意，揣着什么东西？拿出来看看。"

"没、没有呀！刚才我在楼下挨了一脚，肚子疼……"

---

1 拾毛篮，俗语，拾破烂、捡垃圾。

"撒谎！李大彪踢的是你胸口，不是肚子。凭他的力道，若是踢你肚子，这会儿你早进医院了。别叫我们费事，掏出来。"

"真没有啊！您别瞎猜。"玉石眼依旧嘴硬，可左手还是下意识摸肚子。

"敬酒不吃吃罚酒。"副厅长轻轻使个眼色，两名警员一跃而起，冲过去就是两记耳光，打得玉石眼踉踉跄跄，险些栽倒。一名警员架住他胳膊，另一人抓住前襟往下一拉——刺啦一声，大褂扯烂了；紧跟着叮叮当当一阵响，撒了满地的大洋，竟有二十多枚；另外还掉出一块脏兮兮的手帕，似是包着什么东西。

警察没管洋钱，先拾起那块手帕，拿到账桌边展开一看，里面裹着一只翡翠手镯。

"好东西。"副厅长接过镯子仔细观察，"晶莹剔透，温润亮泽，做工也很好……聊聊吧，这是哪儿来的？"

玉石眼捂着红肿的脸："我、我买的，跟此案无关。"

"胡说！"海青实在忍不住了，在外面嚷道，"那是翠宝的镯子，我中午还看见她戴在腕上。"

玉石眼没料到门外还有个观审的，连忙改口："是她送给我的。"

"呸！"小梆子也跟着起哄，"别不害臊啦！这么好的东西她凭什么送你？她怎么不送我呢？"

"别插话！"副厅长敲着桌子示意他们闭嘴，又转过脸去对玉石眼冷笑，"瞧见没有？明眼人多的是，你连他们都骗不了，还想骗我？快说实话，省得皮肉受苦。"

"是实话，她送给我的。"

"什么时候送你的？"

"就是下午演出时，在后台……"

"你不是一直在外面找人，没在后台站住脚吗？"

"是我从相声场子叫陈三侠回来时，也就一两分钟。"

"哦，这么说有见证人喽？"

玉石眼一摇脑袋："没有。"

"陈三侠没看见吗？"

"没有。"

"万掌柜没看见吗？"

"没有。"

"翠宝她娘没看见吗？"

"也没有……"

"谁都不知道，可就难说了。她怎么送给你的？"

"她那会儿正从茅房出来，朝我使了个眼色，偷偷把我叫到没人的地方，说送我个礼物，就把镯子给了。"

副厅长气乐了："照你这么说，翠宝神神秘秘把你叫到僻静处，生怕被人瞧见，无缘无故就送给你一只价值不菲的镯子，你也不问缘由就收了，从头至尾不到一分钟……如果有人跟你这么解释，你信吗？"

"我、我……我也不信呀。"

"那这镯子如何落到你手？"

玉石眼急得龇牙咧嘴满头大汗："我说不清楚……"

"可恶！"副厅长拍案而起，"翠宝究竟是怎么死的？是不是你谋财害命？说！"

"冤枉啊！"玉石眼两腿一软跪倒在地，"天地良心，我不过是个小混混儿，没多大本事，您就是借我一万个胆我也不敢杀人呀！再说翠宝是七爷的干女儿、心头肉，我巴结这位姑奶奶还来不及，哪敢谋害她？曹厅长您是青天大老爷，可不能冤枉我呀！"说着不住磕头。

警员见他不招还要动手，副厅长却阻拦道："算了，这一案若真是他做的，莫说国法难容，连张老七那关他也过不去，落到黑道手里死得更难看。"

"是是是。"玉石眼慌忙磕头，"翠宝若真是我害的，七爷非剐了我不可呀。"

副厅长又晃了晃那只镯子："如果我没猜错，镯子是翠宝死后你趁乱偷的吧？"

"这、这……"玉石眼一咬牙，不甘心地点点头，"您说什么就是什么吧。"

"能偷就偷，能骗则骗，可见你是刁顽之徒，供词大半不实。按理说就该把你带回所里，拴在尿桶上，叫你吃吃苦头……"

"饶了我吧，下次不敢了。"

"哼！今天要审的人还很多，没工夫跟你这无赖计较。跑得了和尚跑不了庙，镯子是死者遗物，必须留下，这件事没完，结案之前警所随时传你问话。别以为张老七能护着你，此案既然落到我手里，就由不得他做主，传你的时候若胆敢不去，什么后果自己掂量。"

"不敢不敢，一定随传随到。"

"嗯……愣着干什么？还不滚！"

"是。"玉石眼哆嗦着应声，想要捡地上的钱。

"别忙！"一旁的警员叫住，"留个手印，我们好查对。"说着硬把他拖到桌边。别人留指纹都是一个个手指头按，警员对他"特殊照顾"，直接抓着他的手摁到印泥里，在指纹本上翻来覆去一通乱按，莫说是指纹，连掌纹、手背都印一遍，印完后朝他屁股后头一踹，"去吧。"至于地上的钱，料想不是正经得来的，两个警员收起来当证物，若是以后查明与此案无关，他们就私分——好不容易沾上副厅长的威风，还不得给自己捞点儿好处。

玉石眼连滚带爬逃出账房，脸被打肿了，衣服也扯烂了，钱也都没了，还沾着满手印泥，不知往哪儿抹，模样狼狈不堪。小梆子平日没少受他欺负，见此情形拍手称快；海青也佩服——曹副厅长毕竟是办案的老手，真厉害。

哪知没高兴多久，副厅长却指着他俩嚷道："李大彪！把他们轰走，闲杂人等不准观审。"

海青老老实实回到大厅，跟其他观众一样接受侦讯。外边的警察提问并不详细，毕竟在观众席的人没去过后台，海青只是大致说说演出期间所见所闻，最后在记录上签字，写下家庭住址。当然，他完全隐去了苦瓜这个人。

不知不觉已经天黑，可要侦讯的人太多，万掌柜只好叫伙计把所有的汽灯、油灯都点上，以便警察记录。海青一直关注账房那边的动向，陈三侠、何剑平、小六子等人逐个被叫去问话，后来连卢先生也被警员搋了进去……

这场侦讯足足持续四个多小时，到最后大厅里的观众、伙计、小贩，乃至混混儿们都已问完，账房那边仍未结束。按理说不重要的证人留下联系方式就可以走了，但是张老七不准，他命二龙搬了把椅子坐在楼梯口——今天不审出个所以然谁也别想走！

观众们叫苦不迭，到这会儿谁还在乎凶手是谁？只盼着回家，有的唉声叹气，有的愁眉苦脸，有的索性趴在桌上打盹儿。海青又试探着往栏柜边上蹭，李大彪也觉得该结束了，明明看见他过去只是微微一笑，未加阻拦。

此时此刻只剩最后一名重要证人——杨俊山。

账房的气氛异常凝重，无论杨俊山还是副厅长，乃至那两名警员都紧锁眉头，却谁也不吭声，显然陷入僵局。沉默好一阵子，副厅长掐灭手中的烟，开了口："我问你怎么结识翠宝的，你不说。我问你和她究竟是何关系，你也不说。我问你有没有怀疑的人，你还是不说。怎么回事？变哑巴了？还是你做过什么亏心事呀？已经过去十分钟了，咱就这样干坐着，究竟是问案还是守灵？"

杨俊山有些惭愧，却把头压得更低。

"有难言之隐？嘿嘿，你的顾虑我能猜到，上次你在赛马俱乐部招惹上一个白俄舞女，整天风流快活，温存够了又不理人家，舞女也不是吃素的，跑到法院告你骗婚，还要找报社做你的文章，闹得不可开交，最后还是我帮你们了结的。事后你爹一定狠狠教训了你一顿吧？这才过去半年多，又不老实了，摊上这档子事，你怕你爹又收拾你，对吧？"

杨俊山脸臊得通红，羞涩地点点头，却又立刻摇头。

"不对？难道这次更严重，不是玩女人这么简单？"

"我……"杨俊山嘴唇微颤，支支吾吾的。

"抬头！看着我。"副厅长提高嗓门儿，语重心长道，"常有人议论，说我们这些掌权的人不公，官商勾结，官官相护。平心而论，这话说得有道理，有交情的人我们是会照顾，就比如你们杨家，别人若是敢在我面前摆肉头阵，我有的是办法撬开他的嘴！换了你小子我就得容忍一二。但我不是看重你，而是看重你祖上、你父亲，毕竟你们杨家财大势大，天津每次闹灾都叫你家认捐，军政府也没少找你家出军饷，我本人跟你父亲也有交情，虽不是很熟，但逢年过节礼尚往来，不想把关系闹僵。所以你纵有天大的罪过，只要说出来，能解决的我帮你解决，解决不了我也尽我所能，哪怕你真是杀人犯，我救不了你也能让你在枪毙之前少受点儿罪，这就是我曹某人的情义！不过凡事都有限度，老话说得好，人命关天，既然此案落到我手里，必须有结果，想在我面前蒙混过关是不可能的！现在我给你面子，你不给我面子，这事儿就难办了。你要是再不说话，等到我把你领回警所，戴上手铐，坐上铁椅子，可就顾不上咱的老交情啦！"

"不！"杨俊山终于开口，"我不是凶手！"

"那你为何不说？"

"我、我……"杨俊山又把头低下了，一副怯懦得要哭的表情。

软硬兼施仍不见效，副厅长烦闷不已，看了一眼手表："也罢，今天实在太晚了，收队吧……杨少爷，回去告诉你父亲，曹某人来日要亲自登门拜访！"

"不！"杨俊山不想把麻烦惹到家里，"您不能见我父亲……"

副厅长不再搭理他，收起审讯记录出了账房，见外面闹哄哄的，审完的人一个都没走："李大彪！怎么回事？"

"报告副厅长，张老七不准任何人离开。"

"废物！岂能由着他的性子来？"

李大彪面有难色，压低声音道："他又招来三十多个流氓打手，在楼下堵着，他的人多咱们人少，动起手来恐怕不占便宜。"

"哼！刚才我打了玉石眼，扫了他颜面，这是向我示威呀。"厅长举目四顾，一眼瞅见小梆子，抬手唤来吩咐道，"你替我向张老七传话，叫他立刻放行，要不然我把附近几个所的警力都叫来，那时他的人一个也别想跑，都把他们塞到站笼里晒太阳。"

"是……"小梆子哪敢用这么强硬的口气跟张老七讲话，可副厅长的命令又不敢不从，只得硬着头皮去。

海青想问问情况，却被吴梦生抢先一步："副厅长，好久不见，这一案审得如何？有线索了吗？"

副厅长一见是他，更烦了，却又不愿得罪报界，搪塞道："调查才刚开始，慢慢来吧。"

"能否透露点儿内幕？"吴梦生掏出本子准备记录。

"不能。"

"看在以往的交情上，稍微透露一些。"

"好吧。"副厅长清了清喉咙，一本正经道，"命案是恶劣的，情况是复杂的，但法律是公正的，制裁是严厉的。我们会尽快调查，决不姑息养奸，不过鉴于'三不管'的复杂局面，以及当前的社会状况，许多问题不能急，还要详细地、深入地、全面地、耐心地调查，总之天网恢恢疏而不漏，不能冤枉好人，也不能放过恶人……行了吧？"

"佩服佩服。"吴梦生把本子合上，"听君一席话，胜似一席话，没一句有用的！"

"凭咱的交情能说的只有这些，上次那桩案子你就给我添了不少麻烦，这回别再添乱了。"

"添乱？"吴梦生不服，"究竟是我添乱，还是你们有私弊？以往糊涂了结的案子还少吗？如今混混儿头子和富家少爷都牵涉其中，您可不能徇私枉法，更不能推卸责任呀。"

这句话正戳到副厅长痛处，他插手此案主要为镇住张老七，以为就是寻常的斗殴杀人，没料到事情还挺棘手，正琢磨怎样才能把这烫手山芋推给下属，却被吴梦生点破。副厅长按捺情绪，露出一丝笑容："不能推卸责任，说得好呀！据众人供述，毒死翠宝的那瓶药是你给她喂下去的。怎么样，跟我到所里走一趟？"

"你……"吴梦生一愣，"我是帮忙的，怎知里面有毒？再说是我最先提议报警……"

"可能是你启开药瓶后，趁人不注意下的毒。"

"那怎么可能？大伙都盯着我呢。再说我也没有杀她的动机。"

"怎么没有？死者的养母供述，你在楼下跟她争吵过。"

"谁会为这点儿小事杀人？"

"有一丝嫌疑就要查嘛。"

"欲加之罪，何患无辞！"

"哈哈，年轻人，别这么大火气。"副厅长拍拍他的肩膀，"今天我放你一马，你也别为难我，这件事已经够乱的了，我没工夫再跟报界吵架。你最好把笔管住，若是乱写，别怪我执法严格。"

"哼！咱们走着瞧。"吴梦生悻悻而去。

海青这才得空钻过去："副厅长，调查得怎么样？"

副厅长苦笑："少爷，你就别跟着起哄了。"

"或许我能帮上忙，上次咱……"

话未说完又见小梆子跑回来："报告副厅长，七爷说……不，张老七说可以放行，但请厅长务必尽快查出真凶，要不然他就……就要搞点儿乱子。"他说得磕磕巴巴，显然张老七的原话没这么客气，而且他左脸红肿，似是刚才传话挨了混混儿一巴掌。

副厅长已憋了一肚子火，闻听此言终于怒不可遏，抡起左手也是一记耳光，吼道："放屁！一个臭无赖也配跟我提条件？你告诉他，再纵容手下胡搅蛮缠，老子就枪毙几个叫他瞧！"说罢带着众警察下楼离去。

小梆子这下倒是对称了，左右脸都打肿了，疼得龇牙咧嘴："流氓打完警察打，你说这倒霉差事怎么当？他俩有话不直说，来来回回折腾我干吗？"

海青想笑又不忍，安慰道："官匪不同炉，至少表面如此，他俩都自恃身份，当着手下人不便直接对话，只能辛苦您呀。"

副厅长与张老七是麻秆儿打狼——两头害怕，一个不敢真抓混混儿，另一个也不敢不放观众，都是为了面子。经过两番交涉，他们相继离开，剩下的人这才能走。不知不觉已近午夜，"三不管"比不得租界，这里白天熙熙攘攘，到晚上一片漆黑，根本没有路灯。众人打着哈欠，伸着懒腰，乱哄哄涌出同乐茶楼，黑黢黢的难免蹬鞋踩脚，却无人吵架拌嘴——都疲乏了，只想回家睡觉。

海青也困倦，正发愁如何回家，忽听有个声音呼喊："少爷！你在哪儿？郑家的沈少爷，在吗？"

海青心喜，天津卫的少爷有的是，但身在郑门却姓沈的，仅此一家别无分号。他揉揉眼睛，待众人散去才看清——老吴和大栓打着灯笼、拉着洋车来接他了。

"在这儿呢。"

老吴面沉似水，皱巴巴的老脸在灯笼照映下甚是难看："少爷，您真有本事，怎么总能碰上命案呢？"这是气话。

"唉！没办法，运气不好。"

大栓笑道："您深更半夜不回家，可把吴大叔急坏了，赶紧带着我来找您。刚才又是警察又是混混儿的，光听说里面死了人，也不知死的是谁，我们提心吊胆，万一您叫人害死了我们怎么向老爷交代？"

"嘿！你小子说点儿吉利的，行不行？"

"您没被当成嫌疑犯吧？"

"万幸，还没有。"

老吴悬着的心总算放下，却板着面孔道："赵经理和钱襄理在饭馆等您等到打烊，这次您又食言了。"

"没办法，改天再约吧。"

"您早上发过誓，食言是小狗。"

"当狗就当狗吧。"海青跨上洋车一阵苦笑，"有个家伙一出事就跑，连招呼都不打，比我还狗呢。"

第四章
手里分文无有

翌日，海青醒来已过九点。依他的性子自然立刻去找苦瓜，不料道高一尺魔高一丈，赵经理已在楼下等他了。

赵经理年近五旬，是个精明的商人，相貌却很平庸，细眉小眼，身材矮胖，略微秃顶，白衬衫穿在身上紧绷绷的，鼓着小肚子，倚在沙发上活像个皮球，看见海青下楼立刻弹起，蹦到他面前："少爷，这次您躲不开了吧？有件事跟您商量。"

不用问，肯定是老吴叫来的！海青暗自埋怨老吴多事，边系纽襻边搪塞："赵叔叔，您急什么？有事儿等我去公司再说。"

"商机难得，能不急吗？"赵经理不由分说攥住他的手，硬把他拉到沙发边，"最近来了一桩好买卖，宫北大街有五间铺面，位置好，客流多，是寸土寸金之地，最难得的是这五间房连着，用处宽着呢。房主似乎急着用钱，想尽快出手，找到咱们公司，我觉得不错，只是要价甚高，派钱襄理谈了两次总算划下来一些……"

"那就买吧，不用跟我商量。"

"没这么容易！跟钱襄理谈判的不是房主本人，是他家的管家，我不放心，又找人打听了，这五间铺面中有一间是他家自己的买卖，因为经营不善关门了，其他四间对外出租，租期截止到中秋节，租户们还在正常经营，都以为还能续租，完全不知出倒之事……"

"那就别买。"海青起身要走。

"等等！"赵经理又把他拽住，"那个管家向咱承诺，绝非背主做窃，是受他家老爷委托才卖的，房契、地契俱全，还有他家老爷的印鉴。以我的经验看，正经事不背人，鬼鬼祟祟必有内情，八成牵扯到家族纷争。咱若买下来，可能会招致一场官司，虽不至于败诉，也会结怨于人，咱们公司声誉一向很好，该尽量避免这种事；可是不买又可惜，机会难得，这么好的铺面肯定不愁卖……"

海青的心早飘到"三不管"去了，哪听得进去，推诿道："发电报问我舅舅。"

"来不及！向法兰克福发电报，再转到老板手里要多久？三言两语也说不清楚，那个管家限我五天内必须答复，过期就要另寻别家，今天已经是第二天了。"

"您自己做主吧。"

"少爷！做事不由东，累死也无功，您不能推卸责任呀！买五间铺面的钱不是笔小数目，我哪能越俎代庖？况且此事关乎公司声誉，既然老板不在，必须由您拍板。依我的意思，不妨把律师请过来，详细商量一下，如果发生纠纷……"

海青越听越觉麻烦，兴许一天都搞不定，岂不耽误"正事"？赶忙打断："赵叔叔，别着急，您吃早饭了吗？"

"用过了，咱们……"

"不好意思，我起晚了，到现在还没吃呢。您容我吃点儿东西，一会儿再谈。"

"可是……"

海青挣开他的手，嬉皮笑脸道："别急别急，人是铁饭是钢，不填饱肚子怎么思考？您先看看报，我随便吃两口就过来，一会儿咱一起去找律师。"不待赵经理说什么，一猛子蹿进餐厅——哪是吃东西，关上餐厅门，立刻奔窗台，推开窗户爬出去，也不敢招呼大栓拉车，蹑手蹑脚摸到后院门，溜之大吉！

慌慌张张跑出老远，他才发现没带钱包，没办法雇车，要是回家拿准被赵经理逮住，现在是有进无退，只能凭两条腿。一路顶着日头跑跑停停，到"三不管"已将近十点，正是露天市场刚开始热闹的时候，艺人、小贩都开始做买卖，烧饼、馃子、蒸饼、炸糕……各种小摊的食物香气扑鼻，叫卖声不绝于耳，海青水米未进，早就"瓢了"[1]，无奈今日"溜杆格念"[2]只能忍着。

来到相声场子，买卖已然红火，前排板凳客满；草台上逗哏的正是苦瓜，捧哏的却不是麻子，而是掌穴的陈大头。海青再急也不能把苦瓜拉下来，只好站在后面听：

-我洗完澡，来到更衣室。

-嚯！还有更衣室，不愧是有钱人家。

-打开衣箱一瞧，九月的螃蟹——顶盖肥！全是好衣裳。箱子里都是湖绉、扣绉、花洋绉、咔叽、哔叽、鹅缎绸，绝没有粗布、蓝布、大白布、月白、灰布、浅毛蓝。

-你贫不贫呀？快穿！

-催什么？俗话说得好，吃饭穿衣量家当，从怎么穿衣就能看出一个人的身份修养。

-就你这倒霉模样还身份修养？

-对了，好歹咱也富过几天！穿衣裳讲究搭配，穿出去就得一鸣惊人。

-你是怎么搭配的？

-从最里面穿起，汗褟、裤头，衬衣、衬裤，单衣、单裤，毛衣、毛裤，棉衣、棉裤，皮衣、皮裤；丝罗大褂穿三件，衬绒棉袍穿三层，大衣外边套皮袄，皮袄外边套坎肩。

-那套得进去吗？有病，穿这么多干吗？

---

1 瓢了，隐语，饿了。

2 溜杆格念，隐语，没钱。

——你不懂，多穿一件是一件，一会儿就要见小姐了。老太太糊涂眼花把我错认，小姐年纪轻轻的，能不认识自己丈夫吗？见了面一看不对，肯定叫人把我打出去。到时候我捂着脑袋往外一跑，衣裳不都带走了吗？

——嘿！好良心。

海青听出这段是《梦中婚》。《梦中婚》又称《小黄粱子》，逗哏的演一个穷人乍富的角色，偶然发财到处挥霍，结果被同乡骗走钱财，沦为乞丐，露宿破庙；碰巧被一户富人误认成逃婚的女婿，接回家中款待，正要与小姐入洞房时不慎摔倒，猛然回到现实，依然抱着砂锅躺在破庙里，才知只是一场美梦。

这段节目海青看苦瓜演过一次，是在茶楼，"撂地"时一般不演。因为从垫话开始，整段说下来要二十分钟，讲究铺平垫稳、起伏波折，但是"撂地"需要快而火爆，闲逛的人与茶座不同，极少有耐心听完长篇故事，稍微迟缓观众就走了，找谁要钱？所以"撂地"时哪怕使"臭活"[1]也不用这类段子。

海青猜想，苦瓜今天使这块活儿不是偶然，或许翠宝之死对他触动很大，富贵良缘终成幻梦，他借这段《梦中婚》予以凭吊。莫看苦瓜在台上嬉笑怒骂，心里难受着呢。

随着大头一句"做梦呀"，节目演完了，观众的反应还算差强人意，两人作揖致谢，大头依旧站在台上，苦瓜却跳下来——相声场子有个不成文的规矩，逗哏的可以一段一换，捧哏的需要连捧三四段才能歇。海青赶紧挤过去，没来得及说话，苦瓜已在他手里塞了个笸箩："少爷，该还昨天的窝头债了。现在正缺人手，帮我们打杵儿吧。"

海青无奈，莫说昨天的窝头，今天的午饭还指望苦瓜呢，只能跟着敛钱。打杵儿是比捧逗更难的技艺，必须看人下菜碟儿，观众之中三教九流什么人都有，遇见强横的要放下身段，遇见油滑的要板住面孔，弄

---

1 臭活，行话，荤段子。

不好就要挨打挨骂。海青耳濡目染，倒是会几句他们的纲口，可惜身为富家少爷放不下脸面，只能拿着笸箩瞎嚷，不敢抬眼看人。好在大头不计较，反正多个人多双手，多要一文总比少一文强。

苦瓜时而在台上表演，时而一起敛钱，观众越来越多，就这样忙了两个钟头，直到正午吃饭时才得清闲。两人又拿着窝头来到树下，海青这才抱怨："昨天你是怎么回事？把我扔下就跑了。"

"不跑等什么？等警察来了挨个一查，有叫我苦瓜的，有叫我曼伦的，不就露馅儿了吗？"

"那倒也是……今天又是怎么回事？你们说相声的，太小气！才吃你们两顿窝头，就让我干活儿。"

苦瓜也是熟不讲理，戏谑道："你别不害臊了，就凭你敛的那点儿钱，给你饭吃纯粹是大炮轰苍蝇——不够本。我们实在忙不过来才求你这尊不灵的佛。"

"咋这么忙？"

"念攒子[1]，没发现少个人吗？"

海青才意识到："麻子！他没来？"

"警所传他问话，大清早就被小梆子叫走了。"

"是啊，昨天他拿完钱就离开了，不知道后头的乱子，今天还得补这一堂。"

两人蹲在树阴下啃起窝头，海青实在是饿坏了，三口两口就填进嘴里，一边舔着手指，一边述说昨晚的审讯。苦瓜半晌无语，直到把窝头吃完，拍拍身上的碎渣才问："后台摔了什么东西？"

"摔东西？"

"昨天三侠练剑时后台突然一声响，玉石眼跑出来说摔了东西，我还打个圆场，你忘了吗？"

"呃……"海青哑然，回忆昨晚的审问，竟无人提及此事，连他也忘得一干二净——倒也不奇怪，后来混混儿轰麻子下台，紧接着翠宝又

---

1 念攒子，行话，缺心眼儿。

昏厥乃至毙命，乱子一个接一个，谁还记得那件小事？

"很重要吗？"

"我怎知道？反正有点儿邪门儿。从时间上看，摔东西时翠宝母女都在后台，再加上玉石眼，当时后台至少有三个人……"

"还有万掌柜。"

"没有万掌柜。"苦瓜驳斥道，"你什么记性呀？当时万掌柜正陪在张老七身边，玉石眼出来后他才进去，而且是从边幕直接进去的，后台发生的事他不知道。"

"摔东西和案件有什么关系？"

"我闯荡江湖多年得出个经验。"

"什么经验？"

"死人都不会说话。"

"嘿！你真聪明，你不提我都不知道。"

"奇怪的是活人也不说。玉石眼和翠宝她娘在受审时都没提摔东西这件事，对吧？"

海青揣测："或许他们觉得不要紧。"

"不对，我觉得有蹊跷，连万掌柜也不正常。如果有人损坏茶馆的东西，他身为掌柜的不会毫无印象，为何他也未向副厅长提起？是他帮着隐瞒，还是在他回到后台时摔坏的东西已被藏起来了？"

"你是不是有点儿小题大做？"

苦瓜没搭茬儿，继续思考："东西虽然是在后台摔的，可咱在前面听得清清楚楚……你猜那是什么东西发出的声音？"

海青回忆了一下："声音很脆，很响，我觉得像瓷器摔碎的响动，可能是茶壶、茶碗之类的东西。"

"不错，我也这么想，所以我才开玩笑说剑气把坛子击碎了。这就更奇怪了。"

"奇怪什么？"

"这是人命案，再说翠宝是被毒害的，如果后台摔过壶碗之类的物件，难道不可疑？如你所言，副厅长一再追问后台有何异常，可他们就是不提这茬儿。"

"你多虑了，昨天检验吏已经认定翠宝是被那瓶药毒死的，死因很清楚。况且翠宝很有戒心，随身带着自己的茶壶，那种紫砂小壶是直接对嘴喝的，凶手还有必要在别的壶碗里下毒吗？即便下了她会去喝吗？所以问题的关键是谁对戒毒药动了手脚，就算后台摔了一百个茶碗也与案件没关系。"

"嘿！一人一把号，各吹各的调。是我想得太复杂，还是你想得太简单呢？"苦瓜有些怀疑，"巧了，翠宝之前上场的是麻子，兴许他知道些什么。"

说曹操，曹操就到，话音刚落就见小麻子归来。他在警所足足耽误一上午，显然是饿了，灰头土脸愁眉苦眼，猛一眼瞧见苦瓜，气哼哼跑过来："兔崽子，你害苦我了！"

苦瓜不生气，还与他开玩笑："你这人浑不懔，怎么不论好歹见面就骂？是不是吃饱了撑的？"

"呸！"麻子更气了，"还吃饱撑的？到现在连早点还没吃呢。"

"跟我有什么关系？"

"别揣着明白装糊涂！昨天你好端端就不演，叫我说单口，害我不但被混混儿赶下台，还摊上一桩命案，倒霉透了。"

苦瓜嘲笑："不打勤，不打懒，专打你个不长眼。你要怪就怪自己运气不好，能怨我吗？"

"胡说八道，昨天我可看见你们在台下站着了。你们是不是早打听好了，知道有雷，故意让我去蹚？我算看透了，你小子就是潘金莲家的竹竿——惹祸的根苗！"

海青听他们斗嘴，抿嘴窃笑。

开几句玩笑，苦瓜才改口："算我不对，改天请客还不行吗？再说你也没吃亏，就算演砸了，万掌柜还是给你钱了，对吧？"

一提到钱，麻子立刻不言语了。

"消消气儿。上午的侦讯怎么样？"

"不怎么样。我说了一段《摇煤球》、一段《钢刀子》。"

"你怎么跑警所说相声去了？"

"不光我说，连昨天审过一堂的也被叫去，大伙全演了。何剑平唱了两本《翠屏山》，钟先生、白先生给弹弦伴奏，张狗子又翻跟头又打滚儿，三侠拿着警棍就练上了。有弹有唱，有说有笑，比茶楼还热闹。这哪是审案？简直是堂会，巡警老爷们可过瘾了。"

海青不解："怎会这样？"

"唉！"麻子无奈长叹，"'三不管'的案子谁愿意管？昨天是因为副厅长在场不敢怠慢，今天副厅长不在，那帮警察只顾自己取乐，哪有一个认真办案的？说一千道一万，即便死的是翠宝又如何？再大的角儿也不过是玩意儿，咱艺人的命不值钱啊！"这最后一句说得无比辛酸。

苦瓜与海青对视一眼——惨不惨且放一边，若如此审案，岂不要查到猴年马月？

苦瓜试探："昨天你到后台时没察觉有什么不对劲？"

"没有啊。"麻子摇头，"即便有也顾不上，我刚到后台就被万掌柜揪住，非逼着我上台。那会儿无人可派……"

"无人可派？"

"原本前场有几个唱大鼓、变戏法的，一听说张老七来了，连楼都没上扭头就跑，据说还有几人是被玉石眼赶走的，明知压不住场，何必惹这一水？我到后台时只有翠宝母女和三侠，我若不上，只能让三侠再练一场拳脚，恐怕更难。"

海青品出点儿滋味——别人都跑了，麻子却明知山有虎，偏向虎山行，归根结底还是舍不得那份钱。这家伙就是贪财！

苦瓜所思所想全然不同——麻子到后台时只看见翠宝和三侠，说明张狗子已经走了，而伴奏的钟、周、白、卢四位师傅以及小六子都还没到，他们到达的时间应该在麻子登场到万掌柜安抚混混儿的那段时间之间，何剑平可能更晚一些，或许在翠宝登台以后，那么解开声音之谜的关键仍在干娘和玉石眼身上。按理说张老七驾到，玉石眼绝不敢怠慢，应该马不停蹄多请几位有名的艺人，怎会出现无人可派的尴尬局面？难道这期间他被什么意外之事绊住？还是已经尽力，实在邀不到人？那个时段不至于呀。

想至此苦瓜又追问："你到后台时瞧见玉石眼了吗？"

麻子想了想："没有……"

"那家伙哪儿去了？"

"我怎知道？万掌柜催着我上场，我自己还一脑门儿官司，哪顾得上别人？"麻子撇撇嘴，"得了，别再提这破事儿，烦死了。刚才警所嘱咐我随传随到，兴许是相声没听够，不给他们说二三十段没个完，到最后糊里糊涂查不出结果，还不知拿谁顶罪呢。"说罢回场子里吃饭去了。

苦瓜依旧沉思——三侠下台之前玉石眼在后台，翠宝出事时他也在后台，问题是在这中间的时间他到哪儿去了，而且这和摔东西有什么关联呢？

海青瞧他这副认真的表情，不禁发笑："我一大早跑来就为昨天的案子，还想问你有没有兴趣再当一次侦探。看来不用我劝，你已经动心了。"

苦瓜摇头："不是我愿意多管闲事，是不得不管呀！"

很快，海青就明白苦瓜"不得不管"的原因了。

饭后他们来到茶摊，老田又是端茶倒水又是招呼客人，忙得不亦乐乎，甜姐儿却呆坐在炉边，噙着眼泪黯然神伤——苦瓜还未告诉她翠宝的死讯，但是这宗命案惊动黑白两道，来喝茶的客人都在议论，她已经听说了。

作为一个把"多管闲事"精神贯彻到底的人，海青当然要劝："人死不能复生，别难过了。"

老田忙里偷闲，也跟着敲边鼓："是啊，沈少爷说得对，人的命天注定，活该这丫头有此一劫。她这辈子不冤，洋钱挣到了，旗袍也穿上了，好女婿相上了，三炮台也抽上了，该享的福都享过，比咱强多了。她都跟咱划地绝交了，还难过什么？多余！"

苦瓜却不说话，默默陪在甜姐儿身边——他明白，劝也是白劝。

"疯丫头，这么不明不白就走了……"甜姐儿摆弄着翠宝丢下的金戒指，似是自言自语，又似向苦瓜倾诉，"我刚有桌子那么高的时候就跟翠宝认识了。当时她在我家茶摊旁边卖唱，梳两条小辫，穿着毛蓝布的单裤单褂，左脚的鞋开绽了。虽然穷，可她从小就爱漂亮，唱曲时总把左脚藏在右脚后面，怕人看见鞋上的破洞。碰巧我的鞋也破了一只，也总把腿藏在炉子后面，哈哈……"甜姐儿说着说着竟然笑了，一滴晶莹的泪水顺着脸颊滑落，"她看看我的脚，我看看她的脚，相视一笑，从那一刻起我们就成了好姐妹……回想起来，都是穷孩子，没什么可玩的，不过是说说话、做做伴，有一次她捡了一个好看的玻璃球，跟得着什么宝贝似的，用手帕托着送给我；还有一次是我生日，爹给我买了一包糖炒栗子，也就十几颗，我舍不得自己吃，一定要分给她，碰巧连着几天下大雨，不能出摊，等见到她时栗子都干了，我们还是吃得很开心，她一颗我一颗，谁也不多谁也不少，最后剩一颗，剥了壳，掰成两半……"

老田皱着眉头："就不该给你买栗子，当时要是买切糕多好，省得分给她。"

"她从小就淘气，常拉着我乱跑，笑着闹着，跑得浑身是汗也不知是图啥，现在想来终归没跑出'三不管'这一亩三分地，每次她被师父逮到总要挨打。别看黄师傅长得慈眉善目，打起孩子来特别狠，可翠宝从不长记性，还说自己不看别人脸色活着，脑子一热就不管不顾，所以我叫她'疯丫头'，可她总说我太老实，容易受欺，叫我'傻丫头'，后来我们又结识'胖丫头'，几乎天天见面……"

海青好奇："胖丫头是谁？"

苦瓜替甜姐儿回答："马连芳，你应该见过，她们一家都是唱西河大鼓的，过去'撂地'时离茶摊也不远。"他所说的茶摊是逊德堂失火前的老位置。

"哦。"海青随口答应，却没什么印象。

甜姐儿擦擦眼泪，接着回忆："认识胖丫头以后，最大的好处是有鞋穿。我娘死得早，爹不会针线，那之后鞋破了就没人给缝。翠宝更不必说，她那个干娘管什么？就知道钱。多亏连芳她娘可怜我们，每年给我们纳两双千层底的布鞋……"

老田又插嘴："马家也没少白喝咱的茶。"

"爹！凡事有来有往，哪有一头的便宜？穷帮穷嘛。马家本来孩子就多，自己的活计都做不完，还关照我们两个没娘的孩子，已经很仗义了。马大娘针线活好，知道女孩爱漂亮，用不起缎子面，就在鞋面上绣一朵小红花，翠宝可喜欢了……"

海青陡然想起，昨天翠宝穿的布鞋上好像也绣着小红花，躺在舞台上时格外显眼，应该就是出自马大娘之手。

"如今花谢了。"甜姐儿颤抖着，"我们从小在一起，彼此看着一天天长大。我看着她从街边到茶楼，看着她由时调改唱梅花，看着她买第一件绣花旗袍，看着她越来越走红，也越来越忙，到最后看着她亲口告诉我，遇到良缘得脱苦海，哪知还不到两天她就……浑蛋！害死她的人太缺德啦！"

老田劝了半晌，早已不耐烦："你犯不着为那丫头难过，前天她骄横的德行你都忘了？人家早就一步登天，哪还把你当根葱？你也不想想，她若是老老实实作艺，能有人害她吗？苍蝇不叮无缝的蛋，种恶因才得恶果。你若要埋怨，就怨苦瓜吧，前天若不是苦瓜在这儿，也勾不来翠宝，如果不是你跟翠宝见了最后一面，兴许就不难受了，反正好几个月没见，没多大念想。都怨苦瓜。"

苦瓜瞟了老田一眼——嘿！前天您可不是这么说的，怎么回过头来又怨我呢？

甜姐儿哪听得进去，越发抽噎起来："你们错了！我还记得小时候翠宝和我说过的话，她说将来若是有钱了一定要离开'三不管'，还要找到亲生爹娘，让他们过上好日子；还说师父虽然经常打她，却是为她好，以后要好好报答师父；还说要和我、连芳做一辈子好姐妹，哪怕到了七老八十还在一起。我不相信她忘恩负义，她只是被灌了迷魂汤，被她干娘、被张老七、被吹捧她的那些男人迷惑了。前天晚上躺在炕上我还在想，她本性不坏，肯定会回心转意，兴许出嫁以后就不一样了，兴许……唉！可惜永远等不到那一天了……你们都拿歪心眼看人，把人都看坏了！如今翠宝落到这步田地，与你们有什么好处？呜呜呜……"

苦瓜欲言又止——不是我们把人看坏了，是这世道总是把人往坏道上逼呀！

老田见女儿越哭越伤心，赶紧顺着哄："好好好，我们都错了，你说得对，她是大好人。等这案子了结，咱给她上坟，贡糖炒栗子，行不行？别哭了，顾咱自己的买卖吧。其实我也没说什么，这全怪苦瓜，是他胡说八道来着。"

苦瓜憋不住了："您老太不讲理了，我根本没说话，怎么左右都怨我呢？"

甜姐儿渐渐止住悲声，擦去眼泪，把那枚戒指紧紧攥在手心里，视作最后的纪念，表情变得格外坚毅，直勾勾盯着苦瓜说："我们女孩比不得你们男人，能有几个知心朋友？翠宝和连芳如我的亲姐妹。连芳虽然也是穷孩子，好在父母双全；我自小没娘，但有爹爹护着；最可怜的就是翠宝，从小就被卖了，没爹没娘的滋味你再清楚不过。所以无论翠宝是好是歹，我都希望害她的人遭到报应，要不然就太没天理了。可惜当官的从不把'三不管'的人命当回事，那些混混儿也只是假仗义，就连她那个干娘也是把她当成摇钱树，谁能帮她申冤？我倒是有这个心，却是一介女流，既没本事又没见识，怎么办呢？"她泪眼盈盈直视着苦瓜，言下之意很清楚。

苦瓜早料到有这一出，啥也没说，只是抓起甜姐儿的手，轻轻拍了两下。海青在旁看着心内了然——翠宝纵有万般不是，谁叫她是甜姐儿的姐妹呢，哪怕世上的人都讨厌她，只要牵动甜姐儿，就是动了苦瓜的心头肉。还能怎么样？把点开活！

唯独老田不明就里，紧张兮兮的，一把扯开两人紧握的手："说归说，哭归哭，拉手做什么？也不怕沈少爷笑话。"

甜姐儿一番话，对苦瓜而言犹如圣旨，又要"把点开活"了。但在此之前要先回相声场子告假，陈大头脸色很难看，场子里总共不到十个人，麻子牵扯到命案里，一身是非还没撇干净，苦瓜又要告假，根本忙不过来。在他想来问题一定又出在海青身上，这位大少爷不知有什么毛病，隔三岔五就把苦瓜拐跑；苦瓜更是满嘴跑火车，没一句实话。但是看在以往"孔方兄"的面子上，大头也不好意思阻拦，便让他们去了。

哪里丢的哪里找，第一个要去的地方当然是同乐茶楼。

"三不管"的茶馆数不清，同乐茶楼本是头筹，平日高朋满座彩声如雷，如今却是另一番光景，窗户关着，水牌子撤了，楼下的门板只摘下一扇，就连平常在门口卖零食的小贩也去了别处，真是冷冷清清、门可罗雀。苦瓜不客气，领着海青迈步就往里走，只见屋内昏暗，有两个人站在楼梯边交谈，一个高门大嗓，一个低声下气。

那个低三下四、点头哈腰的正是万掌柜："求您给七爷带话，看在以往的情面务必赏小老儿一口饭。莫看我这买卖名头响，没多大赚头，若是关上十天半个月，只怕要穷到砸锅卖铁啦！"

另一人是张老七的心腹打手二龙，听了万掌柜的话毫不动容，敷衍道："七爷的规矩您知道，吐口唾沫砸个坑，他既然说了案子查清之前不准营业，这话就不能再收回去。再说即便七爷松口，翘子[1]那边您打点好了吗？"

"我到警所去了，已有眉目。"

"哦？"二龙把眼一瞪，"有钱打点官面，没钱孝敬七爷？"

"我不是这个意思，我是说……"

"别说了。变戏法瞒不过敲锣的，您的家底我清楚，哪就穷到砸锅卖铁？我不过是奉命行事，有什么难处您自己找七爷说去。"二龙丢下这话扬长而去，与苦瓜他们擦肩而过，略一点头并未交谈。

苦瓜察觉这是好时机，轻轻推了海青一下，耳语道："你去安慰万掌柜几句。"

海青不解，以往调查都是苦瓜打头阵，自己在旁边"捧哏"，今天怎么被推到前面？好在人情话谁都会说："掌柜的，遇到难处了？您老

---

1 翘子，隐语，当官的。

别着急，就当休息几天，再大的难关总会闯过。"

万掌柜强挤出一丝笑纹："劳您挂心，见笑了。"他虽然不知海青的姓名，但三天两头来光顾，经常见面自然眼熟。

"伙计们都不在？"海青没话找话。

"是啊，不能营业，他们在这儿也是干坐着，索性放假让大伙出去转转，省得大眼瞪小眼，谁心里都不好受。赔不赔钱暂且不论，舞台上死个人，实在晦气！等这码事过去，我打算请戏班重新开台，跳加官、迎财神，先唱几天吉祥戏，到时候请您多多捧场。"万掌柜也是三句话不离本行，到这会儿都不忘拉主顾。

苦瓜跟在后头，已不声不响蹭到近前，正好见缝插针："您老说得轻巧，何时才能重新开台？刚才二龙的话我都听见了，门神帖里卷灶神——话里有话（画里有画）！明摆着是'开杵门子'呀。"

"嗐！"提起此事万掌柜头疼，"无论黑道白道，哪有不吃荤的？说案子查清之前禁止营业，我看也是个要钱的由头，那位副厅长老爷或许不在乎钱，可阎王好见小鬼难搪，下边的巡警哪个干净？不把好处送到，后台的封条永远不拆。张老七更甭提，流氓假仗义，反正我不相信他是真心为翠宝报仇，图的还不是要威风、要好处？"

海青亲身经历两次案件，也算"久病成医"，坦言道："您老把这事看简单了，命案调查期间封锁现场是惯例，万一先前调查不仔细，遗漏线索还能回来找。若是急着开演，破坏现场，您同样要担责任，到那时只怕破费更多。"

"这话也对，还是您见识高。"万掌柜见风使舵，"其实我歇几天无所谓，可怜的是苦瓜他们这些作艺的，缺了同乐茶楼的台子，少挣一份钱。更对不起您这样的常客，夺了您的眼福呀！今天说的唱的一概没有，就我这张老脸，您若不嫌弃请到楼上坐会儿，我分文不取给您沏壶好的，咱随便聊聊。"礼下于人必有所求，万掌柜是老油条——俗话说得好，"既在江边站，必有望景心"，他虽不晓得海青的底细，但此人既在这个节骨眼儿上登门，八成是爱管闲事的；天天在曲艺园子泡着的人不是有钱就是有闲，观众里卧虎藏龙，不乏手眼通天之辈，眼前这年轻人文质彬彬，见识不浅，他家的长辈更不知是何等人物，若是巴结好了可能对完结此案有帮助，即便帮不上忙也能套套近乎，兴许以后用得着。

殊不知这想法正中苦瓜下怀，把海青推到前面就是为此，若是没有万掌柜主动邀请，他们怎么上楼？

海青光顾同乐茶楼两个多月，直到今天才明白"繁华皆虚幻"的道理，平时楼上吹拉弹唱宾客如云，好似烈火烹油、鲜花着锦，现在空无一人才露出本相——这里的装潢已很陈旧，地板虽然擦得锃亮，但年深日久已经乌黑，窗棂、窗框上的油漆大半剥落，舞台的幔帐早已褪色，就连最气派的八仙桌也有不少斑驳痕迹，很难想象观众是在这样的环境中如醉如痴、流连忘返。三尺舞台并不高，是艺人精湛的技艺使它变得精彩纷呈。

此行最关注的是后台，可惜门上被警察贴了封条，现在不准任何人进入——这座楼最初的设计不是剧场，是后来改建的，前后台原本是同一片空间，只不过中间竖了一道屏风，再挂上台帐，隔成前后两部分，无怪乎后台有巨大声响时前面也能听见；为避免闲杂人等干扰艺人，又在舞台侧后方用木板隔出一堵墙，安上后台这道门。

海青有幸进过两次后台，当然都是为了找苦瓜，依稀记得左手边紧靠台帐是一排化妆柜，上面摆着几架帽镜；右手边有两张方桌、几把椅子供艺人休息，这里毕竟是以曲艺为主，道具都是艺人自带的，也不需要衣箱，所以后台空间很小，不能与正规戏院相比。

海青很想再进去瞧一眼，可惜没有穿墙的本事，更不敢撕封条。万掌柜手脚麻利，已沏好一壶茶，还备了一盘点心，端到八仙桌前："快过来坐，千万别客气。"

"是是是。"

苦瓜却捂着肚子道："我憋不住了，抛闪[1]！"说着便往厕所跑。

万掌柜皱眉——厕所就在后台那扇门的对面，一道走廊之隔，虽然叫"厕所"，但"三不管"的楼哪有下水道？就是在一间小屋里放两个

---

1 抛闪，隐语，拉屎。

马桶，供客人临时方便，女艺人更衣也用那间小屋。平常每隔半日有伙计拎着马桶出去倒一次，今天不营业，伙计们也都不在，临走把马桶刷得干干净净，为了省事连万掌柜自己都去外面的公共茅房解决，苦瓜偏要去拉一泡，实在讨厌。

"你最好去外……"万掌柜想阻止，但是话未说完苦瓜已经钻进去了，只得心里埋怨，转而招待海青，"请坐……您瞧瞧，我这儿房子也老、桌子也旧，一旦缺了人气儿，比野茶摊也强不了多少。这买卖就是草房顶上盖锦缎——外表光鲜内里空。这么多年屹立不倒，不容易呀！话说回来，我靠的是谁？全靠您这等贵客关照。三天两头见您来消遣，小老儿身份低微未敢唐突，今日总算能与您聊聊，敢问先生贵姓？"

"啊？"海青心思都在苦瓜那边，竟没留意他说什么。

"您贵姓？"

"这……"海青不愿透露真名实姓，又料到苦瓜在捣鬼，应该尽量拖住万掌柜，便装起糊涂，"桂姓？我不姓桂。"

"嗯？嘿嘿，您真风趣……请教您姓什么？"

"信什么？不信什么，佛教、道教、基督教，我都不信。"

万掌柜微微点头："真人不露相，您若不方便透露就算了。"海青越不说，他越觉得是高人，为缓解尴尬低头抿了口茶，才接着问，"您是做哪一行的？"

"不一定。"

"不一定？"

"是啊，每次我到您这儿看节目，第一行有空座我就坐第一行，第二行有空座我就坐第二行，都没有我就坐后面，人多我就站着，不一定坐哪一行。"

还是驴唇不对马嘴，万掌柜只能把话挑明："别开玩笑了，我是问您做什么工作。"

事不过三，再打岔就不近人情了，海青只好如实相告："我是个刚毕业的学生，目前在自家的公司帮忙。"

"好！好！您请喝茶，这是本店最好的茶叶。"万掌柜心花怒放，但凡不是有钱人家，能供孩子读书到将近二十岁吗？而且有自家的公司，不是一般地有钱，有钱便有势，有势就能办事，若能攀结上大有好处。于是招待得更加殷勤，连称呼都改了："少爷，快吃点心，这是祥德斋的玫瑰饼，昨天刚买的……"

海青嚼着点心思考对策，照这样问下去早晚有无话可说的时候，为耽误时间不如"反客为主"，主动提问："您是做什么工作的？"

问得万掌柜两眼发直："我、我……我就是这里的掌柜啊！"

"哦，我糊涂了，这不是明知故问吗？"海青打个哈哈，"您家是祖居天津，还是从外埠而来？"

"外地的。"天津是移民城市，祖居此地的家族很少。

"祖籍哪里？"

"我祖籍在山西芮城……"

"好地方！"海青马上恭维，"离关云长的家乡不远吧？难怪我看您精神矍铄、老当益壮，原来是武圣人的同乡！"

"不错不错，您真有见识。"万掌柜将着胡子得意扬扬，"记得我小时候听父亲说过，我们村还有一座关老爷庙呢！特别灵验，每逢初一、十五，上香的人从村口排到……"话说一半才觉出不对，自己这老江湖怎么反叫他摸了底？赶紧咂了口茶转换话题，"少爷，刚才您说在自家的公司做事，请教令尊做何经营？"

"家父已亡故多年。"这是实情。

"抱歉，提起您的烦恼了……既然令尊亡故甚早，那么贵公司何人主持？"

"我舅舅。"

"哦，您舅舅是买卖人。"

"不！绝不买人卖人，贩卖人口是违法的。"

万掌柜实在绷不住了，话说得越来越直白："少爷，咱们之间不必开玩笑，我只想问问您舅舅具体做何经营，可否引见一下？"

海青头上直冒汗，听来的相声包袱都使完了，再往下聊就得说实话了，可他不想说，一怕名声太显引起万掌柜重视，以后再来玩就不自在了；二是家里反对他逛"三不管"，结交苦瓜还要靠老吴帮忙遮掩，若是把曲艺场的掌柜引上门，还能瞒过舅舅？正不知如何应对，忽听"吱呀"一声响，苦瓜推开厕所门走出来。

救星到啦！海青赶紧招呼他过来。万掌柜瞧见苦瓜立刻换了一副面孔，斥责道："懒驴上磨屎尿多！伙计都不在，一会儿你自己去外头把马桶倒了。"

苦瓜系着裤腰带，笑道："不用了，我没拉。"

"没拉你往厕所跑什么？"

"原本想拉，可是我在家拉惯了，换地方不适应，使半天劲儿没拉出来。"

"嘿！好毛病，肥水不流外人田。"万掌柜把脸一扭，想接着打听海青的家世情况。

苦瓜却不容他再问，一屁股坐在桌边，岔开话题："有个事儿我没明白，昨天让麻子接三侠的场，是您的主意还是玉石眼的主意？"他这话问得恰到好处，既打听了后台情况，又不刻意，就仿佛是跟麻子分账闹了矛盾才跑来说闲话。

提到"昨天"二字，万掌柜又开始愁眉苦脸："什么谁的主意？我到后台时除了翠宝已无人可派，伴奏还没到，眼看着三侠就要下台了，正发愁时麻子来了，我只能让他垫场。他还不乐意上，我劝了好久。"这与麻子所说一致，"这事儿也怨你，你昨天若是跟他一起上，互相之间也有照应，你小子偏偏偷懒，害得麻子被赶下去，翠宝才提前上台。若不是出了这么多岔子，兴许翠宝还死不了呢。"

苦瓜觍着脸笑："您这话没道理，她死了怎么能怪我呢？"

万掌柜也是烦，不留神冒出一句心里话："她死不死的我不管，但别死在我的台上呀！"

"是是是，委屈您老。"苦瓜喝了口茶，又试探道，"昨天您劝麻子登台时，玉石眼没帮着说吗？毕竟他是七爷的人，最知道七爷的喜好。"苦瓜实际上是想知道当时玉石眼是否在后台。

"没有，哪能指望他？"

"您到后台时没瞧见损坏什么东西吗？"

"没有啊！"万掌柜莫名其妙。

苦瓜笑了，仿佛明白了什么，又问："当时玉石眼在哪儿？"

"不清楚，当时乱哄哄的，那家伙牛皮吹得大，一到要紧时候就不见踪影……或许是去接小卢了。小卢眼瞎，上楼不方便。"万掌柜比卢先生年长，称呼很随便。

这倒勾起苦瓜另一桩疑惑："翠宝的弦师不是一直是黄师傅吗？从小跟随他学艺，为什么昨天没来？"

"他们师徒决裂了。"

"什么？"苦瓜怀疑自己听错，"不会吧？翠宝可是黄师傅一手夹磨[1]出来的，配合也默契。"

"哼！亲师徒又如何？教会徒弟饿死师父。翠宝如今的狂劲儿你又不是不知，腕儿大，脾气也大，用她自己的话说，不看别人脸色，师父总在旁指指点点，不爱听啦！再说，跟师父搭伙等于供了一尊活佛，一身本事都是师父教出来的，能少给师父钱吗？依着母夜叉的心性，反正闺女已经成名了，有的是人捧，何况快嫁人了，以后也用不着黄师傅，索性甩掉累赘，换个弹弦的更省钱。"

海青心底泛起一阵不快——甜姐儿提及，翠宝小时候曾发誓要好好孝敬师父，现实却如此，真是莫大讽刺！

苦瓜却没心思感慨："这是什么时候的事？"

"我也不清楚，月初翠宝在歌舞楼演出，弹三弦的人已经换成小卢了，拉四胡的是小六子。至于钟、周、白三位琴师是我临时邀的，就为头一天打炮，来个开门红。谁承想……唉！反倒是开门黑，这回我是赔了夫人又折兵。"

"我记得黄师傅过去就住在翠宝家隔壁，如今还在吗？"

"怎么可能呢？那所房是母夜叉的死鬼丈夫留下的，过去用得着黄师傅，让他白住着；如今用不着了，母夜叉还不赶他走？常言说得好，

---

1 夹磨，隐语，磨炼、教育。

挨金似金，挨玉似玉。翠宝的势利薄情都是跟她干娘学的。就凭她母女的所作所为，注定得不着好下场。不是我幸灾乐祸，道理明摆着，脚下的泡还不是自己走出来的？"万掌柜素来谨慎，若在大庭广众之下绝不会议论是非，可现在只有他们三人，心里憋屈又被苦瓜引逗，说话也就不再顾忌。

海青望着万掌柜耿耿于怀的表情，倏然意识到——他虽然表现得很无辜，却对翠宝母女并无好感，只是因为靠翠宝赚钱才容忍。查明真相前任何人都不能排除嫌疑，万掌柜也不例外。

"黄师傅如今在哪儿？"

"不知道，翠宝和母夜叉都不肯提，八成是亏心。我也曾向歌舞楼的经理打听，他也不清楚。"

"我想拜托您，如果打听到黄师傅的下落，能否告我一声？"苦瓜猜测黄师傅或许知道隐情。

万掌柜警觉起来："你好像对这一案很感兴趣？"

苦瓜当然不能承认，立刻编了个瞎话："我觉得黄师傅挺可怜，他是八百年前立的旗杆——老光棍儿！年近半百，无儿无女，徒弟又死了，日后指望谁？我'撂地'的场子附近有个唱时调的，正想请一位好弦师，我可以引荐他。"

万掌柜讥笑："用不着你操心，我还惦记要他呢。老黄虽然比不上老钟、老白，却也是难得的好手，三弦、四胡、琵琶都拿得起，梅花、京韵、时调都能伴奏。叫他跟撂明地的搭伙，岂不大材小用？亏你说得出口，你快找地方喝稀粥去吧。"

"哈哈，我不知好歹，还是您老见识高。"苦瓜恭维了一句，随即起身，"愿您早日重新开张，财源广进，日进斗金，每天赚十个黄澄澄的大元宝，我们也能跟着您多挣钱……走了。"

海青也跟着站起来："时候不早，我也该回去了。"

万掌柜见他也要走，赶紧挽留："少爷，急什么？再坐坐吧。"刚才说到一半被苦瓜搅了，他还惦记着巴结贵人呢。

"不了，我忙着呢。"

"忙也不急于一时，我再给您续壶茶。"

"不喝了，我家的买卖大，非常忙。"

万掌柜被他吊足了胃口："说了半天，我实在好奇，您家究竟是做什么大买卖的？"

海青忍着笑，抖了个包袱："卖挖耳勺的。"

饶是万掌柜一向和气生财，也有点儿压不住火——这不是故意戏弄人吗？可人家即便真是卖挖耳勺的也是常客，做买卖不能翻脸，他咬着后槽牙拱了拱手："久仰久仰！"

海青也觉不好意思，拽着苦瓜的胳膊，一溜烟跑了。

离开茶楼甚远，海青才问："你在厕所里待那么久，干啥了？"

苦瓜依旧吊儿郎当："拉屎呀，可惜没拉出来。"

"吃二斤巴豆就好了。"

"嚯！二斤巴豆，这么多？"

"我看还不够，还得加点儿黑丑、白丑、大黄、泻叶。"

"这么多泻药，那不把我拉死？"

"拉死你个坏肠子！快说正经的吧，你究竟在里面干什么？"

"当然是去后台查看。"

"怎么去的？"海青费解，"我和万掌柜就在第一排坐着，没见你从后台出来，也没见你启封条呀。"

"用不着出来，更不用启封条，我钻到顶棚上面，顺着房梁就爬过去了。"

"嘿！你真有办法，怪不得都说当贼的是梁上君子。可是你这一上一下，顶棚岂不钻出两个窟窿？"

苦瓜耸耸肩："几十年的老茶馆，到处都陈旧了，顶棚里有耗子窝也不稀奇。大盗满街走，无赃不定罪，窟窿都是耗子弄出来的，跟我有什么关系？"

"算你狠，让老鼠背黑锅。有收获吗？"

"警察都没发现什么，我能有啥收获？"

海青泄气了："那就是白来一趟喽？"

"也不是。"苦瓜话锋一转，"我找到茶碗了。"

"茶碗？"

"就是后台摔碎的那只。"

"你还在纠结那个声音呀？"

"是啊，我就是放不下那件事。刚才在后台，我趴在地上找，终于被我找到了，在化妆柜底下，紧挨着屏风，很靠里的位置有一只摔碎的茶碗。"

"你能确定就是昨天摔的？"

"不会错，同乐茶楼很讲卫生，每天上午伙计们都会把前后台打扫一遍。化妆柜底下很干净，除了那只碎茶碗没别的垃圾，说明那肯定是昨天下午开演后才摔的，其中一块瓷片里还有些茶根儿，摸上去潮乎乎的，还没干透呢。而且昨天警察赶来后就封锁后台，不可能再有人进去摔东西。"

"恭喜恭喜。"海青抱拳拱手，以嘲讽的口气道，"恭喜你解开心结，这下心胸畅快了吧？晚上准能睡个好觉。"

"别这么连讽带刺，好不好？你根本不明白这有多重要。"

"重要？昨天连警察都没当回事，我不相信他们搜查后台时没看见那个破碗。"

苦瓜反驳："或许他们看到了，但检验吏认定翠宝是被那瓶药毒死的，所以没当回事，也有可能他们认为茶碗是混乱中有人不小心摔的。他们跟你一样，忽视了位置。"

"位置？"海青听不懂，"什么位置？"

"碎瓷片的位置……你知道后台的化妆柜有多宽吗？"

"我哪知道？没量过。"

"我量了，比我胳膊还长呢，至少长一个窝头。"

海青听着有气："有拿窝头量长度的吗？"

"那怎么说？差一个馒头。"

"馒头也不……"

"嘻！白面的你还不满意，不就随便打个比方吗？总之差几寸，碎茶碗的位置很靠里，紧挨着分隔前后台的屏风，我钻到化妆柜底下才能摸到，这就太邪门儿了。"

"为什么？"

"你摔过东西吗？瓷碗、瓷壶之类的。"

"摔过。"

"好，那你就能听明白。"苦瓜抬起一只手，放到胸口稍微靠下的位置，"正常情况下，咱们拿着东西也就在这个高度吧？"

"嗯，差不多。你观察得还挺细致。"

"那当然，演《粥挑子》的时候有个端着砂锅的动作，我可是反复琢磨过很久的。"苦瓜的经验源于相声，"这个位置失手掉落茶碗，会怎么样？"

"很难说……可能会碎，也可能不碎。"

"没错。"苦瓜详细解析，"轻轻一只茶碗，如果摔碎，以这个高度碎瓷片不会崩太远，而且是朝多个方向崩开的；如果没碎，倒是很可能滚出去。但现在的状况是，茶碗碎成三四片，都在化妆柜下面很深处。"

"你是说……那个茶碗不是不小心摔的。"

"哎哟，我的妈呀，真不容易，你总算睡醒啦！"

"会不会是摔碗的人怕万掌柜埋怨，才把碎片踢到柜子下边？"

"不至于，开茶馆的还在乎摔茶碗？若摔的是镜子、花瓶还有可能遮掩，那只是最普通的白瓷碗，不是贵客用的盖碗，根本不值钱，栏柜上码着一大堆，前后台都用，总共有多少恐怕万掌柜都不清楚，摔几个很正常，万掌柜再抠门儿也不会为这点儿小事发脾气。况且玉石眼跑上台时说了，后台摔了东西，根本没必要藏。"

"你觉得是怎么回事？"

"如果我没猜错的话，应该是有个人站在化妆柜对面，朝化妆柜的方向扔了一只茶碗，恰好落在柜子底下的位置……"

海青打断："那也不太可能所有碎瓷片都崩在里面，也有可能崩出来一两片。"

"如果当时化妆柜旁边坐着或者站着人呢？"

"你是说，那人的脚把向外崩的瓷片反弹回去了，所以外面一片也没有。"海青大致构想出那之后的情景，"万掌柜回到后台，未发现任何东西损坏，翠宝母女也没解释，这时麻子恰好来到，便商量接场的事，把那声响动忘得干干净净，完全没印象了……啊！"想着想着海青忽然尖叫，"如果当时柜子旁边有个人，扔茶碗的家伙是不是在攻击他？"

"恭喜恭喜。"苦瓜也回敬一揖，嘲弄道，"你的脑瘫总算有好转的迹象了。不过我认为那不是攻击，更像是威吓，比如我要是想攻击你，就直接往你脸上扔，砸个满脸花多痛快。"

"你小子够狠的，究竟有多恨我？"

"打个比方嘛。俗话说得好，打人无好手。真急了自然打脸，即便没打中，也应该摔在柜子上。往地上扔八成就没想伤人，只是吓唬一下对方。"

"谁吓唬谁？"

"胆儿大的吓唬胆儿小的。"

"废话！"

"我怎知道？反正就是翠宝、母夜叉、玉石眼仨人之间的事儿，在扔茶碗之前他们应该还有争执，可是当时三侠正在舞剑，观众的喝彩声盖过了说话声，直到茶碗摔碎才惊动所有人。前后台是通着的，都铺着台板，瓷碗摔在台板上声音确实很大，混混儿们还以为有别的锅伙来找碴儿打架呢。归根结底，玉石眼和母夜叉在审讯时都不提摔茶碗的事，是在隐瞒他们之间的梁子。"

"有道理……"海青努力回忆，"我想起来了，翠宝的镯子到了玉石眼手里，副厅长猜测是他在翠宝死后顺手牵羊，但他却声称镯子是翠宝送他的，又无法自圆其说。会不会是玉石眼向翠宝敲诈，吓唬她们母女时摔的碗？翠宝一害怕，就把镯子给他了。"

"要是一个月前这话兴许说得通，别忘了翠宝已今非昔比，往远了说，是弘庆杨家未过门的媳妇；往近了说，是张老七看上的女人。玉石眼还敢勒索？孔夫子说得好，有主儿的干粮不能碰呀！"

"孔子什么时候说过这话呀？"

"话糙理不糙，退一万步讲，即便玉石眼贼胆包天，真的又找翠宝讹钱了，昨天母夜叉为何不禀报副厅长？除非……"

"除非什么？"

"除非翠宝母女被他掐着辫子，有不可告人之事，或者他们在共同隐瞒某个秘密。"

"哎呀，越琢磨越头疼。"海青终究还是不愿动脑筋，"接下来怎么办？找玉石眼或者母夜叉问问？"

"不必那么麻烦，去找曹副厅长吧。"

"找他？"海青不大有信心，"他昨天对我爱搭不理，肯定不愿意咱们参与。"

"凭咱现在的发现，有底气跟他谈一谈。"

海青提醒："前提是他真想明察秋毫，如果只想随便抓个人了事，或者推给下边警所，才没耐心听咱说呢。"

"没法子，宁撞金钟一下，不打破鼓三千，现在最简单的办法就是找他。咱是帮腔的，唱得再好也上不了台面，母夜叉暂且不提，玉石眼有张老七罩着，不好对付，不如靠警察压他。恶马还得恶人骑，只要副厅长将他们逮起来一顿臭揍，没一个不说实话的。"

"你有把握吗？"

"没有，把点开活，试试看吧。"

"好吧，咱们走。"海青一摸衣兜，这才想起没带钱包，"今天改改章程，你掏车钱行不行？"

苦瓜双手一摊："少爷，我们穷说相声的，哪有闲钱雇洋车？何况我刚向大头告了假，只出不进更得省着过，走着去吧。"

"走着去？副厅长家在意租界，河北[1]呀！"

---

1 河北，此处指海河以北。

"别说在河北，就算在湖北咱也走过去。"

"你先掏车钱，明天我给你，行不行？"

"不行。我这是为你好，让你体会一下我们穷人的生活。即便有钱也别乱花呀，要知道珍惜，你舅舅卖挖耳勺怪不容易的。"

"你怎么还记得这茬儿呀？唉，虎落平阳被犬欺，真是一文钱难倒英雄汉。"

"你算什么英雄？跟狗熊比你还没长毛呢。走吧，走吧……"虽是开玩笑，苦瓜也有自己的用意，一来天色尚早，唯恐副厅长没下班回家；二来如何跟副厅长交涉，他还要趁这一路的时间慢慢思考。

曹副厅长家位于海河北岸的意大利租界。虽然意租界和英租界都是租界地，居民却大不相同，英租界的居民以商界、学界人士居多，而意租界靠近督办公署，政界人士居多。曹家的住宅是一座三进的大院，占地非常宽阔，虽然是中式建筑，却融入西式装潢，院子里既有假山石又有喷泉，黑漆大门上还雕饰着金色的鸢尾花纹。

不过海青没心情欣赏这种佛罗伦萨风情，大老远从"三不管"走来，天都快黑了，没遇上雨已是幸运，他一步都不想多迈了，也顾不上礼貌，朝着鸢尾花纹一通猛拍。

这种粗暴的敲门方式效果很好，以至于来应门的竟不是仆人，而是勤务官李大彪，手里还攥着警棍。海青立刻变得文雅，低眉顺眼地求见副厅长，在等候五分钟之后总算被请进院中——副厅长勉为其难，完全是看在海青舅舅的面子上才答应见一面，毕竟郑秉善是商界翘楚，能与奉军大帅说上话的人物。

海青更加谨慎，离着老远就仰着笑脸打招呼："曹副厅长，晚上好！晓燕妹妹不在家吗？"

"嗯。"副厅长攥着一张报纸站在假山石旁，满脸不耐烦，明显没有让他们进屋的意思，"你身后是谁？"

"是我！"苦瓜嬉皮笑脸钻出来，又报上那个化名，"我叫曼伦，您忘了吗？"

副厅长更不厌烦了："没忘，我还记得你饭量很大。"其实两人的衣着大不相同，海青穿的是绸子大褂、礼服呢便鞋，苦瓜穿的却是粗布大褂、粗布鞋，但在副厅长印象中"曼伦"常跟海青混在一起，也喜欢凑热闹，一定也是某户富商的少爷，衣着朴素仅是为了逛"三不管"时不惹人注意，所以从未怀疑他的身份，更不承想到自己心心念念要捉拿的侠盗小丑竟是此人。

苦瓜蹬鼻子上脸："真巧，我们还没吃晚饭呢。"

"真巧，我家刚吃完。"

"没有剩的吗？"

"没有，连碗都刷干净了，炉子都熄了。长话短说吧，你们是不是为昨天的命案而来？"

海青点点头："是的，我们……"

"多谢好意，请回吧。"

"我们可以帮忙。"

"不用，上次我领教过你们的本事，害得我险些被狗咬，还差点儿跟巡捕房闹翻，最后还是那个可恶的小丑揭开真相，真是丢尽我的脸！这次我已经麻烦缠身，求你们别再添乱。"

"麻烦缠身？"海青觉得话茬儿不对，"出了什么事儿？"

"你自己看吧。"副厅长把报纸拍在他身上。

海青接过一看，正是吴梦生供职的《津华日报》，头版头条是黑体的大标题《美艳鼓姬命丧茶楼，警察厅副厅长处置偏颇》，且不论新闻具体写些什么，下面两张大照片格外醒目，一张是翠宝倚在沙发上，就是把昨天那张重印一遍；另一张是晚上拍的，虽然用了镁光灯，还是很模糊，需要仔细辨认。

"这好像是一座大门……"海青把报纸贴到眼前仔细看，"门上的花纹有点儿眼熟，好像在哪儿见过……右边这个人穿着警服，也挺面熟的，该不会是……"

"没错，就是我！"

"左边拿着两个大提盒的人是谁？"

"杨家的大管家杨福。"副厅长一把夺过报纸，"直说吧，我被吴梦生算计啦！昨天晚上我刚回到家准备休息，弘庆杨家的大管家杨福就拿着他家老爷的名片来拜访，为杨俊山求情，信誓旦旦说他家少爷绝不可能是凶手，请我网开一面不要拘拿。没想到吴梦生早料到会有请托，带着照相机守在巷子里，把这一幕拍下来，登在报纸上。这篇文章不但介绍案件，还说我受贿，号召公众监督我的工作。"

海青忍不住发笑："干得漂亮。"

"你说什么？"

"没、没什么……您究竟收没收杨家的好处呢？"

"当然没有，昨儿晚上我根本没让杨福进门。"

话音刚落，忽听苦瓜高叫："真好！这两个花瓶太漂亮了！"海青和副厅长举目四顾，却不见苦瓜踪影，顺着声音找——不知何时苦瓜已钻进堂屋了。

"快看！快看！"苦瓜指着条案上一对精美的青花瓷瓶叫着，"多漂亮的花瓶，还缠着红绸带，一定是刚收的礼物。巧了！瞧这花瓶的大小，正好能装进照片上那俩大提盒里。"

副厅长的脸顿时红了："别闹了，这不怨我，杨福放下提盒就跑，我总不能把它们扔到街上吧？"

苦瓜嘿嘿一笑："俗话说得好，纱帽底下没穷汉。您收没收贿赂，我们管不着，只想知道这一案查得怎样？"

"唉！"副厅长彻底泄气了，跌坐在椅上，"我又骑虎难下了。说心里话，我昨天去'三不管'是为了震慑张老七，根本没把这案子看得多复杂，交给底下人慢慢查就行。如今闹到报纸上，还指责我受贿，我就是想撒手都不行了。为官是一时，为人是一世，不能因这一案坏了名声。"

"是啊！"苦瓜起哄道，"人活一张脸，树活一层皮。副厅长这样的官，说大不大，说小不小，上下两头都得顾忌。现在这年月，城头变幻大王旗，军政府说不定哪天就垮，万一北伐军打进天津重立政府，听说您劣迹斑斑不肯留用可怎么办？势在人情在，势力要是不在，人情不如大白菜，到那时即便想收礼也没人送了，是吧？"

"你……唉！"副厅长被他戳到痛处。

打一巴掌揉三揉，苦瓜赶紧把话往回收："您老还算正派，至少没稀里糊涂把那个卖戒毒药的老板抓起来顶罪。"

"你以为我没考虑过吗？"副厅长苦笑，"出了意外状况，想那样做也不成。"

"意外状况？"

"昨晚警所的人回去整理证物，在翠宝随身携带的茶壶里发现一大块烟膏。"

"烟膏？"海青惊呼。

"是啊，鸦片。纯度还挺高，能毒死人的。"

"这、这……"海青糊涂了，"这么说来，不仅翠宝的药里有毒，连喝的水里也有毒？"

"没错。所以情况很复杂，目前还搞不清楚翠宝究竟是死于哪一种毒，也搞不清在药里下毒的和在水中下毒的是不是同一人，甚至我现在都开始怀疑，凶手的目标是否仅仅是翠宝一人。"副厅长烦得直抓头发，"必须重新调查。单靠检验吏的手段不行了，明天翠宝的尸体将会送到教会医院，做详细的解剖研究，而且所有到过后台的人以及那个卖戒毒药的老板都要重新侦讯一遍，核对指纹……"

"副厅长。"苦瓜突然插嘴，"三个臭皮匠，赛过诸葛亮，我们少爷虽然不是公门中人，但是常在'三不管'闲逛，了解不少官面上不知道的内情。而且我有个别致的想法，不知您愿不愿意听一下。"

"说！"

"昨天茶楼演出时后台发出一声响，好像摔了一只茶碗，可是我听少爷说，你们搜集的证物中没有碎茶碗。我打个比方吧，假如你们搜查不彻底，假如那只碎茶碗在化妆柜底下，假如那茶碗里的水是从翠宝的茶壶里倒出来的……能验出来吗？"

"或许可以。你的意思是……"

苦瓜再无戏谑之态，一本正经注视着副厅长："如果再次搜查后台，真的找到这样一只碎碗，虽不能查清真相，至少可以查查指纹，弄清楚谁曾用那只碗喝水，或许那就是除翠宝外凶手想杀的另一个人。碰碰运气，怎么样？"

副厅长沉默片刻，忽然朝外面嚷道："李大彪！告诉厨子，重新生火给客人做饭。"

第五章
非饿死在这破庙里不可！

晚餐的气氛非常融洽，海青依葫芦画瓢，把苦瓜的猜想向副厅长复述一遍，说得副厅长两眼放光。当然，海青不会承认他们偷偷确认过现场，只是绘声绘色，一口咬定后台绝对有碎茶碗。至于苦瓜，他的工作就是吃，毫不客气地吃了两碗饭，把所有菜肴消灭干净，就差舔碟子了。

酒足饭饱，副厅长不愿再耽搁，召集人手再次赶往"三不管"搜查。到嘴的鸭子还能飞了？来到茶馆，启开封条，拿手电筒往化妆柜底下一照，立时找到碎碗。副厅长如获至宝，谨慎起见又召集茶馆上下所有伙计，采集每个人的指纹。忙完又将近十点了，为表感谢，副厅长命令李大彪开车送海青回家，并约定第二天同去翠宝家调查。

当汽车停在郑公馆门口时，老吴早就忧心忡忡地在外守着，一见海青下车不禁埋怨："少爷，您真行！谈半截儿工作偷偷溜出去，连钱包都没带，回来时竟还坐上汽车啦！"

海青明知这是反话，却当好话回应："可不？我的本事深不可测。"

苦瓜也笑嘻嘻跳下车："吴大叔，您好呀！今天太晚了，我得在您家过夜了。"

老吴一听，少爷竟要把个穷艺人留在家里过夜，脑袋摇得跟货郎鼓一样。海青赶紧挤眉弄眼示意他闭嘴，又转身向李大彪致谢，直到汽车驶走才长出一口气。

苦瓜赶紧告辞："不早了，你赶紧歇着，我也该回去了。"

"留下吧。"海青攥住他的胳膊，"走夜路不安全。"

"腥是腥，尖是尖，做戏给李大彪看，怎还当真了？我在你家住不方便。老话说得好，虽有疾风暴雨，不入寡妇之门。"

"你别挨骂啦！说正经的，今天太晚了，你就别折腾了，反正舅舅不在家……"海青的话是跟苦瓜说的，可眼睛却瞧着老吴，一副央求的表情。

老吴终究有几分溺爱，见少爷这副表情也有点儿动容。哪知苦瓜却挣开手，笑道："算了吧，我身上脏兮兮的，住你家不合适。你们是鼻子下边挂灯泡——文（闻）明人；我是城隍爷躲债——穷鬼一个！睡不惯你那闪缎的被褥，太滑溜，一翻身准给我滑地上，摔伤了还得贴膏药。命里只三升，无福享一斗，咱还是省省事吧，我回去躺我的硬板，明儿早晨来找你也就罢了。"海青留不住，终究还是眼睁睁看着他走了。

夜静更深，海青辗转反侧，爬起来撩开窗帘，呆呆注视着窗外——虽是深夜，路灯把大街照得清清楚楚，一座座西式建筑寂静无声，悠然沉睡；邻居史密斯太太栽种的白玉兰、紫茉莉悄然开放，在夜色中倾吐着芬芳；时而有巡捕房的人拿着手电筒走过，他们昼夜巡逻，确保居民安全……然而租界之外却是一片黑暗！

不是外面太乱，而是租界太虚幻，这里只是乱世中用金钱堆积起来的海市蜃楼。海青知道苦瓜的本事，不担心苦瓜的安全，可是从英租界回到"三不管"，这一路实在不近。下午走到意租界海青就很累了，他无法想象大晚上摸着黑，再从英租界走回"三不管"是何滋味，然而这才是大多数穷人的真实生活，穿的是粗布衣，吃的是窝窝头，睡的是硬板床，行靠两条腿。

平心而论，他和苦瓜是两个世界的人，他对翠宝一案的态度，说好听点儿是热心肠，说不好听就是凑热闹，用自己不该过问的事来回避自己不想做的事。而苦瓜呢？生活在"三不管"的大染缸里，整日为填饱肚子而操劳，他对此案的关注固然是受甜姐儿所托，可又何尝不是他自己的一点儿执着？倘非如此，他也不会在"撂地"时突然使那段《梦中婚》。社会底层的艺人要迈向舞台巅峰，需要付出什么、失去什么，没人比苦瓜更清楚，即便他厌恶翠宝，却能感同身受，所以才放下生计去求索真相。海青扪心自问，相较于那些在黑夜中艰难前行还不忘搀扶同伴的人，自己那点儿慷慨实在微不足道，而且活得太无聊，太任性，太身在福中不知福……

次日清晨天才刚亮，苦瓜已经在楼下敲门了，海青又是慌慌张张爬起来，穿上衬衫、西裤，并给苦瓜也找了一身体面的衣服，又是梳头又是抹油，毕竟今天要跟随曹副厅长行动，不能像平常在"三不管"那样。穿戴完毕开始早饭，别看苦瓜昨晚吃得多，完全不耽误这顿早餐，光是荷包蛋就吃了四个，一边吃一边给自己找理由遮羞："不怕吃饭拣大碗，就怕干活爱偷懒。"厨子王师傅在厨房里忙活，不知外面情形，心里直纳闷儿——怎么少爷的饭量突然变得这么大？

老吴站在一旁，冷眼看着这俩小子折腾，本来他打算通知赵经理来谈工作，瞧这情形又没指望了，而且少爷今天陪副厅长"出公差"，名正言顺不能拦，除了看着还能怎样？刚过八点，副厅长的汽车就到了，接上二人便往西北方向而去。

翠宝家位于天津老城以西的一条小巷，附近商铺林立非常繁华，但这种繁华与租界的商业街不同，都是不起眼的小店铺，没有富商大贾，好在衣食住行样样俱全，一切日用品都能买到，物美价廉，买卖公道，更适于普通市民消费。离着老远李大彪就把汽车停下，倒不是副厅长想体察民情，而是路窄人多，只能步行。

李大彪人高马大当先开路，三人后边跟随。海青还是第一次来这条小街，望着两旁的饭铺、肉铺、水铺、药铺、成衣铺、切面铺……男女老少人来人往，说说笑笑熙熙攘攘，他还挺喜欢这种生活气息。就这样慢吞吞走了一阵，拐进一条小胡同，越往里走越僻静，却见有两名巡警站在一户院门口，想必那就是翠宝家。

两位巡警是附近警所的，得知副厅长要来早就在此守候，一见面马上立正敬礼："副厅长好！"

"嗯。"副厅长只用鼻子回应一声，迈步进院。

海青紧随而来，巡警当然不敢阻拦，刚要进院却觉苦瓜在后拉扯，忙回头问："怎么了？"

"蹲着拉。"

"嘻！这时就别开玩笑了。"

"纸糊的驴——大嗓门，你小声些。"

"是是是……"海青这才意识到他有体己话，赶紧退后几步，躲开警察视线。

苦瓜压低嗓子："咱俩得暂时分开。母夜叉认得我，改换衣装也瞒不过，你跟副厅长进去，我到前面那院去，以前黄师傅住那儿，现在不知怎样。如果没人我就进屋查查，兴许有线索，咱俩庙上不见顶上见[1]。"

海青未及答复，听到院内传来副厅长的责问声："怎么回事？有人想焚毁死者住宅？"两人皆是一惊，扒着门框往里张望——这是一座小四合院，占地不到五分之一亩，院内既无影壁也无树，能直接望见正房；借着阳光可以看见房内墙壁焦黑，似有火灾痕迹，还没来得及修复。

"报告副厅长！"巡警敬礼作答，"该户六天之前不慎失火，火情不大损失甚微，并非死者遇害后起火。"

失火虽在翠宝死前，依然透着蹊跷，苦瓜顾不得危险，当机立断跨进院中，隐在副厅长身后跟过去；海青反倒措手不及，连忙也跑过去——好在刘王氏在西屋没出来，不知外面情形。

正房坐北朝南，是四合院中最好的一间房。苦瓜许多年前也曾来过翠宝家，依稀记得那正是刘王氏所住，如今四角空空，只胡乱扔着日常不用的杂物；惹人注意的是，屋子东北犄角一片狼藉，墙被熏得乌黑，顶棚也被火苗燎出一大片黑，那里应该就是起火点，没把房子烧着已是万幸。但刘王氏已不便再住，只得搬到西屋。

副厅长观察许久，突然说了声："有意思……"想转身检查门锁，却见苦瓜已经在看，"哈哈，你小子聪明。怎么样？"

---

1 庙上不见顶上见，俗语，形容两个人总会见面的。

苦瓜抬头："锁扣是重新钉上的。"

两人对视一眼，同时点点头，像是达成某种共识。海青不知他们葫芦里卖的什么药，瞧着神神秘秘的也没敢多问，又见副厅长朝外面吩咐："李大彪，检查一下院门的门锁。"

苦瓜依旧隐在副厅长身侧，缓缓踱出正房，又往东边去。东屋的门未锁，轻轻一推便开，相较正房这里略小，有一张很整洁的床铺、桌子、椅子、脸盆架、梳妆台，最引人注目的是在墙角放着鼓架，还有鼓箭、竹板，这一定就是翠宝的房间。对一个当红艺人而言，这房间相当朴素，连衣柜都没有，可能是翠宝死后许多东西被刘王氏拿走了，更有可能是刘王氏把翠宝的衣服首饰也视为自己的财物，唯恐翠宝私自变卖，所以亲手把持。苦瓜对这间屋毫无印象，因为当年东屋里住的是租客，翠宝原本和刘王氏同住正房，应该是近年收入增加，刘王氏才不再出租这座院的房屋，让翠宝有了自己的房间。

紧挨翠宝房间的是厨房，苦瓜匆匆瞭了一眼，见里面乱糟糟的，灶台脏兮兮的，木柴、煤球堆在墙角，菜刀、锅铲、磨刀石、擀面杖都胡乱扔在案板上——以前刘王氏没这么邋遢，翠宝更是勤快人，但唱红以后天天赶场，没时间做饭，索性吃馆子，连热水都在街上的水铺买，其实以翠宝近来的收入水平完全可以雇个帮佣。

想至此，苦瓜又到南房看了一眼——果不其然，空荡荡的，只有几件劣等家具，似乎正是为用人预备的。翠宝还没来得及体会人上人的滋味就一命呜呼，也幸好甜姐儿没来给她当丫鬟。

李大彪回报："院门完好无损，锁头、锁扣都很旧，应该用了许多年，但是很结实。"

副厅长点点头："越来越有意思……走，去会会那个母夜叉。"

苦瓜毕竟不敢在此多逗留，朝海青使个眼色，匆匆出门，到隔壁的院子去了。

当海青和副厅长走进西屋时，刘王氏正盘腿坐在床上，身前摊着许多杂七杂八的东西。按理说无论家里出什么事，总得有待客之道，刘王氏却连床都没下，反而是副厅长先向她打招呼："您好……"

"好什么呀？我这辈子再也没有好日子过了。"刘王氏依旧满脸脂粉，但双眼通红，臃肿的身子斜倚在棉被垛上，有气无力的。

"身体不舒服？"

"白天受点儿暑，夜晚贪点儿凉。"[1]刘王氏把自己当成了崔莺莺，"赶上这冤孽事，我寝食难安。心里乱，屋里也乱，您别笑话。"

环顾整间屋，衣柜敞着，旗袍、布袍、裤子一团团塞着；箱盖掀着，皮鞋、布鞋、袜套堆成小山；抽屉开着，针头线脑、剪子锥子都缠到一起了；桌上摆着"三大件"——烟枪、烟灯、烟钎子；茶壶、茶碗一大堆，还散放着几枚洋钱，桌底下有个没刷的尿桶子。副厅长不禁咋舌："比杂货铺还热闹……"说着他已踱到刘王氏身前，随手拨开摊在床上的东西，一屁股坐在床沿上。

刘王氏仿佛被针扎了一下，一扫颓然之态，立刻直起身："您还真不见外，进门就坐在我们妇道人家炕上，成什么话？"

副厅长竟摆出一副市侩的油滑表情，笑道："办案嘛，拘小节成不了大事。"海青却不好意思像他那般随便，想找把椅子坐，却见每张椅子上都堆着东西，只好站着。

"也罢！愿意怎样就怎样吧，我现在没心情计较。"刘王氏又瘫软下来，从衣襟里抽出手绢抹眼泪。

副厅长依旧环视房间，喃喃道："您得打起精神来呀，瞧这屋里，盆朝天碗朝地的，虽说家里出了事，但这也太乱了吧？"

刘王氏哽咽："自打翠宝一死，我六神无主，恍恍惚惚。虽说她是买来的，好歹母女一场，怎能不想？我现在睁眼是闺女，闭眼也是闺女，哭哭啼啼，拿东忘西。您调查得怎样？有没有头绪？"

副厅长不接她话茬儿，继续说自己的："人的命天注定，无论少了谁也得活着，心里再乱也该收拾屋子。"突然他话锋一转，"也难怪，前几天您家还闹了一场火，不易清理。"

---

1 《大西厢》唱词。

刘王氏一怔，把手绢往床上一丢："屋漏偏逢连夜雨，倒霉事全碰一起了。先是失火，紧跟着翠宝又让人害死，昨儿一整天你们的人就催我翻箱倒柜，甭管是不是翠宝的东西，但凡沾点儿边的就要拿出来看两眼，最后也没查出个所以然。没睡几个钟头安稳觉，一大早您又来了，这样翻来覆去折腾，不乱才怪！等这码事了结，我立刻找房搬家，晦气。"

海青看出她是故意回避失火的话题，副厅长岂会察觉不出，又把话圆回来："万事从根儿起，或许一切霉运都从失火开始，你详细说说吧。"

"哟！您这当官的还管算命呀？失火是小事，要紧的是我闺女叫人害死了，这笔冤账不知向谁讨，咱别扯没用的。"

副厅长今天有许多地方要查，还要兼顾厅里的日常工作，没时间跟她"打太极"，不再绕弯子："有用没用由我们查案的说了算，究竟哪天失的火？"

刘王氏情知避无可避，只得悻悻回答："六天前。"

"嗯，也就是翠宝遇害三天前。什么时辰起的火？"

"不清楚。"

"不清楚？"

"当时我没在家。"

"翠宝在吗？"

"也不在。"

"这么说来，起火时家里一个人都没有喽？"副厅长笑了，好像早就料到她会这么说。

"那天我陪着翠宝在歌舞楼演出，晚上我们姑爷做东，在起士林吃牛扒，回到家都十点多了，那时火已经熄了，堂屋里一团乱，我们娘儿俩收拾了整整一宿。"

"没人扑救？"

"没有。"

"邻居们也不知道？"

"火烧得不大，可能没冒多少烟。我估计是在吃饭的钟点，家家都忙着生火做饭，即便有烟谁也不会多想。"

"哦？自己着的，自己灭的，这火还真蹊跷。"

"或许是别处火引燃的……"

"灶台在东南角，挨着院门，能引燃正房吗？大热的天屋里又不点炉子，哪儿来的火？"

"我也纳闷儿呀！"刘王氏眼珠一转，煞有介事道，"可能是油灯，离家时忘吹了。"

"你还真有的说。我却不大相信，该不会是失盗吧？"

"不能！"刘王氏一口咬定，"门锁得严严实实，绝不……"

"哪扇门锁得严实？院门和房门都完好无损吗？"

"这……反正没遭贼，若是失盗我能不报案吗？我又不傻。"

唯有这点副厅长参详不透，微微垂下眼睑："您非但不傻，而且很精明。干我们这行的阅人无数，从我瞧见您第一眼就知道您绝不是肯吃亏的人，哪怕有一点儿不如意也要闹个满城风雨。按说您家若是遭了盗匪绝不会不报案，但也可能有不能报案的隐情……"说着他猛然一抬眼，目光异常凌厉，直盯着刘王氏双眸喝问，"烧了什么东西？"

刘王氏猝不及防："一口箱……没烧什么。"

"一口箱子。"副厅长微微点头，"嗯，跟我估计的差不多，我去正房看过，犄角的位置、烟熏的轮廓，确实像是一口大箱子。"

刘王氏已无法改口，只能把话圆下去："翠宝毛毛躁躁的，准是把油灯忘在箱子上，稀里糊涂引着了……"

"烧烂的箱子呢？"副厅长追问。

"已经扔……"

"没烧坏里面的东西吧？"

"没有……"

"现在那些东西呢？"

刘王氏终于缓口气，重重往被垛上一倚，抬手往床上一指："我正要收拾，都在这儿摊着呢。"

副厅长仔细瞧了瞧："梳子、头绳、小镜子……这都不是什么要紧的东西，有必要放箱子里吗？"

"还有不少洋钱呢。"

"钱没丢吧？"

"没丢……"刘王氏说罢又意识到不对，赶紧补充道，"根本不是失盗，怎会丢东西？"

"箱子上锁了吧？"

"锁了。"

"这就对啦！里面有洋钱，箱子重，贼人搬着费劲，扛出去怕被人瞧见起疑，那道锁又很结实，不像门锁那么好砸，于是就在屋里把它烧了。"

刘王氏依旧嘴硬："哪有什么贼人？您这是办案办多了，见什么都生疑，纯粹瞎耽误工夫。"

副厅长不搭理她，托着下巴继续自言自语："还是有点儿不对，带锁的箱子不可能不结实，岂是轻易能烧烂的？要等它完全烧透，只怕房子早就引燃了。潜入别人家里行窃，随时有可能暴露，不能耽误时间，点燃箱子却一时烧不透……"说着他故意扭头问海青，"倘若你是那个贼，你会怎么做？"

海青被他问得一愣，挠着头皮想了想："烧不透……我觉得可以用斧子，一边烧一边砍，双管齐下这样最快。"

"好主意。"副厅长要的就是这句话，立刻隔着窗户朝外喊道，"李大彪！我刚才看见柴堆旁有把斧头，你戴上手套把它拿走，那上面可能有重要的指纹。"喊罢还特意瞟刘王氏一眼，"只要是摸过的东西就会留下痕迹，您不懂吧？"

刘王氏咽了口唾沫，没说什么。

海青这才明白，副厅长已了然于心，一直在试探刘王氏的反应，不禁赞叹："您真厉害！刚才在院里转一圈，已经把一切想明白了。"

"那当然，什么事能瞒过我？哈哈哈……"副厅长放声大笑，心里却不踏实——海青只说对一半，他确实将放火行窃的经过猜想得八九不离十，却有几处疑点绞尽脑汁也解不开，只是不能在刘王氏面前显露，装作胸有成竹罢了。

即便涂着脂粉，还是可以感觉到刘王氏的脸色已变得很难看，但她说出话来依然像刀子一样刺人："您笑够没有？大清早来到我家，坐在我炕上，有的没的乱说一通，又是吓唬又是嘲笑，堂堂警察厅副厅长就这样办案？分明是欺负我这绝户的寡妇……"

"我没把你怎样啊！"副厅长收起笑容，"你说你是个绝户，这倒也是实情。这样吧，你随便说个娘家亲戚，或是兄弟，或是内侄，我派警车去接，让他坐在一旁观审，免得你说不公道。"

刘王氏一翻白眼："那倒不必。"

"婆家亲戚也行呀。"

"用不着！"

"用不着？"副厅长步步紧逼，"出了这么大的事，亲戚们早该登门探望，即便关系不睦，这节骨眼儿上也得来说几句安慰的话。他们怎么一个都不来？是不是您没告诉他们呀？这可不对，好歹是亲属，日后你无依无靠还得倚仗他们，哪能六亲不认？"

刘王氏被他挤对得没办法，只能坦言："我没亲戚。"

"不能吧？谁也不是从石头缝里蹦出来的。前天在茶楼问得太仓促，有件事没搞清，你娘家究竟在哪儿？"

"这与我闺女的案子有关吗？"

"我觉得有关，嘿嘿……你若执意不说，我也能查到，只不过费些周折，最好咱都省点儿事。"

"别查了，我告诉你。我娘家不在天津，在安次县，我那死鬼丈夫和我是同乡。"

"你们为何落脚到天津？"

"你非要知道吗？"

"是的。"副厅长态度坚决，"非知道不可。"

"唉！说来话长。"刘王氏哀叹一声，慵懒地靠在棉被垛上，怅然望着窗外，"我家很穷，爹娘死得早，又没富裕亲戚，所以我自幼就在刘家当童养媳，给他家洗衣、做饭，十二岁与我丈夫圆房。庚子年八国联军杀奔京城，刘家人有不少入了义和团，一场仗打下来死伤无数，他家就败落了。没两年光景我公公婆婆也都病死了，我丈夫索性变卖田产，带着我来到天津，靠拉房纤儿为生，因我不能生养买了翠宝……后来的事你都知道，别再问了。"提起往事她眼中盈盈有光，完全没了刚才的轻佻之态。

哪知副厅长却道："我不信。"

"不信？"刘王氏扭过脸来，目光又恢复了狡黠。

"恕我直言，从前天晚上咱们见面起，你说的没一句是实话。"

"老天爷呀！"刘王氏大叫一声，抓起手绢，身子往后一仰就开始哭天抢地，"这是怎么了？我闺女死了，怎么查案的不追凶反来问我？我再狠心也没有害自己女儿的道理呀！世上还有公理吗？还有王法吗？我们小门小户何处申冤？耕牛无宿草，仓鼠养得肥。公门望一望，全是大眼儿贼！闺女啊闺女，有灵有验睁眼瞧瞧，我可怎么活？不如你把我也带去，咱那边团圆……世人的命苦谁似我，万种凄凉苦在心中。生死离别家业散，撇下我无依无靠孤苦伶仃……"这最后几句竟哭出了大鼓唱词。

"别演了！"副厅长猛然起身，抓住她的手腕。

海青吓一跳，以为副厅长压不住火气，要打这个泼妇，却见副厅长一翻腕子，将她掀倒在床，继而抓起她身后的被子用力一抖："大热天哪有盖棉被的，让我看看藏了什么！"

随着棉被散开，几张纸片轻轻飘落，副厅长手疾眼快，从中抓起一张照片观看。海青回过神来，也拿起一张蓝色印花的银票，一观之下受惊不小——裕津银号，二百元！

二百块大洋对海青而言不算什么，可对一般市民而言是天文数字。一块大洋能买四十斤大米，寻常的四五口之家每月生活支出不到十元；虽说翠宝赚得多，但开销也大，很难想象她在成名不久还要养两杆烟枪的情况下能积攒这么多钱，何况这只是她财产的一部分，还不包括手头的现钱。

海青放下银票又去看副厅长手中的照片，可惜迟了一步，刘王氏爬起身来一把夺去，一晃之间什么也没看清，只注意到照片很旧，而且边缘残缺，有烧过的痕迹。

副厅长却看清了，微微冷笑："照片才是箱子里的东西吧？还有那张银票，好像都被火烤过。你故布疑阵把屋里弄乱，其实是怕我搜出这张照片，对吧？因为从案发开始你家一直有警察进进出出，你没办法把它销毁，只能藏着。可惜戏演得太过，反倒更让我疑心，从一进门我就盯上你身后的棉被了。还有什么童养媳，亏你编得出来，我就不信乡下人一到天津就能拉房纤儿，知道哪块地值钱吗？实话告诉你吧，从见你第一面我就猜测你身世奇特，原因很简单，似你这年纪的女人有几个不裹小脚的？"

刘王氏不再哭闹，看了一眼自己的双脚，把照片揣进怀里，抬起头缓缓道："只剩这一张照片了，它是我唯一的纪念，无论到什么时候我都不会烧的。即便你是警察厅副厅长也别太过分，我自己的私事你管不着！"说这话时她口气格外强硬，表情恶狠狠的，活像变了个人。

"这是调查命案。"

"那你就去查呀！"脸面已经撕破，刘王氏不再遮掩，也不再撒泼打滚儿，反而咄咄逼人，"莫说我是安善良民，即便娼妓粉头，也是苦主呀！没听说过有人遇害了，警察不找凶手反而揪着家属不放的。您到底怎么回事？哼，我听见巡警私下议论，您前天晚上吃了杨家贿赂，今儿是不是又存心掐我的好处？老虎不嫌黄羊瘦，您问够没有？敞开窗户说亮话，您若是想要钱大可直说，为我闺女这条性命，大不了典房卖地，卷着铺盖睡到街上，我遂您的愿。"

"放屁！"这番话句句戳人肺管子，副厅长被她激怒了，"但凡你真的在乎翠宝这条命，也不至于满嘴扯谎！"

"是是是。"刘王氏冷嘲热讽，"我说的都是谎话，您讲的才是大道理，反正我们小民斗不过你们当官的。爱信不信，随您的便！"

副厅长努力控制住情绪："也罢，有账不怕慢慢算。我且问你，那天下午在后台，你们因为何事争执起来？"

刘王氏明显吃了一惊，但慌张之色一闪而过，又立刻恢复镇静："什么争执？不记得。"

"给你提个醒，就在陈姓女子在台上舞剑时。"

"没有。"

"没有？玉石眼可不是这么说的。"副厅长这是投石问路，今早他才通知南市警所提审玉石眼，还没得到那边的消息呢。

"他怎么说的？"刘王氏反问。

"你猜呀。"副厅长故意笑了笑，"你心里有数，我心里也有数，攻守同盟有个屁用？大难当头还不是各顾各的。我这是给你机会，你又何必揣着明白装糊涂？这事儿注定瞒不住，快说吧。"这套话完全是诈语，审讯的一贯伎俩。

刘王氏双唇颤抖着，似是不知这场赌局该如何下注，犹豫许久突然一咬牙："玉石眼是个无赖混混儿，他说的鬼话您也信？"

"我不得不信，当时不还摔了个茶碗吗？"

"茶碗？什么茶碗？我不记得。"

她什么都不招，副厅长一忍再忍，实在难压火气："别装糊涂，肯定有人摔那只茶碗，我们已经找到了，正在核对指纹。"

"好吧。"刘王氏微抬眼皮，"我承认，那只碗是我的。翠宝有自己的茶壶，可以对着嘴喝，我没有，但渴了也得喝水呀，就从栏柜随便拿了一只。"

"你喝的也是从小壶里倒出的茶？"

"对，我不小心烫了一下，把碗摔了，就这么回事。"

"不小心……岂有此理！"副厅长低头看了一眼手表，"要查的地方还很多，没工夫跟你费唾沫。实话告诉你，我们在那把壶里发现了烟膏。你明白这意味着什么吗？翠宝喝的是那里面的水，而你喝的也是那壶水，凶手不光想杀翠宝，很可能也想杀你！你还活着已是侥幸，还不肯吐露内情吗？"

哪知刘王氏丝毫不惧，很果断地说："没有内情。"

"你不怕死？"

"哈哈……"刘王氏笑了，那笑声竟有几分凄凉，"我这辈子经历的苦难够多了，命固然重要，但是什么都没有，只剩一条命，那样活着是折磨。要是活得不舒坦，还不如死了呢！"

"你这个母夜叉！"副厅长也忍不住叫出她的外号，"要不是看你是女流之辈，我早就把你带回去了，关起来饿三天，到时候看你还嘴硬不嘴硬。"

"你关呀。"刘王氏又摆出那副泼妇嘴脸，"如今这一案天津卫无人不知，多少大小报纸等着写文章呢。欺人是祸，饶人是福，您先吃杨家的贿赂，又把我这苦主关起来，不怕别人说您贪赃枉法吗？说不定大家会认为，是杨家嫌弃我们卖艺的，想赖婚事，把未过门的儿媳妇毒死，又买通您害我这丈母娘，那时您可就美名远扬啦！"

"你……"副厅长举起拳头，却重重砸在床上，"好，算你有种！等着瞧，反正该看的我也看见了，碎碗、斧子尽在我手，等到指纹结果出来看你还有什么可说的。"说罢起身便走。

等海青反应过来，副厅长早就气呼呼开门而去，海青赶紧跟在后面，刘王氏竟还阴阳怪气地叫了一声："慢点儿走，留神别摔着。"

副厅长怒气难解，背着手在院里踱了几步，忽然嚷道："李大彪！再将这院子仔细检查一遍。"又朝一旁的巡警吩咐，"从现在开始，你们不分日夜守在这儿，倘若叫这娘儿们跑了，或者有人把她害了，我唯你们是问！"

"遵命！"两名巡警回答得响亮，心里却骂——真倒霉，我们成母夜叉保镖啦！

曹副厅长与刘王氏唇枪舌剑之际，苦瓜也开始调查。

隔壁院子与翠宝母女住的大小格局一样，由于四面房屋拆租给不同的租客，所以院门极少上锁，苦瓜堂而皇之走了进去。

相较而言这边房屋更旧，院子也更乱，地上脏兮兮的，角落里摆着三口水缸。苦瓜暗笑，这几家的关系疏远——倘若邻里关系好，互相有照应，几家可以共用一口大缸，轮流挑水；可眼前三口大缸分得清楚，明显是各扫门前雪，不管别人瓦上霜。住在大杂院，低头不见抬头见，人有见面之情，日久天长没有不熟络的，眼下这种情况证明租客换得太频繁，没时间拉近关系。多少年来除了黄师傅，其他租客换了无数轮，租房的人大半是在附近做小买卖的，而且光棍儿居多，白天都在街市上忙碌，房门一锁，天黑才回来，此刻整个院子都静悄悄的。按理说拥有这样两座四合院，租金已很可观，至少孤儿寡母的日子总能过得去，但刘王氏生性贪婪，又有毒瘾，收来的租金都随着烟儿飞了，只能压榨翠宝。

望着乱糟糟的院子，苦瓜忆起昔日情景，当时翠宝年纪还小，上街之余就在家练功。每逢这时，黄师傅就搬一把矮凳坐在屋檐下，拨弄三弦，身旁放着一把竹子戒尺；翠宝站在院当中，跟着琴音吊嗓子，唱错就打手板。平心而论黄师傅是一位好师父，除了脾气古怪没有其他缺点，更难得的是他认识字。学过艺的都知道，不怕师父严厉，就怕不教真东西，有的师父收徒一年多连半句腔儿都不教，整天支使徒弟干家务。黄师傅不然，他一心一意想把翠宝培养成一员"大将"，也确实做到了，可他自己又得到什么呢？莫怪世人感叹"教会徒弟，饿死师父"，这种事屡见不鲜。

回想当年，翠宝对黄师傅除了敬畏也有亲昵，苦瓜就曾亲耳听她私下抱怨："在家憋得慌，与其看干娘脸色，还不如多在师父院里坐坐，能多聊点儿有用的。本来还想跟师父多认几个字，干娘也横遮竖挡的，说什么女子无才便是德，真羡慕师父能看书读报。"谁想到江湖多变、人心无常，到头来恩师爱徒分道扬镳，一个横尸舞台，一个下落不明。黄师傅年近半百，半辈子的心血都花在鼓曲上，又生性木讷，既没响过大名也没挣过大钱，连家室都没有，如今流落何方？莫非他与翠宝之死有直接关系，故意躲藏？

苦瓜突然察觉到蹊跷，院里很安静，一个人也没有，正房、南房、东屋的门都锁着，西屋却没挂锁，而那正是以前黄师傅住的房间，莫非有人？

苦瓜轻轻掩上院门，防止胡同里有人注意到他的行为；然后屏住呼吸，蹑手蹑脚走向西屋，不能从窗户向里窥探，如果屋里有人容易被发现，他隐身在门后，用指甲抠住门缝，轻轻往外拨；花了好一阵工夫，终于将木门从门框里拨出一点儿，随即一手握住门把，一手扶着门侧，小心翼翼，一边往上端，一边往外拉——门用久了，合页、门轴都会松，开关时摩擦门槛，会发出"吱呀呀"的响声，他把门端起来就是防止剐蹭。

这个过程也很慢，就是一丝丝、一点点往外开，要做到既无声息也无痕迹，哪怕屋内之人发现门开了，也会误认为没有关紧……眼看就要成功，忽然手上一震——有人推门出来！

饶是苦瓜反应快，想躲避已然不及，于是计上心来，把脑袋往门上重重一磕，就势后退两步，假装没注意台阶，一脚踩空坐倒在地，捂着脑袋大嚷大叫："怎么回事？出来连点儿动静都没有，可撞坏我了……哎哟哟……"

人皆有警惕心，也皆有恻隐之心，推开家门瞧见个鬼鬼祟祟的陌生人一定会警惕，但是推开家门误伤一人，八成不会疑心，何况此人不是爬起来逃跑，而是坐在地上埋怨，怎会是贼？果不其然，那人手里拿着土簸箕，见此情景赶紧道歉："对不起，我正要倒土，碰着您了。这也怨您，在外面倒是叫一声呀……"

苦瓜摔倒的时候心里已有成算，这附近住着许多商贩，一会儿假称买什么东西，找错门也就搪塞过去了，若是对方爱聊天，兴许还能套出点儿消息。哪知听对方说话，竟十分耳熟，赶紧抬头看——是弹弦的小六子。

"是你！"苦瓜哭笑不得——早知是他就好办了，何必费事？

小六子也很意外："苦瓜哥，你怎么来了？"赶紧放下簸箕过来搀扶，"哟！挂洒火[1]，还是绸子的。"

衣服是海青的，苦瓜自不能说，随口编个谎话："我应了个堂会，主家见我穿的衣服寒酸，一发善心就赠我身衣服，怎么样？体面吧？"

1　挂洒火，隐语，穿的衣服好。

说着还故意转了一圈让小六看。

小六甚是眼红："哎呀呀，都有人邀你上堂会了，真了不得，我还苦挨苦曳呢。我也得铆劲儿，多长本事，今儿既然有人送你衣服，明儿兴许有个大宅门的小姐看上我，该有多美。到那会儿我就三九天穿背心——抖起来了！"

"得了吧，做梦娶媳妇——净想美事。"

"你怎么跑这儿来了？"

遇到他反倒不好找借口，苦瓜搜肠刮肚，嘴上敷衍着："我碰巧路过，就……"

"明白啦！"小六露出一副恍然大悟的表情，"你混上好衣服，心里得意，想在我们这群穷鬼面前显摆，成心到处溜达。"

"嘿！你小子真聪明，赛过诸葛亮啊！哈哈……"苦瓜拍着他的肩膀乐不可支，赶紧就坡下驴，"我这点儿小心思竟被你看穿了，可千万别笑话哥哥。"

"哪能够？素了这么多年，难得开回荤，往嘴上抹点儿猪油也可以理解。咱是修鞋的遇见缝穷的，一对穷鬼，谁笑话谁呀？"

"这不是黄师傅的房子吗？你怎么在这儿？"苦瓜话归正题。

"你还不知道呀？黄师傅搬走了，已转租别人。"

"租给你？"

"不是。我有爹有娘的，何必外边住？"

"那是谁？"

"造化啦！流水万儿月点子[1]。"

"何二叔？"苦瓜大感意外。

所谓"何二叔"就是单弦艺人何剑平。此人四十岁出头，原籍北京，却常年在天津卖艺。他的嗓音不算很出色，但是浑厚有韵味，而且精通乐器，能够自弹自唱，加之相貌端正、做派严谨，所唱节目也很文雅，颇有些书卷气，所以有一批忠实拥趸，以前清遗老居多。他的名气

---

1 流水万儿月点子，隐语，流水万儿，何姓；月点子，数字二。

虽然不能与翠宝相提并论，却比苦瓜、麻子之流强很多，在同乐茶楼能排在倒数第三甚至压轴的位置。由于是从外地来津，苦瓜与他并不熟，却也从来不敢怠慢，随着小六等人尊称他为"二叔"。

苦瓜暗忖，出事那天何剑平也在，如今又搬到这里住，难道也是巧合？他心里疑惑，脸上却未显露："他人呢？"

"出去买东西了，我过来帮他打扫。"

"哦，还没搬进来吧？"

"明天入住。"

"我不太明白，何二叔是外地人，在老合店里住着，吃喝方便，离地上也近，何必租房住？"

"哈哈！亏你也是个聪明人，这里的门道竟会不懂？二叔的家远在北京，膝下两个女儿都嫁出去了，二婶整日独守空房岂不寂寞？在天津谋个落脚处，二婶就能常来，夫妻得享鱼水之欢，住在店里多不方便，二叔早盯上母夜叉家的房了，近一个月常走动，又是送点心，又是帮忙干活儿，就为让母夜叉匀他间房。偏巧赶上黄师傅离去，就租他了，倍儿便宜。"

"母夜叉不傻，当初黄师傅是白住，如今租得再便宜也是赚，何况翠宝一死少了进项，租金兴许还会涨。"

"二叔也不傻，前几天跟母夜叉签了租约，白纸黑字，至少三个月内不能涨房钱。不瞒你说，听二叔话里话外的意思，多年来也攒了不少钱，要是可能的话他还想把整个院子买下，添一份产业呢！"

"确实精明。"苦瓜就势问道，"何二叔既要搬进来，那黄师傅去哪儿了？"

"不清楚，我也拐着弯儿向翠宝母女打听过，一问就摇头，后来听别的租客议论，说是上午跟母夜叉告辞，下午就背着弦子走了，应该是闹得很不愉快。咱是混饭吃的，哪能招大腕儿不高兴？人家不乐意提就别问了。哪知才几天光景，翠宝也土了[1]，害得我连着两天遭警所盘问。

1　土了，隐语，死了。

好在上个月在歌舞楼演出时总碰见二叔，渐渐混熟了，今后我就跟着他了。"

"原来你改傍何二叔了，难怪帮他打扫。"

"嘻！说是伴奏，其实是跟他学艺。我虽穷，毕竟守家在地，置杵还在其次，趁着年轻多学点儿东西嘛。"

"你小子有心眼，平常一脸稀松，其实是后娘打孩子——暗地里使劲。艺多不压身，这才是正道。"苦瓜撸起袖子，"还有什么活儿？我帮你干。"

"巧了，正发愁没人帮我搬柜子呢，刚下雨就来送伞的。"小六把簸箕里的土随手往院里一倒，"快来快来……"

这间屋的陈设非常简单，就是一桌、一柜、俩椅子，还有一张光板床，门后有一只带提梁的木桶、一口米缸、一只竹筐。小六似是刚扫完衣柜后面，苦瓜便帮他把柜子挪回原位，又见墙角立着铺盖卷，忙问："怎么立在地上？铺板有臭虫？"

"那是黄师傅的。"

"他留下许多东西吗？"

"要紧的全没留下，弦子、胡琴、银钱都带走了，除去铺盖，剩下的东西都在门后的竹筐里，等他哪天过来就让他拿走。"

"我看看行吗？"

"随便看，随便摸。不过丑话说在前头，等黄师傅回来拿东西，要是少了什么，有你一份嫌疑。"

"瞧你说的，好像我是荣点[1]似的。"苦瓜这话说得有些昧心，突然脑筋一转，"不对！莫非你偷藏了什么东西，想要拉我当垫背的？"

"没有。"小六抬眼看房梁，"欸！好像有蜘蛛网……"

"少使诈！"苦瓜一语点破，"你小子最会捋叶子，瞧见黄师傅的东西岂能不动心？到底藏了什么？"

"真没有。"

---

1 荣点，隐语，小偷。

"针没有，线总有吧？别跟我打马虎眼，快拿出来。"

"嘿嘿……瓜哥，您才是诸葛亮呢。"小六死皮赖脸，"我是拿了件东西，但你看不懂，就别……"

"少废话！快拿出来，不然我一会儿先告诉何二叔。"

"别别别，给你看不打紧，可不能告诉旁人，这是我在床底下捡到的。"说着小六先解开大褂，又解裤腰带，费半天劲才从后腰抽出一册账本。

苦瓜一见就头疼——不识几个字呀！硬着头皮翻了几页，竟然认得不少："上乙上尺反上，尺上尺工尺……乱七八糟没辙没韵，这是什么烂账呀？"

"早跟你说了，你看不懂，这是我们弹弦的工尺谱[1]。这些曲子我都没见过，即便不是黄师傅自创的，也是他用心搜集的，可捡到宝贝啦！不过你放心，黄师傅在庆萱茶楼演了两天便不见踪影，估计是跑码头去了，我先看几天，等他回来一定奉还。"

这对破案有什么帮助？苦瓜顿时泄气，又随便翻了两下，正要还给小六，忽然一张皱巴巴的小纸片飘落在地，赶忙拾起来，见上面有两句简短的文字："这写的是什么？"

"我看看……"小六眨眨眼，"有个'正'字，有个'一'字，有个'上'字，还有个'又'字……"

"这四个字我也认识，其他的呢？"

"瓜哥，咱半斤八两，你不认识的我也不认识呀！"

"唉！两个睁眼瞎，八宝饭里掺糨糊——糊涂到一块儿了。"苦瓜无奈，把纸条夹回账本，气冲冲把本子一合，"给你吧……"紧跟着手又一缩，"好人做到底，瞧你藏这玩意儿怪麻烦的，我帮你掖。"

小六转身系腰带，苦瓜立刻将纸条抽出，藏到袖口里，这才把账本掖回他腰间。接着又逐一检视筐里的东西，不过是饭碗、牙粉、笔墨等物，无甚可疑。

---

1 工尺谱，中国传统记谱法，因用"工""尺"等字记写曲调而得名。

苦瓜心头突然一颤——值钱的东西都拿走了，剩下的都不重要，可对乐师而言曲谱也很重要呀！上午请辞，下午就离开，曲谱掉在床下都没注意到，黄师傅为何这般焦急？

这时院门一响，两人隔着窗户往外瞧——走进一个相貌端正、瘦高身材的中年人，正是何剑平。他左手提着夜壶，右手拿着大瓦盆，两件东西都是崭新的，显然刚从杂货店买来。

小六忙把大褂纽襻系好，苦瓜也拿起扫帚假装打扫。见面自有一番寒暄，苦瓜依旧假称自己碰巧路过，何剑平笑容可掬，一再抱拳拱手："劳烦老弟帮忙，多谢多谢，来日乔迁一定做东款待。"苦瓜叫他二叔，他以平辈相让，虽然客气，却有一种拒人千里的感觉，看来是很难从他嘴里套出话了。此人性情温和，谈吐文雅，而且烟酒不动，更无赌博、嫖娼之类的恶习，无论见谁都笑呵呵的。但不知为何，今天苦瓜望着他和蔼的笑容，却觉得脊背一阵阵发凉，随便聊几句便告辞而去。

小六扶着门框喊道："瓜哥，谢谢帮忙，你多保重！千万要多保重呀！"挤眉弄眼的，其实是提醒苦瓜——别把偷谱子的事说出去。

苦瓜回头一笑："不用谢，等你挣了钱多孝敬黄师傅便是。"迈步出院门，正要回隔壁院子，猛一抬头，见海青在胡同里站着，背对着自己朝街市方向张望。

"你怎么在这儿站着？"苦瓜说着忙把何剑平的院门带上，"副厅长他们呢？"

"还在里面搜查呢。"海青怔怔的，依旧朝外望着。

"怎么跟中邪一样？瞧啥呢？"

"刚才我出来时瞧见个人，侧着身子，鬼鬼祟祟，仿佛在窥探院里的动静，我刚要跟他说话，他慢吞吞打个哈欠，伸个懒腰，溜溜达达就朝胡同外去了。搞得我有点儿疑惑，不知他是碰巧路过，还是特意跑来窥视的。"

"现在那人呢？"

"早就走远了。"

"耽误事！"苦瓜一跺脚，"你这慢性子真气人，既然可疑，甭管搞没搞错追过去问问呀。"

"若只是寻常路人，怎么解释？若真是可疑之人，岂不打草惊蛇？我没你那么大的本事，也没你那么厚的脸皮。"

"唉！脸皮薄吃不着，脸皮厚吃个够，这方面你得多锻炼呀！那人长什么模样？"

"没瞧见正脸，但岁数不小了，鬓发花白，略微驼背。"海青喃喃道，"不要紧，我记得他的背影，再遇见一定能认出来。"

离开翠宝家已临近中午，街市更热闹了，沸沸扬扬，摩肩接踵，虽有李大彪开路，一行人还是慢吞吞难以前行，走出这条街时每个人都汗流浃背。副厅长先跟刘王氏怄一肚子气，又在人群里挤半天，皮鞋被踩了好几下，回到车上紧锁眉头一语不发。

海青和苦瓜坐在后排，情知副厅长此行已有收获，无奈心情烦躁钳口不言，于是两人一唱一和开起玩笑。

"跟着副厅长就是威风，办事干净利落，老将出马一个顶俩。"

"没错，副厅长要是不收礼就更好了。"

"刚才你没看见，副厅长可厉害啦！一下就识破母夜叉的谎言，吓得她脸都白了。"

"是吗？她搽那么多粉，不吓也白呀。"

"你别泼冷水，刚才副厅长制服母夜叉的情景，写出来就是一部武侠小说。两人四目相对凝望很久，一时静寂无声，此处无声胜有声，刹那间副厅长一把掐住她的手腕，将她掀翻在床上，母夜叉尖叫一声还欲挣扎，副厅长如饿虎扑食一般，抖开棉被……"

"停停停！"副厅长听不下去了，"你们两个坏小子，究竟是夸我还是损我？这哪是武侠小说，再编下去就成《金瓶梅》了。"连李大彪也忍不住笑出声，转动方向盘，驶上西关大街。

海青见副厅长开颜，这才问："藏在棉被里的照片很重要吗？"

"当然。"副厅长有一丝得意。

"照片上是翠宝？"

"不，那张照片年代久远，是刘王氏年轻时拍的。"

一句话给苦瓜提了醒，他年纪轻轻，混迹"三不管"的年头有限，当然不知母夜叉年轻时的事，但平时与前辈艺人闲聊，经常有人说古，也从未听人提及母夜叉的过往，这确实奇怪。苦瓜想至此不禁追问："她身世不一般？"

"是啊，或许刘王氏是假身份，她可能身负重罪。"

"她是罪犯？"海青吓一跳。

"截至目前我仅仅是猜测，还需要继续求证，但她处心积虑隐藏照片，肯定有不可告人的原因。有人不惜纵火要看到那张照片，更证明这一点。"

"您认为潜入她家的盗匪是为了找照片？"

"准确地说是为了确认刘王氏的真实身份。我现在怀疑，翠宝可能只是阴错阳差成了替死鬼。"

"您的意思是……凶手本来想杀母夜叉，却错杀了翠宝？"

"没错，我猜那个盗匪就是凶手，而且很可能再次行凶，他离刘王氏已经很近了。"

"何以见得？"

"正是那场火告诉我的。现场你们也看过，院门丝毫未损，而正房的门锁却被破坏，凶手为何只砸房门却不砸院门？"

海青想了想："胡同离街市不远，经常有人路过，如果破坏院门会被人看见……"

苦瓜瞥他一眼："你再动动脑子吧。砸门惹人注意，翻墙就不惹人注意吗？黑天也罢了，如果烧箱子是在做饭的钟点，现在这月份晚饭时还天光大亮呢，他就敢翻墙头？反正我不敢。"这是经验之谈。

"难道……他有院门钥匙！"

"没错，这才是重点。"副厅长接过话茬儿，"他有院门钥匙，能够大大方方进去，然后从里面把院门插上，这样不管他在里面怎么折腾都不会有人发觉。可他没有正房钥匙，只能砸，或许也用了斧头之类的东西，但是目标明确，就是墙角的木箱。你们想想，无论偷的还是配的，既能搞到院门钥匙，又熟悉刘王氏放照片的位置，岂是陌生人？我敢断言，凶手一定潜伏在翠宝母女身边，而且蓄谋已久。"

海青终于领悟："您是说，凶手的动机与母夜叉早年经历有关，他怀疑母夜叉，设法接近她们母女，却又不能确定母夜叉是不是自己要找的人，所以想方设法搞到钥匙，并摸清放照片的地方，趁她们母女不在家时闯进去确认了照片。这才定下杀心，打算毒死母夜叉，却阴错阳差误杀翠宝。"

"嗯，这或许就是真相。"副厅长表示同意。

"凶手为什么想杀母夜叉？"

"不知道，依我的经验看，八成有深仇大恨。刘王氏心里有数，但她紧咬牙关不说，甘受死亡威胁也不坦露，所以我猜她犯过罪，至少是与人结过仇，如果说出来她也要受惩罚，或者失去财产。这女人说哭就哭，说笑便笑，既能撒泼又会狡辩，实在不好对付。不过没关系，指纹能揭示更多线索，而且看过照片我也有大致的猜测，只需打个长途电话确认一下。"

"长途电话？"海青颇感意外，"打到哪里？"

副厅长神神秘秘道："说来话长，这是很久远的事，暂且保密，等有了答案再说吧。"

苦瓜几度想要开口打断，犹豫再三还是忍了回去——副厅长的解释看似很有道理，却有个关键地方难以解释，凶手为什么非要用火烧箱子呢？试想，如果凶手掌握了翠宝母女的行踪，知道她们很晚才会回家，在那个独门独院里大可拿着斧子慢慢劈箱子，反正也不会有人察觉，何必非要放火？这不是多此一举吗？固然放火能加快破坏，可是点燃木箱也不是容易的事，单靠火柴肯定不行，用油灯也需要很长时间，应该是在箱子上倒了许多油，这样做并不方便。即便如此凶手仍选择用火，莫非他有非用火不可的理由？更奇怪的是火为何会灭，一般情况下火不会自己熄灭，持续下去必定烧着顶棚、引燃房梁，最终把整个房子化为火海，而眼下这种"点到为止"的状况只能是人为把它扑灭的。如果凶手真与母夜叉有深仇大恨，哪会在乎仇人的房子？都烧了才解恨呢。事实却是凶手不但不希望房子着火，甚至还从火中抢救出了银票，似乎很在意保护财产，实在是自相矛盾……

汽车缓缓停靠，副厅长朝外望了一眼："这是什么地方？"

李大彪回答："聚贤楼，附近最有名的饭庄。上午那两名巡警说，他们的张所长在此备好午餐，请您务必赏光。"

"不去。"副厅长不耐烦道，"谁有闲工夫听他拍马屁，厅里还有许多事等着处理，我也不能只顾这一桩案子呀。走！去生记药房，我要亲眼见见那个姓宋的掌柜。"

张所长早在饭店门口恭候，瞧见汽车靠边，笑嘻嘻迎上，岂料油门儿一轰又走了。所长吓一大跳，不知自己何处得罪了上司，顾不得尊严，一溜小跑在后追赶……

汽车沿着西关大街继续前行，又行驶了十分钟才停下。

此处已是天津的西郊，再往前走就到坟地了。因荒僻偏远，自前清以来就把监狱设在这附近，更有许多流浪汉、破产者聚集，故而天津卫有句俗语，"穷南头，富北头，倒了霉的去西头"。每到冬天，冻饿而死者难计其数，野狗啃尸惨不忍睹，因此有慈善人士专门办了一所"掩骨会"，负责收殓尸体，多数拉去乱葬岗掩埋，若死者有疫病则进行火葬。此外还建了一座白骨塔，用于存放骨灰，供奉地藏王菩萨。民国六年（1917年）直隶省暴发特大洪水，白骨塔被冲毁，重建之后周围荒地又被用作刑场，是处决死刑犯的地方。

曹副厅长对这片地区再熟悉不过，却从不记得有个生记药房，站在路边好一阵寻找才发现药房门面，不禁冷笑——药铺、药房，称谓不同，经营也不同。药铺以经营中草药为主，都是按方抓药，规模大些的还会聘请中医坐堂诊断；药房则是以卖成药为主，丸散膏丹、药片饮剂，有中药，也有西药。然而经营西药者多在租界附近，起码也要选在人群稠密的地方，哪有在荒郊野岭的？再看这家药房，坐落在一排矮房之间，门面窄小，连台阶都没有，牌匾还不及搓衣板大，能是什么正经买卖？

无论命案是否与药房有关，既然卖出去的药毒死了人，只能暂时停业。李大彪隔着门板听见里面有动静，于是用力擂门："开门！警察厅办案！"

里面的人似乎受惊不小，有东西掉在地上的声音，隔了好久才有人慌慌张张答复："是、是……您稍等……"又是丁零咣啷一阵乱。

趁这空子苦瓜把海青拉到汽车后，掏出曲谱里发现的纸条："八仙过海各显其能，也该你露一手了，瞧瞧这上面写的什么？"

"嘿嘿，难得你也有求我的时候。"海青接过来，第一感觉是这纸皱巴巴的，曾被团起来又展平，字迹很潦草，写字的人可能心绪很乱，"写的是'割断迷情归正路，一心上进又何如'。"

苦瓜讶异："听着咋这么耳熟呢？"

"耳熟？这像是一首诗的其中两句，我都没见过，你会知道？"

"别打岔！让我想想……"苦瓜眺望远方思索着，突然双眉一挑，"对啦！是京韵大鼓《太虚幻境》中的词句。"

"京韵大鼓？"

"对！我在燕乐茶楼听白云鹏先生唱过……打今天起，割断了迷情我要归正路，一心上进又何如……就是这句！"苦瓜愈加迷惑，"黄师傅特意写下这两句是何用意？莫非他想以后专门伴奏京韵？"

海青翻来覆去看那张纸，感叹："甭管什么词句，你们艺人中竟也有知书识字的，难得。"

"不奇怪，黄师傅好像曾是读书人，后来家道中落，加之他本身也喜欢曲艺，才干了这行……"说到这儿苦瓜又发现可疑处——翠宝曾想跟黄师傅读书认字，母夜叉不允许，这不合常理！对艺人而言学习文化有助于提高技艺，可以加深对唱段的理解，母夜叉既然要靠翠宝赚钱，不该从中作梗呀？

未及详思又听门板声响，从药房里走出一人。

此人有四十岁左右，穿着簇新的灰布大褂，头戴瓜皮帽，瘦高身材却有些水蛇腰，上半身弓着，脖子略微往前抻着；一张灰不溜秋的大长脸，上窄下宽，淡眉毛、小眼睛、瘪山根、塌鼻梁、大腮帮、厚嘴唇，留着两撮又细又长的小黑胡，这副尊容活像个鲇鱼精！瞧见李大彪咧嘴一笑，露出满口大板牙，其中一颗是镶金的："这位老爷，有何见教？"

大清朝亡了十多年，还有不少人称警察为老爷，一是旧习难改，二是有些巡警在民间吃拿卡要无所不为，百姓不敢得罪，故而措辞谦恭。

"例行公事，搜你的店。"

"昨天我不是已经到警所去过了吗？该交代的全都交代了，确实与我无关，也暂时停业了，还没完呀？"

"完？"李大彪把眼一瞪，"庙会的戏还要连唱三天呢，何况人命关天，岂能说完就完？让开，我们进去搜查。"

"别价！不是查过了吗？有话好商量……"

李大彪见他不肯让路，便要动粗，副厅长却喝止："慢着，让我跟他聊聊。"

那人见副厅长仪表堂堂，警服的肩章闪闪发亮，更不敢得罪，连鞠躬带作揖："老爷，您圣明。我们是正经买卖，不敢下毒。"

副厅长微微一笑："咱不提投毒的事，随便聊聊……"

海青几次跟在曹副厅长身边，也算有经验了——查案时只要他冲你一笑，你就快倒霉啦！

"您贵姓？"

"不敢当，贱姓宋。"

"原来您就是这药房的老板。"

"不敢，我就是个掌柜的。"

"东家是谁？"

"这……"宋掌柜支支吾吾，面有难色。

副厅长瞧他的表情已经了然，可能此人就是老板，犯下非法勾当不敢承认，抑或这店的幕后老板是黑道人物，当着官面的人不好明说。于是也不再打听，转而问："这买卖干了多久？"

"差不多一年。"

"你叫什么名字？"

"惭愧之'惭'，生命之'生'。"

"哦，宋惭生……送残生？"副厅长一怔，"你这个买卖厉害，断送残生啊！"

"老爷您别开玩笑，我们这是药房，哪能害人？"

"听说你家的戒毒药是南洋的秘方？"

宋掌柜赧然："算是吧……"

副厅长上上下下打量此人，怎么看也不像曾在南洋学医的，于是把话挑明："你真是从南洋来的？"

"是。"

"吕宋还是暹罗？"

"我祖籍宋家庄，离泌阳不远。"

"泌阳……哦，河南的南阳呀！"

"正是。"

"好地方，镇平的麻油、桐柏的茶叶，我最爱喝胡辣汤。"

宋掌柜赶紧顺杆爬："我年轻时就卖过胡辣汤，以后有机会我给您露露手艺，准保您喝着顺口。"

"好好好。"副厅长笑得更加灿烂，"你了不起呀！一个卖胡辣汤的竟自学成才悬壶济世，真是深山藏虎豹，处处有高人，我得好好参观一下你的店。"

"您别……"宋掌柜正不知如何敷衍，忽见从东边急匆匆跑来一群人——那位张所长唯恐怠慢上司，带着几个手下直追过来，一路上也没遇见洋车，跑得满头大汗，上气不接下气。

宋掌柜如见救星，赶忙大呼："张所长，这位老爷要查我的店，您快说说情吧。"

副厅长回头一瞥："老弟跟这位宋掌柜很熟吗？"

张所长哪敢应承，为撇清自己，三两步奔到近前，朝着宋掌柜脸上就是一记耳光："瞎喊什么，这是例行公事！"

这一巴掌算是把宋掌柜打醒了，方知聊天这位比所长官更大，赶紧把后脊梁贴在门板上，再不敢阻拦。副厅长却笑道："打早了，等我查完再打也不迟，而且一巴掌恐怕不够。"说着大模大样迈过门槛，海青、苦瓜紧随其后，张所长无可奈何地跟着。

药房内部并不似外表那么不堪，虽然狭小，但是整洁，黑漆栏柜擦得一尘不染，紧挨后墙有两个玻璃门的药柜，里面摆着各种药品，有片剂，也有饮剂，尤其左边柜子，上下两层都摆着他们的"康毒平"，柜顶上还钉着一块小广告牌，写着"独家秘方，戒断不复"八个字。店里除了宋掌柜还有一名伙计，看模样也就二十岁出头，正值午饭时间，刚才他吃到一半听见李大彪叫门，不留神把饭碗摔了，正趴在地上收拾。

苦瓜一见便笑——没病不怕吃凉药，这伙计一听翘子入窑[1]就慌了，肯定毛病不小！

副厅长眼光何等犀利，也瞧出端倪，直奔栏柜后面，逐一检查玻璃柜里的药，除"康毒平"之外其他药瓶大多是空的，不空的也只是仁丹、万金油之类的东西，根本治不了大病。苦瓜还在一旁煽风点火："不怕千招会，就怕一门灵。虽然店里没什么货，宋掌柜仅凭一剂戒毒药就能发家。别的不提，看看这大柜台，多壮门面呀！"说着他特意抬脚踢了两下。

苦瓜一进门就注意到栏柜。一般商店的栏柜都不高，方便客人选购东西，而这家店的栏柜高达四尺五，快赶上当铺了，岂不把玻璃柜里的药品挡住？绕后头一瞧，宽度将近一尺半，有一层放钱的抽屉，却没有记账台子，下边也没伸腿的地方，挺大的空处全是木板。他这两脚踢上去，发出咚咚的响声，明显有暗格。

副厅长听到声响顿时起疑，蹲下身又敲两下，随后顺着木板边缘仔细摸索，果然发现一道缝隙，手指抠进去用力一拉，暗格打开了。宋掌柜那张灰脸都吓白了，哆哆嗦嗦的，却不敢吭声，眼睁睁瞧着副厅长从暗格里掏出一个大纸箱。箱内塞满瓶瓶罐罐，都是止疼、镇静类的药，还有德国勃林格制药厂的酒石酸、上海中法药房的艾罗补脑汁，竟还有几壶老白干；再往暗格里瞧，堆着大量贴有"康毒平"标签的空瓶子，以及木塞、漏斗等物。

---

1 翘子入窑，警察检查。

海青看懂了："这就是宋掌柜的秘方。他把一些乱七八糟的药混在一起，兑上水和白酒做成口服液。那些药本身就有止疼、镇静的效力，酒精也有麻痹作用，对毒瘾发作的人当然有缓解效果，但是想靠这东西戒毒根本不可能，喝多了还会导致别的病。翠宝辛辛苦苦寻觅戒毒药，找到的却是这玩意儿……唉！"

苦瓜随手拿起一只空瓶，晃了晃："这药卖多少钱？"

宋掌柜想不说也不行了，低着脑袋咕哝道："一块大洋。"

"真是好买卖，本小利厚，这比打闷棍、套白狼赚得快！"苦瓜又提醒副厅长，"宋掌柜的戏法恐怕不止于此，您看后墙，是不是右边比左边干净？"

副厅长抬头观瞧，果然右边的墙壁更干净，在上方却有一道突兀的黑印，与药柜顶端高度一致，而两只药柜摆放的位置整体偏左，右边柜子的药又全是空的，刚才开门前店里一阵乱响，莫非……

"李大彪，把右侧药柜往边上挪！"

此言一出，宋掌柜如被抽筋拔骨一般，浑身瘫软张口结舌，就连张所长也变颜变色。随着药柜缓缓移开，露出一个门洞，原来后面还有个房间——这间屋竟然比前头店铺大好几倍，左右两侧皆是铺板，从南墙一直延伸到北墙，床上铺着炕席，又立着许多屏风，隔成一段一段的，中间走道的尽头有一扇后门。

苦瓜装糊涂："哟！宋掌柜除了卖药，还开大车店呀。"

何须副厅长吩咐，连李大彪也看明白了，快步走到铺板边，往床下一摸——尽是烟灯、烟枪，还有半箱大烟膏。

苦瓜仰面大笑："宋掌柜，这才是地地道道的南洋货吧？您这买卖可真高明，想戒的就卖他药，不想戒的就卖他烟。又跳大神又装鬼，不够你忙活的。"

副厅长在屋里绕了一圈，也笑道："布置得真周到，连后门都有，若是客人抽着一半来了检查的，就让他们从后门溜走。"

宋掌柜早吓得跪倒在地，左右开弓，连扇自己五六个耳光："我错了，下次不敢啦！大老爷开恩，饶我这一遭，我好好孝敬您……"

"放肆！"副厅长脸一沉，笑面佛顿时变成怒目金刚，"私开烟馆、贩卖假药，还想贿赂本副厅长，就凭这些罪行把你抓进去，没个十年八年的休想出来。要是再与命案有关……宋惭生啊宋惭生，你的残生马上就要断送！"

"不敢！我就是喝胡辣汤辣了心，也不敢杀人呀……"

副厅长哪听他解释，立刻吩咐巡警："把姓宋的连同伙计带回去。"又回头看了一眼张所长，"老弟，你的辖区内有这样的害人买卖，你知不知道呀？"

张所长的满头热汗早已成了冷汗，这该怎么回答呢？说知道是包庇纵容，说不知道是糊涂失职，横竖离不开处分，吭哧半天说不出半个字。副厅长扑哧一笑，又补了一句："是他定个数按月孝敬你，还是你也参了一股呀？"

"不敢不敢！这都是下边人搞的鬼，他们吃黑，我不知情呀！"

"原来如此。虽然此事与你无干，但你身为所长管束手下不力，也太不应该了……"

海青在旁瞧着，感觉这话不对了，朝苦瓜耳语："我看明明是这个所长吃了姓宋的好处，纵容他贩毒，怎么副厅长却认定是失察？还有区区一个卖胡辣汤的，怎么就改行贩毒？谁给他出的本，谁给他供的货，都没问清楚呀。"

苦瓜惨笑："我的大少爷，你真以为副厅长是青天大老爷？这不过是唱戏的跑圈儿——走个过场！俗话说得好，朝廷不差挨饿的兵，何况现如今没有正经朝廷，这年头军队还时常欠饷，更别提警察了。贩鸦片的十个里有八个都跟军阀有关，警所也是各有各的来钱道儿，若不吃黑，哪个日子过得去？大河有水小河满，连一般巡警也捞个仨瓜俩枣，人人都有错也就不深究了。就算撤了这个所长的职，换一个又能如何？再说现今警界的人多是奉军退下来的，都跟着军头扛过枪，保不准哪棵小草就跟参天大树连着根呢。与其冒得罪人的风险，不如卖个顺水人情，而且使功不如使过，只要副厅长掐住他这个短处，还怕他以后不听话？"

海青摇头轻叹："头疼医头脚疼医脚，世上之事几时能好？"

"嘿，你这两句还挺合辙押韵。"

副厅长批评了几句，又话锋一转："失察该处分，念在初犯姑且饶过，还是我常说的那话，我给你留面子，你也得给我面子。姓宋的交给你，可得给我详加问讯，他跟刘王氏母女是怎么认识的，还认识哪些人，翠宝死那天在他店里发生过什么，还有谁接触过那瓶有毒的药，都得问个清清楚楚，明天汇报给我。若是耽误了，我可就顾不得老弟你的面子了。"

"遵命！"张所长挺直腰杆立正敬礼，心里已经开始盘算中秋节该给副厅长送什么礼了。

掌柜一抓，赃物一抄，封条一上，生记药房彻底完了。搞清这家店的底细，此行也算小有收获，副厅长正酝酿下午的行动，又见从西边慌慌张张跑来个年轻巡警："报告！前边破庙里发现一具死尸。"

张所长处乱不惊："慌什么？附近多是流浪汉，抽大烟败家的哪天不死几个？光这药房就不知断送多少，通知掩骨会，叫他们收埋便是。"

巡警却道："不是一般的倒卧[1]，是被人抹了脖子。"

搁在平时张所长还可以装糊涂，现在当着副厅长的面，出了命案岂能不闻不问？刚被副厅长教训一通，更得卖力气，他清了清喉咙道："保护好现场，我这就过去……副厅长，我已在聚贤楼订了桌，请您先去用餐，我失陪一会儿。"

副厅长以为他们又要耍花招搪塞差事，笑道："既然不远，我也去看一眼吧。"

天津城以西原有大大小小三十多座庙宇，什么慈惠寺、如意庵、三官庙、双忠庙、韦驮庙、烈女祠……几乎都是前清所造，民国以来缺乏香火，加之时局混乱水火频发，多半已败落，有的改作他用，有的彻底荒废。这次的出事地点是一座土地庙，离生记药房步行也就两三分钟，就位于刑场附近。

---

1 倒卧，冻饿而死，倒在路边的死尸。

此处非常荒僻，没有正式的道路和胡同，坑坑洼洼泥泞不堪。一片荒草间就是那座破败的土地庙，不但庙顶漏了，连院墙也已坍塌，唯独有棵歪脖的大槐树独自挺立，时值秋季槐花盛开，却被几场雨打得疏疏落落，坠入泥中成了尘埃。苦瓜倒还犹可，海青踮着脚尖往前走，生怕脏了皮鞋。众人行至破庙门口，还没进去就嗅到异味，还有蚊蝇嗡嗡之声，海青快要吐了，副厅长也掏出手绢捂住口鼻。

　　这庙本就不大，还空荡荡的，土地爷的泥像早不知被谁家"请走"套炉子去了，供桌也只剩三条腿，就在供桌边倒着那具尸体。死者是一名男性，似乎有五十多岁，蓬着头发，赤裸上身，光着双脚，脖颈上一片脏污，应该是干涸的血迹，地上也有不少血污，招惹来许多蚊虫，正有两名警察在旁边检查。

　　张所长捂着鼻子问："死了多久？"

　　一名警察回答："不清楚，至少有一天一夜，得让检验吏来看。"

　　"尸体已经有味儿，血迹也很多，就没人注意到？"

　　"肯定有人发现，但附近都是流浪汉，哪个愿意自找麻烦？就是看见也不会主动报案，这还是咱巡查时想撒尿才发现的。"

　　所长故意问："有没有能证明死者身份的东西？"

　　"没有。但凡值钱或者有用的，肯定被流浪汉捡去了，衣服和鞋应该也是死后被扒走的。"

　　"他被人抹了脖子？"

　　"是的，割了两三下，伤口凌乱，不过看样子并没多大反抗，甚至没有挣扎的痕迹，或许是因为身体不便……死者右腿骨折，虽然没断，但肯定不能走路了，可能因此才沦落到破庙。毕竟他不像一般的乞丐，没瘦到皮包骨头的地步。"

　　所长扭头看了一眼副厅长，言下之意——这样的无头案，既不知死者身份又没有证物，现场还遭到毁坏，即便破不了，也不能怨我吧？您若是非要较真儿，就自己接手吧！

　　副厅长点点头，也觉得此案只能记在账上，有可能是流浪汉之间抢掠争斗所致，上哪儿逮凶手去？

苦瓜却震惊不已。他在地上发现几片一寸多长的东西，别人或许不认得，他却很熟悉——骨甲！这是用骨头打磨成的，弹三弦时绑在手上的假指甲。

苦瓜忍着异味凑上前去，仔细观察死者稍显肿胀的脸，霎时间感觉毛骨悚然——终于知道黄师傅的下落了！

第六章
有什么脸面去见他们？

聚贤楼的装潢非常雅致，厨师手艺也很好，可惜现在谁也没心情吃东西。

苦瓜面色凝重，连玩笑都不开了。这桩案子在他心里的分量越来越重，一开始他插手此事只是为了满足甜姐儿的心愿，渐渐又对翠宝多了几分同情，进而希望恢复同乐茶楼的演出，保证艺人们的收入，现在又发现黄师傅遇害。苦瓜对黄师傅的印象一直不错，实在想不出谁会下此毒手，他暗地里发誓，要为黄师傅报仇。

海青生平头一遭目睹被割喉的尸体，哪还咽得下一粒米？只要闭上眼，脑海里立刻浮现黄师傅的惨状，睁眼又是满桌菜肴，什么扒肉条、烧牛舌、熘肥肠，平常觉得香喷喷的，这会儿光剩恶心了。

曹副厅长本是搂草打兔子，没把这起"意外事件"放在心上，可是当海青告诉他死者是翠宝的师父之后，他的心情立刻跌落谷底。依照他刚提出的"复仇理论"，黄师傅无疑是个重要人物，作为刘王氏养女的师父，又与刘王氏做邻居多年，很可能知道些什么；虽然遇害的具体时间尚未确定，但目前的事实是跟刘王氏最亲近的两个人都被杀了，那么反过来推敲，翠宝之死真是误杀，还是凶手本就想将他们一网打尽？

事态发展令人无奈，黄师傅的死亡现场遭到严重破坏。作为曲艺伴奏者，三弦是不会轻易离身的，现场发现的骨甲也证实了这点，所以他的随身物品和衣物不是被凶手带走，就是被流浪汉捡走了。有价值的物证一旦落入流浪汉之手，肯定会被立刻拿去换钱，现在早不知转了几回手，副厅长只能抱着试一试的心态下令在破庙附近进行搜查，并通知检验吏进一步验尸。

无论如何调查仍要继续，在经过一番思考后副厅长还是振作精神吃了一碗饭，苦瓜也跟着吃了，不过相较以往的饭量这顿差了许多，唯独海青连筷子都没摸，还跑到厕所把胃液吐个干净。最后在张所长亦步亦趋的恭送下，他们登上汽车赶往下个调查地点——位于老城区的杨家宅院。

天津城周长九里，始建于明朝永乐二年（1404年），最早是京畿门户、卫戍之地，所以称"天津卫"，因为城墙东西长、南北窄，又被叫作"算盘城"。庚子国难时八国联军在大沽口登陆，先攻天津后攻北京，联军组建的"都统衙门"以阻塞交通、有碍卫生为借口，将城墙全部拆除，城砖运往威海修建码头。

前清时天津百姓有句顺口溜，叫作"北门富，东门贵，南门贫，西门贱"，形象地说明了四个方向的差别。北门作为通往北京的必经之路，在皇权时代是神圣的，旧时老百姓婚丧嫁娶一律不准出入北门，而且北门临近海河，依托盐业和漕运，天津最早的商铺就诞生在北边，所以评语是"富"；城南地势低洼，过去有许多臭水坑、垃圾堆，有钱人不会在那儿居住，就连"三不管"也在南门以外，自然最"贫"；西城有妓院、烟馆，至今乱葬岗和监狱刑场仍在西门外，故而称"贱"；而东城曾是天津官衙所在地，文庙、书院、官仓也都设在东边，至今曹副厅长所在的警察厅仍在东门外，而且明清以来崛起的富商豪绅也均在东边安家落户，有许多深宅大院，弘庆杨家就是其中之一。

当汽车停在杨家门口时，连吐得昏天黑地的海青也不禁感叹——这真是一座巨大的宅院！

杨家宅邸占地足有十亩，占据一整片街区，四周是高达七尺的院墙，全部由青砖砌成，墙上顶瓦，瓦上雕花，尽是祥瑞图案；隔着墙就能望见楼阁广厦，桃叶柳枝依稀可见，大道旁一东一西两座朱漆广梁的大门甚是抢眼。杨家自道光年间开始经营这片产业，相较之下海青家这样的新式商人在杨家面前只能算暴发户，两者无论经商理念还是生活习惯都大不相同。但是海青注意到，他们停车的位置在东边大门，刚才驶过的西侧门楼更气派，油漆的颜色也更鲜亮，明显是后来建的，杨家一宅分两院，经历过一次分家。

苦瓜的注意力却在门口的大树："今天没有'雾气昭昭'，但走近看还是'瓦窑四溅'，门口还真有槐树。"

"那当然。"海青抚了抚胸口，感觉好受一些，"许多大户人家都是这样，风水上有个说法，'门前栽棵槐，钱财自己来'。"毕竟他是有钱人家的少爷，这方面懂得多。

"现在钱财没来，却把是非招来了……嗯？怎么没有上马石、下马石、拴马的桩子？"

"你跑这儿背《夸住宅》来了？"海青这才反应过来，他说的都是相声里的词，"什么年代了，还留着上马石，岂不妨碍交通？"

副厅长全没在意他俩的话，径直向街对面走去，指着路边一个人嚷道："李大彪！把他抓起来！"

海青回头望去，见那人三十岁左右，头戴贝雷帽，戴着眼镜——正是吴梦生。吴梦生好像还在犹豫要不要和他们打招呼，见副厅长动怒转身欲逃，李大彪岂能让他跑了？一个箭步蹿过去，竖起一掌劈在他的脖颈上，紧接着就势擒住他的右臂，逆着关节往上一拧，疼得吴梦生直学猴叫："哎哟哟！我错了，我知道错了……"

"你知道个屁！"副厅长走到近前，"你不仁，休怪我不义。这次只能公事公办，把你作为嫌疑人扣押起来。"

"这哪是公事公办，分明是打击报复。要不是我的报道，您岂会认真办案？我不服……哎哟！轻点儿的，胳膊要折……"

"还嘴硬！我早就警告过你，别找麻烦，你算计我时就该料到是这结果。"

"不是我算计您，是有人举报……哎哟！先放开行不行？"

副厅长使个眼色，李大彪这才放开他的胳膊，吴梦生拾起掉在地上的眼镜，一边活动肩膀，一边龇牙咧嘴道："我跟您无冤无仇，还没闲到在您门口蹲守的地步。前天晚上我回报社，准备连夜赶出命案的新闻稿，突然接到一通电话，说杨家派大管家杨福去向您行贿，立刻赶去能抓个正着。我也是半信半疑，只想碰碰运气，没想到……您还挺配合。"

"谁打的电话？"

"不知道，是匿名电话。"

"信口雌黄……抓起来！"

吴梦生抱住胳膊大叫："冤枉！冤枉！真是匿名电话，我们报社记者都是半夜赶稿，当时有好几位同事在场，还有帮我照相的实习生，他们都能做证，不信您去查。"

苦瓜与海青面面相觑——不像假话，莫非又是凶手捣鬼？即便凶手算准杨家要托人情，将此事公之于众，把副厅长扯进此案深入调查，对他半点儿好处也没有呀！实在无法理解。

"电话里是什么样的声音？"

"很阴沉，有些沙哑，但是非常冷静，不慌不忙的，我觉得是个上岁数的男人。"

"上岁数的男人……"副厅长考虑片刻，"好吧。我可以不抓你，但你得将功补过。"

"我有何过？报道事实是我们记者的……"吴梦生还欲辩解，却见李大彪又虎视眈眈逼近，赶紧改口，"怎么补？能办的我一定办。"

"听说你报道翠宝的新闻有一段时间了，应该知道她认识哪些有钱人吧？若说她惹上麻烦被人雇凶灭口，也不是不可能。现在我忙得很，没工夫查她的社交，这方面就委托你。你身为记者，跟商界人物打交道也习惯了，去挖线索吧，最好能帮我列一份翠宝的交往名单，尽量详细，越快越好。"

吴梦生愿意接受这份差事，能顺便挖出许多新闻，面上却装作很为难的样子："这个嘛，我得考虑考虑，会耽误很多工作……"

"李大彪！把他……"

"我答应。"吴梦生假模假式敬个军礼，"一定办好。"

"这还差不多，走吧。"

"还有个不情之请。我来杨家采访，守门的不让我进去，连管家都不肯见，您能不能带我一起……"

副厅长把眼一瞪："别蹬鼻子上脸，快走！"

"好好好……就会使唤人，真无情。"吴梦生灰溜溜走了。

海青望着他的背影问副厅长："您真的怀疑有人雇凶杀翠宝？这不是与复仇的假设相悖吗？"

副厅长无奈苦笑："有枣没枣总要打两棍试试，再说我得给姓吴的找点儿事忙，省得他总盯着我。"

"您根本没打算把他抓起来，对吧？"

"嘿嘿，抓他容易，可这一抓我就要得罪报界。这年头干得好是枪打出头鸟，干得不好是破鼓万人捶，多烧香多惹鬼，最好是无声无息、无誉无毁，日子才过得顺畅。"

苦瓜点点头——这句话用在艺人身上也合适，翠宝何尝不是一只出头鸟？

早在案发那天副厅长就撂下话"来日要亲自登门拜访"，更何况杨家还曾送礼请托，当然做好了接待副厅长的准备。不过出乎意料的是，迎接他们的不是管家杨福，而是一个大眼睛的中年仆妇。她就坐在门房里，恭候已久，瞧见他们就一溜小跑迎出来，根本不容守门的仆人跟副厅长说半个字，抢先道："您是曹副厅长吧？这两位是您手下人吧？请随我来。"说罢才补上一躬。

大宅门规矩最多，按理说迎接贵客是管家的差事，没有派老妈子的道理，副厅长生疑："是杨兄叫你迎我吗？"他与杨家的当家人，也就是杨俊山的父亲杨光宪是半熟的朋友，每逢年节互有探望，所以称呼上很随意。

仆妇并未回答，一扭一扭的，迈着小脚匆忙带路，直到领他们绕过照壁，再也瞧不见守门人，才悄声细语道："老爷没在家，我带你们去见太太。"

"哦。"副厅长不悦——杨光宪明知我要登门，为何不在家等着？就算他杨家犯不着害一个唱曲的，毕竟牵扯其中，想凭两只花瓶就把人命案敷衍过去，太傲慢了！

苦瓜这会儿开了眼——以他的名气还没资格应邀堂会，根本没机会走进深宅大户，但凡有那样的名气也不能在副厅长面前假充字号了；晚上蹿房越脊他倒是能来，可黑灯瞎火的又瞧不见什么，所以今天他是第一次光明正大走进大宅门，得以印证那段《夸住宅》，瞧哪儿都新鲜，总在海青耳边嘀嘀咕咕。

"瞧这前院，多宽敞，比我住着那家店都大……二门怎么没贴斗方？应该贴四个字'斋庄中正'，背后也贴四个，写'严肃整齐'。虽说咱不识字，但咱懂……还真是方砖墁地，可惜没搭天棚。那边是东跨院吧？不知是厨房还是茅房……还有这墙，真漂亮，真是上青下白、磨砖对缝、对缝磨砖、里生外熟、挑灰灌浆，雕了花儿、过了梗儿、鹰不落儿的粉皮花墙。"

"嘿！你怎么唱上《大西厢》了？"海青不以为然，他在洋楼里住惯了，觉得大宅院太烦琐，进出都不方便；若是他也住在这样的宅院里，成天被一群仆人盯着，恐怕很难溜出去了。他还注意到，这座宅院的中轴线西侧砌了一堵墙，从大门一直延伸到远处看不见的地方，虽然不高，却有些突兀，这应该也是分家所致。不过宅院的主体建筑都在这一侧，杨光宪肯定是长房。

说话间已至客厅。偌大的一间正房，宽有六丈，高有一丈五，明三暗五，青瓦起脊，屋脊上立着鱼尾兽头，就连瓦当上都刻着吉祥花纹；再往下瞧，乌木大柱古色古香，窗格、门格都已换成玻璃的，屋檐下雕梁画栋，左边绘着松、竹、梅岁寒三友，右边是福、禄、寿三星，当中悬着一块大匾，写着"乐善好施"四个颜体字；门上还有一块略小的牌匾，年代更久远，匾上已有裂纹，刻着"亚元"二字——科举时代的规矩，乡试第一名为"解元"，第二名为"亚元"，杨家祖上是有功名的。

仆妇没停下脚步，而是绕行东边夹道，继续领他们往前走，时而有其他仆人经过，见有穿着警服的人，谁也不敢多问，纷纷退避；副厅长也没在意，毕竟是夫人待客，或许是去后堂。绕过正厅没走几步，又是一道垂花门，三层台阶，朱漆绿框，汉白玉抱鼓门墩，风摆柳垂头，灯笼已经换成电灯，花板上绘的是石榴花，寓意多子多福，四个六角形门簪也用金漆写着字，苦瓜一见便说："这写的是'吉星高照'。"

"嚯！瞎猫碰上死耗子，还真叫你蒙对一回。"

"这怎么是蒙呢？相声不是瞎编的，咱有学问。"

"哦，那你再念念两边对联写的什么。"

"风吹水面层层浪，雨打沙滩万点坑。"

"你别挨骂了。"

走过垂花门，景致大相径庭。后宅同样很大，同样都是磨砖对缝的好房，却十分陈旧，许多梁柱已经掉漆，杨家只是维持外表风光，内宅多年未修缮，还有一座花园，假山游廊俨然，花草却疏于照料，已经长荒了。海青看了不禁摇头，苦瓜却不懂，乐呵呵说起顺口溜："穿游廊、过画廊，草窠里趴着黄鼠狼。"

不知不觉已到宅院深处，再无高大建筑，夹道两边均是四合院，是内眷居住的地方。这时连苦瓜也瞧出不对劲，悄声问："为何有的跨院大门比较新，有的跨院连漆皮都掉了，门槛烂了也不换？"

海青道："我听说这种大家族最是重男轻女，所以有个风俗，若是哪一房生了儿子，就把房屋翻修一遍，门窗也会重新油饰，没有孩子或只生女儿的就得不到油饰，看来杨家男丁不旺啊！"这句话说的声音有点儿大，连那仆妇也听见了，回头看他一眼，海青自知失礼，赶紧把嘴闭严。

又往前走一阵，仆妇终于放慢脚步，拐进右侧一个套院，待三人跟进去，仆妇猛一回身，迅速将院门关闭——也真难为她一把年纪，还是一双半大不大的解放脚，行动竟如此敏捷！

海青吓一跳："这是干什么？瓮中捉鳖？"

"你是鳖，我不是。"苦瓜处乱不惊，"不会说点儿好听的？"

"什么好听？"

"不会说'黄金入柜'[1]吗？"

"那更不吉利……"

"别闹啦！"曹副厅长喝止住他俩，大步走到院中央，睥睨四周房舍——光天化日朗朗乾坤，敢把他警察厅副厅长如何？倒要看看杨家耍什么名堂。

随着仆妇一声回禀，从北屋迎出一个女子，身穿黑色旗袍，梳着后绾髻，佩戴珍珠项链，瞧模样约莫四十岁，修眉凤眼，高鼻薄唇，颧骨不高，年轻时应该很清秀，上了几岁年纪略有些发福。她一看见副厅长立刻屈身，行了个蹲安礼。

副厅长愣住了："你是……"眼前这女子不是杨夫人，年龄都不对。

那女人有些不好意思，怯生生道："我是俊山他娘。"

"哦……"副厅长这才了然——他略知杨门家事，杨光宪除正妻之外还有四房姨室，共生养过三个儿子。正妻张氏夫人是天津名门之女，生下嫡长子杨俊元，可惜那位大少爷不到三十岁就死了，幸好还留下个孙子；大姨太已亡故多年，在世时肚子不争气，一直未生养，因此终日抑郁，据说是被活活气死的；二姨太就是眼前这位，生下杨俊山，虽然是庶出，现在却是杨光宪最大的儿子；三姨太入门较晚，也生了个儿子，起名杨俊川，还在上小学；四姨太来得更晚，前几年才被杨光宪收房，据说才二十出头。

副厅长大为不快，忍不住埋怨："您这事儿办得不对呀！"二姨太的心情可以理解，毕竟杨俊山是她生的，但大户人家有大户人家的规矩，家有千口主事一人，杨夫人才是女主，当官的来了应该由夫人接待，二姨太若是关心可以在旁陪同，哪有私自把客人诓进内宅的？

哪知不埋怨还好，这一埋怨，二姨太来个"羊羔跪乳"，直挺挺往副厅长面前一跪，哭上了："您多包涵吧！我实在没法子，呜呜……我儿俊山与命案无关，求副厅长做主啊……呜呜……"

弄得副厅长不知所措，嚷又不敢嚷，搀又不能搀："别哭别哭，你

---

1 黄金入柜，俗语，指死人入棺下葬。

先起来，有话慢慢说。"

那仆妇是二姨太心腹，大眼溜精的，一边搀扶一边把责任揽到自己头上："副厅长别犯肝火，这事儿不赖我们二太太。不信您打听打听去，宅子上下、里里外外，谁不说我们二太太忠厚？真是晓三从、知四德、不多言、勤干活、相夫教子常拜佛、规规矩矩孝公婆。她这样的老实人岂能越礼？全怪我这糟老婆儿，岁数大了办事马虎，晌午觉睡迷瞪了，稀里糊涂把您领来的。"

苦瓜窃笑——你这展果[1]一点儿都不糊涂！不仅攒儿亮[2]，纲口也厉害。在大门口故意不把话说清楚，说是"去见太太"，却领到二太太院里，差个"二"字谬之千里，分明是成心下套。

副厅长也知上当，只能将错就错，不然还能如何？现在一推门从这院出去，叫别的仆人瞧见更麻烦。甭管厅长还是局长，他是个外人，还是个鳏夫，从人家姨太太房里溜达出来，姨太太还在后边又哭又闹，这算怎么回事呀？

仆妇也自知理亏，好在差事已经办成，便觍着脸讪笑道："太太别哭，大热天留神哭坏身子，叫院外的人听见也不好。曹副厅长是办好事的人，大人有大量，大笔写大字，宰相肚子里跑骆驼，最是通情达理，哪能跟咱妇道人家一般见识？有什么话你们进屋慢慢聊，我沏茶去……"说完一溜小跑，不知钻哪儿去了。

副厅长已被捧到天上了，也只好拿出大人之量，安慰二姨太进了北屋客厅，海青也跟进去，唯独苦瓜立在当院左顾右盼。

客厅非常敞亮，摆设却不奢华，既没有钧窑瓶、郎窑罐、宣窑的盖碗，也没有端砚、湖笔、徽墨；不过是松木的桌椅，绸子的靠背坐垫，桌上有几尊花瓶，也不是值钱的古董，墙边立着大座钟，架上摆着留声机；唯独桌子上方挂的一幅画惹人眼球，既不是泼墨写意，也不是精勾细描，而是西洋油画。饶是海青见多识广，今天也露怯，对着那画瞧了

---

1 展果，隐语，女仆。
2 攒儿亮，相声术语，聪明，反应快。

三分钟，竟没瞧出画的是什么，却回忆起那日翠宝对甜姐儿提过，未来女婿会画画，想必这幅便是杨俊山的画作。

二姨太一落座就掏出手绢，接着哭后半本："我们俊山是老实孩子呀，不招灾不惹祸，偌大的家产还等着他继承，岂会做不才之事？他连只耗子都不敢杀，何况杀大活人？我辛辛苦苦拉扯他不容易，您得为我做主呀，不然我母子冤沉海底无处去诉……"

"好了好了，别哭了。"副厅长渐渐沉住气，"事情的来龙去脉还未厘清，谈不到什么冤不冤的。可恨俊山不晓事，那天在我面前闭口不言，给他台阶都不会下，把我气坏了。"

二姨太又是一躬："孩子小，不懂事，给您添麻烦了。"

"不必多礼……他人呢？"

"他爹派他出门办事了。"

副厅长料定这是假话，可大宅门里藏个人太容易了，哪里去找？何况目前没有证据指向杨俊山，他也无权搜捕，便不计较，转而试探："我今天过来想问两件事，一是俊山如何与翠宝结识，他俩究竟是何关系；二是案发那天俊山在后台都干了些什么，见过什么人。他既不在，这些话谁能答复？"

"我呀……"二姨太立即不哭了，"我全知道，都听俊山说了，这孩子从不瞒我。"

副厅长心里暗笑，早猜到是那小子怕事，把他娘推出来顶着："既然您知道，细说说吧，他和翠宝怎么认识的？"

"嘻！提起来全怪我们家那位大的。"二姨太未说话先叹气，伸出大拇哥往西一指，显然说的是正室夫人张氏，"她娘家哥哥做寿，俊山好歹叫一声舅舅，自然要去帮忙。哪知他们张家不省事，非要办堂会，招来一群唱戏的、唱曲的，就有那个叫翠宝的丫头。本来我们俊山不稀罕土玩意儿，从不看戏听曲，他喜欢吃洋餐、穿洋装、画洋画，就连听唱片也是听洋乐，全是梳过头、背头分的……"提到儿子她格外骄傲，眉飞色舞的。

海青听着费解："梳过头、背头分？听唱片跟发型有何关系？"细想才明白——是舒伯特、贝多芬，二姨太没知识，囫囵着乱说。

副厅长哪管许多，粗着声音提醒："说要紧的！"

"俊山从那天起就跟翠宝认识了，后来又去歌舞楼看过她几次，不知不觉就跟中邪一样，又请她吃饭，又带她跳舞，还花钱给她做衣服。您想想，她们卖唱的女子最会勾男人，连眼睫毛都会说话，听说有不少男人都惦记那丫头，俊山也难免上当。"

翠宝勾引的？即便如此你儿子也不是什么正人君子，还不是瞧人家漂亮？副厅长没说破，接着问："什么时候的事？"

"李家做寿是在一个半月前，他们一起看电影、吃饭、逛街也就是这个月里。"

"外间传说俊山和翠宝订婚了，是真的？"

"绝无此事！"二姨太口气坚决，"我们俊山虽然是庶出，如今却是杨家名正言顺的顶梁柱，岂能随便找个卖唱的媳妇？不瞒您说，上赶着和我们结亲的名门大户有的是，要是排成队，能从北大关排到南营门，就算我们挑花眼了也轮不上那丫头！您别听外边瞎传，那都是饿急眼的疯话，瞧别人有儿子心里不痛快，整天造谣。"她这番话似是意有所指。

副厅长半信半疑——大户人家瞧不起艺人是实情，但是杨俊山也没到排队提亲的地步，一来他是庶出，二来这孩子早有浪荡之名，仗着有钱拈花惹草不止一次，瞒不过其他宅门，把闺女嫁给他总要斟酌。更关键的是杨家已不似原先那般风光，又因为分家财富锐减，虽然还有大宅门的名头，却不再是第一等的富商，杨俊山高不成，低不就，婚事也很难办。

"您这话在理，不过……"副厅长又露出久违的笑容，"我刚从苦主家来，据翠宝母亲说，她女儿是进过你们杨家大门的，您亲口认可她当儿媳，下月就要过聘了。"

"胡扯！"二姨太的白眼珠都快翻到房顶上去了，"那样的人家都是下三烂，老娘是鸨儿，闺女是粉头，她们的话怎能相信？要不是因为小贱人三天两头勾搭，我们俊山能跑到'三不管'那种脏地方去？我早就提醒过俊山，唱曲的丫头如同火炉，靠上去暖烘烘的，想离身时烫掉一层皮！我家那位四姨太就是唱曲的出身，仗着有些姿色把老头子缠上了，这才买回来。这是她们的一贯伎俩，活着时没黏上我们，死了还乱认亲家，这不是红口白牙死无对证吗？"

刘王氏的话固是死无对证，二姨太的话又何尝不是呢？副厅长淡然一笑："恕我直言，常言道'人死为大'，即便您看不上翠宝，这姑娘已经死了，何必说话这么难听？您家正堂挂着'乐善好施'的匾，张嘴老鸨闭嘴粉头的，实在有碍你们杨家的体面。"

"这……"二姨太脸上发烧，立刻又温婉下来，"唉！我是气糊涂了，一时口不择言。但道理明摆着，我们俊山好比天上的星，那个唱曲的丫头算什么？即便她品行不坏，终究门不当户不对的，野鸡配凤凰，不合窑性！无论她们怎么想，都是一厢情愿，我也懒得理会。如今家里的事已经够叫我操心了，老爷身体一直不好，我们那位大奶奶整日吃斋念佛，凡事一概不理，管家仆人一个个也都偷懒耍滑。别看我是个偏房，家里老的老、小的小，哪一处缺得了我？这样难免对儿子疏于管教。俊山确实顽皮了些……不过这也不能怨他，谁没年轻过？何况我儿一表人才，是杨家名正言顺的大少爷，他不招蜂引蝶，那些女人还上赶着黏他呢。"

不单副厅长，连海青也瞧出端倪——二姨太看似娇弱，却不是省油的灯，喜欢搬弄是非，而且护犊子，实在算不上忠厚，正因为当娘的这个样子才把杨俊山娇惯得不成才。

海青兀自遐想，忽听院里传来一声咳嗽，扭脸望去——苦瓜正站在阶下朝他努嘴。海青会意，又见副厅长和二姨太谈得认真，也没跟他们打招呼，悄悄走出去。

"叫我做什么？"
"念瞳[1]。"苦瓜假装欣赏门柱上的对联，低声道，"倒捻把合[2]。"

---

1 念瞳，隐语，闭嘴。
2 倒捻把合，俗语，往东边看。倒，东边；把合，看。

海青也会做戏，假装伸懒腰，用余光朝东边扫一眼——东屋的房门紧闭，四扇窗户有一扇敞着，却挂着白色纱帘；外面看不见屋内，屋内却能凭借光线看清外面的情况。

"有人？"海青也把声音压低。

"嗯，咩咩万儿[1]那小子，刚才扒开帘往外偷看，瞧见我就把脑袋缩回去了。我假装没在意，其实瞧个满眼。"

"原来在家，把他掏出来。"

"不行，弄不好翘了[2]。在人家院里，追不得，拿不得，副厅长都不能随便动手，何况咱们？"

"怎么办？"

"堵住笼子捉鸡，跟我来……"苦瓜后退两步，又假装从远处观赏对联，摇头晃脑比比画画，"你瞧，这字写得多周正，尤其是三点水，那么圆润，跟水珠一样。"

海青听了有气，"忠厚传家久"五个字哪来的三点水？却还得假模假式捧着他演："是啊，书法不错，真正的颜体。"东屋距他们还有一段距离，应该听不清晰，只要装出讨论对联的样子，叫杨俊山窥见不生疑便好。

"再看看那边写的啥。"苦瓜背着手，溜溜达达又奔西边，"嘿！更好了，甭管写的什么，横是横、竖是竖，瞧着就痛快。"他嘀嘀咕咕胡批胡讲，海青就在后面胡乱答应着，看完了西边又看南边，渐渐绕到院子东南，正是东屋看不见的死角。苦瓜一把将海青推到前边，努嘴示意他拉窗帘。

海青瞪他一眼——你出的主意，让我上？

苦瓜也瞪他——别磨蹭，叫你去你就去！

海青没办法，轻手轻脚往前蹭几步，一猛子蹿到敞开的窗前，抓住窗帘使劲往旁边一拉——杨俊山正在帘后站着，窗帘一开，两人闹了个

---

1 咩咩万儿，隐语，杨姓。
2 翘了，俗语，跑了。

脸对脸。

杨俊山固然没有心理准备，海青也没料到"开门见山"，两人对视足有两秒，海青刚要说话，杨俊山一把捂住他的嘴，又是摇头又是鞠躬，拜托他千万别惊动副厅长。他之所以藏在东屋窥探，就是因为离院门近，出去推门一跑，就算是警察也不便在他家宅院里追，哪知刚动念头，就听旁边有人问："你们俩干吗呢？"杨俊山探出窗外一望，见苦瓜正倚在门上朝他笑——想跑是没戏了，一个堵门一个堵窗！

杨俊山赶紧作揖，低声细语道："郑兄，别声张，我不想见副厅长，求你们了。"他在案发那晚与海青见过面，听说海青是利盛郑家的少爷，只不过姓氏搞错了。

海青不知如何是好，苦瓜在旁轻轻说了声："瞳。"

嘿！前天苦瓜刚传授"瞳""葛""夯""砍"四种手段，这会儿就用上了。"瞳"就是用花言巧语迷惑对方，海青会意——这小子怯官，若是似那天晚上一样见了副厅长一字不说反倒不美，不如假亲假近套他的话。想至此立刻笑眯眯地也压低嗓门儿："我和你闹着玩，怕什么？我又不是警察，才懒得管闲事呢。你开门，让我们进去，好不好？"说着还贼头贼脑望了一眼堂屋，假装怕惊动副厅长的样子。

杨俊山别无选择，只好去拉门闩。苦瓜唯恐他声东击西，趁他转身赶紧把窗户推严，不过这显然高估了杨俊山的胆量，他哪敢再耍花招，畏畏缩缩的，只把门敞开一道小缝。

两人侧身钻进去，苦瓜悄悄捅了海青一下。海青明白，他和杨俊山有一面之缘，而且彼此身份也差不多，这次不能靠苦瓜，得由他去"瞳"，于是随口编瞎话："这倒霉案子真烦人，我也是被副厅长叫去问话的，比你还惨，我直接被叫到警察厅去了。"

"这位是……"杨俊山不识苦瓜。

"哦，忘了介绍。"海青张嘴就来，"他是我同学，跟曹副厅长家沾点儿亲戚，是……副厅长夫人娘家哥哥亲家内侄的小舅子，若是没他这层关系照应，我独自一人哪敢去警察厅？"

苦瓜笑着寒暄，心里暗骂——这家伙学坏了，绕到最后给我安排个小舅子，不过铺平垫稳的功夫倒是见长，瞎话越编越顺溜！

海青粗中有细，知道姓杨的不喜欢曲艺，为了翠宝才去茶楼；如今翠宝已死，他再不会去"三不管"，反正今后无缘与苦瓜相见，怎么编都无所谓。

果然，杨俊山半信半疑，怔怔地不知说什么。

海青不容其多想，赶紧补充道："刚在警察厅谈完案子的事，本来我是想回家的，恰好副厅长要来找你，开车带我几步。我也是好奇，就跟进来了。"

"好奇什么？"

"好奇你呀！"海青脸不变色心不跳，"听说你会画油画，我早就想来参观一下。"说着他抬眼一扫，恰巧这间屋就是画室，桌上堆着不少画笔颜料，墙上、架上甚至地上有好几幅画，他也不见外，凑过去又摸又看，"真好，这画的是……五颜六色的，多漂亮呀。"看了半天他也没辨出是牛是马，只能这么夸，反正牢记一个"疃"字，哄姓杨的高兴，"小弟也喜好美术，可惜没有杨兄你这般才华。我这双笨手呀，画出的喜鹊像夜壶，画出的高山像馒头，有一次画匹骏马，谁看了都说画的是乌龟。今日一见杨兄的杰作……虽然看不懂，但瞧着就这么高深莫测、新颖别致，仿佛还有点儿哲学意味，这才叫独树一帜、神乎其技呢！"

杨俊山见他夸自己的画，还真放下一丝戒备，随手从书架上拿了本书，略带得意道："兄弟谬赞，我的画属于印象画派，是去年读了这本书受的启发。"

海青耐着性子接过来瞧了一眼，是刘海粟先生写的《塞尚传》，礼貌性地翻了几页，想交回他手中，又恐他聊起绘画没完没了，便转递给苦瓜，这才道："今天我真是大开眼界，想向杨兄求教，又怕天资愚钝，学了也是白费力气，强求不来呀……"说到这儿话锋一转，"杨兄天赋过人，才华横溢，平日行止也潇洒快意，难怪翠宝那等美人对你一见倾心。"

杨俊山脸一红，连忙推说："你弄错了，我跟她没关系。"

"没关系？我听说你们订婚了。"

"谣传，信不得。"

苦瓜兀自翻着那本《塞尚传》，头都没抬，轻轻说了声："刨[1]。"

海青会意，笑着戳破："杨兄，何必害臊？别再否认了，我是亲眼看见的。那天在茶楼门口，翠宝她娘称呼你姑爷，你根本没反驳，还有侦讯时她也说你们是订过婚的。"

"这……唉！"杨俊山倚在桌边，"有些事很难说清楚，过去的就让它过去吧。"

海青见他一副辛酸表情，又不知如何问下去了，偷眼看苦瓜。苦瓜根本不理，只顾着把书放回架上，随口说了声："葛。"

"葛"就是故意说尖酸刻薄的话刺激对方，让对方出于面子答应要求。海青便如提线木偶，立刻听令行事，把那天吴梦生讽刺自己的话拿出来，嬉皮笑脸地故作轻浮道："不说我也明白，都是老中医，何必跟我玩偏方？似咱们这样的人家，讲究门当户对，哪能跟卖艺女子成婚？你根本就没打算娶翠宝，不过是玩玩，对吧？虽说翠宝小有名气，终究是没见过世面的穷丫头，哄她玩玩花不了几个钱，比去俱乐部找白俄舞女便宜吧？"

打人别打脸，说话莫揭短，海青公然提起他以前的丑事，还是这副讽刺口吻，杨俊山再软弱也承受不了，白皙的脸庞涨得通红，一对浓眉不住颤抖。

海青再接再厉："古人云，知好色则慕少艾，人之常情嘛，算不得什么。再说翠宝长得细皮嫩肉的，天生尤物谁不喜欢？不瞒你说，要不是你下手早，我还惦记她呢。怎么样？杨兄一定得偿所愿了吧？细跟我说说……"他并非轻佻之人，说这样的话自己都觉得牙碜，可为了查明真相只好厚着脸皮演下去。

"你住口！"杨俊山忍无可忍，"我以前是犯过错误，但这次对翠宝是真心的，不容你胡说。"

---

1 刨，隐语，揭老底。

“那你为什么不想娶她？”

“谁说我不想娶她？我们早就谈婚论嫁了，一开始我娘不答应，我磨破嘴皮一再恳求，好歹算是点头了。我领翠宝来过一次，我娘还送她一枚戒指呢。”杨俊山的说法与二姨太所言截然相反，却与刘王氏的话对应上了。

“既然如此，刚才怎么不认？”

“唉……本不该说的，既然开了口，索性都告诉你吧。我娘虽然答应了，但太太不允许，说翠宝出身太低，以后纳妾可以，不能明媒正娶，为这事我娘和太太吵了好几次。”

原来此事牵扯到二姨太和杨夫人的矛盾，海青却感奇怪：“怎么都是女人吵架？结婚是终身大事，令尊不过问吗？”

杨俊山惨笑：“即便想管也管不了，我父亲病了。”

“病了？”

“上个月突然中风，卧病在床动弹不得，也说不出话来。我们请了好几位名医，又是针灸又是喂药，非但不见好，还一天比一天差。所以我怕凶案的事闹大，现在大伙都瞒着父亲，万一副厅长稀里糊涂把我抓起来，哪还瞒得住？他本就重病在身，要是再受打击，有个三长两短，我岂不成了罪人？”

“原来如此，也够难为你的。”海青嘴上这么说，心里却不以为然——父亲重病在床，不老实在家伺候着，还出去搞女人，这家伙虽不是十恶不赦，也称不上孝顺！又问，“你们家这么大，难道没有其他长辈主事？”

“我父亲这一辈兄弟三人，家父居长，三叔年轻时就去了南方，在上海闯出一番事业，有自己的商号，不大管我们这边了。西边大院住着我二叔杨光宗，已经分家另过，连店铺都分了，近些年比我们还兴旺。虽说关系不睦，但是我父亲既然病重，论情论理都该他主持我的婚事。可他老人家一时一变，先是说卖艺女子不般配，后来又改口说不论出身赶紧娶，能给我爹冲冲喜。他始终没个准话，时而帮着太太，时而偏向我娘，越发搅得鸡犬不宁，直闹到翠宝死也没个说法，或许这就是有缘无分。"

家家有本难念的经，海青听着都觉头疼，好在已经搞清楚他和翠宝的关系，也懒得再理他的家事，转而问："翠宝出事那天你啥时候到后台去的？我都没注意。"

"混混儿扔东西的时候，我有点儿害怕，但和翠宝约好了一起吃晚饭，又不便走，我就躲进后台了。"

"翠宝唱曲时你一直在后台？"

"是。"

"当时还有谁？"

"我刚到后台，掌柜的就招呼翠宝登台，她和几位伴奏的师傅都上去了，那位失明的先生坐在门后的墙角里，还叫我搀一把呢。然后那个满脸麻子的相声艺人找掌柜的要钱，掌柜的不愿给，两人拌了几句嘴，掌柜的躲到栏柜那边去了，麻子不依不饶也追出去。他们走后就剩我和翠宝她娘，还有那个练剑的姑娘。那姑娘好像跟翠宝关系不错，想多聊几句，一直站在边幕后头等翠宝下来。我记得很清楚，她的侧脸看上去挺漂亮的，手指纤细白净，一点儿也不像练武的，手里握着宝剑，红色剑穗在她水绿色的裤子旁边晃来晃去……"

海青窃笑——这家伙就是个登徒子，专对女人留心！即便他真喜欢翠宝，这份痴情又能维持多久？

"然后呢？还有什么人进出后台，仔细想想。"

"然后……"杨俊山猛然意识到自己似是在接受盘问，顿时警惕，"你想干什么？我是清白的。"

"没人说你不清白，我只想问问情况。"

杨俊山又开始抗拒，不住摇头："与我无关，与我无关……"

苦瓜在旁看着，轻轻提醒一声："夯。"

海青一闻"夯"字立时变脸，扯着脖子喊起来："呸！亏你还说对翠宝是真心的，她叫人害死你都不管！还有没有点儿情义？你以为我是找碴儿来的？这是在帮你呀！牵着不走打着倒退，副厅长都找上门来了，该说的迟早要说，你躲得过去吗？"所谓"夯"就是生气，大嚷大叫，用气势震住对方。

这一喊把杨俊山吓得不轻："你小声点儿，别嚷别嚷……"忙跑到窗边窥探动静，幸而刚才苦瓜把窗户关上了，声音传出去不大，未惊动堂屋。

海青见他害怕，口气又软下来，连哄带骗道："实话告诉你吧，我是受副厅长所托，他知道你胆小，又怕勾起当初舞女那档子事，所以叫我代为问话。只要你把那天的情况说清楚，我自会向他转达，保证今后再不来烦你。"说着朝苦瓜一指，"不信你问他，他是副厅长亲戚的小舅子，可以做证。"

苦瓜心里暗骂——你可太损啦！直接说亲戚就行了，非得挂上个小舅子，越砸越瓷实！还得帮着圆谎："没错，我亲眼所见，副厅长发誓，如果杨少爷交代清楚问题还来叨扰，就叫他一辈子不得升官，到死也是副职。"

海青窃笑——你也够损的！拿别人起誓，自己不遭报应。

杨俊山被他们喂了这颗"定心丸"，情绪稍安，犹豫片刻道："那好吧，我告诉你们……翠宝上台后，我和她干娘闲聊了几句，全是些无关痛痒的话，后来那个唱曲的男人来了。"

"何剑平？"

"我不知道他叫什么，是个中年人，文质彬彬的。"

"就是他，进去后有何举动？"

"他对干娘很恭敬，嘘寒问暖的……哦！还帮着沏茶呢。"

"沏茶？"海青一惊，"难道是翠宝的茶壶？"

"是，紫砂壶很小，登台前已经喝光了。那人热心肠，说翠宝唱完肯定叫渴，就拿着茶壶去栏柜续开水了。我看干娘对他挺放心的，换了别人根本不让摸那把壶。"

海青和苦瓜对视一眼——他俩都没想到，何剑平动过那把壶，难道烟膏是他放进去的？

"沏茶之后呢？又做了什么？"

"放下茶壶，又跟干娘客套几句，他就独自坐在角落，面对墙壁一言不发，好像睡着了。”

海青不明白，苦瓜却理解——这是何剑平的习惯，每天登台前都会找个墙角闭目养神，把要唱的曲目在心里默念一遍，像老僧入定一般。何况那天要接翠宝的场，不是容易事，更得做好心理准备。

“然后呢？”

“又过一会儿，那个左眼有毛病的人进来了。”

海青早把玉石眼忘到脑后了，听他提起才觉可疑：“也就是说你在后台坐了许久，玉石眼一直不在？”

“玉石眼？”

“是那家伙的绰号。他不在吗？”

“对，大概是翠宝唱到后半段时他才进来。”

“在此之前他到哪儿去了？”

“不知道，可能去厕所了吧。他一进来，干娘就离开我身边，跟他小声嘀咕起来。”

“说些什么？”

“他们说话声音小，前头翠宝又在唱曲，还有人喝彩，乱哄哄的，我一个字都没听见。”话虽如此，杨俊山却不由自主地把脸扭到一旁，不敢直视海青。

苦瓜见他这副模样，料定必有隐瞒，岂能不问清楚？故意一阵咳嗽，说了声：“砍。”

这次即便苦瓜不说，海青也知道该怎么做，前三招都用过了，就剩最后一“砍”——彻底闹翻，撒手不管！他顿时冷笑：“杨兄，这可就是你的不对了，明明听见为何说没听见？你还是不信任我呀。受人之托忠人之事，既然我没办法让你开口……也罢，我不管了，还是让副厅长亲自问你吧。”转身便去拉门。

“我说，我说！”杨俊山真怕副厅长把自己逮走，赶紧阻拦，“他们说话声音确实很小，舞剑姑娘和那个唱单弦的离得甚远都没听见，连我也是模模糊糊听个大概。好像干娘很生气，想要惩治某人，具体是谁我没听清楚，干娘叫玉石眼把那人的腿打断，或者……想办法弄死……"

杨俊山心里害怕，说话颤颤巍巍，声音越来越低，海青听来却大为惊骇——黄师傅？

"他们嘀咕了一会儿，干娘过来跟我说，有急事要用钱，出门仓促带的不多，找我借二十块大洋。"

"你借给她了吗？"

"她经常找我借钱，从来没还过……"

"究竟借没借？"

"我、我……"杨俊山踌躇半晌，最后一咬牙，"我借她了，她马上就转交给玉石眼。"

"你……"海青简直想揍他一顿——太可恶啦！明明听见他们商量害人，玉石眼拿钱办事，母夜叉钱不够，竟还帮着出钱；难怪害怕副厅长问讯，什么顾忌名声、害怕父亲病重，全是遮羞的鬼话，这小子既不孝又不仁，分明是杀生害命的共犯。这也解释了为何那天玉石眼揣着许多钱……可是那只玉镯又该如何解释？难道真是玉石眼趁翠宝死后顺手牵羊？

杨俊山心中有愧，又见海青颜色不正，哆哆嗦嗦辩解："我也猜到干娘借钱不是干好事，可当时那情况容不得我犹豫，玉石眼凶巴巴的，又跟外面的流氓是一伙，不给他我怕……再说翠宝答应嫁给我，她家的事我自然得管，干娘又一再央求……你们多体谅。"

"体谅？"海青愈加气愤，"你知不知道你这二十块大洋起了什么作用？告诉你吧，翠宝的师父，被人发现死在西关的破庙里，还被打断了右腿！"

"啊？"杨俊山吓得后退两步，碰翻了绘画的颜料，洒得满桌都是，"与我无关呀！我也蒙在鼓里……"

"你还敢说蒙在鼓里？"

"不，我没、没想到他们真敢做，借钱总不犯法吧？这件事不赖我呀！求求你们，该说的我全都说了，你们一定要向副厅长美言，实在不行我愿意赔钱，我娘还有体己钱，反正死的只是个江湖艺人，有钱一定能解决。千万别把我牵连进去,我父亲还病着呢,杨家的未来指望我,而且我想画画,我要考上海美院[1],我还有大好前程啊!"

苦瓜一直忍着不说话,却早已激愤不已,又听他说想要花钱了事,全不把艺人的性命当回事,更是在他心里火上浇油,阴笑道:"杨少爷,别害怕,这事还没定论呢,即便真犯法算得了什么?您是金胳膊、银腿、钻石胯骨、翡翠脑袋,一脑门儿绿光,透着富贵气,自然逢凶化吉、遇难成祥。再说您家有的是钱,树木成林、米面成仓、现钱成堆、彩缎成箱,黄的是金、白的是银、亮的是宝、圆的是珠,哪在乎穷人一两条贱命?有钱能使鬼推磨,怕什么?瞧您哆嗦的,跟陈世美遇见包公似的,一脑门儿冷汗,我帮您擦擦……"说着掏出自己的脏手绢,在桌上蘸着颜料,往他脸上一阵乱抹。

"你、你干什么……"杨俊山真以为他是副厅长的亲戚,战战兢兢地不敢动,三抹两抹,弄个满脸花。

苦瓜又特意蘸了点儿白颜料,在他鼻子周围涂个白圈,宛如戏台上的丑角,这才丢开手绢笑道:"有句良言,我姑妄言之,你姑妄听之。你小子根本不是当画家的材料,别做白日梦了。"说着一抬手,指了指东墙上一幅很大的画,"你最得意的作品,是不是那幅?"

杨俊山愕然:"你、你怎知道?"

海青也暗暗称奇。

"咱是行家,最懂画。"苦瓜有算计,要打击杨俊山这种妄自尊大的少爷秧子,再没有比击溃他的自信心更狠的了,于是狠狠挖苦道,"你最好的这幅画也不如我拿脚丫子画的,就你这点儿道行还打算去考美术学院?真不害臊,先找个卖煎饼的,跟人学学怎么画圆吧。至于案子的事,要看副厅长如何处置。不过我好心给你提个醒,这几天老老实实在家待着,晚上睡觉别脱衣服。"

"为、为什么?"

---

1 上海美院,上海图画美术院,1912年创立,后更名为上海美术专科学校,是我国历史上第一所现代美术学校。

"省事。万一警察半夜来抓你，光着屁股多难看呀。"甭管有没有罪责，撂下这话先吓他几天。

杨俊山又羞又愧，又惊又怕，自己的画被人作践，更是伤心难过，眼泪止不住地往外流，用手一擦——五颜六色，脸上更热闹啦！

两人抛下满脸花的杨俊山，一出东屋正逢二姨太送副厅长出来，那边也谈完了。

副厅长诧异："你们怎么乱闯？"

"没什么。"苦瓜嘻嘻一笑，"刚才闲着无聊，瞧见只耗子钻进这间屋里，我们逮耗子去了。"

"胡闹。"

"不是我们胡闹，是那只耗子奇怪。黑的、白的、灰的都常见，那只小耗子竟是花脸的，也不知是啥样儿的母耗子下的崽儿，真特别！"苦瓜说着，一同往外走。

二姨太知道儿子在东屋躲着，却怕说出来副厅长怪罪，挨了窝心骂也不敢吱声，眼巴巴瞧着他们扬长而去……

三人出了二姨太的跨院，那位大眼睛仆妇又不知从哪儿冒出来，领着他们往外走。海青拉住苦瓜，渐渐落在后面："你觉得二姨太会跟副厅长说她儿子借钱的事吗？"

"怎么可能？"苦瓜觉得他问得可笑，"若想说实话何必还躲躲藏藏的？儿子做贼娘匿赃——管得不严护得严！她只想撇清儿子嫌疑，至于翠宝被杀究竟有什么隐情，她才不在乎呢。"

"那你刚才为什么不告诉副厅长杨俊山在家？"

"我怕副厅长应誓……"

"别开玩笑。"

"告诉副厅长又有什么用？顶多他们娘儿俩哭哭啼啼闹一场，什么也解决不了。借钱害人算不算犯罪，还不一定呢，即便真有罪，八成也不是什么重罪，凭杨家的财力照样可以洗脱。再说此事大有可疑，黄师傅未必是玉石眼害的。"

"未必？杨俊山不是已经交代清楚了吗？你觉得他是扯谎？"

"不，瞧他那副尿样儿应该不假，但母夜叉要害的人不一定是黄师傅。'打断腿'是混混儿常挂在嘴边的话，毕竟杨俊山没听到那人准确姓名，不一定就是黄师傅。即便真要害黄师傅，在他们商量之后没多久翠宝就死了，玉石眼又被副厅长教训一通，还有胆子杀人吗？"

"也有道理……"海青赞同，却不愿放弃自己的看法，"玉石眼虽不是言出必行的人，但会不会是母夜叉握住了玉石眼的把柄，使他不得不干？"

"谁知道呢？到目前为止一切都只是猜测，要等到审过玉石眼之后才能确认。"

"还差得远呢。"海青懒得再想，"你懂西洋油画？"

"蛤蟆跳井——不懂（扑通）。"

"你刚才批评杨俊山的画，都是胡说喽？"

"倒也不是，你递我的那本书我翻了，里面的字全不认识，但是有几幅画还能看，黑白影印不是很清楚，看着怪模怪样，却还没到认不出画的是什么的地步，可见洋画家的玩意儿也不是那么乱，是他自己学得不地道。画画我是一窍不通，可学艺的道理我知道，要是连绕口令都说不利索就想演《开粥厂》，肯定不灵。"

"你怎么猜到他最得意的画是哪一幅？"

"简单，那幅最大。我们'撂地'的都知道，若是本事不行，就得靠多卖力气争取观众。他本事不行，所以哪幅画最大、他花的力气最多，他就觉得最好。"

"嘿！还真有道理……"

说话间又至垂花门，仆妇正要礼让副厅长，却见从门外闪进一位老者——身材不高，长脸白须，低眉顺目，身穿青色马褂，头戴六合帽，副厅长见过，是大管家杨福。

仆妇立时变颜变色，聪明伶俐全然不见，支支吾吾："福爷，您怎在这儿……"

杨福根本没搭理她，向副厅长鞠躬致意："我家夫人有请。"

"哈哈哈。"副厅长仰面而笑，"二房见完了正房见，你们杨家可真有意思。"

"家丑不可外扬，大宅门也有大宅门的难处，您多包涵吧。"杨福说罢才朝仆妇望了一眼，冷冰冰地问，"怎么？你也打算跟着去？"

"不敢不敢……"仆妇连忙摇头，一转身就溜了——肯定是跑回去向二姨太报告。

"副厅长请。"杨福带路，未出垂花门，直奔后宅正院。

这边同样是老房子，却比二姨太那边气派，都是前出廊、后出厦的高大房屋，连过三道穿堂门，终于到了尽头，只见庭院寂静、草木清新，院中有座小巧的阁楼，香烟缭绕，似是佛堂，有两位中年仆妇正搀扶一位老妇人从里面走出来。

苦瓜远远望见，对海青耳语道："中间的就是杨夫人。"

"你怎知道？"

"杨家再阔绰，也不可能俩老妈子搀着一个老妈子满院溜达。"

"对，那是吃饱了撑的。"

杨夫人年近六旬，个子矮矮的，还不到副厅长肩膀高，身材也略有些瘦弱，但是精神矍铄、腰板挺直。花白的头发绾成纂儿，黑绒布发箍，顶门嵌着一块美玉；湖绉的绛紫色斜襟长袄，掐金边，走金线，绣的是"万字不到头"，直搭到膝盖；下边是黑色的绣纹褶裥长裙，刺着一对展翅欲飞的彩凤；迈步之间又见三寸金莲，雪白的裹脚布一尘不染，穿一双蓝色绣花弓鞋。她头插点翠银簪，耳挂珍珠耳钳，左手配着玳瑁的戒指，右腕一只冰透碧绿的镯子，掌中捏着一百零八颗紫檀佛珠的手串，油亮油亮的，不知每天要捻多少遍——虽白发苍苍却端庄优雅，虽矮小瘦弱却不怒自威，不愧为大宅门的正房太太，浑身上下透着精气神儿。

"曹副厅长，给您添麻烦了。"她的嗓音低沉柔和，说着挣开仆妇的手便要蹲安。

"别多礼。"副厅长赶忙阻拦，说话很客气，"老嫂子，身体好呀？"

杨夫人微微一笑，眼角多了几道鱼尾纹，却显得更加慈祥："身体好得很，就是不省心。您是为俊山而来吧？"一句话便入正题。

　　副厅长反倒有些被动："本该先来见您，可是二姨太……"

　　杨夫人抬手，示意他无须解释，回头道："你们先退下。"两名仆妇应声而退，唯独杨福还侍立一旁，她这才接着说，"这宅院里的事哪件能瞒过我？从您一进大门我就知道了。二姨太也是护子心切，总怕我说不周全，才把您诓过去，您别见怪。"

　　"是是是。"副厅长越礼在先，不便多说什么。

　　"我家这位二姨太，倒也称不上心术不正，就是太宠溺她那个宝贝儿子，捧在手里怕掉了，含在嘴里怕化了。也怪我们老两口，年纪大了精力不济，不怎么管教，宠来宠去，惯得俊山没个规矩，游手好闲不务正业，成天在外面招灾惹祸。副厅长您也知道，这已经不是第一次了。"

　　这几句话实在是说到副厅长心坎里了，但出于礼貌不能附和，反而劝道："年轻人嘛，难免做出荒唐事。"

　　"不过……俊山不可能是杀人犯。"

　　"您怎能断言？"

　　"他没这么大胆！说穿了，这孩子是老鼠扛枪——窝里横。若是有志气，早就混出样儿了，何至于整天在女人堆里泡着？那个遇害的唱曲丫头，叫什么来着？"

　　"小翠宝。"

　　"嗯，我只见过一面，在我娘家哥哥的六十寿宴上，确实漂亮，是好姑娘啊……"夫人语气透着惋惜，慈眉善目娓娓道来，"按理说卖艺人家与我们是不大般配，不过时移世易，现在这年头与以往大不相同，木匠都能当总统，还讲什么门第？俊山本身也是庶出的，风评又不好，靠他联姻名门恐怕没指望了。唱曲姑娘身份虽低，但只要俊山喜欢，能收住他的心，这门亲事也凑合了。"

　　副厅长诧异："您不反对他们的婚事？"在他看来张氏夫人本身就出自富户，又嫁进弘庆杨氏这样的人家，应该最重视门第观念，怎么反倒很开明？

杨夫人笑了："若是我亲生儿子娶妻，自然精挑细选，俊山不是我肚子里爬出来的，我反对得着吗？常言道'宁拆十座庙，不毁一桩婚'，这才是正理，只怪我家那位第二的，脑筋顽固得很，把她儿子当成了千金不换的宝贝，死活瞧不上人家姑娘，动不动就骂人家是下三烂、下九流，实在有悖口德。她自己又是什么出身？当年不过是给我婆婆端茶递水的丫鬟，当半个主子就把眼睛长到头顶上……"

海青顿感迷惑——据杨俊山所说，是二姨太赞同婚事，杨夫人坚决反对；可到夫人口中，怎么变成了她赞同，二姨太反对？究竟谁说的是事实？

副厅长也疑惑，嘴上却不吝称赞："您真是开通之人。"

"谈不上开通，道理明摆着，俊山已经跟人家姑娘好上了，非要破坏这份姻缘，落个始乱终弃之名，好听吗？为此我劝过二姨太好几次，可惜她油盐不进。但毕竟她才是俊山的亲娘，我也不好执意做主，还没商量出头绪，那姑娘就……唉！"她长叹一声，似乎非常惋惜，"那天晚上俊山慌慌张张跑回家，我就猜到出事了，问他们母子还不说，终究还是被杨福打听出来了。所以我派杨福拿着老头子的名片，连夜去拜访您。"

"是您叫杨福去的我家？"副厅长原以为是二姨太央求杨光宪办的此事，刚才在那边没好意思提起，不料是夫人越俎代庖。

"是啊！"夫人赧然，"我绝非请托，只希望秉公而断。我也知道您一贯清廉，不在乎我这点儿放不上台面的礼物，可是下边当差的就不一定了。我虽是女流，也知这年头谁都不容易，只想花钱买个安心，不料节外生枝给您添了麻烦，实在对不起。"她指的自然是被记者抓拍之事。

"没关系，无论外间如何议论，我自会查明真相以正视听。"礼物半推半就收了，报纸也登了，退回来也没意思，副厅长还能说什么？

"辛苦您了。"杨夫人双手合十，做了个拜佛的动作，"若不是我家老头子卧病不起，一定搀他出来，亲自向您致谢。"

"什么？杨兄病了？"副厅长才知这消息。

海青与苦瓜笑着对视一眼——我们早知道啦！

"是啊！"杨夫人神色一凛，慈祥的目光变得有些冷峻，"但凡老头子还能主事，岂容他们母子胡作非为？真是乱为王了。"

"方才二姨太和仆人都说杨兄出门了。"

"哦，这倒是我吩咐他们这样讲的。您常来拜访，不是外人，我跟您直说吧，老头子病得不轻，有名的大夫请了好几位，医药罔效，恐怕日子不多了。我家的买卖您多少也知道，难得很呀！铁路越来越方便，盐业的利润越来越薄，祖上遗留的十八家当铺只剩下一半，近几年当权的三天一换，家里也没做官的亲戚了，反倒多了几位要钱的军头。如今的人也邪门儿，出门是洋车、洋装，吃饭是洋餐、洋酒，就连听曲也是洋鼓、洋号，有多少洋玩意儿涌进来，把咱正经买卖都给害了。再加上打仗，现在既有欠我们账的，也有我们欠别人的，我怕老头子病重的消息传开，一个个落井下石，该还钱的都不还了，巴望着我们杨家出乱子，索性能瞒一天是一天，先把该收的账收上来再说。"

"老嫂子，真够难为您的……"

海青却另有所思——时代不同了，杨家这样的旧商人当年发迹都是靠朝中有人，控制盐业、漕运之类的买卖，如今中外资本已纷纷崛起，实业交通日新月异，若还守着道光年间的老章程，岂能不衰落？再加上子孙不思进取、恣意享乐，终有坐吃山空之日。

一阵风拂过，吹落几片树叶，杨夫人抬头望着苍凉的天空，苦笑道："这真是多事之秋。老头子眼瞅着就快不行了，许多事还没着落，西院里那位二叔还虎视眈眈，想吞掉我们长房的产业，这个节骨眼儿上当儿子的却因为女人惹上麻烦……"她不动声色又把话题圆了回来，"偏怜之子不保业，俊山这孩子的所作所为，岂是守业旺家之人？买尽天下物，难买子孙贤，这也是我杨家的气数。只恨我亲生的儿子死得太早，撇下我这一把老骨头没人孝顺，反叫秋秸秆成了顶梁柱。至于三姨太生的俊川，还是个不懂事的毛孩子，根本指望不上。四姨太是戏子出身，跟着老头子就是图财，将来必定一拍两散。家里没有主心骨，一人一个心眼，麻烦事一桩接一桩，如今我娘家也不比往昔，就是想帮衬也帮衬不来。等到老头子撒手闭眼之日，杨家可怎么办呢？"

她自己都不知道怎么办，副厅长又岂知道，只能安慰："再大的难处总会过去，兴许……"

"宽心的话不必说了。"杨夫人摆摆手，"我一个妇道人家，也一大把年纪了，管不了太多，现在除了烧香念佛，唯一能做的就是尽量保全我亲孙子那份财产，毕竟他是我儿的骨血，也是我们老两口的大红缨子[1]，剩下的就任凭那群败家子折腾吧。"说到这儿她又笑了，仰视着副厅长意味深长道，"俊山惹的这两次乱子您都亲眼所见，有朝一日我们若闹得家丑外扬，甚至对簿公堂，您可要帮我这孤老婆子说几句公道话呀……"

谁都瞧得出来，杨夫人与庶子的关系并不亲近，能提供的信息也不多，一场简短的会面就此结束。夫人腿脚不便，命杨福代为送客，直到出了大门来到汽车旁，半晌无言的苦瓜才感叹："人老奸，马老猾，兔子老了鹰难拿，这老夫人的心机只怕不简单！"

海青手扶车门，望着杨福回去的背影，越发狐疑——杨家究竟藏着多少秘密？关于翠宝的婚事，为何每个人的说法都不一样？

一回到车上，他俩就迫不及待地向副厅长汇报了套问杨俊山之事，只是把戏耍恐吓的部分略去。副厅长并不意外："哼！我料到那小子肯定干过亏心之事，果不其然，二姨太还跟我信誓旦旦，把他儿子夸得跟朵花儿似的，这对母子真是无可救药……你俩查到刘王氏买凶之事，也算不虚此行，至少咱们搞清楚了黄师傅是谁害的。"

"您不觉得奇怪吗？"苦瓜提醒，"驴唇不对马嘴，如果按您那种复仇的猜测，黄师傅应该是杀翠宝的凶手害的，怎么会是母夜叉授意？"

"并不矛盾，或许失火之后刘王氏已有警惕，只不过猜错了，误以为黄师傅就是那个威胁自己的人，才与玉石眼勾结害他，这与翠宝的死

---

1 大红缨子，俗语，指长子长孙。老人亡故时，孙辈服丧要在麻冠上插一个红绒球。

可能是两回事。"

"不对吧？黄师傅是在失火前离开的。"

"这……"副厅长也觉得解释不通，"没关系，现在解开问题的关键在玉石眼身上。我已通知南市警所再次传唤，而且告诉他们，无论拳打脚踢、棍棒皮鞭，务必问出隐情，这会儿审讯记录应该已经摆在我办公桌上了。"

此时已临近傍晚，汽车一路疾驰，驶过东马路，不过三分钟车程就到达警察厅——天津警察厅坐落于水阁大街，紧邻海河，距离意租界、日租界很近，前清时原本是天齐庙。光绪二十八年（1902年），时任直隶总督袁世凯从八国联军手中接管天津，双方谈判约定，租界地十公里内不准中国驻兵，为解决治安问题，袁世凯在此设立了天津巡警总局，是中国最早的警察机关，民国后更名为天津警察厅。建立之初是一栋两层的小洋楼，附近有几座营房，后来机构扩大，河巡队、拘留所、消防队、侦缉队相继成立，警察厅占地规模也越来越大，现在已是一座防卫森严的大院。

站岗卫兵荷枪实弹，看见副厅长的汽车马上立正敬礼，汽车直接驶入大院，停在办公楼前。副厅长带着他们上楼，一直来到办公室，苦瓜看到楼道里来往办事的警察，忍不住想笑——我一个荣点，今天竟大摇大摆混到翅子窑里啦！

然而事实出乎意料，办公桌上只摆着验尸和指纹的资料，没有玉石眼的审讯结果，于是副厅长打电话催问。

"什么？不肯交人……还不是一样？放肆！凶杀案不是儿戏，想告就告，想不告就不告，哪有这样的道理……他以为他是谁？'三不管'的皇帝吗？我不管！限你三天内把玉石眼抓起来，要不然我先扒你的马褂，然后再找他算账！"

副厅长把话筒一摔，点燃香烟，猛抽起来。

"怎么了？"海青问。

"警所传唤了，但张老七不肯把玉石眼交出来。"

"为什么？"

"莫名其妙！"副厅长弹了弹烟灰，"所长去跟张老七交涉过，他不肯交人，还让所长给我带话。"

"说什么？"

"他说这桩案子的真相他已经知道了，请我别再过问，他要按江湖规矩办！"

第七章
丁是丁，卯是卯，今儿的日子就正好

海青与苦瓜经历过几次案件，却没有一次似今日这般复杂曲折，就在调查初现端倪的时候，混混儿头子张老七竟抢先一步宣称得知真相，叫人哭笑不得。

然而，张老七的话可信吗？固然黑道有自己的消息途径，但是就凭一群流氓打手，调查能力可以超过警察厅？关键在于张老七扣留了重要证人玉石眼，很可能掌握了他们不知道的线索，却偏要以黑道办法私自解决，令曹副厅长气恼。

但是生气归生气，副厅长无可奈何。别看张老七只是混混儿头子，却有帮会背景，民国以来军阀混战，黑道乃至土匪跻身军界者数不胜数，天津为了维护市面安定又增设军警督察处和保安队，鱼龙混杂，盘根错节，有些黑势力甚至是帮助警界维持秩序的。张老七之所以能在"三不管"盘踞多年，从某种意义上说也是充当了官方的打手，以暴制暴，一方面压榨商铺艺人，一方面维系黑势力之间的平衡，向军阀政府输送利益，所以黑白两道实是你中有我、我中有你。

归根结底，死者身份地位不够高。小翠宝即便有名也只是民间艺人，是达官贵人眼中的玩物，谁也不会因为一件玩物就颠覆秩序，以曹副厅长的权势也根本办不到。但是白纸黑字登记在案，此事又被《津华日报》大肆宣扬，无论张老七说什么，副厅长都必须继续查下去，缺少关键证人就只能从别的地方入手。

从翠宝家带回来的斧头刚送去检验，但前两天搜集到的证物已完成指纹比对，报告已经提交上来。在翠宝的茶壶上共发现四个人的指纹，分别是翠宝、刘王氏、何剑平以及一名茶房伙计的，除去翠宝，别人的指纹都不多，他们之中可能存在投放鸦片者，也可能只是演出过程中帮助沏茶续水，因为壶里的茶叶非常酽，鸦片混在茶叶中，不留心观察根本无法发现，续水的人谁会仔细查看壶内？"康毒平"药瓶上的指纹更热闹，重重叠叠非常复杂，经过仔细甄别，发现除了翠宝母女，至少还有六个人的，大多残缺不全，其中包括吴梦生和杨俊山的，这两人曾协助喂药，其余指纹与目前采集到的均不匹配；副厅长猜测其中肯定有宋惭生和药房伙计的指纹，剩下的就很难确认了。药品售出前也可能有人触摸，顾客拿过药瓶看了看并未购买，又放回药柜里，这种情况很常见，必须参考宋惭生的审讯结果，要等到明天。

苦瓜最关心的还是那只碎茶碗，经过查验上面有三种已知身份的指纹，分别是翠宝、刘王氏以及一名茶房伙计的，其中刘王氏的最多，可以断定那只茶碗正是刘王氏用的；另外还出现四枚无法比对的指纹，通过位置和形状判断，分别是拇指、食指、中指、无名指，非常清晰，很可能是同一人的——也就是说，曾有一个未知人物握过那只茶碗。

苦瓜两眼放光："还有未发现的疑犯？"

副厅长却给他泼了一盆冷水："不一定。茶碗原本扣在栏柜上，随用随拿，任何人都能触碰，那天场面混乱，伙计忙着招待张老七，顾不上别的客人，或许某位客人摸过那只碗，也可能是卖零食的小贩口渴了拿它喝过水，怕万掌柜埋怨，又偷偷放回去了，这些人都不太可能犯案。"

"是啊！"海青附和，"别人且不提，就那个小梆子，我看他喝水时从来不问谁的碗，一贯拿起来就喝。"

苦瓜的眼神又暗淡了："那验毒的结果呢？能否确认碗里的水是否有毒？"

副厅长撇撇嘴："很可惜，残留的水渍太少，无法检验。"这是个关键问题，如果能验出鸦片毒素，就说明凶手在演出一开始便已投毒；如果不能，则说明凶手是在茶碗摔碎后，也就是翠宝登台时才向壶里投毒。既关乎投毒时间，也关乎毒害目标，要杀的究竟是刘王氏还是翠宝。

"验尸结果呢？翠宝死于哪种毒？"

"三氧化二砷。"

"什么羊啊申啊的？"苦瓜不懂。

海青解释："就是砒霜。"

副厅长放下指纹报告，又拿起教会医院送来的验尸报告："这种砒霜质量很差，杂质非常多，但毒性比较强。至于翠宝有没有摄入鸦片毒，我看看……无法定论。"

"为什么？"

副厅长边看报告边解释："翠宝本身吸食鸦片，无法断言她体内毒素是从茶水里摄入的还是之前就存在。也包括刘王氏，长期吸毒的人都有耐受性，如果只喝几口泡鸦片的水，是可以适应的，甚至可能更兴奋，但大量饮用肯定会中毒。壶内发现的鸦片有栗子那么大，是冲泡之后剩下的，究竟被翠宝母女喝进去多少，谁也不清楚。"

"栗子大小……"苦瓜若有所思。

海青有点儿烦了，打着哈欠道："验了半天毫无帮助，警察厅的本事也不过如此，兴许哪天有贼溜进警察厅，你们都不知道。"

苦瓜白他一眼——说谁呢？

"嗯？！"副厅长一阵惊讶，晃了晃验尸报告，"有个新发现，翠宝不是处子之身。"

"这算什么发现？"海青嘴上这么说，心里却莫名其妙地感到一阵难受。

"嘿嘿。"副厅长阴笑，"那天刘王氏跟我说，'不见兔子不撒鹰'，看来也是欺人之言。常在河边走，哪能不湿鞋？翠宝接触过许多有钱有势的男人，恐怕不只是吃饭、喝酒那么单纯，兴许……不对，翠宝已许配给杨俊山，虽然杨家内部还有争议，至少大有希望，翠宝若是失身对杨家怎么交代？莫非是杨俊山干的好事？"

"这还真没准儿。"苦瓜叹口气，"母夜叉只是把翠宝当摇钱树，能赚钱就行，至于女儿是否失身，嫁进杨家会不会受气，她哪放在心上，反正那时彩礼拿到手，有吃有喝又有抽，银票洋钱揣进兜，大不了以后堵死门不来往，她在乎吗？以前……"他话说一半突然意识到自己现在的身份是曼伦，如果太熟悉翠宝的情况不就露馅儿了吗？赶紧闭嘴，心里却在想——翠宝与有钱有势的男人应酬也是生活所迫，甚至是受母夜叉逼迫，想尽办法多捞钱，无论是演出还是应酬，母夜叉不是总跟在她身边吗？任何收入都会直接落入母夜叉的腰包。现在想来甜姐儿的看法或许是对的，翠宝的张扬或许只是为了遮掩自卑。她不是一直是这种性格吗？宁可让人恨自己，也不愿意让人轻视自己、可怜自己！

一时间，三人都不吭声，这样一位如花似玉的姑娘，无论是受权势所迫还是被花花公子诱骗，先是失去贞操，继而惨死在舞台上，无论真相如何这都是一场悲剧。

隔了许久，副厅长打破沉默："我有点儿担心。"

"担心什么？"

"担心玉石眼出事。"

海青听着觉得出奇："您怎么为一个混混儿担忧？"

"不得不忧，张老七说要按黑道规矩办，如果玉石眼干过什么有违他的事，被张老七不声不响'清理门户'怎么办？对我不利呀，到时候即便落案也少个人证。"

"是啊！"

"好在我手中还有另一张牌……"副厅长想打电话，拿起话筒扫了一眼墙上的挂钟，"时间不早了，你们累了吧？我还有别的工作要忙，你们回家休息吧。"

听到"回家休息"这四字，海青还倒犹可，苦瓜甚是失望——还想再吃副厅长一顿饭，没指望了。

两人离开警察厅时天色已暗，就在附近一家包子铺吃晚饭。其间谁也没说一个字，一是今天跑的地方太多，连苦瓜都感觉累了，二是不想再提案子，特别是不能提黄师傅的惨状，太影响食欲。

苦瓜再显神威，不管是荤是素，将十五个包子填进肚，又喝了一大碗稀粥，抹抹嘴道："谢谢你。"

"嗯？"海青错愕，愣了一会儿才明白他为结账道谢，"怎么突然提谢谢，还说得那么认真？我有点儿不习惯。"

"翠宝这桩事是甜姐儿托付我的，又连累你跟着辛苦。"

"不碍事的，反正我也好奇。"海青笑罢陷入沉思——苦瓜把他自己的情况联系到我身上了，他每日奔忙，放下自己的买卖管闲事就会受损失，以为我也如此，殊不知我每天都有打发不完的时光。然而……真是这样吗？现在想来我和杨俊山有何不同？只不过他是耽于美色和绘画，我是沉迷相声和案件，或许我们就是生活太优渥，忘了自己本来该做的事。

饭后两人作别，约定明日在"三不管"聚头。海青到家时又超过九点，老吴也习惯了，竟没说什么。

海青沐浴后躺在床上，明明很累，却睡不着。这一天跟着副厅长跑了好几处地方，看似收获颇丰，疑问却越来越多，无论凶犯、动机、手段都半明半昧，自相矛盾的地方很多。他合上眼睛，努力回忆一天的行程，从翠宝家到生记药房，到发现尸体的土地庙，再到东门里弘庆杨家，一直到管家杨福把他们送出杨家大门……

突然！海青一猛子坐起来："是他！"

杨福年纪不轻了，头发花白，略有些驼背，在翠宝家胡同里看到的那个背影不正是他吗？

海青猛敲自己脑壳，埋怨自己后知后觉，想联系苦瓜和副厅长，时间太晚了，只能等明天。他又重新躺下，想要睡觉，思绪却连续不断涌现——有问题！杨福是杨夫人的心腹，私密谈话都不避讳，与杨俊山母子并非一路，二姨太的仆妇都防备他。依照杨夫人的说法，她对翠宝并不熟悉，只在张家堂会见过一面，按理说杨福也不熟悉翠宝，他怎会知道翠宝的住址？难道他一直在监视杨俊山与何人交往，或是和翠宝母女有过接触？他在命案后出现也十分可疑，是窥探警方调查，还是和刘王氏之间有不可告人的秘密，抑或他就是凶犯？

因为心有所思，海青这一夜睡得很不踏实，时而做梦，时而惊醒，一会儿梦见翠宝唱梅花调，一会儿梦见黄师傅的尸体，一会儿是杨福的背影，一会儿又是小丑的脸，恍恍惚惚熬到七点多，顾不得周身乏力，赶紧爬起来，洗漱穿衣便要去找苦瓜。

哪知刚下到楼梯拐角就听见交谈声，海青多加小心，偷偷把脑袋探出去观望——老吴和赵经理正在客厅聊天。

真要命！难怪老吴昨晚不责备他，原来早有安排，若是被赵经理缠上至少耽误半天。海青赶紧屏住呼吸，又轻手轻脚回到二楼，去了闲置的客房。自己家焉能不熟悉，客房下面是厨房，因为要存放平时不用的炉子炊具，老吴在厨房墙外搭了一间储藏室，从客房的窗户出去，正好可以爬到储藏室顶棚上，再跳下去，从后门溜走不就行了。

说干就干，海青推开窗户往外翻，这需要非常小心，一来不能弄出动静惹老吴注意，二来储藏室不是正式房子，是用木料搭建的，一不留神容易踩塌。海青恨自己没有苦瓜蹿房越脊的本事，只能手脚并用，抓着窗台，蹬着外墙，一点点往下坠，费了半天劲才落到顶棚上。这还差一层呢，他绕着顶棚转了两圈，也没发现能继续往下爬的地方，直接跳下去又怕摔伤，最后一咬牙，朝着冬青花丛跳去。

随着吱呀呀一阵响，海青滚了一身的冬青叶，手背也划破了，幸而安全着陆。他踉跄着爬起，拍去满身树叶，刚松口气，忽听有人呼唤："少爷，您晨练呢？"

有这样晨练的吗？海青扭脸一看——有个西服革履的人，背靠院子后门，正朝他笑呢。

"钱襄理！"海青都快哭了，"你怎么在这儿？"

钱襄理三十出头，精明强干，办事非常仔细，唯恐海青趁乱溜走，连脚步都没挪，就堵着后门跟他说话："少爷，知道您本事大，一眨眼就溜了，所以我跟赵经理商量好，他在里面等，我在外面堵。您刚从窗户出来我就瞧见了，没敢喊，怕惊着您，您要是摔伤了，我可担待不起。"说罢才扯着嗓门儿嚷，"老吴！老赵！少爷在这儿呢。"

莫说这两人，就连厨子、女仆乃至刘大栓都惊动了，纷纷来到院里瞧怎么回事。海青彻底不挣扎了，只能说好话："我今天有急事，改天到公司……"

"您去公司？"赵经理一把攥住他的手腕，"那不得猴年马月？别再推托了。"

"求求你们，我着急……"

"我们比你急！"钱襄理攥住他另一只胳膊，"铺面房的事儿定好了五天内回话，明天就到日子了，老板的印鉴在您手里拿着，得给我们个准话呀。"

"随便吧。"事到临头海青又把昨天那点儿反思忘了。

"花钱的事岂能随便？"

"钱襄理呀钱襄理，你可真是掉进钱箱里了，就知道钱！"

钱襄理一点儿也不生气："是啊，若没有钱，少爷您能过这么舒坦的日子吗？我把铺面房的资料都带来了，您看看吧。"

"我不看，我不看……"

"别任性！这笔买卖很划算，宫北大街位置很好，房屋质量也没得挑，杨家经营已久，如今……"

海青一愣："房主是谁？"

"杨家。"

"哪个杨家？"

"弘庆东号，杨光宪杨老板家。"

"哈哈，还真是好买卖。"海青不急了，"进屋，详细说给我听。"

踏破铁鞋无觅处，得来全不费工夫。昨夜海青还在为杨家的种种谜团费脑筋，岂料自家公司的人会送来重要消息。两相印证之下，他骤然发现凶犯的犯罪动机，并且有了推测，喜悦之情溢于言表，很难得地留下赵经理、钱襄理共进午餐，席间相谈甚欢，搞得二人莫名其妙——少爷怎么突然变脾气了？

安排好公司的事已将近下午两点，海青招呼大栓拉车，赶往"三不管"赴约。这一路他优哉游哉坐在洋车上，嘴里哼着小曲，心情十分舒畅，第一次抢在苦瓜之前获得线索，颇有些自鸣得意。哪知刚走到南市就见人山人海、交通阻塞，许多汽车困在其中动弹不得，行人、小贩拥拥簇簇，一边往前挤，一边交头接耳议论着，还有许多巡警大呼小叫维持秩序。

"怎么回事？"

大栓停下脚步："可能是听说您要来，警察估摸要出事，提前做准备。"

"嘿！你小子也学坏了，拿我找乐。"

"本来嘛，您走到哪儿，哪儿就死人。"

"也罢。"海青下车，"我这丧门星不给你添麻烦，前面怪挤的，你回去吧。"说着便往人群里挤。

"少爷！注意安全，晚上早回家呀……"大栓喊了几声，这才拉着空车掉头而去。

海青在人堆里挤了半天，顺便听大家议论，这才明白——还真死了人，而且死了好几个，却不是凶杀案，是混混儿打架。锅伙之间闹矛盾是常有的事，通常是小打小闹，今天不知是何缘故，两拨混混儿竟然大战一场。警察明明看见却不敢管，只能暂时将马路戒严，避免误伤行人，直闹到中午才完事，刚刚恢复通行。

"三不管"异常清静，"撂地"艺人都没来，甜姐儿那样的小买卖也都没出摊儿，更别提游客了。商铺直到这会儿才摘门板，而且只摘一扇，伙计们探出脑袋，战战兢兢观望动静。

海青望着空无一人的相声场子，正发愁找不到苦瓜，恰见从远处走来个头戴警帽、邋邋遢遢的小子，边走边敲梆子，还一边喊着："没事啦！老少爷们儿，都出来吧。该'撂地'的'撂地'，该赶场的赶场，平安无事喽……"

"小梆子！"海青快步迎上去，"怎么回事？谁跟谁打起来了？"

"厉害啦！"小梆子把嘴一撇，扶了扶警帽，"这场架比评书里说的还热闹——'小刀子'大战'鬼难拿'！"

"听不懂，你别乱加回目行不行？"

"杨老五和张老七打起来了。"

杨老五是南市药王庙一带的混混儿头子，青帮"通"字辈人物，因心机深沉、善于暗算，人送绰号"小刀子杨五爷"。同样是霸占一方的人物，他的地盘与张老七相邻，这两个锅伙实力不相上下，谁也吃不掉谁，已僵持多年。

小梆子也是瞧热闹不嫌事大，绘声绘色娓娓道来："昨儿晚上我就瞧出风声不对，大半夜的张记饺子馆灯火通明，好几十人喝酒吃肉，划拳行令，准是战前犒劳，药王庙那边也忙着码人儿[1]。我赶紧通知沿街铺户，嘱咐他们早上别开张，省得误伤。果不其然，天刚亮就闹起来了，我爬到房上，瞧得真真切切，张老七这边少说有六十人，杨老五那边也有四十多人，什么棍子、斧头、攮子、镐把，怎么狠怎么招呼，瘸胳膊断腿真见血，后边还有黑旗队[2]呢。当场打死七个，还有好几个抬走的，恐怕也救不活，伤筋动骨的数不过来。我在'三不管'混了这么多年，头一回见到这样的恶斗……啧啧啧，真痛快！"他平时受混混儿欺压，今天见他们互相残杀甚是高兴。

"为什么打起来？"

"不清楚，毫无征兆呀！张老七与杨老五素来面和心不和，这谁都知道，可他们一向是你架炮我跳马、你出车我支士，将而不斗，突然大打出手叫人摸不着头脑，瞧情形像是张老七挑衅。"

海青暗忖——昨天张老七声称得知命案真相，今天就和杨老五恶斗一场，莫非这两桩事有关联？

"你瞧见苦瓜没有？"

"碰见了。"小梆子往北一指，"这会儿说不准，刚才他在陈大侠的把式场子呢。"

---

1 码人儿，俗语，纠集人马准备打架。
2 黑旗队，行话，打架时专门在后边扔砖头的队伍。

"多谢多谢。"

"小心，那边有好多混混儿……"

小梆子说的不假，还没到陈家的场子，离着甚远就见成群结伙，站的、坐的、躺的全是混混儿，没一个不带伤的，因为陈大侠是挂子行带挑汉儿[1]，黑红药不错，还会接骨推拿，张老七手下的人都来找他治伤。混混儿们平常歪戴帽子斜睐眼儿，这会儿却老实，都紧咬牙关一声不吭。当混混儿好勇斗狠，再重的伤不能喊疼，这样才硬气。

海青见这情形头皮发麻，却又不想在外面干等，只能提心吊胆地从他们身边经过，混混儿们不知他什么路数，还忍着疼跟他客气："给您添麻烦，抱歉抱歉。"这也是混混儿的规矩，打完架要将地面清扫干净，还要向附近的商铺道歉，因为影响人家买卖了。看似很仗义，其实全是虚的——怕给人添麻烦别打呀！

海青哪敢多言，只能尴尬赔笑："不碍事的，好好养伤……"到场子中央才瞧见苦瓜，正帮一个混混儿裹伤呢。

一对眼心照不宣，苦瓜忙完手底下的活儿赶紧带他离开，走出好远海青才问："你咋给混混儿当护士？"

"你以为我愿意？就为套近乎，打探打探消息。"

"有什么消息？"

"唉！鸭子孵鸡——白忙活。问他们为什么动武，就告诉我'不蒸馒头争口气'，说了等于没说。我又绕着弯儿打听玉石眼的下落，更是没人接茬儿，一个个嘴比河闸还严，准是张老七下了死命令，谁也不许提，我也不敢再追问了。"

海青摇头晃脑扬扬自得："我倒是大有收获……"

"我也没闲着呀！你以为我这半天就跟混混儿献殷勤？趁着打架不能演出，我走访了钟先生、白先生，刚才还忙里偷闲跟三侠聊了几句。据她说，那天一见面就觉得姓杨的小子是蒺藜狗子喂马——不是什么好料！在后台不错眼珠地看着她，眼神色眯眯的，七月半的蚊子——直往

1　挂子行带挑汉儿，打把式带卖药。

肉里盯（叮）！都已经有翠宝了，还吃着碗里瞧着锅里，招蜂引蝶不嫌烦，肯定是染房里拜师父——好色之徒！所以三侠才远远躲开，没听见母夜叉和玉石眼说什么，可惜喽。"

海青是心里存不住话的人，又憋着炫耀，见苦瓜不接话茬儿，实在憋不住了，自己吐露出来："我有个新发现，今儿早晨……"

"等等再说，我还要去个地方。"

"去哪儿？"

"就是那儿！"苦瓜抬手往前面一指——不知不觉海青已被他领到地方，原来是庆萱茶楼。

"干什么？"

"与案件有关的人咱们走访得差不多了，除去玉石眼，现在只剩下一位还没问，我估计时间差不多，他该来了。"

"谁呀？"海青不记得遗漏什么人。

"卢先生。"

"卢……那个盲人呀！他看不见，能知道什么？"

"别小看瞎子，这种人不简单。俗话说得好，瘸子狠，瞎子刁，矬子杀人不用刀，最毒不过一只眼，阴险出自水蛇腰，两腮无肉最难斗，麻子坑人没有够。"

"这还有顺口溜啊？"海青忍俊不禁，却道，"是不是对残疾人不尊重呀？"

"我没有恶意，只是讲这个道理。但凡身体或相貌有缺陷的人，受的坎坷都比常人多，生活不方便，还会遭无聊之徒戏弄，日久天长自然要多长几个心眼儿，尤其是我们作艺的。你想想，身体有欠缺还能练出一番技艺，岂是泛泛之辈？"

"倒也是，瞎子我不清楚，小麻子倒是很机灵，也够刻薄的。咱去吧……"

"慢着！事先说清楚，这次你别出声，一个字也不许说。"

"为什么？咱俩一捧一逗，像昨天那样不是挺好吗？"

"不好，从卢先生嘴里套话可不容易。你以为两个人比一个人强？

大错特错，盲人戒心最重，他们看不见，全凭耳朵听。跟别人交涉时说错一句话，咱俩互相有照应，打个哈哈可以蒙混过去，在他面前只要说错一句，他就不往下听了，彻底砸锅。"

"好好好，就当我不存在，他是瞎子，我是哑巴。"

两人来到庆萱茶楼门前，还没进去就听到里面传来拉胡琴唱戏的声音，不单海青，苦瓜都觉得奇怪。这里一向只有曲艺杂耍，何时添了京剧清唱？即便添清唱也大多是坤角，这唱的却是京剧花脸。

进去一看更是惊讶——庆萱茶楼的格局与同乐茶楼相似，只是略小一些，而且舞台在一楼，进门就能望见；此刻台上只有一个人，正是卢先生，戴着墨镜，端坐在舞台中央，自弹自唱……不！他没张嘴，仅是拉京胡……不！他手里的乐器不是京胡，是三弦！

苦瓜不敢相信自己的眼睛和耳朵，又往前凑了几步，总算看得清清楚楚、听得明明白白。卢先生凭借一把三弦，就模仿出了京剧的伴奏和唱段，虽然有曲没字，但熟悉京剧的人都能听出是《空城计》的西皮流水，司马懿的唱段。由于打架干扰，演出才刚恢复，这时客人只来了六七位，叫好的声音却一阵接一阵，所有人都被卢先生的技艺征服了，海青也忍不住跟着哼起来："坐在马上传将令，大小儿郎听分明，哪一个胆大把西城进，定斩人头不容情……"

这时音调一转，卢先生双手拨动，丝弦、月琴、锣鼓、铙钹，各种乐器的声音接踵而至，他竟能用一把三弦模仿出整支京剧乐队的乐器；观众又是一阵喝彩，而彩声过后紧接着是诸葛亮的老生唱段，有板有眼，韵味十足："我本是卧龙岗散淡的人，凭阴阳如反掌保定乾坤。先帝爷下南阳御驾三请，算就了汉家业鼎足三分……"就连后面诸葛亮在城楼抚琴的声音都能一丝不差模拟出来。

海青啧啧称奇："谁能想到，直工直令，一个人演出一台戏，还是个盲人。"这时他才相信，苦瓜所言不虚。卢先生自幼失明，从没看过戏，永远不可能知道诸葛亮、司马懿是什么扮相，也没见过京剧乐队是何样式，可他仅凭耳朵就把一切辨别清楚，还能用三弦分门别类模拟出来，真是个江湖奇人！

苦瓜早就看傻了，自言自语："没想到卢先生弹奏三弦已到了出神入化的境界，这手'巧变丝竹'独一无二，堪称绝技……"说罢才回过味儿，出殡不抬棺材——干什么来的？于是赶紧做准备。

他拉着海青急急忙忙登上二楼。庆萱茶楼的二楼皆是茶座，靠窗的几桌尤其光线良好，视野开阔，是给那些不看曲艺只为喝茶聊天的客人准备的。这会儿空无一人，椅子、板凳都在桌上扣着，他拿下一张凳子，把海青往凳上一摁："你在这儿等着，千万别出声。后台人多嘴杂不好问话，一会儿我把他领上来。"

海青还真老实，连这句都没答复，只是紧闭嘴唇点了点头，看着苦瓜匆匆下楼，一段《空城计》恰好奏完。

然而这一等就是十多分钟，海青隐约感觉楼下声音渐渐嘈杂，观众陆续增多，继而又响起锣声，大概是换了变戏法的表演。他心里着急，干坐着没意思，想去看变戏法又不敢动，正在不耐烦的时候听到了楼梯传来脚步声——来啦！

苦瓜搀着卢先生缓缓登上二楼。

"你这是干吗？"卢先生手拄马杆不住抱怨，"神神道道的，有话不能在后台说吗？"

苦瓜嬉皮笑脸："不想叫别人听见，楼上清静……就坐这儿吧。"他与海青隔开一张桌，放下凳子，搀扶卢先生就座，顺手接过马杆倚在窗边——马杆是盲人的眼睛，把它拿走卢先生就下不去楼啦！

"你小子花花肠子最多，什么事儿？有话快说，有屁快放。"

"卢先生，我想……"

"慢！"卢先生一抬手，"咱俩顶多相差十岁，叫什么先生？把我叫老了。"

"拜德不拜寿，我叫您'先生'不是因为岁数，是因为您有本事。"这是苦瓜的真心话。

"那也别叫先生呀！我本就失明，你还一个劲儿地叫先生，不知道的还以为我是算命的呢。"

"这'先生'二字我叫定了，跟您实说，我想拜您为师。"

"拜我为师？"卢先生不信，"你是想向我请教唱腔，放在柳活儿¹里用吧？甭客气，直接问便是。"

"不，小弟诚心诚意想拜您为师。"

"怪了。吃哪行饭，说哪行话，你相声说得好好的，怎么突然想起改行？受同行挤对吗？"

"没有，我小苦瓜屁都不是，唯独人缘混得过，没白吃百家饭。您知道我是黄连刻娃娃——苦孩子，得提携提携我呀！谁不晓得您这几年风头正盛？刚才在楼下那手绝活就够吹的了，我若能拜您为师，脸上也光彩。"做戏做全套，苦瓜明知卢先生看不见，仍眉飞色舞一脸谄媚。

海青又想笑——跟瞎子也使相儿²！发托卖像都成习惯了。

卢先生不为所动："你这话透着虚。我是谭鑫培，还是王瑶卿？萤火虫的屁股——没多大亮。拜我为师能沾光？常言说得好，指亲不富，看嘴不饱，拉大旗做虎皮，有什么用？这样的徒弟我不收，你求别人去吧。"

"别价！"苦瓜赶紧改换说辞，"跟您说掏心窝子的话，我也是为了趁年轻多学点儿。艺多不压身，哈巴狗闲着没事还练狗刨呢，我若能在疃春之外再学一门，兴许以后多条路。"

"想法是好的，不过……守着多大的碗，吃多大的饭，你还是老老实实说相声吧。"卢先生话说得委婉，其实就是告诉苦瓜——你资质不够，别瞎耽误工夫。

"您不要顽固，捆贼也得留个活扣儿，别一堵墙砌死呀！您别看我夯头一般，柳活儿倒还可以，观众都欢迎。"

"正唱和歪唱是两码事，你们唱曲儿没有板眼。"

"您说得对。"苦瓜承认，"我在唱的方面确实不强，但是若论我在伴奏弹琴这方面的天赋……"

"如何？"

---

1 柳活儿，相声术语，学唱类的相声节目。
2 使相儿，行话，相声的表演方式，故意做表情，渲染台词效果。

"跟我的唱功也差不多。"

"不怎么样!"

"好歹我十个手指头都能分开。"

"分不开那是鸭子!去去去,你一边凉快凉快去吧。"卢先生起身要走。

"别!"苦瓜把他摁住,"您这人不开眼也就罢了,怎么还不开面儿[1]呢?我可是真心实意想跟您学,不自量力也罢,痴心妄想也罢,难得这份诚心。看在以往的面子上,您多少也得教点儿吧,非叫我跪地上给您磕几个响的?"

"哎呀,你可真能磨人……想学什么?"

"梅花调。"

这三个字出口,卢先生没搭茬儿。苦瓜、海青不明所以,见他一动不动坐在那儿,戴着墨镜也瞧不清表情,都不禁紧张——难道他察觉到什么?

愣了几秒,苦瓜正想再奉承几句,却见卢先生慢悠悠开了口:"梅花调好呀,这几年越发兴盛,各个园子都唱,学的人也越来越多,不过我却有不一样的心得。自民国以来,这个曲种是金先生唱火的,他唱得最好,梅花大王嘛!但后人想学他不容易,没他那样的嗓子,尤其现在女艺人当道,单纯效仿金先生是不行的。女人学男人,肯定有雌音儿[2],若是一点儿没有嗓子又横了[3]。退一万步说,即便学得惟妙惟肖,跟金先生一个模子里刻出来似的,也不过是女版的金万昌,有何新意?学者生,似者死,终非长久之计。依我看,既然是女艺人唱,就该改变腔调扬长避短,彰显女声特色,高亢处能唱得更高,低沉处则以悲、脆、媚取胜,所以伴奏方面也要改进,你觉得呢?"

苦瓜听得两眼发直,这番话完全是梅花大鼓的伴奏心得,隔行如隔山,他一知半解只能逢迎:"有道理,果然高见。"

---

1 不开面儿,俗语,不给人面子。

2 雌音儿,曲艺术语,女性细嫩的声音。

3 嗓子横,曲艺术语,指嗓音只有宽度,缺乏高低音。

"你真懂吗？别搪塞我，举个例子说吧，你以前常跟小翠宝在一处演出，有没有仔细听过她的唱腔？"

苦瓜暗喜，想吃冰下匾子，忙说："怎么没听过？就是她最后一场《黛玉归天》我还去听了呢，那天是您给她弹弦，对吧？"他又把话题抛回去，引逗卢先生说。

"对，那天她唱得不好，尤其后半段。"

"我觉得挺好呀。"

"鼓打得卖力气，扯着嗓门儿嚷，那纯粹是洒狗血[1]，跟唱段内容相符吗？究竟是黛玉归天，还是梁红玉擂鼓战金山？当然，那天情有可原，还没唱完她就晕倒了，应该是身体不适，想卖力气遮掩。她刚一起唱我就感觉不对，声音微微发颤，已有衰败之兆，你听不出，却瞒不过我的耳朵。"

海青暗忖——若是如他所说，翠宝从一开唱就身体不适，极有可能已经身中鸦片之毒，晕倒也是因此，那么投毒时间就不会是在登台后。但是仅凭一个盲人乐师的经验，不能当证据呀！

谈话到了最关键的地方，苦瓜越发谨慎，小心翼翼地试探："翠宝真可怜呀！不明不白横死台上，且不论是不是毒害，也不知她登台前遭了什么刺激，竟在台上发病。"

"哈哈哈……"卢先生仰面大笑，"你其实是想问，那天我在后台是否察觉到可疑之处，对吧？"

糟糕！苦瓜心头一凉——被他识破了。

哪知卢先生收起笑容，态度从容不迫："我告诉你，我把知道的全告诉你……"

非但海青，连苦瓜都不再插话，静静听他诉说。

"那天我是和钟、白、周三位大哥一起去的，小六搀着我上楼，进后台时正赶上三侠下场、麻子上场，翠宝和她干娘以及万掌柜也都在。钟大哥他们跟万掌柜客气几句，我就坐在门旮旯那把凳子上——你知道

---

1 洒狗血，曲艺术语，过火的表演。

的，我每次都坐那地方。咱没长眼睛，挂着马杆瞎转悠惹人讨厌，好狗还不挡道呢，索性就在旮旯里候场，不给人添麻烦。没多大工夫，前头就闹起来，混混儿们轰麻子下台，万掌柜出去打圆场，紧跟着从后台门闯进一个年轻人……哦，后来听说姓杨，是有钱人家的少爷吧？他莽莽撞撞的，推门时使劲太大，正磕在我腿上，连声对不起都没说，真不懂事！我也没便宜他，恰好万掌柜请我们登台，我就叫他搀着我……嘿嘿，这就是我们的好处，瞎子求人帮忙，十个有八个肯帮，其实我哪用得着他搀？场子早摸熟了，就为给他添点儿麻烦……好了，从进门到登台就是这点儿事，前后不到五分钟，都告诉你了。"

苦瓜、海青皆感失落——白费力气，全是没用的。

"不过嘛……"卢先生话锋一转，"若问有什么异常之处，确实有个人不正常。"

"谁？"苦瓜又萌生一丝期望。

"玉石眼。"

苦瓜的心突突直跳："可是照您所说……他当时不在后台呀。"

"他确实没在后台，他在厕所。"

"您……"

"你是想问，后台和厕所隔着两扇门，中间还有过道，我怎么听见的？嘿嘿，常人当然听不见，可我是靠这个过日子的。"卢先生指了指自己的耳朵，"老天爷没赏我招子，就只能靠听，只要是熟人的声音我就能辨别出来。"

"他在厕所里说话？"

"奇怪吧？他又没有失心疯，不可能对着净桶讲话，必然还有另一人，而且躲在那儿说话，必定是见不得人的事。可惜呀！另外一人始终没吭声，或者说是被玉石眼吓得没敢吭声，我不知道他是谁。"

"被玉石眼吓的？"

"对，玉石眼在训斥那人，具体说的什么我记不大清楚了，好像是说'七爷在外头，你这时来找碴儿是自寻死路'，还说什么'赶紧滚，不然打断你的腿'。就是这些，刚听到这儿姓杨的就闯进来，后面的没留心。"

海青暗喜——太好了!和杨俊山的证词承接上了,与我设想的也都一致!这个遭玉石眼威胁的人,不是黄师傅又是哪个?

"您明明察觉有鬼,为何警察问讯时不说?"

"哼!你小子说得轻巧,如今什么世道?只有错拿,没有错放,我没眼没户的何必自找麻烦?万一错把我拿到号子里,窝头扔在栅栏外,我摸着都费劲!俗话说得好,耳听为虚,眼见为实。既然没看见,我就当什么也不知道,多一事不如少一事。"

苦瓜好奇:"您跟警察都不说,怎么肯告诉我呢?"

"告诉你?哈哈,你小子别不害臊了,咱俩不过是点头之交,这话不是说给你听的……"卢先生突然抬手指向海青,"我是说给他听的!"

海青大骇——难道他看得见?

苦瓜连忙挤眉摆手,示意别说话,接着装糊涂:"您指什么呢?别疑神疑鬼的,那儿没人。"

"放屁!从我一落座就知道那儿有个人,别看他不说话,连喘气都很轻,但我还是能感觉出来。"卢先生扭过身,面对着海青,"老黄,是你吗?你终于来了……"

海青这才明白——他把我误当成黄师傅了,所以才吐露实情,刚才那些伴奏心得也是在跟黄师傅交流。

"老黄,我等你三天了,就知道你要来。翠宝这丫头太倔强,不知天高地厚,用她自己的话说'从来不看别人脸色',确实容易得罪人。可她毕竟是你最心爱的徒弟,你半辈子的心血都花在她身上,哪怕同行都讨厌她,这世上的人都不在乎她的死活,你也要为她报仇,对吧?别看你寡言少语,认准的事十头牛都拉不回来,以你的性子,哪怕最后查出的凶手有权有势,官面惩治不了,你也会揣着攮子找那家伙拼命,我没说错吧?老朋友,我太了解你啦……怎么不说话?"

海青一阵心酸——黄师傅已死,该不该说出来呢?

苦瓜知他所思所想,轻轻摇手,示意不要说。

"还不说话？好吧，那就听我说……我知道你有顾虑，被徒弟扫地出门，没脸见人，还怕被警察当成疑犯，不敢暴露行迹，所以你才找小苦瓜帮忙套我的话。这又何必呢？咱俩在台上较劲，下了台还是好朋友，我会的你不会，但你精通的玩意儿我也不会，莫非你是怕……唉！"卢先生忽然长叹一声，"别害臊，你跟徒弟之间出的什么事我能猜到，不会笑话你呀。嘿嘿，别看我没长眼睛，却比许多有眼睛的人看得清楚。你对翠宝一直很严厉，尤其教曲的时候，只要出错就打，从她小时候就这样，还不是为她好？那是赏她饭呀！可是最近你变了，别否认！在歌舞楼的后台我总听你们说话。你们聊天，我就坐在旮旯里听着，你跟她说话还是很严厉，却开始婆婆妈妈，什么多穿衣服别贪凉，什么穿高跟鞋走路要小心，你以前从来不嘱咐这些话的……可突然有一天，你们不说话了，那天我在后台坐了半个钟头，虽然当时乱哄哄的，但我留意到了，你俩之间一句话都没说，而且那天在台上配合得也不好，又过了几天你们师徒就掰了……这事儿叫我怎么说好呢？怪只怪你交际太少，离那孩子又太近了，命中注定，老天爷造孽啊……"

　　苦瓜瞬间想起夹在乐谱里的唱词——割断迷情归正路，一心上进又何如！

　　"或许有人会劝你，看开些吧，这世上的人脱不开生离死别，别太痴……我不跟你说那类废话，没用！事儿没出在他们身上，半辈子孤苦伶仃，就这么一个徒弟，跟亲人一样，何况……唉！你若是咽不下这口气，想报仇、想拼命，你就去吧！可惜我一个瞎子，没什么能帮你的，知道的情况也不多，都告诉你了，还能做的就是把咱的玩意儿攢弄好。你放心吧，我会改良梅花唱腔，这世上缺一个翠宝，我就栽培出金宝、银宝、玉宝、四宝、五宝，一个更比一个强！不说让这门技艺兴旺，至少能让更多的穷苦孩子凭这身本事吃上饭，这也是你的夙愿吧？"

　　这情形如此可笑，瞎子误以为他的朋友在旁边，还在推心置腹叨叨念念；这情形又如此可悲，他不知道他的朋友早已是一具冰冷的尸体，所有倾诉皆是虚话。

　　"唉！话已至此，我也该走了……甭管是聋是瞎，只要托生在这世上，都是忙忙碌碌，不到咽气那天谁也歇不得。"

"先生……"苦瓜想搀他的胳膊。

"不用。"卢先生手伸向窗边，两三下就摸到马杆——苦瓜放马杆时发出一声极轻微的响动，他已辨出大致方位，站起身来又叹道，"老黄，甭管以后咱还能不能见面，多珍重吧。"说罢拄着马杆，摸索着下楼去了。

隔了许久海青才长出一口气，伤感过后又燃起斗志："听了他的话我更确信，一定是……"

"走！"

"去哪儿？"

"警察厅。"苦瓜目光坚毅，"我很想知道黄师傅的验尸结果。"

两人乘坐白牌电车来到水阁大街，苦瓜一路上闷闷不语，海青却很兴奋，在他看来这桩连环命案已经被自己解开，趾高气扬往警察厅大院里走，却被守门卫兵举枪喝止。

昨天坐副厅长的汽车，卫兵不阻拦，今天再想进去就难了，传达室向办公室打电话，得到确认才能放行，而且必须请副厅长派人接，不许他们在院内随便走动。离开"三不管"时天已晚，又在大门外等了一刻钟，眼瞅着将近下午五点，才见李大彪出来接他们。

来到楼上，一进办公室就感觉气氛有变。副厅长精神焕发，乐呵呵地坐在他那张大靠背椅上，跷着二郎腿，叼着烟卷，脸上挂着自信的微笑。办公桌上摆着几份文件，还有案发那天从茶楼带回的证物，瞧这情形像是要结案了。

"副厅长，有喜讯？"海青带着同样的自信向他打招呼。

副厅长略微昂首，用鼻尖点点桌上的文件："中午张所长就把审讯记录交上来了，宋惭生交代了不少。首先，翠宝母女在生记药房买药是何剑平推荐的，何剑平又是通过另一个贩烟土的人结识的宋惭生，两人早有交情，连那个药房伙计都是他介绍过去的。也就是说何剑平明知宋惭生卖的是假药，却推荐翠宝去那里买……"

"我没记错的话，何剑平不吸毒。"

"没错，有意思之处就在这点。我们审问过的每个人都说何剑平没有毒瘾，但他却多次买烟，甚至不止在生记药房这一个地方买。其次，你们亲眼所见，宋的买卖与其说是药房，还不如说是烟馆，卖戒毒药不过是个由头，用药的人戒不掉反而会越陷越深，翠宝就是这种情况，她们母女屡次光临，也经常在那儿抽烟，尤其在家中失火……呃，或者说是遭人闯入之后光顾更频繁，有时晚上就在那里过夜，边吸毒边休息，我猜刘王氏已经感觉家里不安全了，唯恐再发生意外，所以在宋惭生处躲避。还记得案发那天刘王氏的供述吗？她说凌晨四点去买药，直到上午八点多才和杨俊山会合，当时我就觉得有问题，谁买药用这么长时间？哪怕刘王氏是长舌妇，也不会跟人聊三个多钟头吧？实际上她们母女拿完药，又在后边那间屋里抽起大烟，迷迷糊糊补了一觉，直到天亮才离开。"

"您有破案的把握吗？"海青按捺住喜悦，想卖个关子。

"有！"副厅长斩钉截铁地说，"现在一切都在我掌握中，顺利的话今晚就可以抓捕凶犯。昨天张老七说他知道真相，八成是搞错了，现在洞察真相的人只有我。"

"我也知道真相。"海青终于鼓足勇气说出这句话。

苦瓜一语不发，冷眼旁观——先是张老七，现在又是这两块料，一个个都成精啦！

"哦？"副厅长也不大相信，"不妨说说，凶手是谁？"

"害死翠宝和黄师傅的就是刘王氏！"

海青说得理直气壮，苦瓜却不以为然，副厅长更是一脸"你别开玩笑了"的表情。

海青自觉冷场："你们不信吗？我是认真的！你们……不想听听我的推论？"

苦瓜窃笑——甭管对错，厚脸皮这方面倒是有进步。

副厅长耸耸肩："好吧，如你所说，刘王氏为什么要杀自己的养女？你有依据吗？"

"当然有！这一切要从杨家说起。事有凑巧，前几天杨福找到我们公司，询问我们是否有意购买杨家在宫北大街的铺面房。这很不正常，按理说生意上的事应该由商号的人来谈，哪有派管家出面的？而且杨福要求严格保密，不许对外宣扬，否则就告吹。这很诡异，一开始我们经理认为是骗局，有人冒名诈骗，但杨福声称是老板默许的，并出示了房契和杨光宪的印鉴。这就有意思了，卖店铺为什么要偷偷摸摸？今早我和公司的人分析了杨家的经营状况，又结合咱们调查的线索，全搞清楚了。"

"搞清楚什么？"副厅长越听越糊涂。

"别急嘛，听我慢慢说。杨家自前清发迹，本是靠盐业起家。食盐这东西虽不起眼，可谁也缺不了，自古以来就是朝廷专卖，从康熙年间起清廷在天津设立长芦盐运署，管理北方诸省盐务。贩盐的利润大，所以盐商必须缴纳重税，并与朝廷保持良好关系，没有后台是干不成的。杨家凭借在朝为官的亲友，以及祖上几代人积攒的财力创建弘庆商号，跻身盐商行列，曾担任盐业公会的纲总，赚了很多，后又购置地产，开了二十多家当铺。不过有兴必有衰，庚子年八国联军入侵，京津一带的商铺多遭洗劫，杨家当铺损失也很大，减少到后来的十八家。进入民国后当权者换了，杨家失去后台，再加上新崛起的商人投资盐业，利润越来越薄。传到杨光宪这一代已大不如前，屋漏偏逢连夜雨，杨光宪的弟弟杨光宗无论学识、才智均在哥哥之上，可杨光宪还是凭着长子优势继承了家业，兄弟俩矛盾不断，闹到最后杨光宗虽然没能继承盐业生意，却凭借股权分走了一半的当铺，弘庆商号自此分为东西两号，杨家大宅也断为东西两院，各过各的日子。杨光宪这辈子吃喝玩乐是把好手，至于做买卖的本事……用我们钱襄理的话讲，顶多算个二流货色。现在的情况您也知道，杨光宪本来有个值得培养的长子杨俊元，可惜早早就死了，未来只能依靠不争气的杨俊山。"

"这些跟案子有何关系？"

"大有关系……您知道杨俊山一旦结婚会得到什么吗？"

"我怎知道？"副厅长不感兴趣。

"告诉您吧，杨家祖上定的规矩，分的东西可多了，各种家具、衣服、首饰、器皿都先不算，最值钱的是六条大黄鱼[1]，以及一处店铺的租金。"这是大宅门普遍的规矩，所有家族成员的日常吃穿用度出自公中，每一房按月支取自己的一份，但儿孙成家会额外给一部分以示成人，鼓励生育继承祖业。

副厅长似有所悟："难道这桩婚事与财产争夺有关？"

"没错。杨家的生意日渐式微，如今杨光宪又病入膏肓，树倒猢狲散，他死后必定又是一场大乱。杨俊山年长，却是庶出，二姨太生的；杨夫人的儿子杨俊元虽死，却还给夫人留下个亲孙子，双方势同水火，三房、四房也不省心，这日子肯定过不长，势必还要分家。按理说，此时西号的杨光宗作为整个家族最有权势的人应该尽量维持家族稳定，实际情况却恰恰相反，杨光宗在跟哥哥分道扬镳后用心经营，大量倒卖洋货，近来还跟人合股开办了洋灰厂、木器行，生意红红火火，早想吞掉东号，做整个弘庆商号的大老板，所以对东院的纷争视而不见，甚至火上浇油，故意挑拨他们争斗，就等着将来以低价把哥哥留下的资产接过来。这种情势下杨夫人和二姨太就各自打起小算盘，杨夫人的算计是趁老头子还没死，偷偷卖几间铺面房，藏匿卖房的钱给她的孙子，我猜她可能会把钱藏到娘家去，反正是用老头子的印鉴，将来分家时即便二姨太察觉财产数目不对也拿她没辙，她可以推说是老爷子活着时卖的，钱花在哪儿了她也不清楚。但是这买卖不能找杨光宗，毕竟一院之隔，根本瞒不住二姨太，所以她才叫杨福私下询问有财力的商行，并要求保密，就这么阴错阳差找到我家。"

"原来如此。"副厅长渐渐有了兴趣，"你们答应了吗？"

"还没有。我和赵经理、钱襄理商量之后决定拖住杨福，先答应买店铺，但声称资金周转需要时间，只给他部分定金，剩下的以后再付。杨光宪快撑不住了，临时换买家也不是易事，我想这样拖着无论对压价还是对案件调查都有好处。"

---

1 大黄鱼，金条。民国时期俗语，四两一根的金条称大黄鱼，一两一根的称小黄鱼。

"哈哈，你的鬼点子也不少嘛。"

"另一方面二姨太也在打小算盘，她是妾室，没有杨夫人那样的娘家，虽说张家近几年也开始没落，但毕竟还是杨夫人的靠山，二姨太这边除了有几个心腹仆妇，谁也帮不上忙，她只能从小处算，那就是杨俊山的婚事。昨天她的话半真半假，她确实不喜欢翠宝，嫌翠宝出身太低，而且四姨太就是艺人出身，老头子百般娇宠，她心怀妒恨，对卖艺出身的女子就更反感了。但她还是违心答应了俊山和翠宝的婚事，怪只怪她儿子不争气，一时间找不到门当户对的媳妇，而她必须赶在老头子咽气前让俊山结婚……"

"为了六条大黄鱼和那份地产。"副厅长明白了，"如果拖到杨光宪死后，即便杨夫人不作梗，已经闹分家，各算各的账，他们就占不到公中的好处了。"

"没错，二姨太要赶在分家之前尽量多沾杨夫人的好处，所以甭管儿子和谁结婚，先把亲事办了，把这份好处拿到手，等老头子死了再争剩下的……"

"等等！"副厅长打断，"这点我必须纠正你，公中的财产不光是她和杨夫人两支的，准确地说是四支的。三姨太和俊川自不必说，连四姨太也有一份。"

苦瓜半晌不语，突然灵机一动："四姨太是买来的艺人，又没生养孩子，她也有份儿？"

副厅长苦笑："若是在前清时肯定没有，现在不一样，现政府原则上不鼓励纳妾，但是有权有势的人谁管那么多？山东的张大帅绰号叫'三不将军'，有多少妾室连他自己都不清楚，咱们天津的褚督办还因为小妾争风吃醋，枪毙了京剧艺人呢。上行下效，他们纳妾成风，还管得住民间？而且'五四'以来民智开化，无论官方还是民间都提倡平等，暂行《新刑律》[1]规定：'妾为家属之一员，应与其他家属同受相

---

[1] 《新刑律》，民国元年（1912年）颁布的刑事法律，许多条例沿袭《大清新刑律》。

当之待遇。'司法上模糊不清，所以妾室多多少少也拥有财产继承权。最近有些案例，干脆把外宅的房屋、土地都判给了妾室，早就有人指出这样判案缺乏原则，让情况更混乱，但是兵荒马乱的谁还顾得上修正民法？就杨家的情况看，甭管四姨太是纳的还是买的，只要她能找个有经验的律师帮她打官司，无多有少，总能争到一份。"

"是啊，一切乱子都出在财产上。"海青越说越兴奋，"昨天他们的表态都不可信，二姨太声称不同意婚事是想撇清和翠宝的关系，人已经死了，没有利用价值了，她儿子的风流账越多下一任未婚妻越不好找，必须尽快撇干净。杨夫人更是颠倒黑白，她才是最不希望俊山此时成婚的，哪怕不是翠宝也会反对，而在翠宝死后她又改变说辞，把自己说得开通大度，把二姨太说得心胸狭窄。您还记得昨天临别时杨夫人那番话吗？'有朝一日我们若闹得家丑外扬，甚至对簿公堂，您可要帮我这孤老婆子说几句公道话呀'，她已经在为未来的财产官司做铺垫了，这是在博取你们司法界的同情。"

副厅长摇头慨叹："好厉害，表面慈祥厚道，实则城府过人，这位老嫂子心机太深了。"

"她的心机远不止于此，而是一直在暗中破坏婚事。昨天上午我在翠宝家门口看到一个可疑的背影，下午又陪您去了杨家，晚上回想起来那个可疑人物就是杨福。所以杨福早就知道翠宝的住址，甚至私下跟母夜叉接触过……"

"为什么？"

"为了买通母夜叉，阻止这桩婚事。"

"有这种事？"副厅长表示怀疑。

"杨夫人私下里通过杨福给母夜叉一笔钱，叫她断绝翠宝和俊山的来往。"

"你说这话有证据吗？"

"有！银票。"

"银票？"

"我向赵经理询问过，杨家长期和宫北大街的裕津银号合作，他家的存款也在那儿，而在母夜叉昨天藏匿的东西里，就有一张裕津银号二百块的银票，这不会是巧合吧？虽说翠宝名声大噪，也不过是近几个月的事，况且她们母女都抽大烟，还总是做旗袍、买化妆品，岂能有这么多积蓄？拿这笔钱再买一所她家那样的小院都够了。然而这笔钱在富商人家眼里不算什么，您站在杨夫人的立场想想，是给杨俊山六根金条、一处店铺划算，还是给母夜叉二百块大洋，在老爷子死前断绝婚事划算？我猜母夜叉本来只是想拿钱办事，无奈情势不许，杨夫人已经压不住二姨太了，更何况西院的杨光宗乐见此事。在杨光宗看来，若是杨俊山侥幸娶到一位名门之女，二姨太有强势的亲家做倚仗，再想谋得东号就有阻碍了，倒不如就让俊山娶个卖唱丫头，无权无势的，日后好欺负他们。这种情势下俊山和翠宝的关系切不断，母夜叉只能……"

"毒死翠宝？太夸张了吧？"

"有什么夸张的？我怀疑这二百元只是前款，事成之后杨夫人或许还会给钱，昨天杨福出现在胡同里，应该就是找母夜叉串通说辞，看到有警察才匆忙离去。归根结底翠宝本来就是母夜叉的摇钱树，试想翠宝顺利出嫁，母夜叉拿到的彩礼能比这个数目大吗？再者她们母女本就没感情，过了门会不会再联系都难说，这就是一锤子买卖啦！回想翠宝之死的过程，谁离她最近？当然是母夜叉，下毒也最方便，至于在茶壶里丢进鸦片，只是转移怀疑的手段，造成她自己也可能遇害的假象。她在您面前装疯卖傻全是做戏，我猜那天她在后台随便找个理由发脾气，故意把装有鸦片水的茶碗摔了，实际上一口没喝。"说到这儿海青越发喜形于色，感觉这跟苦瓜的发现也对应上了。

"黄师傅呢？"

"黄师傅早就察觉到母夜叉的不良企图，而且……"海青回想起卢先生在庆萱茶楼说的话，"他可能对翠宝有师徒之外的感情，格外关注翠宝的婚事，甚至目睹过杨福来找母夜叉，因此母夜叉才一定要把他赶走。事实上就在案发那天黄师傅也去过同乐茶楼后台，想找母夜叉大闹一场，没料到张老七带着混混儿来了，那时后台碰巧只有翠宝母女和玉石眼三人。玉石眼把他拽进厕所好一顿恐吓，黄师傅不敢得罪张老七，不声不响走了。但事后母夜叉预感黄师傅终是隐患，所以正如杨俊山所见，她买通玉石眼谋害黄……"

"且住。"副厅长抬手打断，"你认为在翠宝死后，经过我一顿威吓玉石眼还会继续行凶？"

"这个问题我考虑过，我想母夜叉一定攥着玉石眼的短处，比如我曾听小梆子说过，玉石眼早在张老七、杨俊山之前就对翠宝动过心思，如果他曾侵犯过翠宝，以张老七的性格，有人对他想要的女人下过手，会如何处置？我想如今张老七把玉石眼扣下来，甚至已经偷偷弄死了，正是因为这件事！而且黄师傅紧随翠宝之后遇害，很可能那天在茶楼时玉石眼就已经安排手下小混混儿尾随黄师傅行凶了，那时翠宝还没死呢，事后想改变主意也来不及，所以在您面前只能否认一切。试想，要从'三不管'把一个大活人绑到西郊破庙杀害，除了黑道谁能办到？翠宝是母夜叉所杀，黄师傅是玉石眼所害，这就是真相！"

办公室内一时寂静，隔了片刻副厅长掐着烟头，捂着肚子笑起来，笑得前仰后合，仿佛刚刚听到一个天大的笑话："你小子可真有想象力，哈哈哈……"

海青很不高兴，感觉自尊心受到打击："有什么好笑的？"

"你的想法很精彩，可惜错得离谱。"副厅长随手从桌上拿起一份文件，"这是今早送来的验尸报告，虽然天气炎热、破庙潮湿，具体死亡时间不易定论，但已初步判定黄师傅是在翠宝之前遇害的！"

"啊？"海青仿佛被人打了一闷棍，脑中一片空白。

苦瓜最关心的就是验尸结果，连忙追问："还有别的发现吗？"

"有，通过对骨伤的查验，可以确定断腿和割喉并非同日发生，应是在他遇害之前右腿就已经骨折了，而且昨天巡警检查得不细致，尸体拉回去后检验吏发现他右手的三根手指也被折断了。"

苦瓜听闻此言手指发颤，仿佛自己也正经受着断指之痛，既而无名火起——手指是弦师谋生的本钱啊！一旦折断即便恢复也不可能像以前一样弹拨自如。打断腿已是恶行，还要折断手指，太恶毒了，只有畜生才干得出来!

海青缓过神儿,还想弥补自己的推想:"或许……"

"没什么或许,再告诉你一个消息。中午吴梦生来电话,向我汇报一个新发现。他一直在想办法进杨家采访,始终被拒之门外,连管家也不肯见,他不死心,就在外面蹲守,终于趁杨福外出时见到了。结果消息丝毫没打听到,但是他注意到杨福的嗓音,认定那天晚上给报社打匿名电话的就是杨福!"

"什么?杨福举报自己行贿?这、这可能吗?"

"中午的时候我也觉得不可能,然而刚才听了你对杨家的分析,就能解释得通了。自己送礼自己举报,这是杨夫人的圈套,她就是要把这件事闹大,通过报界让所有人都知道杨俊山是个劣迹斑斑的败家子,一方面断绝他在杨光宪死前成婚的可能,一方面为分家之争做舆论准备,就连我也被她利用了。但反过来看,如果真是杨夫人、杨福串通刘王氏毒害翠宝,她会主动宣扬吗?倘真如此,惊动报界,甚至把我拖下水,岂不是自找麻烦?"

"这……"海青跌坐在椅上,被问得一句话也说不出。

"别灰心。你对杨家的判断是正确的,猜想杨福曾想买通刘王氏也差不离,但你错看了杨夫人。她是大门不出、二门不迈的宅门女主人,很传统的老妇人,财产之争再激烈也不会想到雇凶杀人,退一万步讲,即便真逼到那一步又何必找刘王氏下手?这不是授人以柄吗?讲不通。刘王氏也根本没必要杀翠宝,搅黄一桩婚事有的是办法,留着翠宝以后还赚钱呢,岂能自己把下蛋的金鸡宰了?"

"那您认为谁是凶手?"

"我还差最后一点儿线索未落实,只要……"

话说至此,办公室的门响了,李大彪微微探头进来:"副厅长!北京的长途电话。"

"来得正好!"副厅长格外振奋,"我这就去。"办公室只能接内线和天津市内,长途电话有一间专门的电话室。

副厅长一走,留下海青独对苦瓜,想到来时的信誓旦旦,脸上一阵阵发烧："今天我真是丢脸丢到家啦！"

"倒也没那么糟。"苦瓜凑到办公桌前，"母猪上不了树，本来也没指望你能破案。"

"你才是母猪呢。"

"好好好，公猪上不了树……"

"我非得是猪吗？你这家伙……嗯？你干什么呢？"海青瞧他鬼鬼祟祟的。

"一进门我就注意到桌上的包裹，这就是那天从茶馆带回来的证物吧？趁副厅长不在打开看看。"

"别留下指纹。"海青赶紧递上手绢。

两人小心翼翼拆开包裹，先是注意到披肩上的污渍，黑乎乎的似乎是干透的泥巴，其中还有些白色碎渣。苦瓜脸色一凛，接着又盯上茶壶——这是一把小巧玲珑的紫砂壶，通体棕红，壶身圆润无花饰，唯独在壶盖上刻了一只小蛐蛐，颇有意趣。壶里残渣早已取出，苦瓜用手绢托起来仔细审视："这就是翠宝的壶？奇怪……"

"奇怪什么？"

"跟我以前看见的不一样。过去翠宝用的不是这把壶，那会儿我们天天见面，不会记错的，她原先那把壶是深色的，这应该是最近换的。可是……这把壶瞧着也眼熟，好像在哪儿见过……"

苦瓜思索良久回忆不起来，又不敢耽误时间，只能先放下，查看别的东西。披肩里包着项链、耳环、旗袍、高跟鞋、皮包，都是翠宝换下的衣服首饰，皮包里还有胭脂、雪花膏等物。

"嗯？雪花膏有两盒？"

"是。"海青记得，"那天母夜叉提过，到茶馆之前他们去逛街，杨俊山给翠宝新买了一盒雪花膏。"

"这两盒雪花膏都启封了。"

接着查看剩下的东西，香烟、火柴、竹板、鼓箭……突然！苦瓜直勾勾盯着某样东西，惊讶不已："这、这……不对，翠宝是唱梅花的，不是唱西河、乐亭的，不应该……"

海青察觉他神情有异："你怎么了？舌头都短了。"

苦瓜仿佛是看到一件不该存在的东西，绞尽脑汁不能理解，在屋里绕起圈子，还不住自言自语："不对呀……怎会这样？难道说……不可能……"

"究竟怎么回事？"海青不理解。

正在这时副厅长回来了，迈着稳健的步伐，脸上的笑容更加灿烂，他清了清喉咙，十分郑重地说："小子们，我的猜想已被证实。今天叫你们开开眼，一起去抓捕嫌犯吧。"

傍晚七点半，副厅长的汽车驶出警察厅。海青一上车就追问凶犯是谁，副厅长笑而不答，但他双目炯炯，嘴角微微翘着，傲然注视前方，显然胸有成竹；苦瓜的神情恰恰与之相反，看完证物之后更困惑了，双目低垂、冥思苦想；海青如堕五里雾中，既问不出什么，又不便多说，最后干脆不跟他们着急了，扭头望向窗外。

正是入夜之前，太阳早已落山，天色慢慢黑下来，街道两旁的建筑渐渐变得模糊，最终融化在黑暗中，只剩车灯照射前方；这样浑浑噩噩驶了许久，不知到了哪里，忽然眼前一闪——晚上八点整，街边的路灯亮起。海青赶紧辨认，才发现已经来到了西关大街，难道要去翠宝家？

果不其然，汽车向南一拐，停在街巷口。副厅长还未下车，就见几名警察迎上来，为首者正是张所长——他已接到电话，带着手下赶过来。海青下车数了数，把自己和苦瓜也算上，总共十二个人，这般阵仗什么样的歹徒也跑不掉吧？

夜晚的街市与白天判若两地，喧嚣全然不见，小贩没了踪影，目光所及皆是黑黢黢、静悄悄的。这边不能与租界相提并论，大道上的路灯尚且稀疏昏黄，小街上更难得一见，附近皆是平民住的地方，没什么消遣的去处，小商铺天一黑就休息，只有零星几间水铺、饭铺还没关门，点着微弱的油灯。众人并肩往前一走，厚重的警靴竟能踏出回声，引得店铺里的人出来观看，一见是警察又赶紧缩回去——谁也不愿意惹麻烦。

不多时来到胡同中，黑洞洞的，伸手难见五指，若不是张所长打开手电筒，他们险些找不到翠宝家的院子，那两名奉命看守刘王氏的巡警倒是尽职尽责，仍在坚守岗位。

刘王氏听到动静，出来查看，却被张所长一声恫吓："进去！"两名警察不由分说抓住刘王氏的双臂，将她拖回屋内；海青也随副厅长等人进去，唯独苦瓜怕暴露身份，留在院中。

刘王氏瞧他们这般声势，顿时大呼小叫："警察打人啦！"

"闭嘴！别闹了。"

"凭什么不闹？"刘王氏往地上一坐，又开始撒泼，"老天爷！这叫什么世道？人活一张脸，树活一层皮，一群老爷们儿大晚上的进我们寡妇家，这样的丑事若传扬出去，没脸见人呀！老天……"

"哈哈哈。"副厅长笑着向前几步，"别演了，母夜叉刘王氏，或者该称呼你另一个名字……小桃红。"

第八章
可了不得啦!

小桃红!

当曹副厅长说出这个名字时,屋内屋外一片寂静,所有人皆感到意外和震惊。意外的是刘王氏竟然还有不为人知的身份,震惊的是如此可爱的名字对应在这个撒泼打滚儿的老女人身上,反差太大,令人难以置信。连苦瓜也摸不着头脑——我在"三不管"混了六年多,怎么从来没听过这个名字?是艺名吗?

刚想到此又听到背后有声响,回头看去,只见数名警察揪着胳膊、掐着脖子押进一人,正是刚搬进隔壁院子的何剑平。苦瓜怕被认出,赶紧把脸扭到一旁,幸而天色已晚院中黑暗,何剑平在众人压制之下气儿都喘不上来,根本无暇打量旁边站着何人,稀里糊涂就被推进西厢。紧接着两名奉命守门的巡警将院门关闭,插上门闩,立起顶门杠——副厅长要揭示真相了,禁止任何人干扰。

苦瓜心中关切却又不便露面,只能凑到窗边向内窥视。

屋内光线昏暗,只点着一盏煤油灯,照得所有人都鬼气森森。以副厅长为首,众警察都围拢在刘王氏身边,虎视眈眈逼视着她,唯独海青的表情不那么严肃,却也充斥着疑惑。刘王氏还赖在地上,却不哭不闹了,哑口无言神色呆滞,低头凝视着地面。可能是因为天晚准备休息,她洗去脂粉露出了本来面目，双眼皮、高鼻梁、细眉毛、薄嘴唇，虽说眉梢眼间爬满皱纹，却比浓妆艳抹的样子顺眼。

"我没叫错你的名字吧？"副厅长催问，"怎么不说话？"

刘王氏呆愣许久才叹息道："有什么好说的……"缓缓爬起身，也不理睬身边的警察，拉了一把椅子，懒洋洋往上一靠，"名字这玩意儿无所谓，全是为别人叫着方便，其实叫什么不一样？叫什么也是我这块肉，何时由得自己做主？这辈子叫过多少个名字，连我自己都数不清。"

"你可真行呀，到这时还想抵赖？"副厅长微笑着，带着炫耀的口吻自问自答，"知道我是如何查明你身份的吗？是托那张照片的福。"说着他向桌子走去——自从昨天他们离开，照片、银票等物就摊在桌子上，反正已经被搜出来，也没必要再藏。

副厅长拿起那张照片，海青赶忙凑过身，直到此刻才看清，照片中央是个戏装女子，身穿靠衣，头插雉鸡翎，背后四杆靠旗，站在戏台上，正扳起右腿做"朝天蹬"动作，十分潇洒。但是她身材矮小，看起来年纪也就十四五，五官清秀，正是青春年少。海青抬头望着刘王氏，又低头看看照片，端详良久才觉出鼻凹眼角有几分相似——岁月对人的改变很大，特别是女人！

副厅长见他抻着脖子瞧得认真，索性把照片递到他手里，转身对刘王氏道："真是命中注定。这张照片让别人看见，顶多只能猜出你是戏子出身，落到我眼里不一样，我一眼就认出了戏楼。"

戏楼？海青把目光从旦角身上移开，这才注意到照片上的戏台十分讲究，柱上雕花，台帐刺绣，连戏台顶部也绘着图案，而在照片最下端隐约还有观众，身子一概未照进，只露几个脑袋，有留辫子的，还有一两个清朝官员的顶戴……是啊！以刘王氏的年纪推算，这张照片距今快三十年了，还是光绪年间，这样精美的戏楼不似对外开放的，更像私家所有。当时拥有这样的戏楼，又能招待官员的岂是寻常之辈？

副厅长环顾众人，笑道："不怕你们笑话，我小时候家里穷，不到十二岁就在清军里混饭吃，连个兵卒都算不上，只能充当杂役。但是傻人有傻福，提督老爷见我年少憨厚，拿我当下人使唤，每逢年节没少跟着老爷入京打点，抬礼盒，扛箱子，进过许多府邸。照片上这座戏楼非比寻常，我一眼就认出来了，也是当年见的世面少，偶然遇到大场面就记忆深刻，我记得这是北京一座王府的戏楼。可光知道戏楼也搞不清你的身份呀……"他目不转睛盯着刘王氏，宛如猫戏老鼠。

刘王氏眼皮往下一耷拉，任凭副厅长说什么都不理睬。

"于是我就思考，给王爷唱戏的可不是泛泛之辈，至少你在的班子应该很有名。当年与现在不同，多是唱梆子的，罕有女伶，女人根本不能在戏台公演，娼优并举，都是八大胡同出身。北京有句老话，'人不辞路，虎不辞山，唱戏的不离韩家潭'。只要在这周围找，终归会有眉目，所以我给京师警察厅打电话，托一位朋友代为调查。可这范围还是不小，唱戏的一抓一大把，怎么才能缩小范围？"副厅长背着手踱了几步，笑呵呵接着道，"我又琢磨，既然你不愿意暴露身份，必定有不可告人之事，甚至犯过罪。我就定了个章程，专找当年唱得红、艳名响，后来又下落不明的女伶。我这位朋友担任北京东南分署的巡查长，非常能干，再加上他本身也是戏迷，对梨园界的事乐此不疲，很快走访了几位前清的老艺人，甚至去天桥询问了赛二爷[1]，很快就发现一个可疑人物……小桃红，多甜的名字呀。"

刘王氏兀自低着头，但再次听到自己的那个名字，有些控制不住情绪，回嘴道："名字甜，命却苦！过去的事还提它做什么？"

"不得不提，这牵涉一起公案。你本姓魏……"

"不姓魏！那是师父的姓。"

这倒是副厅长不知的情况："那你究竟姓什么？"

"姓什么……"刘王氏一阵惨笑，"我也不知自己姓什么，还没记事儿就让爹娘卖了，整天挨打学戏，还要陪男人。"

"也罢，应了你的话，名字无所谓，关键是你的经历。"副厅长脸

---

1 赛二爷，指清末名妓赛金花。传说八国联军侵华时她有保全北京城之功，故而民间尊称其"赛二爷"，她晚年居住在北京天桥居仁里。

色一沉，口气严肃起来，"你自幼学梆子，十岁出头就在八大胡同的堂子里唱出了名气，你还没那么大道行能托身王府，不过偶然被召去唱两次，但是京中垂涎你的人也不在少数。后来你被东城一位兵部主事买回家，那位官员姓赫舍里，职位虽然不高，祖上却是有功劳的，袭爵云骑尉，据说你很得宠……"

"得宠？"刘王氏终于按捺不住，抬起头吼道，"当时我还不到十六岁，伺候一个四十多岁的半大老头，你管那叫得宠？我倒宁愿他不宠我，入府不到半年就怀了一胎，叫大奶奶知道了，说什么满汉不通婚。呸！什么不通婚？小妾好歹还有个名分呢，我不过是个戏子，一个解闷的玩物，登得上族谱吗？她就是嫉妒我年轻漂亮，叫丫鬟婆子扯着我，掰开嘴灌堕胎药，还拿棍子戳我的肚子，险些血崩！从那之后……我就再也不能生养了……"说到最后她已颤巍巍带着哭腔。

众人都被她的悲愤震慑住，一时间沉闷压抑，纵是铁石心肠也觉难受。海青不忍再注视她那双泪盈盈的眼睛。

"看来你吃过不少苦呀。"副厅长也深吸一口气，隔了好一阵才接着说，"那也不能成为后来作恶的理由。庚子年八国联军攻进北京，到处烧杀抢掠，许多官府富户遭难。你们府上也未能幸免，联军进城的当天就被抢，赫舍里大人横死。也是从那以后你就下落不明，有人说你跟随主母跳井殉节，也有人说你是趁乱跑了。"

"不跑等什么？"刘王氏抹去眼泪，"太后、皇上都跑了，凭什么让小民殉节？赫舍里家败落了，我留下来即便不死也得被送回堂子，再受二茬罪，凭什么不跑？"

"你有你的理由，无可厚非……但是那天从府里逃走的不止你一个人，对吧？"

刘王氏不哭了，又低下头，似在盘算副厅长究竟知道多少。

"府里有个年轻管家，也下落不明。耐人寻味的是赫舍里大人不是被洋枪打死的，也不是悬梁自尽，而是被人用刀砍死的。他死在自家账房里，瞧情形好像是正在收拾金银细软，准备追赶圣驾，混乱之中有人在他背后连砍数刀，还抢走许多金银财物。当时洋兵已经冲进府里，人人各自保命，谁也顾不上谁，究竟是洋兵杀了老爷，还是管家谋财害命，赫舍里家的人更相信后者。总之那位管家消失得无影无踪，此人姓刘，叫刘柱，据说多年后有人在天津见过他……"

苦瓜、海青同时意识到——莫非是翠宝的养父？

说到这地步，刘王氏也知道瞒不住了，强笑道："您抬举他了，刘柱不是管家，只是个跑腿的，汉人在旗人府里也当不上管家。那时他才十八岁，也是买来的奴才，因为常在外面办事，略有些见识，能说会道，也喜欢听戏。我堕胎后常在后花园吊嗓，喊几声解解烦，每当我唱完总有个人在墙外叫好，后来才知是他。府里规矩严，其实我们没见过几次，偶尔伺候大奶奶出门时看见彼此，也不敢说话。庚子年五月初一，洋兵冲进府里，闹得鸡犬不宁，大奶奶投井自尽，我正不知往哪儿藏，迎面撞见刘柱。他攥着一把刀，肩上挎着包袱……"刘王氏说到这儿眼望油灯，脸上竟浮现出笑靥，仿佛在火光中看到当年的情景，"我们俩对视一眼，一个字都没说，就手拉手一起逃了，踹开后门远走高飞！"

"你们趁乱离开北京，藏到安次县？"

"哼！您记性真好……没错，编瞎话也得掺两句真的。我俩都是苦出身，我无父无母，他也无亲无故，我们逃到了安次县，花了点儿钱在一户乡农家借住。他就假称我是他媳妇，说我们是从北京逃难出来的，也是从那时起我改姓王。他姓刘，我姓王，我们流亡在外嘛。当时以为会天下大乱，谁知过了半年风平浪静，也没人抓我们，可在乡下落脚非长久之计，小地方不好混，后来听说八国都在天津划租界，不论是难民还是劳工，都拖家带口往天津去，刘柱觉得户籍方面肯定容易应付，于是就领着我来了。一开始住在旅店，过了一阵子感觉没有危险，他就买下这两所小院……"

"买院子的钱你不问问从何而来吗？"

"问它做什么？问清楚也是病。无论经商的还是为官的，有几个发财是从正道来的？手上不沾点儿土，心上不蒙点儿油，发得了家吗？再说我们女人图什么？嫁汉嫁汉，穿衣吃饭，反正有我的好日子过，不用卖身卖唱不就行了？刘柱不愧是官宦人家的仆从，为人机灵，精于算计，还会唱几段梆子皮黄，没多久就在茶馆结交了几位有钱有闲的朋友，仗着兜里有富裕，干起拉房纤儿的买卖。直到光绪驾崩我们心里才踏实，后来大清朝也完了，重新填户籍，更没人追究过去的事。美中不足的就是我不能生养，才买了翠宝……"

海青先前听着还觉得可悯，但听她提到翠宝又怒从心头起，常听人说"可怜之人必有可恨之处"，到这会儿才体会到，忍不住斥责："你既然是苦出身，就该明白作艺的苦，为什么还苛待翠宝？你若真是身无分文也罢了，守着两处院子，好歹能度日，就为维持你那口烟，让她遭了多少罪？她落到惨死的地步都是你害的。"

"放屁！"刘王氏丝毫不愧，还怒冲冲反唇相讥，"我是买的，她也是买的，都是一个脑袋两条腿，凭什么我吃得苦，她吃不得苦？你们觉得她可怜，但是当初有人可怜过我吗？老猫房上睡，一辈传一辈，老娘待她算厚道了，没让她卖身已经不错啦！未经他人苦，莫劝他人善，收起风凉话吧。"

"你……"海青不认同她的话，却又找不出辩驳之词，仿佛被什么东西堵住喉咙，吐不出也咽不下。

副厅长却抓住话头："你说没让翠宝卖身，是真的吗？"

"当然。"刘王氏没好气儿道，"往小了说，我还指望翠宝将来抓把土给我埋了，做事不能太绝；往大了说，也算留点儿阴德，下辈子兴许有个好托生。"

"哼！你说话可要嘴对着心，翠宝已经不是处子之身了。"

"什么？"刘王氏很惊讶，"不可能！你们搞错了，她还是个黄花闺女！是黄花……"

"她是黄花，我还是鳎目呢。我们查验过尸体，不会错。"

"不可能！难道、难道……"刘王氏仿佛受了极大刺激，眼睛睁得大大的，自言自语，"不会的！她还那么小，不可能……"一时间谁也听不懂她在说什么，念念叨叨好一阵，她的情绪才渐渐稳定，转而冷笑，"你故意骗我，对不对？你们吃了杨家的贿赂，要撇清干系，故意说她不清白，对不对？告诉你，这桩婚事赖不掉，俊山他老娘给了翠宝一枚刻着'事事如意'的金戒指，按老年间的规矩这已经算定亲了，虽然没过门，但翠宝已是杨家的人了，死也是杨家的鬼，我是她娘，该拿到杨家的抚恤，他们休想赖掉！"

"别痴心妄想了。"副厅长指指桌上的银票，"甘蔗没有两头甜，究竟是散还是嫁，你只能吃一头的好处，杨福给你的钱已经不少了。"

刘王氏被他戳破秘密，立刻钳口不语。

苦瓜在窗外听着却另有所思——刻着"事事如意"的金戒指，那是什么样的东西？

"甭管怎么说，你的日子过得还算可以，刘柱抽大烟死了，也是死有余辜……被你们坑害的赫舍里家可就惨喽！又是洋兵又是家贼，几辈子的积蓄都被瓜分了，前院房子被焚，男主人、女主人，还有内外仆人，死了一大堆，只剩几个无依无靠的小儿女。更倒霉的是，由于赫舍里大人死得不清不楚，事后连朝廷抚恤都没拿到，只能投亲靠友，典房卖地，后来大清朝灭亡，亲戚们也不行了，整个家族彻底败落。"

"与我何干？"刘王氏嘴硬，"这都是前朝旧事，难道您还替慈禧太后办案，要把我绑到东陵杀头？"

副厅长微微一笑："恶人自有恶人磨，用不着我们警察出手，赫舍里家的后人就恨你们入骨。民国之初北京抓捕宗社党，这个败落家族的人为了避祸改成了汉姓，改姓何……"说着他忽然转过身，看着被警察押解的何剑平。

苦瓜站在窗外，恨不得抽自己嘴巴——枉我在"三不管"混了这么久，许多事竟然都不知道！

副厅长步步逼近："你就是从赫舍里改姓何的，对吧？"

何剑平被警察掐着动弹不得，只能点头，忽然意识到什么，又猛地摇头："不是……"

"发昏当不了死！我早就查清楚了，你家现居北京南城，但祖上是正蓝旗，你是赫舍里大人的亲侄子。"

"已经分家啦！我跟伯父不走动……"

"别狡辩，没有十成把握我也不能抓你。北京那边已详细向我汇报了，你父亲死得早，从小仰赖伯父，他家败落后你也没有了打秋风的地方，旗人白拿朝廷的钱粮，肩不能担，手不能提，大清国灭亡，铁杆的庄稼倒了，以何为业呢？沦落到南城，幸好你小时候常在票房里玩，拜过一位清门[1]的师父，学过岔曲，民国后你便正式下海，以唱单弦为业，还渐渐混出了名气。就因为刘柱和小桃红，你吃了不少苦，最落魄时险些要了饭，心中岂能不恨？你一直憋着气找他们报仇，对吧？"

"没有！"何剑平极力否认，"我都不清楚过去的事儿……"

"不清楚？赫舍里家的事连附近的街坊都知道，你会不清楚？"

"不、不！"何剑平改口，"都过去那么久了，还报什么仇？我不知道她就是小桃红，命案与我无关。"

"嘿嘿，大约十年前有人传言在天津遇到刘柱，也是从那之后你就经常来天津，每年在天津演出的时间比在北京还长，为什么？"

"这全是巧合呀！天津喜好曲艺的多，北京是出处，天津是聚处，不止我，荣剑尘、常澍田不都来天津吗？他们还置了产业……"

"哈哈，你不提产业我还忘了，据其他艺人传言，你很想买下旁边那座院子……有这事儿吧？"副厅长回头问刘王氏。

刘王氏已惊在那里，怔怔点了点头。

"我、我……"何剑平浑身颤抖。

"你原先跟翠宝母女不是很熟，近两个月却越走越近，真是太奇怪了，你一接近她们，她家就出事，一档接一档。"副厅长又问刘王氏，"是他挑唆你赶走黄师傅的吗？"

刘王氏回忆了一会儿："他曾经说闲话时和我聊过，说翠宝现在已经成气候了，与其多供一尊活佛，不如换个弦师，不仅省钱，空出的房子还能多租一份钱呢。不过……"

"不！我没别的意思，只是看上房子……"

"是啊！"副厅长打断何剑平的话，"你早就想住进去，这样害人

---

1 清门，行话，以玩票娱乐为主，不以卖艺为业的门户。

更方便嘛。我问你，生记药房是不是你介绍给她们母女的？你是不是早知道宋惭生卖的是假药？你本身不抽大烟，管的什么闲事？而且你曾多次在宋的店里买烟膏，说是赠给同行、同道，你自己不吸毒，却给别人送烟膏，这解释得通吗？究竟是送礼还是预备着害人？还有，偷偷到人家里劈箱子放火，又是怎么回事？"

"没有啊！"何剑平挣扎着，却被警察更用力地摁住。

"别否认，已经验出来了，斧头上有你的指纹。"

何剑平惊住了："斧头？指纹……"

"是啊，你可能不懂，凡是碰过的东西就会留指纹，尤其斧子这类家伙，你握得越紧，留的指纹就越清楚。其实我挺欣赏你的，你最了不起的地方就是知道克制，明明点了火，但破坏箱子之后就把它熄了，因为你不想破坏房子，万一把这儿烧了，逼得她们母女不得不搬家，岂不是又要重新摸索？若是搬进旅店里，可就不好办了。不如就让她们住在这儿，慢慢找机会下手。"

"啊！"刘王氏怒不可遏，大叫一声，从桌上抓起茶壶，朝何剑平头上砸去。一砸之下碎碴儿横飞，不仅把何剑平的脑袋打破了，也把自己的手划伤了，可她仍像疯了一般，又揪住何剑平的头发一通乱打："你这王八蛋！害我不浅，老娘跟你拼了！"

"撒手！"副厅长赶忙制止，"他现在是嫌犯，轮不到你打。再说了，恶因是你们夫妻种的，还怨人家找你报仇吗？"推搡之下刘王氏跌坐在地，仍瞪着眼睛怒气不休。

副厅长不理她，扭头看着何剑平："朋友，我敬你是条汉子，为了报仇你是煞费苦心呀！大约十年前你听闻有人在天津见到刘柱，不辞辛劳来津寻找，可惜刘柱暴死消息中断。此后你就频繁往来京津，一边卖艺一边访查，终于查到刘王氏。你隔三岔五来串门，官称租房，其实是观察她们母女的起居，鼓动刘王氏辞退黄师傅，逐走可以保护她们的人，继而潜入本宅，通过照片证实刘王氏就是当年的小桃红，开始复仇计划。宋惭生已经交代，早先你们就认识，翠宝第一次买药也是你领去的，你有机会下毒，这点宋惭生还未承认，或许他不知道，但他店里那个伙计可就不一定了。我们审问过，那伙计原本是小偷小摸的流浪儿，是你把他推荐到药房去的，对吧？我猜你暗中授意那个伙计，把投毒的药卖给翠宝母女。她们什么时候喝那瓶药你并不清楚，反正早晚有一天，不是老的就是小的，总会毒死一个，剩下另一个孤零零的也好对付。你的手段不止于此，那天在后台你还给她们沏了壶茶，在里面投放大烟。你真是处心积虑，无所不用其极，一有机会就害她们，只是歹毒了些！翠宝是无辜的，没直接害过你家，你却要斩尽杀绝。'三不管'常常闹出人命，过去总是不了了之，但这次不一样，你运气不佳，千算万算没算到翠宝会在台上发病喝药，她偏偏死在了舞台上，不仅惊动黑道，还把我扯进来。"

听了副厅长的解释，海青恍然大悟："您太厉害了，竟然查出这么多隐情。但是黄师傅呢？"

"我想黄师傅被赶走之后依然挂念徒弟，时常来探望翠宝，至少在'三不管'时可以见到。这家伙为除掉隐患，买通混混儿打残黄师傅的手脚，扔到破庙里，但黄师傅之死或许与他无关，应该是流浪汉抢夺财物闹出的人命。"

何剑平始终被警察掐着，又被刘王氏打破脑袋，满脸是血，神志已不清醒，却还摇着头。

苦瓜在窗外急得跺脚——不对！这与我发现的疑点不一致！就算何剑平与母夜叉有梁子，可他未必是凶犯啊！既然有砒霜又为何再用鸦片，有必要用两种毒药吗？副厅长啊，折腾半天你还不如海青呢，面茶锅里煮秤砣——糊涂到底带砸锅！照眼下这情形，何剑平无论是不是凶手，严刑之下恐怕都将认罪，这一案便可糊涂了结。姓何的确实不是个好东西，死不足惜，可翠宝的冤屈又何处去诉？怎么办……

苦瓜正着急，忽听院外有响动！

他还没明白怎么回事，就感觉脑后恶风不善，赶紧俯身一躲；只觉一个热乎乎的东西从头顶上飞过，正砸在窗台上——啪的一声脆响，像是玻璃碎裂声，紧跟着燃起一团火焰！

幸好苦瓜反应迅速，往后连退两步，饶是如此也险些烧到大褂，回头望去，见两个守门的巡警大惊失措："着火了！从院外来的。"苦瓜抬头望去，借着火光瞧得清楚，半空中黑影翻动——又有一个玻璃瓶隔着院门投掷过来。

"快躲开！"

这次角度更刁，正打在西屋窗户上，竟打破了玻璃砸进屋里，那瓶子上插着已经点燃的灯捻儿，瓶里似是煤油、酒精之类的东西，摔碎后立刻燃起一片火光。屋内顿时大乱，床单、窗帘都烧着了，副厅长处乱不惊，高喊着："快把人带出去！"几个警察齐动手，连拉带拽把何剑平救到院中，海青也抱着脑袋往外逃。刘王氏却扑向桌上已经烧着的银票，副厅长揪住她的胳膊："你要钱不要命啦！快走！"硬生生把她拖了出去。

苦瓜和巡警岂能放过纵火犯？拉门闩，拆顶门杠——关得严实，开起来也麻烦。费半天劲把院门打开，只见远处有一道黑影，纵火之人一路狂奔，已经快逃出胡同了，肯定是投掷后转身便逃。众人紧追不舍，副厅长掏出手枪："站住！我开枪啦！"海青落在最后面，也跟着往外跑，黑灯瞎火的不知绊到什么，摔了个嘴啃泥；匆忙爬起来，追到胡同口，却见副厅长等人站立不动。

夜色已深，街上所有店铺都已关门熄灯，眼前一片黑暗，只有远处大道上照来微弱灯光，哪还望得见狂徒的影子？街市两旁有许多胡同、小巷，有些直通到别的街上，该往哪个方向追？

副厅长无奈，把手枪插回套中，吩咐道："李大彪，你带四个兄弟在附近找找。张所长，立刻把何剑平、刘王氏押回警所……不！直接送到警察厅拘留所去！通知消防队和附近邻居，快救火。"说罢急匆匆奔回胡同。

所有人都忙起来，唯有摔了一身土的海青愣在原地，凝视着眼前的黑暗——苦瓜哪儿去了？

凌晨两点，夜深人静。

天色阴沉沉的，看不见星星，只有一弯新月在浓云间若隐若现，把惨淡的光芒徒劳地洒向大地。再过几天就是白露时节，白天骄阳似火，但到了晚上已有几分凉意，尤其后半夜，阵阵微风袭来，无影无形暗送秋寒，吹散暑气，吹干树叶，吹得秋蝉随之聒噪，仿佛在向黑夜诉说着悲苦和无奈。

夜幕下一片萧索，白日里最热闹的"三不管"更是满眼漆黑。露天市场成了一片空地，由于天气转凉，搭棚露宿的人越来越少，连乞丐也去找避风的地方栖身。沿街的店铺暗淡无光，伙计们忙碌一天已沉沉睡去，养足精神第二天才好继续卖命。

只有一家店铺例外。

"三不管"靠南的位置有一家饺子馆，看似普通，但仔细观察后会发现店面格局很不成比例，后院比前堂大得多，这里明为饭馆，实际却是张老七的混混儿窝点。

深更半夜这里同样黢黑，不见一丝灯火，此起彼伏的鼾声中却夹杂着痛苦的呻吟。混混儿也分三六九等，上等的如张老七，有妻有妾穿绸裹缎，家里住着大宅，出门坐着洋车、挂着文明棍儿，不明底细的还以为是某位大老板；中等的虽够不上大秤分银，也能娶妻生子、有家有业，至少混个温饱；最下等的就惨了，别看整天骂骂咧咧、吆五喝六，歪戴帽子斜睖眼，恨不得横着走道，其实也就是欺负老实人，没多大油水，还要受上层混混儿压榨，许多人连住的地方都没有，白天四处游荡蹭吃骗喝，晚上就睡在锅伙。对他们而言唯一的机会就是听瓢把子的命令，或是打，或是杀，或是讹，或是抢，凭着敢打敢闹博一杯羹，实际上就是赌命，赌赢了否极泰来身份提升，赌输了断胳膊瘸腿乃至丧命。

昨天"三不管"一场混战，双方各有死伤，死了的自不必言，狗碰头的棺材一埋了之，伤了的还需慢慢调养。后院各屋躺了二三十个倒霉鬼，轻的瘀青红肿，头破血流；重的开膛破肚，骨断筋折。混混儿们还有个讲究，胳膊折了存在袖里，脚丫子掉了留在鞋里，打掉了牙往肚里咽，甭管受多重的伤不能喊疼，越豪横越是好样的。白天大伙互相较劲倒还挺得住，挨到夜晚实在受不了，哎哟嗯嘿哭爹叫娘，没一个不叫疼的，反正灯一吹什么也看不见，谁能笑话谁？

在诸多受伤的混混儿中有一位享受"特殊待遇"，不用跟大伙挤在一起，独自躺在西南角的茅房里，跟尿桶做伴。这位伤得不轻，又忍着腥臊恶臭，时而清醒时而迷糊，浑浑噩噩，哼哼唧唧，都快分不清黑天白昼了。此刻正昏睡，隐约听到有人在耳畔呼唤："醒醒，玉石眼……快醒醒，该吃饭了，羊肉馅儿的蒸饺……"

玉石眼魂魄缥缈，仿佛已踏上冥途，愣是被羊肉蒸饺触动心肠，一转身又回去了。他挣扎着睁开眼睛，哪知没瞧见蒸饺，却见了鬼——惨白的一张脸，血盆大口，红鼻头，眼睛是两个黑窟窿，眼角下还挂着一滴血泪，在幽幽火光中格外可怖。

他顿时吓得清醒，可惜伤得太重动弹不得，想尖叫，又被那鬼捂住嘴巴："别出声，老实点儿，有话跟你说。"

甭管什么鬼，有商量就好办，总能讲点儿鬼情，玉石眼强忍住没吱声，大着胆子仔细打量，才发现来者是个黑衣人，只不过戴着一张奇怪的面具，一手捂着他的嘴，一手攥着根燃烧的火柴。他伤得虽重，脑子却还不慢，忽然想起曾在"三不管"出没的侠盗小丑，莫非就是此人？想明白这点，反倒更害怕——我干过不少缺德事，这家伙专打抱不平，该不会是受人之托找我算账吧？

正胡思乱想，却听小丑慢悠悠开口："别怕，我问你几句话，只要老实回答，我一根汗毛都不伤你；若胡言乱语，老子立刻结果你小命，我带着刀呢……"说罢手上一晃，火柴熄灭。

黑暗中玉石眼感觉捂在他嘴上的手放开了，还没来得及缓口气，又觉脖子一凉，似乎刀子已经抵在咽喉上，赶紧哑着嗓子央求："丑爷爷，您开恩，饶我这条小命吧。我都伤成这样了，想动也动不了，有话只管问，敢扯谎我是您孙子。"

"免了吧，有你这样的孙子实在丢脸。"小丑收起刀子，故弄玄虚道，"大半夜的找你不容易，受伤的躺了一堆，辨不清谁是谁，幸好我会马前神课，掐指一算，料定你小子五行缺水，必然躲在一个离水近的地方。果不其然，在尿桶边上躺着，口渴倒是方便。"

玉石眼兀自遮羞："堂屋里人多，我不想跟大伙挤。"

"怎么回事呀？瞧你鼻青脸肿的，左腿也被人打折了。天天嚷着要打折别人的腿，怎么自己先折了？"

"我这是义气所致，昨天我们跟杨老五的人干了一架，混战中我瞧见有四五个人围住我一个好兄弟，那怎么行？咱这人最仗义，赶紧冲上前帮……"

"住口，胡说八道。"

"真的，我这是为朋友两肋插刀。"

"对，就该给你插上刀往火上烤，做成叉烧肉才老实。第一个问题就撒谎，这么想给我当孙子吗？"小丑说着往他骨折的腿上用力一捏。

"嗯……"玉石眼疼得钻心，还没叫出声嘴又给捂上了，只能努力忍着，痛得直冒冷汗，"我、我说实话……"

小丑稍等片刻，待他疼痛消退、呼吸均匀才松手："都叫人扔茅房里了还充好汉，快说实话。"

"人活一张脸，这么说光彩。"

"身子都掉井里了，耳朵还能挂住吗？别顾脸了，先顾命吧，是谁打的？"

"七爷命人打的。"

"为什么？"

"具体缘由就甭说了……"

"嗯？"小丑又摸他的腿。

"我说我说……算我倒霉，就为一只玉镯。"

"翠宝的镯子？"

玉石眼不明白他何以知道那天的事，也不敢问，只能老实交代："是呀，那只镯子是拜干爹的礼物，七爷送给翠宝的，翠宝又转赠给我，我不知内情，稀里糊涂就收了。哪知翠宝死在台上，镯子还叫警察从我身上搜出来，解释不清了。不怕没好事，就怕没好人，不知是谁在七爷面前给我上眼药[1]，非说我勒索翠宝，逼得人家连拜干爹的信物都给

1　上眼药，俗语，搬弄是非，说坏话。

我了。七爷正在气头上，不分青红皂白就下令打我，四五个人揍我一个，也不知谁下手那么狠，一棍子把我的腿打折了，还把我扔到茅房里，我比窦娥还冤……"

"还窦娥？你就是个幺蛾子！全怪你小子不积德，整天冒充什么大弟子，连身边的混混儿都恨你。"小丑也笑了，"这么说镯子真是翠宝送你的？"

"千真万确，那天我在后台门口，恰好翠宝换完衣服出来，把镯子往我眼前一递，说'送给你，别告诉我妈'，我就接过来了。"

"你也不问问情由？"

"咱这人厚道，给东西就拿着。"

"呸！你还厚道呀？这俩字你会写吗？"

"不会……丑爷您会写？"

"我也不会……少啰唆！都这副惨相了还不老实，那只镯子分明是母夜叉连同二十块大洋一起给你的。"小丑说着又去摸他的伤腿。

"不对！"玉石眼快急哭了，"真是翠宝亲手送我的，镯子在前，洋钱在后，不是一回事。天地良心呀！副厅长不信，七爷不信，怎么连您也不信？冤死我了……"

"别嚷。"小丑陷入沉思——莫非真如他所说？那么翠宝送他镯子究竟是何用意？

玉石眼唯恐触怒小丑，不敢再吭声，黑灯瞎火的瞧也瞧不见，等了好一阵子才听小丑又问："那天在陈三侠练武时，后台除了你和翠宝母女还有谁？"

"没、没别人了。"

"没别人？嘿嘿，谁摔了那只茶碗？"

"这……"玉石眼情知瞒不住了，长叹一声，"唉！是个小伙子，我不认识。"

"什么模样？"

"约莫二十岁，中等身材，穿着灰不溜秋的对襟短褂，像是干粗活儿的，但是相貌挺不错，浓眉大眼的，高鼻梁，大耳朵，厚嘴唇，左脸颊有……"

"有颗痦子。"

玉石眼惊讶："你怎么知道？"

"别废话，现在是我问你。他在后台有何举动？"

"当时我正跟母夜叉闲聊，翠宝在柜前化妆，那家伙突然进来，直眉瞪眼朝翠宝走去，没头没脑地质问翠宝，为什么好几天不跟他见面，为什么不遵守约定……"

"什么约定？"

"我哪知道？他气急败坏的，连句完整话都没有，好像为了要钱。一开始我还在旁看笑话，觉得这小子长相不错，准是翠宝的老相好，如今翠宝成名了，眼光高了，把他踹了。反正不管他说什么翠宝都不理，只是对着镜子化妆，母夜叉坐不住了，叫我赶紧把他轰出去。我就推那小子走，哪知他还急了，抓起茶碗朝翠宝脚边扔去……"

小丑暗忖——这就对啦！

"翠宝吓一跳，态度立刻大变，赶紧答应给钱，只求他别影响演出，母夜叉也说好话。"

"你呢？"

"我赶紧上台压惊，一摔茶碗，前头就乱了，二龙他们以为杨老五的人来砸场子呢。你不知道，前些日子因为一块地的收入，我们正跟杨老五闹纠纷，得时刻警惕。等我解释完回到后台，翠宝已把那小子推进厕所，想不到被万掌柜看见，把皮包里的钱都给了他……"

小丑越发点头——难怪翠宝的包里连一个铜板都没有，原来都进了那家伙的腰包。

"母夜叉跟我咬耳朵，说这小子是翠宝的追求者，不知道自己几斤几两，整日缠着翠宝，叫我把他吓走，还说别让其他艺人知道，怕大伙看笑话，事成之后给我好处。咱这人厚道，只要给钱哪能不帮？于是我把翠宝让出来，关上厕所门，自己跟他谈。"

"怎么谈的？"

"吓唬人呗，我的拿手好戏。我说翠宝是七爷的干女儿，只要跺跺脚，整个'三不管'都要晃三晃，你有几个胆子敢来招惹？今天七爷也在，来找碴儿是自寻死路，赶紧滚，要不然打断你狗腿……"

和卢先生听到的话对上了。

"他还不服忿，说什么他和翠宝关系不一般。当时我就笑了，准是翠宝的老相好，没等他说完我就打断，明确告诉他，他和翠宝早已不是一路人，也不撒泡尿照照自己的德行，翠宝抽的是三炮台、福寿膏，吃的是登瀛楼、起士林，陪的都是有钱有势的男人，何况七爷还对翠宝有意思呢。他一个破衣烂衫的穷小子，算什么东西？长得俊能当饭吃？有本事去上海滩当拆白党[1]呀！以前如何亲近都是闹着玩的，以后再无干系，趁早断了念想。"

"他作何反应？"

"嗬，那小子还挺狠，咬牙切齿，好像不死心，但他已经拿了翠宝的钱，也惧怕七爷，不敢再闹下去，就揣着钱气哼哼走了。"

"没再跟你说什么？"

"没有啊！"

"负气而走。"小丑暗自嘀咕——这一去就不是好兆头！

"我再回到后台翠宝已经开演，偷偷跟母夜叉一说，母夜叉也觉得那小子不死心，说以后看见此人务必设法除掉，起码也要打断一条腿，叫他再不敢来，还要给我二十块钱。我以为她身上还有钱，哪知她是让那个姓杨的少爷掏，后来听说姓杨的还是翠宝的未婚夫……嘿嘿，翠宝这丫头真是害人精，勾搭过多少男人？也难怪她落得那样的下场……"

"且慢！"小丑笑着打断，"是母夜叉主动给你二十块，还是你开口找她要的？"

"这、这……反正是她出钱，我答应帮她办事，背着抱着不都一样沉吗？再说钱被警察搜走了，我也没有真去害人，您高抬贵手，别追究这么清楚了。"

"哼！你跟母夜叉倒是天造地设的一对儿，都是棺材里伸手——死

---

1 拆白党，旧上海的一种流氓组织，成员以色诱行骗为业。

要钱。这件事你对张老七提起过吗？"

"我哪敢？您不知七爷他老人家的脾气。七爷认翠宝当闺女，其实是瞧她越来越漂亮，对她有意思，若是得知翠宝有个老相好，那不等于头上戴了顶……那什么帽子吗？这种事我知道也得装不知道，说出来那不是寒碜七爷吗？七爷若是脸上挂不住，迁怒于我，另一条腿也保不住啦！"

"两腿都打折倒是对称，为什么副厅长审问时你也不说？"

"既然七爷这边不能提，副厅长那边也得瞒着，要是走漏消息还不是一样？再说这事儿要是说出来，我也有个受雇害人的罪名。"

"哼，没这么简单吧……你原本是梨园行出身？"

"是。"

"这行圈子不大，至今皮黄梆子两下锅¹的戏还有不少。当今有几位名角儿，白牡丹²、小达子³原本都是唱梆子的，后改皮黄，你虽是京戏科班出身，对梆子艺人也挺熟悉吧？"

"呃……"玉石眼大骇，"你、你知道……"

"行啦，究竟因为什么你自己心里清楚，这些年不义之财也赚了不少吧？断腿也是报应，我没什么可问的了，你好好养着吧。"说罢小丑猛然攥起拳头，往他的断腿上重重一捶！

"啊……"玉石眼疼得满地打滚儿，这次终于叫出来了，那杀猪般的惨叫在寂静的黑夜中传出很远。

伴着这声惨叫，小丑起身一跃，蹿出茅房，紧跟着又跳起身来抓住房檐，用力往上一翻，已坐在房顶上。

这里不愧是混混儿的老巢，反应还真迅速，刚坐稳就听院里一片大乱，片刻之间堂屋门敞开，从里面气势汹汹地冲出个彪形大汉，左手提着煤油灯，右手攥着镐把，行动仓促没来得及穿衣服，光着膀子，胸前的刺青是两条龙——正是张老七的心腹打手二龙。

---

1 皮黄梆子两下锅，曲艺术语，京剧与河北梆子同唱一出戏。
2 白牡丹，荀慧生早期的艺名。
3 小达子，李桂春（李少春之父）的艺名。

跟在后面的人可就惨了，挂着拐的、吊着胳膊的、缠着脑袋的，一个个歪里歪斜，衣衫不整。这帮混混儿也不容易，白天打得浑身是伤，晚上睡觉也不踏实，听见惨叫还以为是有人趁夜杀来，顾不得伤痛都爬起来，黑灯瞎火的在院里一通查看。

　　"别找了，在这儿呢！"

　　众混混儿听到呼唤，这才发觉西边房顶上坐着个人，就连素来勇悍的二龙也是一惊，高举煤油灯仔细打量，看清是小丑反倒笑了，把油灯和武器交给身后的兄弟，抱拳拱手："丑爷来访，有失远迎。"当初逊德堂失火案，小丑无意中帮了张老七，故有三分人情。

　　"有失远迎？"小丑扑哧一笑，"大半夜的，出门迎鬼呀？我不是鬼，就是有点儿怪癖，爱晚上出来溜达。来得鲁莽，扰了你们好梦，还以为杨五爷的人杀进来了吧？"

　　"取笑了。"二龙的态度还算恭敬，"深夜造访必有赐教。"

　　"当然，把你们惊扰起来就为给七爷捎句话。"

　　"请说。"

　　"你们跟杨五爷之间是误会，别再打了。"

　　"哦？"二龙骤然警惕，挺起胸膛不再客气，"莫非您是受杨老五之托来当说客？"

　　"我……随你怎么想。"小丑懒得辩驳，甚至还希望他误会自己的来历，这对隐藏身份有好处。

　　"恕我直言，水有源、树有根，想当和事佬先要明白谁是谁非，您知道这场争斗因何而起吗？"

　　小丑嘿嘿一笑："不就是因为一把茶壶吗？"

　　"茶壶？！"众混混儿面面相觑，他们不过是听命行事，张老七叫他们打架他们便打，并不晓得缘由，听了小丑的话都觉莫名其妙；唯独二龙默默点头——说中了！

　　"翠宝的紫砂壶与七爷的壶很像，壶盖上都刻着一只蛐蛐，只是颜色略有差异。官面上也有混帮派的，警所有你们的眼线，得知翠宝的壶里被人投放了鸦片，便猜想是有人想谋害七爷，因为茶壶相似投错了，误杀翠宝。"

"不错。"二龙愤愤道，"干这种勾当的除了'小刀子'杨老五还能是谁？老家伙阴险歹毒，惯于暗箭伤人，早年他跟崔三爷争斗时就派人往锅伙水缸里偷偷下泻药，害得三爷的人个个跑肚拉稀，被他打得全军覆没，他才能篡夺药王庙的产业。这家伙早就惦记我们的地盘，表面一团和气，暗中使绊子已不止一次。这次欺负到七爷头上了，岂能再忍？"

"哼！不吃咸盐不咳嗽，我看是你们做贼心虚，杨老五固然想夺'三不管'的地盘，七爷又何尝不惦记药王庙的产业？白骨精跟猪八戒吊膀子——一个想吃肉，一个想沾光！这次纯属误会，翠宝之死跟五爷根本不沾边。听我一句良言，别再打了，免得伤亡造孽，也省得搅扰艺人们做买卖，闹得大家都不得安生。"

二龙心有不甘："你说是误会就是误会？有何凭证？"

"没有三把神砂，不敢倒反西岐。至多三五日，我便可将此案查个水落石出，到时候自见分晓。"小丑站起身，"还有一件事问你，翠宝死那天七爷光临同乐茶楼，究竟是临时起意，还是翠宝事先相邀？"

"是翠宝请七爷去的。事发前两天七爷在会仙楼摆宴，与西门外的几位英雄拜把兄弟，翠宝不请自来，说受万掌柜之邀要在'三不管'开演，届时请七爷赏光。其实七爷不爱到园子去，一向是艺人到这儿来伺候，只因她是义女，一口一句好听的，又当着许多客人的面，七爷一高兴就答应了。"

小丑略一拱手："多谢告知，再会。"

"丑爷！"二龙叫住，"请交个实底，究竟是杨五爷托您帮忙，还是您心血来潮要管这桩闲事？"

小丑哪还理睬？早已纵身一跃，跳出院外，消失在黑夜中……

翌日，"三不管"熙来攘往一切如常，海青却很郁闷。

昨晚的抓捕行动被意外打乱，事情又变得扑朔迷离，海青先是帮忙救火，又跟随副厅长押送犯人，回到家已是凌晨，几乎彻夜未眠，天亮就跑到"三不管"，却迟迟不见苦瓜前来。

他连听相声的兴致都没了，找遍每家茶馆、每家客店，寻了一上午就是不见苦瓜踪影，午饭都没心情吃，索性到甜姐儿的茶摊等候；这一等又是三个钟头，不知灌进去多少壶茶，简直快被田大叔的"殷切款待"逼疯了，忍无可忍之际才见苦瓜姗姗来迟。

海青腾地站起来："怎么样？"

"什么怎么样？"苦瓜吊儿郎当，一脸轻松，"你这人有毛病，说话云山雾罩没头没尾……"

"你才有毛病呢！"海青鼻子都气歪了，"当然是问昨天的事情怎么样，追上纵火犯没有？"

"哦，你问纵火犯呀……"苦瓜故作恍然大悟，"没追上。"

"凭你的脚力竟会追不上？"

"强中更有强中手，能人背后有能人。那家伙兴许是属兔的，前后腿一起使劲，撒丫子玩命跑，我也追不上。"

"没追上为什么不回去，你这一宿干什么了？"

"我是没笼头的牲口——野惯了。昨晚挺凉快，我越走越舒服，就随便逛了一圈。"

甜姐儿忙里偷闲，斟了一碗茶端到苦瓜面前，两人四目相对——她什么也没问，却比海青厉害得多，眼睛就会说话。苦瓜最受不了她恳求的眼神，立刻收起玩笑之态，接过茶一饮而尽："你放心吧，事情已有眉目，过几天就能了结。但是你得答应我，无论真相如何都不要伤心，过去的事儿就让它过去吧。"

甜姐儿微微点头，说不伤心，泪水却在眼眶里打转。

苦瓜不忍再看，赶紧撂下茶碗："我到胖丫头的书场去一趟，有事问她，顺便也代你向她问好吧。"说罢转身便走。

海青急忙跟上，他不信苦瓜昨晚一无所获，离开茶摊就滔滔不绝说起来："昨晚的火真悬呀！幸好扑救及时，总算没闹太大，但是烧坏了许多东西，银票也未能幸免。母夜叉落个人财两空，疯子一般又哭又闹，好几个警察都拉扯不动。最后副厅长叫来警车，把她和何剑平都关到拘留所去了。"

他说得惊心动魄，苦瓜却反应平平："也好，把他们圈起来，一来免得再有人加害，二来也叫他们吃吃苦头，全都活该！"

海青听出弦外之音："莫非……你觉得何剑平不是真凶？"

"哼！小鬼晒太阳——没影儿的事。"

"真凶是谁？"海青追问，"放火之人？"

苦瓜低头走路并不作答。

海青拐着弯探问："你说那家伙为什么要纵火呢？莫非与翠宝母女有仇？他肯定对翠宝家很熟悉，隔着院门就能把瓶子扔到窗户，而且那瓶子里装着煤油之类的东西，以布条引燃，水浇不灭，最后李大彪他们都把上衣脱了使劲扑打才灭了火。究竟何仇何恨，下此毒手？昨夜副厅长分析，认为这个纵火犯一定含恨已久，早就想对母夜叉下手，可自从翠宝死后她家院子一直有警察把守，直到昨晚咱们都在里面，院门紧闭着，那家伙可能误以为警察已经撤了，母夜叉独自安睡，才大胆放火。"

"嗯，这次猜得还算靠谱。"

海青见他说话觉得大有希望，又继续试探："副厅长还说，此人或许日常能接触到煤油、酒精之类的东西，对燃烧物的特性很熟悉，有可能是黑道出身，专干杀人纵火的勾当……他说得对吗？"

"我怎知道？"苦瓜不上他的当，"我又没见到那家伙。"

"你气死我了！"海青试探半天全然无用，"老实说吧，你究竟追没追上那家伙？"

"没有。"

"真的？"

"真的。"

"你敢起誓吗？"海青要狠了。

"好，我发誓……若是追上纵火犯不告诉你，叫我不得好死，离开'三不管'就坐汽车上。"

"坐汽车？你还怪舒服的。要撞汽车！"

"行，离开'三不管'让你撞汽车上。"

"我撞汽车？是你！"

"离开'三不管'叫咱俩撞汽车上。"

"你拉着我干什么？临死还找垫背的，你自己撞！"

"行行行，我郑重起誓，若是追上纵火犯不告诉你，叫我离开'三不管'就撞汽车上，前轮撞完还得让后轮再碾一下，嘎嘣脆！这次总可以了吧？"

海青瞧他一边说，一边用右手食指在左掌上比比画画的："你手上干什么呢？"

"我用手指写个'不'字。"

"写'不'字干吗？"

"把誓言抵消掉，免得遭报应。"

"还是骗我呀！"

苦瓜情知敷衍不过，只好把话挑明："哥们儿，不是存心骗你，是不想让你添乱。有些事至今我也没搞清楚，对那家伙还要进一步调查，但他藏身在贫民窟，以你的性子知道了一定要跟我一起去，可是你这样的少爷根本装不出穷相，抱着孩子推磨——添人不添劲。先生讲书，屠夫讲猪，你露了马脚反倒打草惊蛇，若是再把他惊跑就无处去寻了。所以我求求你，别打听了，到时候肯定让你知道，行不行？"

话说到这份儿上海青也不好再追问，只是暗自憋闷。

两人各怀心事，默默无言走了片刻，已来到马家书场——这是一家简陋的小茶馆，远不能与同乐茶楼、庆萱茶楼相提并论，也就比一般的堂屋大些，火炉子摆在外面，只有一名年迈的伙计沏茶倒水；屋里几乎无装潢可言，都是粗糙的条桌、长凳，而且只有三排，却拥拥簇簇坐了四十多位观众，喝茶的、抽烟的、嗑瓜子的、吃萝卜的，猛然踏进去烟气直撞脑袋，地上扔的瓜子皮、萝卜皮足有半寸厚，踩着吱吱作响，然而屋内的人却不觉得环境恶劣，他们已浑然忘我，全神贯注盯着台上的表演。说是台上，但根本没有舞台，不过是靠北墙摆了一张方桌，充作说书的地方，距第一排观众不足一米，方桌一侧立着鼓架，上面摆着鼓箭、梨花片，另一侧坐着一位怀抱三弦的老者。此刻正有位女艺人比比画画说得精彩，正是马连芳。

海青只瞧了一眼便哑然失笑——他确实见过连芳，虽然不曾交谈，但印象深刻，因为这位姑娘的长相太特殊啦！

连芳与翠宝、甜姐儿年纪相仿，翠宝娇柔美艳、楚楚动人，甜姐儿是不施粉黛、小家碧玉，而这位马姑娘只能用人高马大来形容。圆鼓鼓的一张鹅蛋脸，浓眉大眼，大鼻子、大耳朵、大下巴，脑后梳一条大粗辫子；宽肩膀、水牛腰，因为身材不好，她不穿旗袍，也不佩戴首饰，而是穿一身男式的青布袍，举手投足大开大合，显得非常粗笨；但她的嗓音非常好，不仅洪亮而且宽厚，会用丹田气，呐喊时震得人耳鼓嗡嗡作响，加之所演的是袍带书，金戈铁马慷慨激昂，只要看一会儿便会不知不觉忽略她的丑，反而觉得这节目与她的身材、嗓音非常契合，宛如浑然天成。

海青原本不喜欢这类节目，觉得评书演义的斗兵斗将太过离奇，与历史严重不符，今天站在门外瞧连芳表演，也渐渐有了兴趣："人不可貌相，没想到胖丫头这么厉害，能把大家说得如醉如痴。"

苦瓜笑道："盘尖的有饭吃，念喛[1]的就该饿死？越是相貌不佳越要多下苦功，连芳自幼学艺，从她会说话那天起，她爹就开始教她说书，别人家孩子小时候唱儿歌，她小时候天天背《美人赞》《盔甲赞》。"

"这说的是什么书，怪热闹的？"

"西河鼓书有'三碗酱'，《呼家将》《薛家将》《杨家将》，许多情节大同小异，听她张口闭口总说'黑大个'，应该是《呼家将》。"

海青咋舌："同样是大鼓，这跟翠宝简直是两宗玩意儿。"

"那当然，梅花是清音雅韵，八旗子弟攒弄出来的，西河却是田间地头的玩意儿，江湖人称'海轰儿'，流传久远着呢。据说原本跟评书同出一门，传到雍正年间赶上国丧，不准动响器，有些艺人就只说不唱

---

1 念喛，隐语，貌丑。

了，自此分成不同门户，论起来都是梅、清、胡、赵四大派传人。"

"什么是梅、清、胡、赵？"

"说起来话长，周庄王击鼓劝臣民……"

"嚯！你还知道春秋典故？叫我刮目相看呀。"

"甭看了，史书我不懂，江湖我还不懂吗？据说周庄王当天子时天下大乱，什么五霸强、七雄出，他也管不了，只能劝臣民守规矩。可是光讲道理太乏味，谁也听不进去，于是周庄王就派出梅子卿、清云风、胡鹏飞、赵亨利四位大臣，把仁义道德编成歌谣，击鼓唱曲教化百姓，并教授给后辈子孙，自此有了梅、清、胡、赵四大门户。所以说书唱曲都是讲仁义、说道德，高台教化劝人向善，而且甭管唱什么总有一面鼓，也是自周庄王沿袭下来的。"

海青一阵点头，又一阵摇头："道理或许不假，但这传说听着太不靠谱了，单是赵亨利、胡鹏飞这样的名字就不像上古公卿。"

"嘻！我猜这也是前辈艺人往自己脸上贴金，说书唱曲的都尊奉周庄王为祖师爷，我们说相声的祖师爷是东方朔，变戏法的祖师爷是吕洞宾，都尊奉好人，没有认秦桧当祖师爷的。甭管是真是假，反正就这么一辈辈传下来，他们老马家世代作艺，属于梅、清、胡、赵中的清门，别看在天津不算出奇，在直隶各个乡村名气大着呢！他们演的都是成本大套的书目，连说带唱，一演就好几个月，在乡下赶会大受欢迎，走到哪儿火到哪儿，真有十里八村的乡亲跑老远的路听他们说书，还给他们编了句顺口溜，'宁舍一头猪，不舍马家书'。只是这样的书目太长，不适合蹲园子[1]，即便有时去茶楼演出也只能唱绕口令之类的小段，所以在这儿戳个书场，自己干自己的。"

"原来如此。"海青不免感慨——清音雅乐固然是艺术，但像马家这样乡土气息浓厚的又何尝不是艺术？艺术本无贵贱，还不都是一天天磨炼出来的。

交谈间连芳已说到最热闹处，手拿扇子做比成样，仿佛攥着一件兵

---

1 蹲园子，行话，在剧场、茶楼表演。

刃，口中滔滔不绝，高门大嗓气势恢宏，却又字字清晰快而不乱，相比相声的贯口也毫不逊色："呼延庆挥舞钢鞭追赶贼兵，忽听号炮三声，从山上呼啦啦冲下二百喽啰兵，人人手中一杆斩马刀，二龙出水压住阵脚，正当中蹿出一匹马。这匹马，蹄至背高八尺，头至尾有丈二，细脖颈、刀螂肚、竹扦耳、豹子眼，通体雪白无有杂毛，鞍鞯鲜明好似银龙，翻山、涉水、跃岭、跳涧如履平地，日行一千，夜走八百，是一匹能行战马。马上端坐一员小将，太漂亮了！年龄也就十四五，面似团粉，白中透红、红中透白，粉嘟噜那么耐看，两道浓眉、一双杏眼、通关鼻梁、菱角口、红嘴唇，五官相貌没一处不美的；头戴亮银盔，黄巾抹额二龙斗宝，脑后斜插一对雉鸡翎；身穿锁子连环甲，护心镜大似冰盘，祥甲绦九股拧成，凤凰裙护住膝头，虎头靴牢扎蹬中，掌中一杆虎头亮银枪，威风凛凛不怒自威。呼延庆一见心中暗赞，好个俊品人物，高叫一声：'娃娃，你是何人？姓甚名谁，家乡何处？光天化日为何拦住官军，速速报上名来！'小将闻听微微冷笑：'好个不知死的黑大个，敢藐视本帅。既问我名，你且听了……'"说到此处绰起鼓箭，一旁老者赶忙拨弄三弦，曲调急促婉转。

连芳右手击鼓，左手敲打着梨花片，终于唱起来：

　　提起我的家来家倒有，说我无名却倒有名，高山上点灯明头大，大海里栽花有根横。真好似，东海上漂来的花腔鼓，敲两下，咚不隆咚，咚不隆咚，四海扬名！头一辈爷爷有名姓，二一辈我父他也有名，子不言父是正理，我若不说你也摸不清。龙生龙来凤生凤，一辈更比一辈精，水有源来木有本，家在何处我得说分明。四两棉花你去纺一纺（访一访），哪个不知我家英名！这正是，打破砂锅问到底，道出名姓吓煞人，劝你一句要坐稳，惊下马摔你一个乌眼青……

海青听着有些着急："唱得是真不错，高门大嗓痛痛快快，可这词太水了，颠来倒去全是废话，他究竟是谁呀？"

"这你就不懂了，越是废话越值钱，都是前辈传下的书套子，早把观众的心思算明白了，越不说观众越好奇，越想听，牵肠挂肚，非要弄清楚不可。要不然怎能演好几个月？天天来听，天天有钱赚。"

观众聚精会神听着，车轱辘话翻来覆去唱了半天，最后连芳把鼓板一收，满面笑容双手一摊，唱道："众明公，若问小将的名和姓，下回书接着再听。"

海青一咧嘴："绕了半天最后也没说是谁。"

"不能说呀！得留个扣子吸引书座，永远不能把故事讲完，说出来观众明天就不听了。"

"嘿！算计到家了。"

观众也都习惯了，一个个意犹未尽，有的叫几声好，有的跟身边的人讨论书的内容，有的向连芳道辛苦，伙计拿着笸箩来敛钱，没有一个犹豫不给的。有几位似是天天来听，大把地扔钱，互相之间也混熟了，什么"张爷""李爷""赵爷"地客套一番，又把碗里剩的茶水仰脖喝得精干，这才慢吞吞离去。连芳擦擦汗，扭身进了角落的一间小屋，伙计拿笤帚扫地，弹弦老者则捧着笸箩数钱。

待所有客人散尽，苦瓜才进去，先向老者打招呼："马大叔，您老有福。就凭您这宝贝闺女，足吃足喝火穴大转呀！"原来他就是连芳的父亲。

马大叔眉开眼笑，把铜钱一摞一摞码在钱板里，却道："你小子说得轻巧，我也有犯愁的事。丫头挣钱不成问题，只是她这副模样，如何找婆家？"

"别看连芳妹妹粗壮，却是喝磨刀水长大的——内秀（锈）！再说女大十八变，越变越好看，兴许妹妹哪天能变成杨贵妃，给您招个皇帝女婿。"

"哦？"马大叔也与他逗，"我看你小子就有帝王之相，若不嫌弃给我家当姑爷，如何呀？"

"饶命！"苦瓜一摇脑袋，"过日子没有不磕磕碰碰的，就您闺女那大身板，外加大嗓门儿，我是打也打不过，吵也吵不过，还不得叫她欺负死？没当上帝王，先见阎王了。我给你出个好主意，您去问问张狗子有没有弟弟吧。"

"哈哈哈，我撕你小子的嘴！"

逗了两句苦瓜才道："我从田家茶摊过来，找妹妹说几句话。"

"嗯，进去吧。"马大叔点点头——人熟是一宝，他明明看见海青跟在后边，但既然是苦瓜领来的，料想不是外人，也就未加询问。

两人来到小屋前，掀开门帘一看，连芳正喝水呢。她不似翠宝那样讲究，还准备个小壶，她就捧着一只大海碗，张开大嘴灌凉白开。唱曲之人忌讳用嗓之后喝凉水，奈何老天爷没给连芳美丽容貌，却赐她一副铁嗓钢喉，莫说凉水，喝冰水照样能唱，唱出来照样满堂彩。海青见她这副尊容，忍不住笑出来。

连芳听到笑声放下碗："哟，瓜哥怎么来了？难怪昨晚灯火炸，今晨喜鹊叫喳喳，无事不登三宝殿，贵客临门必有话拉。"

"嘿！你真是不疯魔不成艺，跟我还背什么书套子？"苦瓜也不见外，随便拣了张凳子坐，"甜姐儿叫我来看看，顺便问你点儿事。"

"啥事儿？"连芳也坐下。

苦瓜开门见山："翠宝的事你早就听说了吧？"

连芳外表强悍，却是多愁善感的姑娘，一提"翠宝"二字，她眼圈立刻泛红："严霜单打独根草，冰雹偏砸可怜的苗。只怪老天不开眼，提起亡人心似滚油浇。"

"她出事之前有没有找过你？"

连芳仿佛被针刺了一下，忽然很紧张，眼睛睁得大大的，盯着站在一旁的海青："你是何人？"

海青被她那双牛眼一瞪，竟有些害怕，不由自主退了两步。苦瓜忙解释："不是外人，你应该在茶摊见过，他就是我们经常提起的那位沈少爷，但说无妨。"

"哦。"连芳放心了，她与甜姐儿亲如姐妹，自然知道以前逊德堂的事，可是警惕一去哀伤又起，哽咽道，"她出事的前一天来找过我，谁承想那就是最后一面，自此天人永隔……"话未说完泪水已簌簌而落。

海青颇感意外——翠宝死前不仅见过甜姐儿，也来找过连芳，究竟还有多少内情？

苦瓜却一点儿都不意外，待连芳哭了一阵，接着问："那天她大概什么时候来的？"

"中午刚过，就在开场前。"

海青更为震惊——翠宝到茶摊时恰是正午，难道她离开甜姐儿立刻来找连芳？

苦瓜依旧毫不惊讶："她找你做什么？"

连芳起身，从桌子下面拉出一口大箱子，掀开箱盖，拿出一个细长的纸卷。苦瓜接过来一看，沉甸甸的，用力一掰，纸卷从中折断，露出白花花的洋钱："这是……"

"翠宝的私房钱。她家的情况你知道，稍微值点儿钱的衣服、首饰都由母夜叉收着，包银也都进了母夜叉的口袋，翠宝摸不到，即便随身带几个零钱，母夜叉心里也有数，一分一厘都要知道去向。所以每逢有贵客赏下疙瘩杵[1]，翠宝就偷偷藏一两枚，或是掖进化妆盒，或是藏鞋里，积攒多了又怕母夜叉搜出来，便寄放在我这儿。"

海青乍一听，觉得翠宝和连芳的关系比和甜姐儿亲厚，但细一琢磨又明其理——马家的经济状况比田家强得多，而且田大叔贪财，保不准动歪心眼儿，私房钱藏在马家比藏在田家保险。翠宝很精明！

"这么说，那天她是来送私房钱的？"

"不是送，是拿。"连芳把钱敛好，又撕了一角报纸卷起来，"她在我这儿藏钱已将近三年，积少成多，原本攒了七十多块，最近俩月陆陆续续取走五十块，最后这次又拿了三块，现在还剩二十。"

"存得好好的，取走做什么？五十块不是小数目呀。"

"我也不知，毕竟钱是她的，咱不便多问。"

"除了拿钱，她还说什么？"

"唉！可怜……这才叫在劫难逃！"

---

1 疙瘩杵，隐语，大笔的额外收入。

"莫非翠宝预感到自己有难？"

"她以前来我这儿总是有说有笑，可是那天战战兢兢的，说有人在后头跟踪她。"

"跟踪？你见到跟踪者了？"

"没有，一开始我也疑心她看错了，兴许是哪个闲人瞧她漂亮尾随几步。但她一口咬定，说自己得罪了有权有势的人，定是人家想报复，不是毁容，就是取她性命。"

这倒是苦瓜始料未及的情况："她得罪谁了？"

"不知道，她哆哆嗦嗦的，始终没道出真名实姓，还说得罪的不止一人，说那些男人都又老又坏，贪图美色想霸占她。她提了好几件事，说有一次母夜叉叫她陪一位有钱的老板吃饭，那人手脚不规矩，总往她身上乱摸，她忍不住了，当众打了那人一个耳光；还有个当官的想招她当姨太太，她执意不从破口大骂；还有……嘻，反正都是这类事，最后她泪汪汪地抓着我的手，说长得漂亮未必是福，像我这样粗粗壮壮的也未必是亏，千万不要羡慕她，匹夫无罪，怀璧其罪，黄连人空长一副好皮囊，内里多少苦只有自己知，到头来兴许连命都难保。没想到，真叫她说中啦！"

苦瓜连连点头，仿佛已明白翠宝这番话的用意。

连芳既难受又自责："雁落沙滩思伙伴，人到难处想宾朋。聚少离多未珍重，雁去人亡两成空。早知她有难处，我就该多帮帮她，那天只觉她神神秘秘，仿佛受了热病胡说八道，现在想来句句是实，她还说要离开天津……"

"离开天津？到外乡唱梅花调？"

"不，她说离开天津是为躲避仇家，因为仇家势大，唯有逃到外乡改名换姓才安全，为掩人耳目以后不能再唱梅花调，而且她嗓子最近也不太好，应该改改了，说以后改唱西河或者乐亭，为此还特意找我要了一套西河的鼓板，还说要跟我学学呢。"

苦瓜眼神游移不定，表情格外复杂，痛惜、哀伤、不忍，讶异良久才喃喃道："命！这就是命……"

连芳愈加难受:"她嘱咐我,说她如果不能躲过这场劫难,要是遇害了,千万别把她跟人结仇的事传扬出去,无论谁找上门都别提,就算跟警察也不能说,那样兴许把祸水引到我家来,除了咱几位知心朋友谁都不能相信……"

海青醒悟——难怪她刚才对我疑心,原来翠宝有嘱托。

"她说自己天生孤苦,母夜叉名义上是养母,其实是活冤家,至于亲生的父母手足也没必要去寻访,不要也罢。她若是死了,剩下的私房钱别给母夜叉,就留给我和甜姐儿,我们就是她的亲姐妹。"说到此处连芳再也抑制不住,捂着脸号啕大哭,"疯丫头啊,你怎么糊里糊涂就让人害死了?此情难舍何处去诉,我满腔思念向谁去讲?哭你哭得天昏地暗,想你想得愁断肠,自此一别无归路,要重逢除非你来世还阳。待到三更梦里相见,拉住了手儿,再叫一声我那青梅竹马、亲如姊妹、福薄命短、情深义重的翠……翠姑娘……"

海青在旁听着,实在忍不住插嘴:"你直接哭翠宝就行了,怎么还哭出句翠姑娘?"

连芳抽泣着:"直、直接哭翠宝……不合辙……"她自幼学艺,许多习惯深入骨髓,甚至有些偏执,连哭也要合辙押韵。

面对此情此景,海青真不知该哭还是该笑,虽说连芳哭起来就像唱大鼓,但是她对翠宝的情义发自肺腑,与甜姐儿一般无二。苦瓜已无话可问,也不劝解:"哭吧,哭出来还好受些。至于翠宝的私房钱如何处置,改天你跟甜姐儿商量。我还有要紧事,得立刻去办……"

离开马家书场时,又是"三不管"最热闹的时候,艺人们都拿出了压箱底的绝技,准备打今天的最后一道杵,小贩们也吆喝得更加卖力。但苦瓜和海青两人心情沉重,对一切都无暇理睬。

海青问:"接下来去哪儿?"

苦瓜没回答,只是摇头。

是不知去哪儿,还是已经没别的地方可查?海青弄不明白,有时候苦瓜很气人,自己却拿他没办法,于是低头踢着脚下一枚石子,苦恼道:"你知道吗?我有点儿烦了。这案子太磨人,好像咱查的越多,解不开的疑问就越多。比如那天翠宝对待甜姐儿和连芳的态度，简直判若两人，她在甜姐儿面前何等骄横，咱们亲眼所见，怎么一转眼到连芳面前又战战兢兢？难道是她离开茶摊来书场的路上被人跟踪上的？你……"话说半截抬头一看——苦瓜已不见踪影。

"可恶！又跟我玩消失。"海青气得把石子踢出老远，不过他心里清楚——苦瓜一定去找那个纵火者了，此人八成就是凶犯！

苦瓜的再次"消失"持续了两天，海青也习惯了，头一天他还到"三不管"转转，试图打探消息，第二天索性睡起懒觉，反正是庙上不见顶上见，这小子早晚得回来，着急有什么用？他一直睡到将近正午，要不是老吴来叫，还赖在床上呢。

早餐和午餐合并成一顿，食欲特别好，不过就在他大嚼特嚼时老吴说出一个令人沮丧的消息——舅舅快回来啦！

"什么？"海青手里的筷子差点儿掉地上，"这么快？他不是被德国友人盛情挽留吗？"

"少爷，我提醒过您很多次，要关注时局。难道您看报纸只看演艺新闻吗？北伐军打进山东，连张宗昌都战败了，若不是姓汪的和姓蒋的闹内讧，忙着抓共产党，只怕这会儿已经围困天津了。现在时局很乱，咱家在南方、北方都有投资，必须权衡利弊，老爷得回来主持大局。"

海青苦恼片刻，又想开了："就算他现在登船，从欧洲回来至少得一个月，在他回来之前这桩案子能了结。"

"您还是操心一下自己吧。"老吴提醒，"这三个月您游手好闲毫无建树，别说谈生意，连去公司的次数也寥寥无几，等老爷回来问您生意上的事，该如何回答？"

"呃……也不能说毫无建树吧？我参与了铺面房的生意。"

"很不幸，早晨我接到赵经理的电话，那桩生意恐怕要告吹。"

"为什么?！"

"钱襄理联系不上杨福了。"

"联系不上？"

"是的，不知杨福是出远门了还是故意躲着咱们，总之钱襄理联系不上他，赵经理去杨家打听，也被拒之门外，找不到接洽人也就谈不成了。恕我直言，这是您的责任，是您出的馊主意叫他们拖延，现在这桩买卖拖黄了，等老爷回来您自己跟他解释吧。"

海青瞬间感觉饭菜不香了，撂下碗筷换衣服，又准备出门。老吴在后叫住："去哪儿？"

"'三不管'。"

"还去'三不管'？不想想怎么补救生意吗？"

海青摆出死猪不怕开水烫的劲头："本来此事我就不想管，是你们硬逼我做主，出了问题反倒怪我？也罢，以后就算天塌下来我也不管，倘若再掺和公司的事我就是小狗！"说完把门一摔就走了。

说去"三不管"其实是赌气，现在他根本没心情听相声，况且苦瓜也不在，还去干什么？他在街上胡乱溜达两圈，越溜达越无聊，干脆去找曹副厅长，碰巧在电车上遇到吴梦生，正要去给副厅长送材料，于是两人结伴同往。

当李大彪把他们领进办公室，海青察觉风头又变了，副厅长板着脸坐在桌后，头发也乱了，腰板也弯了，胡须没刮，两眼通红，面前烟灰缸里塞满烟头，前两天那点精气神儿全没了。吴梦生也看出来了，却故意揶揄："副厅长，您是狄公转世，我的名单还没交上来您就已经破案了，神速呀！"

副厅长悻悻然瞪他一眼，没说话。

"怎么？事情不顺利？"海青问。

副厅长使劲掐灭烟头："何剑平不认罪，在拘留所里天天喊冤，快把看守们烦死了，而且对药房伙计的取证也不顺利。"

"刘王氏呢？"

"她倒是老实，可能是受的刺激太大，就像丢了魂一样，问她什么都不说。其实没必要把她抓起来，毕竟前清时的事情不好定罪，但有人想害她，家里房子也烧坏了，案子没结，她又能去哪儿？唉，这真是麻烦事，放也不是，不放也不是，她若在牢里有个三长两短，又成我的罪过啦！"

"我觉得……"海青小心翼翼组织措辞，"智者千虑必有一失，惯骑马惯跌跤，好马也有失蹄时，胜败乃是兵家之常事……这次您有没有可能是……我是说也许……"

"搞错了。"副厅长承认失败，拿起桌上的一份文件，"我太关注斧头上的指纹了，忽略一个问题，在现在这种天气下，指纹不容易保留五天以上。也就是说，即便斧头上有何剑平的指纹，也不能证明他就是潜入翠宝家毁坏箱子的人。而且据他入狱后交代，被砸坏的堂屋门锁是他帮着重新钉上的，翠宝家没有榔头，所以他用斧子钝的一头砸钉子，指纹应该是那时留下的。"

吴梦生幸灾乐祸："倘真如此，根本就没证据抓他嘛。不过副厅长您还算实事求是，至少没屈打成招，办成冤假错案。"

这句话点到副厅长痛处，糊涂案有的是，他又何尝不想尽快了结？可问题是现在又有新证据，无法蒙混过关。副厅长又拿起另一份报告："那晚投掷的两个煤油瓶，有一个碎在院子里，没被火势破坏，我把它带回来验了一下指纹，结果非常惊人——纵火者的指纹和后台那只碎茶碗上的不明指纹完全一致。也就是说纵火者也是此案的嫌疑人，我竟然一直没发现！"

海青并不意外，通过前天和苦瓜的接触已经意识到这点："接下来您打算怎么办？"

"继续接洽张老七，叫他尽快交出玉石眼，还要设法撬开刘王氏的嘴巴，毕竟这两人最有可能和纵火者接触。另外还要查查翠宝的社会关系，现在雇凶杀人的可能性非常大，昨晚我已下令将杨福抓起来。"

"呃？原来是您……"海青这才明白杨福失踪的原因，"没必要抓他吧？"

"你忘了，是你最早提出杨家雇凶杀人的嫌疑。"

"不是已经被您推翻了吗？"

"哼！无论杨福有没有罪，既然有嫌疑就先控制起来，叫他尝尝牢饭的滋味。"副厅长明显是故意为之——正因为杨福举报行贿的闹剧才把他拖下水，引来一系列麻烦，现在陷入窘困，自然要拿他出气。

海青悔恨不已，当初逞的什么能，这不是自作自受吗？杨福不放出来，买卖就谈不成，怎么跟舅舅交代？

副厅长一指吴梦生："你的名单准备好了吗？我很想看看，或许其中就有雇凶者。"

"好嘞。"吴梦生终于有大显身手的机会，十分得意，拿出名单亲自念起来，"林祥汽车修理行的林老板、荣华橡胶厂的潘经理、大同银号的王掌柜、大中银行的孙董事长、裕元纺纱厂的赵经理、华新公司的顾老板……"

海青蹙眉摇头："不靠谱，有几位我认识，是很规矩的商人。"

"我也这样认为，不过既然他们跟翠宝见过面，我就记录下来做个参考，多多益善嘛。还有，东亚洋行的铃木老板、协和烟草公司的藤冈专务、礼和洋行的费舍尔先生、惠罗公司的伊文森先生……"

"怎么还有外国人？"

"都是商务宴请，翠宝作为陪客给他们表演过。"吴梦生翻到第二页，"还有许多呢，包括咱的老熟人，新泰贸易行的刘文卿老板。"

像木雕一样侍立的李大彪突然怯生生插嘴："这个能不能交给我去查？我跟刘家的仆人很熟……"

"够啦！"副厅长一拍桌子，"什么乱七八糟的！若是照这张名单查下去，还不得查到猴年马月？真是废物！"

吴梦生一阵冷笑，把名单折起来："副厅长，我是按您吩咐写的，您告诉我越详细越好，现在破不了案，也不能把气撒到我身上吧？"

"我没说你。"副厅长又点上一支烟卷，猛嗑一大口，"我们堂堂警察厅这么多人，忙来忙去还不如一个小丑。"

"小丑！那个侠盗小丑？"

"什么侠盗，小丑就是小丑！"副厅长气哼哼的，"听下面人汇报，'三不管'的混混儿传言，前几日小丑曾在张老七的锅伙出现，好像还预言要解开命案。气死我啦！这家伙已经羞辱我两次了，托你的福，这次的案子又上了报纸，现在全市人民都知道是我亲自调查，要是再被他抢先，我这张老脸往哪儿放？事不过三，我非逮到他不可。"

"好，我拭目以待。"吴梦生笑呵呵地说出这句意味深长的话，"回回发誓，回回逮不到，也不知谁才是真正的小丑……"

离开警察厅，海青也很气愤，苦瓜再次装扮小丑行动，竟没有告诉自己，还是从副厅长口中得知，简直没把自己当搭档嘛！有时真不能理解苦瓜的所作所为，开起玩笑热得像团火，处理事情又冷得像块冰，或许说相声的都有些人格分裂吧？

出来一趟毫无收获，反倒添一肚子气，再怎么瞎转悠终究是要回去的。海青愁眉苦脸回到家门口，按了半天门铃老吴竟然不来，越发心气儿不顺，铆足劲儿狠拍几下，门才缓缓打开。

"大叔，您的耳背越来越厉……嗯？怎么是你？"

开门的竟然是苦瓜！

而且他今天的衣装与以往不同，穿得更破旧，小褂上尽是破窟窿，裤子打满补丁，脸上也脏兮兮的。

海青的怨气一扫而光，只剩下好奇："你干什么去了？还穿成这副鬼样子？怎么又出现在我家里？"

"破衣服是找小梆子借的，我赌钱去了。"

"赌钱？"

"是呀。"苦瓜笑道，"推牌九，两张一副，一翻两瞪眼，你不会玩吧？"

"别开玩笑，行不行？"

"谁跟你开玩笑？我真去赌钱了，还赢了十多个铜子呢，明儿请你吃煎饼馃子。"

海青正一头雾水，又见老吴从二楼下来，手里捧着一沓信纸："这些够用吗？"

"足够。"苦瓜嬉皮笑脸，"这次又要麻烦您老人家了，事态紧急，别耽误工夫，我帮您研墨。"

"得了吧！"老吴一脸厌弃，"怎么每次都让我写？你就不能换个人坑害吗？我清清白白一辈子，如今一大把年纪，反倒被你逼着写匿名信，这叫什么事儿呀？我也是有声誉的。"

"嘻，管他什么生育？您这岁数有心无力，单身一辈子，不生育也无所谓了。一回生，两回熟，三回写着更顺溜，反正副厅长他们看您的字都看习惯了，您也写出经验了，快快快……"

"下不为例！以后别找我了。"

海青听他们这番对话，倏然意识到事情进展到何种地步，不禁兴奋起来："终于要破案了吗？"

"是啊！"苦瓜搓着身上的虱子，"明天晚上，一切见分晓。"

不知为何，海青觉得苦瓜的眼神隐隐有些惆怅，不像以往事情解决时那么轻松愉快……

第九章
做梦啊！

　　每一座建筑都有自己的历史，每一条街都有自己的故事，有时天堂与地狱仅仅一线之隔。

　　在海青居住的街区以南有一片墓地，因毗邻租界，被命名为"万国公墓"。相较天津西郊的乱葬岗，这里环境优雅，井然有序，一列列墓碑庄严肃穆，一排排松柏四季常青；汉白玉供桌、石质坟丘，以及墓碑前那一尊尊姿态各异的天使雕像，无不彰显着墓主人的高贵身份。除了华人名流，还有不少外国人长眠于此，因此工部局[1]特意建了一座教堂，由牧师主持丧礼，钟声阵阵、祈祷不绝，为逝者送上安息的祝福。

　　然而，穿过墓地继续向南，却是一大片贫民窟，生活着天津最底层的穷人。世事就是这般无奈，许多活人还不如死人有尊严，如果把万国公墓比作死者的天堂，那么咫尺之隔便是活人的地狱！

　　一切都要追溯到民国六年（1917年）的大洪水。那一年受台风暴雨影响，大清河、子牙河、潮白河等大大小小几十条河流相继决口，大半个直隶省成了一片泽国，无数农田、村庄、房屋被毁，上百万人失去生计。静海、文安、大城等地的灾民逃奔天津避难，滞留在租界以南的这

1　工部局，租界的管理机构，相当于市政委员会。

片地区，随着冬季临近，亟须解决他们的居住问题。社会各界纷纷施以援手，红十字会为每户灾民提供一块大洋、一袋面粉；天主教会为灾民募集衣物，提供简单的医疗救助；还有乡绅富户出资，盖了二百座土坯房，即便如此仍是杯水车薪，只能搭建"窝铺"——用草席、秫秸、木板等材料搭的棚子，到冬天抹上黄泥，勉强可以抵挡寒风。更有甚者索性在地上挖坑，盖一张草席，就算是睡觉的地方，冻饿而死者数不胜数……岁月如梭光阴荏苒，十年过去了，许多灾民回归家乡，却也有不少人落地生根，成为天津市民，这片地区也有了名字，叫作"谦德庄"。

别看地名文雅，谦让崇德，实际情况却很糟。时光总是对穷人不够友好，十年时间，租界落成无数的别墅洋房，而这里仅仅是从窝铺变成简陋的矮房，有些木板房还保持原貌，这里的居民既无资产又无文化，只能从事最卑微、最辛苦的体力劳动。与昔日不同的是，随着定居人口增多，娱乐消遣成了人们的需求。

穷人比富人更需要娱乐，唯此才能麻醉苦难的生活，于是谦德庄也有了酒馆、饭铺，甚至有人开设赌场、妓院等害人买卖，档次都很低，店面混乱脏病肆虐；近两年还来了江湖艺人，说评书的、变戏法的、练杂技的、说相声的，这些人或是门户不正，或是技艺稍逊，无法到茶楼表演，只能在城郊"撂地"，被同行讥讽为"边关大将"。生意一多恩怨就多，恩怨一多黑势力便开始崛起，早在前清时本地就存在土豪恶霸，随着外来人口涌入，各种帮会滋生壮大，有的以宗教为号召，有的因籍贯而纠合，种种势力盘根错节，冲突斗殴时有发生。如果把天津这个码头城市比作一口大染缸，那么此地就是这口染缸的缸底，无数穷人在这片黏稠肮脏的土壤上挣扎着，黑势力也在想方设法捞取利益。总之，谦德庄是比"三不管"更野蛮、更混乱的地方，是天津卫有名的贫民窟。

在诸多歪门邪道的买卖中，有一家不起眼的赌场，坐落在谦德庄的一条小街上。虽然称作赌场，其实只是两间低矮的土房，几张桌子、板凳，摆几副骨牌，房主靠抽头赚钱，根本比不上"三不管"的大宝局。来此玩牌的都是贫苦劳工，不过是劳作之余寻点儿乐子，罕有三元以上的赌资，但对于穷人而言也是不小的输赢。常言道"久赌无胜家"，有不少嗜赌成瘾的穷汉把卖命换来的钱扔在这里，落得个倒卧街边的悲惨下场。即便如此赌场里也从来不缺冤大头，总有人趋之若鹜，尤其每天傍晚，各处都散了工，那些扛大个儿的、拉小套儿的、抬大杠的、挑土筐的[1]、掏粪坑的、摇煤球的……都揣着刚赚的铜板来此消遣，兜里无钱来过眼瘾的也不少，赌客盈门吆五喝六，抓牌掷骰好不热闹。

正在众人抻着脖子，嚷着"开！开！开！"的时候，从门外不言不语走进一个青年——此人约莫二十岁，中等身材，黑漆漆一张脸，但是高鼻梁、双眼皮，五官相貌十分周正，左脸颊有颗黑痣，身穿一件粗布的对襟小褂、一条打补丁的裤子。

有个看客无意间瞅见他，不禁揶揄："哟！这不是张少爷吗？几天没见您怎么混成这副尊容了？您的长袍马褂呢？才穿了不到俩月就送当铺啦？"

"滚！烦着呢。"青年皱着眉头凑到赌桌边。

挖苦他的人却不肯罢休："少爷，我可得劝您两句。常将有日思无日，莫到无时想有时，即便您有屙金尿银的本事，日子也得省着过。上个月您何等风光！大碗喝酒、大口吃肉，又是下馆子，又是逛窑子，一把牌敢押五块大洋，我们瞧着都眼晕。这会儿怎么样？拉饥荒了吧？您可太不会过了。"

青年听着风凉话，鼓着腮帮子暗自憋气——他叫张大牛，根本不是什么少爷，反倒是自幼贫苦，别人称呼他"少爷"实是讽刺。

一旁有位叼着烟袋的老汉，为人还算正派，制止道："别说了！你这家伙，气人有笑人无，算什么东西！都在一条街上住，低头不见抬头见的，于心何忍？"数落那人几句，又扭过脸教训大牛，"你这孩子，也老大不小了，该长长心啦！你在租界的差事不是挺好吗？管吃管住，隔三岔五还能歇工，怎么说不干就不干了？"

---

1 扛大个儿的，搬运工；拉小套儿的，拉平板货车的；抬大杠的，抬棺材的；挑土筐的，在工地挑沙土石料的。

"工钱太少。"大牛盯着牌局不耐烦道。

　　"嫌少？"老汉嘿嘿一笑，"人啊，还是本分点儿好，前些日子也不知你从哪儿捞了一笔横财，吃喝嫖赌不够忙的，结果怎样？来得容易去得马虎，几天光景又变回这副惨相了。命里有时终须有，命里无时莫强求，你小子称称自己斤两，是识文断字，还是有手艺？什么都不会，除了卖膀子力气还能干什么？既然生在这块穷地方，就得先认命，踏踏实实卖几年苦力，攒点儿钱娶妻生子，等将来孩子大了就是你的帮手，一家人戳个小买卖，才能越过越有。我家就是这么混过来的，不敢说有多富裕，起码衣物无缺、吃喝不愁，兜里总有几个零钱花，儿孙若是有出息，说不定还能改换门庭。像你这样没长性，赚个仨瓜俩枣就挥霍，整天瞎混，到最后能有什么好下场？你爹不就是例子吗？你小时候那些苦都白吃了？一辈一辈的，不长记性！我是看着你小子长大的，才肯说这几句不中听的话，换别人还懒得管呢……你听见没有？"

　　大牛的心思都在赌局上，哪听得进去，随口敷衍："知道了，知道了，您甭管啦。"

　　"唉！好良言难劝该死鬼，我这老棺材瓢子何苦管这么多？"老汉叹息着走开了。

　　人若是陷入魔障，劝是劝不回的。张大牛原本过着清贫的日子，也没什么不知足，然而老天爷戏弄人，机缘巧合之下偏偏让他品尝到有钱的滋味，宛如做了一场美梦，梦醒之后便难以接受事实。他想破脑袋也不明白，自己本该是富贵命呀，本该吃香喝辣呀，本该受老天庇佑呀，怎么转眼间一切都没有了？原本他觉得是小人作梗，但作梗的小人已遭报复，为什么还没迎来好运？不应该呀！可能是小磨难，只要过了这道坎儿一定会好起来，或许转机就在今天，就在眼前这场赌局……

　　怀着比其他赌徒更炽烈的奢望，张大牛拨开看客，坐在赌桌前，押出兜里仅剩的一枚大洋，胸有成竹地翻开骨牌——一张"二板"，一张"长三"，竟然是"毙十[1]"！眨眼的工夫一块大洋就没了，输光了……

1　毙十，牌九中点数最小的一副牌，任何牌都可以赢它。

不！还有机会，还有几十个铜子，肯定能翻本，霉运已经随着那副"毙十"远去，接着赌一定能赢。

他心里这样想，手却不由自主地颤抖起来，连掏了三次才把兜里的铜子放在桌上，哆哆嗦嗦抓过牌——沉住气！慢慢来……第一张依然是"二板"。他抖得更厉害，紧皱眉头，几乎把全身的力气都用在右手，死死捏着第二张牌，仿佛这样能随心所欲改变点数，颤抖着、忐忑着缓缓掀开——"红五"。

凑在一起九个点，八成能赢！

哪知庄家微微一笑，把手中的牌轻轻一翻——"丁三"配"二四"，竟然是"皇上"！

围观者惊呼："哎哟！手气真旺！"

大牛心中却已冰凉——完了！全完了，一个铜子不剩，所有的钱都败光啦！工作也丢了，衣物当卖皆空，晚饭都无处着落，怎么办？难道沿街乞讨？他不停地摇着脑袋，不相信自己会落到这步田地，不相信自己会一直输，牌局输得起，人生输不起啊！一定是哪儿出了毛病，这牌有鬼……诈赌！庄家出老千！应该掀翻这个赌局！

哗啦啦……

随着一阵响，赌桌被掀翻，骨牌、铜板撒得满地都是，动手的人却不是大牛。

众赌客大惊失色，抬头观看——掀桌的是个凶巴巴的彪形大汉，高人一头，乍人一背，衣襟敞着，胸前刺着两条龙，一看就不是善茬儿。他身后还跟着一大群人，也都是神头鬼脸、衣冠不整，手里攥着镐把、棍棒，咬牙切齿怒气冲冲，堵在门口喝骂："哪个是张大牛？兔崽子，给爷滚出来！"

大牛兀自耷拉着脑袋发愁，听到有人叫自己名字才回过神儿，只见满屋的赌客都瞥向自己，还没明白怎么回事，二龙已揪住他的脖领，不由分说就往外拽。旁观者虽多，哪个敢拦？任凭二龙像拖死狗一般把大牛拖出去。

外面更热闹，这条小街本就不宽，又是傍晚散工的时候，闲人有的是，有了乱子都过来看。堵在门口的混混儿哪管抓没抓错，见二龙把人揪出来，便是一通拳打脚踢。

"住手！别弄错了……"张老七亲自率领二十多个混混儿来抓人，见此情形连忙叫住，扭头问，"是他吗？"

玉石眼也来了，是四个混混儿用门板抬过来的，听七爷问话忙挣扎着直起上身，一眼就注意到年轻人左颊的黑痣："没错，就是这小子！"

"哈哈哈……"张老七阴笑着凑前，"臭小子，我还以为你是什么三头六臂的人物，原来这副寒酸样儿。常言说得好，人不可貌相，你了不起呀，吃了熊心豹子胆，敢去我的地盘闹事，分明没把我张某人放在眼里。"

大牛想脱身，无奈二龙的手指宛如十把钢钩，紧紧掐在两膀，根本动弹不得，索性也不挣扎了，把脖子一梗："我哪儿得罪你了？别诬赖人。"反正身无分文，就剩贱命一条，也不懂什么叫害怕了，还能倒霉到哪儿？

"装糊涂，是不是？你不但害死我干闺女，还致使我和杨五爷大闹一场，两边连死带伤，加起来四十多人，今儿早晨还有断气的。明人不做暗事，痛痛快快告诉你，回去我就开香堂，请来杨五爷一同观刑，把你绑在木桩上，凡是受伤的一人一刀，死了的叫兄弟子侄代为下手，把你小子捅成马蜂窝！"

死也得死得痛快呀，一刀刀捅，谁受得了？大牛这才晓得厉害，赶紧辩解："别！我没……"

张老七恨得牙根痒痒，哪听他解释，照定面门就是一拳："还嘴硬！带回去，按规矩办。"

"且慢！"

随着一声断喝，从看热闹的人群中走出一位老者——这老头白发苍苍，留着修长的白须，但是身材高大、腰板笔直，年轻时必定是个魁伟汉子；身穿黑色拷纱马褂、青缎子的裤子、礼服呢便鞋，尤为惹人注意的是他还留着辫子。大清朝灭亡后除去复辟失败的辫帅张勋，鲜有人如此念旧，老头早已谢顶，花白的辫子只剩下老鼠尾巴般小小一撮，却扎着鲜艳的红头绳。

"哪儿来的英雄好汉？跑到这条街上拿刀动杖，好威风呀。"

张老七一见此人暗叫晦气，脸上却挂着笑："哟！原来是二哥。您忘了小弟吗？弓长万儿行点子[1]。"

有人的地方就有江湖，有黑道的地方就有瓢把子。这位梳小辫的李二爷是老字号的帮会分子，年轻时曾给附近一户地主当管家，专门收租放贷，凭借势力纠合一群打手，认作徒子徒孙，横行乡里无所顾忌，有谦德庄之后更是混得如鱼得水，独霸了一条街，连他原先的主家都要反过来看他的脸色。但兵荒马乱时他曾组织乡民自卫，闹洪水的年月也曾救济灾民，是个亦正亦邪的人物。

论势力张老七比他大，但是强龙难压地头蛇，只能以礼相待，于是满面堆欢，解开胸前的两个纽襻，将衣领折到脖子里面，又挽起衣袖，露出雪白的袖口——这是青红帮表明身份的动作。

李二爷嘿嘿一笑，也如是照做。

张老七左足跨前一步，抱拳拱手，笑道："日出东方一点红，秦琼打马过山东。胯下一匹黄骠马，五湖四海访仁兄……"这番话是黑道拜山头的切口，"久闻二哥有仁有义、老当益壮，赫赫威名谁不知晓？东风西风，不及哥哥的威风；千佛万佛，您是莲台之上第一尊。小弟来得鲁莽，请安不到，拜会不周，还望哥哥高抬一膀。"

李二爷抱拳还礼："贤弟说的哪里话，是愚兄失礼在先。满园桃李共树开，喜鹊登枝贵人来，若早知老七你到此，我就该沐浴更衣、拂尘扫土，五里设茶棚，十里摆香案，带着徒辈们夹道相迎，这才是当哥哥的道理。莫怪，莫怪！"

"好说，好说。"

客套话到此为止，李二爷收起笑容把手一揣："老七，你是上头的[2]人物字号，今天贵足踏贱地，兴师动众来到我这小街，有何见教？"

---

1 弓长万儿行点子，隐语，弓长万儿，张姓；行点子，老七。
2 上头的，俗语，天津习俗，北边称上头，南边称下头。

张老七不想招惹他，依旧和颜悦色："不怕哥哥您笑话，小弟摊上点儿事，不得不来。"说着往那间赌场一指，"说来惭愧，正因为怕徒辈们办事不周全，我才亲自过来，没想到还是冲撞哥哥虎威，搅了您的文生意，死罪死罪。"依照黑道的说法，开场聚赌称"文生意"，劫道行抢称"武生意"。张老七耍了个心眼儿，只承认砸赌场的错，不提抓人，这样互相都有台阶下。

哪知李二爷眼里不揉沙子，不肯下这台阶："七弟玩笑了，愚兄虽不才，两张桌的小局还入不了我的眼呢。"抬起手来直指大牛，"我是问你，抓这孩子干什么？"

是疖子早晚出头！张老七情知避无可避，只能坦言："有事儿，把他带回我的书房，聊几句闲话。"这全是黑话，"书房"是指牢房，"闲话"就是刑讯。

李二爷直截了当："站在哪条街，讲哪条街的理，东庄的土地爷管不到西庄的事儿。你这样大模大样把他带走，就不在意哥哥我这张老脸吗？"

"莫非这小子是您的徒辈？"

"倒也不是……就算一脚门里一脚门外吧。"所谓"一脚门里一脚门外"是指此人参与帮会或锅伙的行动，却没有正式拜师入伙。李二爷显然是硬拉关系，偏要把大牛算作自己的人。

这老梆子，非要往绝路上走！张老七心里暗骂，嘴上却还要继续争取："二哥，别戏耍小弟。管饭不饱，说话不清，如钝刀杀人啊！"究竟是不是你的人，给个准话！

"哈哈哈……"李二爷仰面大笑，紧接着又把脸一沉，"老七，咱们敞开窗户说亮话吧。什么江南华北、金山银山，哥哥都管不着，也不巴望着管。唯独你现在脚踩的这一亩三分地，哥哥在这儿混了一辈子，还没有谦德庄的年月就已经混出名堂，如今胡子都白了，若是眼瞅着你在这条街随便抓人，连个屁都不敢放，我这辈子就等于白混！想把这小子带走也不是不成，盐打哪儿咸，醋打哪儿酸，结的什么梁子，犯的什么肝火，想图个什么样的结果，一五一十跟哥哥我说清楚。能了的我帮你了，不能了的咱们邀来三老四少共同理论，哪怕你占着天大的理，这小子活该千刀万剐、挫骨扬灰，也得我先点头。若是想迈过我，不言不语就把人带走，嘿嘿……"李二爷一挺胸脯，将辫子往脖子上一盘，"休怪梳小辫儿的不讲理。"

这算是彻底说僵啦！

张老七有难言之隐——昨夜他接到小丑的飞书，告知他翠宝一案的罪魁祸首叫张大牛，每天傍晚出没于谦德庄一带的小赌场，玉石眼可以辨认。张老七被这一案闹得心烦意乱，还糊里糊涂死伤不少人，早就气急了，故而亲自率众来拿。这里面的关节若尽向李二爷吐露，不但说来话长，而且多有不便，像什么不清不楚的干闺女、误会杨五爷以致大打出手，全是丢脸的事儿，怎么说得出口？再者具体犯案过程他也不清楚，把人抓回去，还得等小丑解释呢。

黑道混的就是脸面，与其说争大牛这个人，还不如说争一口气。张老七到这条街抓人，李二爷若没撞见也就罢了，既然撞见就不能不管，无论抓的是谁，如果任凭其他锅伙在他的地盘耀武扬威，他就栽了。而张老七也退无可退，他亲自率众抓人，来的时候气势汹汹，若被李二爷吓退，传扬出去以后还有什么脸混？不能折腕儿。

说话间李二爷身后也渐渐聚拢起一群混混儿，有提棍子的，有拿刀的，还有攥着砖头的，显然是他的徒子徒孙。针尖对麦芒，照这样发展必定又是一场混战。张老七苦笑着长叹一声："唉！二哥不赏面子，这事儿可就难办了。"说罢回头瞟了一眼二龙。

二龙跟随他多年，已明其意，死死掐住大牛胳膊——一会儿若是打起来，我先捅死这小子，生米做成熟饭，再保护七爷撤退，李二爷势力有限，离开谦德庄便不足为虑，谅他不敢追进租界闹事。日后再请别的瓢把子从中说和，化解这场恩怨，哪怕抽死签赔条人命都不要紧，面子不能输！

双方僵持不下，除了动武再无别的解决办法，李二爷与张老七四目相对，别看话说得很硬气，其实互有畏惧，谁也不敢先下令动手；两边混混儿也紧张至极，一个个眼神儿乱瞟，在人群中锁定自己的对手。最紧张的是玉石眼，别人打不过还能跑，他瘫在门板上动都动不了，岂不吃亏？他也顾不得身份低微，哆哆嗦嗦劝解："二位爷，有话好商量，别动手呀……"话音未落，张老七身后一阵大乱，似是有什么人从后面冲了过来，围观者大呼小叫纷纷闪避。

李二爷大惊失色——不好！老七的大队援兵来啦！

张老七也吓一跳——崴啦！老梆子给我来个前后夹击！

麻秆打狼——两头害怕，他们这些当老大的说狠话时冲在前面，真动手时都在后面，突遭变故情况不明，一个慌慌张张往东躲，一个匆匆忙忙往西窜；混混儿们也都蒙了，不知是该打还是该逃，大眼瞪小眼，乱了一阵子，只见从街外面涌来一大群警察，少说有四十名，持枪握棍好不威风，带队之人是曹副厅长——他也接到匿名信了。

副厅长跟小丑打过两次交道，认识小丑的字迹，信上写得明白，捉拿罪魁祸首就在今晚，岂能不来？不但他来了，而且应信上要求，他把刘王氏、何剑平、杨福也押来了，可以当场对质。这场好戏自然不能缺少海青，他也不声不响挤在队伍中。再往后看，更热闹！以吴梦生为首，十几家大小报社的记者都接到匿名信，一窝蜂赶来，拿照相机的，举镁光灯的，拥拥簇簇又是二十多位，自打有谦德庄这地方，从未似今天这般热闹，乱成一锅粥。

"肃静！"副厅长环顾众人，"警察厅接到密报，来此捉拿要犯，无关者速速离开，要不然……"说话间他已走到赌场门口，猛一眼看到左脸有黑痣的大牛。

李大彪也注意到了，如出笼猛虎一般，立刻上前捉拿。

大牛尚在二龙钳制之下。二龙是个好勇斗狠的愣头青，遇到警察也不服，又急着给死伤的兄弟报仇，哪肯乖乖交人？眼看李大彪冲过来，抬脚照着他的胸口便踹。李大彪岂是容易斗的，左臂往外一挡，挥起右拳便打。这拳力道十足呼呼带风，二龙情知来者不善，忙低头闪避，李大彪却就势扯住大牛的左臂。两个彪形大汉互不相让，各拽住一条胳膊，都想把人夺走，疼得大牛嗷嗷直叫。

突然间，不知从哪儿传来一阵笑声。

"哈哈哈，他算什么宝贝，值得这样争抢？要不你们也赌一局，谁赢了归谁。"

看热闹的人面面相觑，不知说话的是谁。最"心明眼亮"的自然是海青，朝天上一指："在那儿！"

在场所有人都齐刷刷仰头观看——街边有一棵古槐，不知栽于何朝何代，枝繁叶茂直插天际，密密匝匝的树杈间露出一个黑乎乎的人影，正是侠盗小丑。

傍晚时分，西边的太阳只剩最后一抹余晖，谦德庄的小街上却摩肩接踵挤满了人，警察、混混儿、记者、闲汉、看客……所有人都是一副"曲项向天歌"的模样，仰着脖子、直着眼睛、半张着嘴，注视着攀在树上的小丑；小丑也低头俯视他们——上面只有一个，下面却是一群；明白的只有一个，糊涂的却是一群；来去自由的只有一个，乌合之众却是一群，究竟谁更可笑？

面具是假的、一成不变的，雪白的脸庞，圆滚滚的红鼻子，上翘的嘴唇，笑眯眯的眼睛，眼角下却有一滴血泪。若在舞台上看到这张脸，大家都会觉得滑稽，可此情此景之下这张脸却令人感到不安，瞧着瘆得慌，因为这笑容太夸张，太做作，太扭曲——笑是最真挚的表情，表露内心的愉悦；笑也是最虚伪的表情，冷笑、阴笑、奸笑、谄笑、哂笑、讥笑、狞笑、狂笑、皮笑肉不笑……人心真是那么光明坦荡吗？

片刻惊诧之后，人群又开始躁动，交头接耳议论起来。

"安静！警方办案，任何人不得干扰。"副厅长再次喝止，下意识摸了摸腰间的手枪——他之所以带这么多警员，可不仅仅是为逮捕凶犯，也为了抓小丑。事不过三，小丑已经两度抢了他的风头，还揭露不少警方的私弊，这次无论如何不能再让他跑了。

以张老七为首的"三不管"混混儿也不是第一次跟小丑打交道，刚才正是千钧一发之际，小丑的出现反倒给了他们退路，心下皆感庆幸；以吴梦生为首的记者可没闲着，赶上大新闻了，举着照相机，踮着脚尖，好一通猛拍。唯独李二爷没见过，既不知来龙去脉，也不喜欢接触外来事物，年岁大了还有点儿眼花，离远了瞧不真切，就模模糊糊看出黑衣白脸，攀在树上功夫挺好，心里不住揣摩——是个唱戏的疯子？怎么跑我这儿来了？这扮相是《连环套》的朱光祖？不对！怎么没戴蛐蛐帽[1]呢？

当着这么多人，副厅长毕竟要端足架子，他心里盘算着搞定凶手后该如何围捕小丑，表面却装作一副不屑理睬小丑的样子，带着众警察径直朝大牛走去。张老七见状，赶紧拍了拍二龙的肩膀——撒手吧！光棍儿不吃眼前亏，来这么多警察，还有带枪的，再争下去不要命了？

二龙悻悻罢手，张大牛才脱黑道魔爪又被警察包围，没来得及松口气，已被李大彪掐住右手，按在印泥里。副厅长带着指纹来的，将碎碗上的指纹、油瓶上的指纹和大牛的一比对——分毫不差！

"小子，你被捕了，跟我们走吧……"

"慢着！"骑在树杈上的小丑再度打破沉默，"副厅长，您以什么罪名逮捕他？"

你给我传的信，这不是明知故问吗？副厅长仍不搭理小丑，只顾着给大牛上手铐，虽然案情还不十分了然，但只要拿到真凶，总有办法使其招认，人是木雕不打不招，人是苦虫不打不从，大不了回去慢慢磨，绝不能再让小丑出风头。

有捧有逗才演得下去，海青见副厅长赌气不说话，知道该自己出来垫一句了，朝上喊道："他是杀害翠宝的凶手，还是纵火犯。"

行！有搭茬儿的便好，小丑嘿嘿一笑："弄错了，纵火犯是他，杀翠宝的不是他。"

副厅长一怔，随即怒从心头起，再也按捺不住，朝上嚷道："浑蛋！你戏耍我？信上明明写着是凶犯。"

"太监聊天——无稽之谈！我信上写得清清楚楚，这小子是'罪魁祸首'，可没写是'凶犯'，您怎么分辨不清呢？"

"这……"副厅长回忆了一下信上的原话，确实如此，"真正的杀

---

1 蛐蛐帽，京剧武丑戴的帽子。

人凶手是谁？快说！"

"嘿！瞧您这口气，老爹训儿子——理直气壮呀！"小丑摇头晃脑道，"我跟您一不沾亲，二不带故，又不领警察厅的俸禄，好心好意来帮忙，瞧您这副臭脸，坟地里唱戏——给鬼看呀！我是老公公背儿媳妇过河——受累不讨好！要不是我告诉您消息，您能找到这儿？见面连句暖人心的话都没有，还爱搭不理，这不是得便宜卖乖吗？常言说得好，礼下于人必有所求，您倒是对我客气点儿呀！鞠个躬、作个揖，也小不了你、大不了我……"

海青窃笑——又来了！得理不饶人。

副厅长的脸涨得如茄子一般，当着黑道和记者的面被他这般奚落，真恨不得掏出枪来给他一下。可一琢磨又不行，打不中把他惊跑了，破案指望谁？

张老七心里暗笑，却站出来道："丑爷！您就别挑三拣四了，官面上也好，我们这帮人也罢，风风火火的都为这一案而来。您快赏下真凶的名姓，往小了说免去大伙的麻烦，往大了说是急公好义、路见不平，谁心里不敬重？这样吧，我是翠宝的干爹，您为我闺女报仇雪恨，我代副厅长给您施一礼。"他是道上混的，不必讲官威，说些冠冕堂皇的漂亮话反而有助于塑造重情重义的形象，顺便还卖副厅长一个顺水人情，以后或许有回报。

"哼！说得好听，你是卖布不带尺——存心不良（量），收起你的虚情假意吧。"小丑不再开玩笑，"说句掏心窝子的话，此案的真相我本不想披露，就该让你们像没头苍蝇一样乱撞，叫你们黑道之间闹个两败俱伤。可是没办法，案子不破死者的冤屈就不得伸张，'三不管'也不得安宁，'撂地'艺人就不能做买卖。看在他们的面子上我就告诉你们真相吧。"

"凶手是谁？"副厅长再次发问，口气已缓和许多。

"别忙！吃笋子剥皮——一层层来。我先问您个问题，您抓的这人是谁？"

"张大牛。"

"废话！我比您知道得早，我是问您知道他的身份吗？"

"身份……"非但副厅长，围观众人除了海青无人知晓。

"告诉你们，"小丑郑重其事一字一顿道，"他是翠宝的哥哥，一母同胞的亲哥哥！"

什么？他们是兄妹？

众人皆感震惊，副厅长抓住大牛的下巴，扳过脸来仔细辨认——虽经风吹日晒，但这张黝黑的脸确有几分俊俏，似乎与翠宝有几分相像。

"没错呀！"大牛不耐烦道，"我是她亲哥。"

副厅长丢开手，又回头看刘王氏作何反应——无奈她自那晚之后便如失了魂魄，脸上毫无表情，双眼无神盯着地面，仿佛对身边发生的一切都漠不关心。

"究竟怎么回事？"

小丑不屑地扫了一眼大牛："还是让这小子自己说吧。"

"好！我说，不说白不说。"大牛歪着脑袋，一副满不在乎的样子，"我们祖籍在文安县，我爹叫张老万，十年前闹大水，我娘被水冲跑了，房子毁了，田也淹了，我爹带我们兄妹逃到天津，落脚在这儿。当时还没这条街呢，根本没有住的地方，就在野地里搭窝铺，吃的是粥棚，晚上睡觉连铺盖都没有，就穿着夹袄……"说到这儿周围响起一阵阵叹息，谦德庄的居民大多是从那时候熬过来的，无不感同身受，"那时受的苦，没法提！我们爷俩倒还凑合，小娥还不到七岁……"

"小娥。"海青也是直至此刻才知道翠宝的本名，多么普通的乡下名字。

"小娥年纪小，经历一场大水早就吓傻了，身边又没个女眷，我们根本照顾不了，出去干苦力时只能把她扔在窝棚里。窝棚附近乱得很，莫说地痞流氓，乞丐闲汉也有的是，人人都寻思来钱的道，小娥自幼就漂亮，若是不留神兴许就叫人拐走卖了。刚到天津人生地不熟的，哪里去诉？于是我爹动了心思，反正也养不起她，与其让别人拐走，还不如自己卖了，一来少个拖累，让她有口饱饭吃；二来换些钱，我们爷俩也能盖间房，以后的日子好过些。于是找这当地的人穿针引线，把小娥卖了十七块大洋。"

十七块？海青暗忖——母夜叉不说是二十块吗？

副厅长却提出另一个问题："当时你知道买家是谁吗？"

"我也才九岁，哪懂得怎么回事？"大牛没好气儿道，"当时就跟隔山买老牛一样，全凭中间人交涉，一开始我爹要价三十块大洋，结果到手才十七块，这还多亏小娥漂亮，有些孩子还卖不到十块呢。这帮人贩子掐准了我们灾民的脉门，为了活下去，给的钱再少也得卖呀！拿着卖小娥的钱，我们爷俩总算盖了一间小土房，可从那以后我爹就闷闷不乐，还添了酗酒的毛病，只要喝醉不是揍我就是哭，说什么对不起我们死去的娘。有一次醉醺醺地出去挑土筐，不留神跌进坑里，自此一病不起，又没钱找大夫，没俩月光景就咽气了。我可遭了罪，无依无靠的，只能捡煤渣、打执事[1]，岁数大点儿便投入脚行，在海河码头搬运货物。半年前法租界一家商场的人找到我们老板，想招几个搬运工，长期给他们干活儿，还说租界是文明的地方，要挑面孔好的，不要脏兮兮的。我这相貌在一群扛大个儿的里面还算出众，就被选上了，自此专给商场搬货。我负责的几家店铺都是卖汽灯、油灯的，倒是比在码头上轻省……"

副厅长了然——这家伙整天跟灯具油料打交道，难怪善于放火！

"歇工无事时我就在租界里闲逛，泰康商场三楼有曲艺场，咱没钱进去开眼，在外头听个蹭儿总还可以。差不多一个半月前，突然有一天我瞧见小娥了，她挎着个小皮包，慌里慌张来赶场。一开始我只是觉得这姑娘长得俊，后来又撞见两次，越琢磨越觉得眼熟，毕竟卖小娥时我已经有印象了，只是不好冒认，再加上她身边总跟着个弹三弦的老头，还有那个母夜叉……"大牛瞥了刘王氏一眼，"更不便说话。我在曲艺场门口蹲了好几天，终于有一次她是独自出来的，我便抓住机会和她相认。她倍儿高兴，又哭又笑的，说一直想找我，可惜被卖时还小，根本不记得原本住在哪儿。也难怪，我们是逃难来的，当初连谦德庄这个地

---

1 打执事，在殡葬队伍中充当仪仗队。

名都没有，买她的人又不知在回家路上绕了多少弯儿，小孩子哪还记得路？许多事还是我帮她回忆起来的，幸好她记得我脸上的痦子，若不然真说不清楚了，我也哭得稀里哗啦。她跟我发誓，说她会逃离养母，回到我身边，以后我们兄妹一起生活，我当然求之不得。那天之后我们又偷偷见了几次，我还帮她办了许多事，只可惜……她骗了我！这个丫头片子，她根本没想离开那个母夜叉，完全是在利用我……"

"住口！"小丑忍不住训斥，"说话要对得起良心，相认以来她前前后后给了你五十多块大洋。你呢？拿这些钱做了什么？吃喝嫖赌，败个干净！"通过这几天混迹赌场，他早把大牛近来的所作所为打探清楚。

"我、我……"大牛支吾半晌，强辩道，"我受了这么多年苦，稍微享受一下怎么了？"

"哼！你受苦，难道她就好受？你知道这十年间她是怎么熬过来的吗？你糟蹋的每一文钱都是她瞒着养母辛苦攒下的，那是她改变命运的盼头，就这样被你糟蹋光了。你辜负她在先，怪不得她负你！"

大牛被他骂得面红耳赤，恼羞成怒："什么负不负的，这世道不就这样吗？当年若不是我爹把她卖了，兴许我们都得冻饿而死！她至少还穿着漂亮衣服，干干净净的，我整天累得一身臭汗，挣不来仨瓜俩枣，凭什么？我在租界看着来来往往的客人，一个个都人模狗样儿的，他们怎么就天生富贵？我怎么活该受罪？不就是他们比我会投胎吗？还有……"已经落到这个地步，他也不在乎了，抬起戴着铐子的手，指着李二爷和张老七，"他们的钱就比我来得干净吗？至少我花的是亲妹子的钱，没偷没抢，他们的钱又从何而来？还有这位官老爷！"他又指向曹副厅长，"我冒问一句，您每月的俸禄是多少？五十块钱对您来说又算什么？"

这条街上都是穷汉，听大牛这么问，有不少跟着起哄的，竟还有人为他喝彩："好样儿的！就该这样问……"

"少讲歪理！"副厅长厉声喝止，"你分明是见她赚钱多，自以为今后有倚仗，所以就由着性子恣意挥霍。你心里根本就没在乎过妹妹，只是把她当成来钱的道，跟她的养母也差不多，还有脸指责别人？"他不想再纠结于这难堪的话题，抬头问小丑，"是不是扯得有点儿远了？你快告诉我，害死翠宝的究竟是谁？"

"问得好！"小丑答应一声，纵身一跃，轻轻落在赌场房顶上，连点儿声响都没有，"害死翠宝的人不止一位，首先就是这个吃人不吐骨头的张老七！"

众人一阵骚动，无数道目光都转向那个混混儿头子。张老七却沉得住气，依旧乐呵呵："丑爷！开玩笑也得有个限度，毒死翠宝的人怎会是我呢？"

"没说你下毒，但把她逼上死路有你一份力。"

张老七还欲狡辩："我怎会逼自己的干闺女……"

"放屁！"小丑不再给他留脸面，"白眼狼戴草帽——装得跟人一样，非得叫小爷揭你的老底吗？这些年有多少女艺人毁在你手上？远的不提，几个月前'三不管'有个练杂耍的秀姑，跟着父亲卖艺，已经许配夫家了，你见她有几分姿色，以堂会为名把她诳到家中强奸，秀姑的夫家得知丑事闹着退亲，臊得秀姑上吊自尽。你嫌这事儿传扬出去有碍名声，又扔给秀姑她爹几个臭钱，让他离开'三不管'，岂料老头子一时心窄，当晚就跳了海河。就为你裤裆里那玩意儿一时痛快，把别人一家子都害死了，这才隔了多久又盯上翠宝了。你真把她当成闺女看待吗？那天若不是她死在台上，早被你掳回家去霸占啦！"

众人议论纷纷，尤其是李二爷手下的混混儿，刚才险些与张老七的人动手，这会儿都尖着嗓子放声嘲笑，李二爷更是阴阳怪气道："老七，想不到你还有这宗嗜好，不合规矩呀。"青帮的帮规中有一条"不奸盗邪淫"，可是这年头天下大乱，帮派组织早就与流氓无赖融为一体，连政府都管不了，何谈帮规？

张老七今天算是栽到家了，白皙的胖脸微微泛红，心里明明羞恼至极，却不敢发作——光棍儿不吃眼前亏，身在别人的地盘，又是警察又是李二爷的人，这时翻脸绝没有好果子吃。于是压着怒火，厚着脸皮强笑道："丑爷，一码归一码，您这是以小人之心度君子之腹呀！退一万步讲，即便我对翠宝动过心思，毕竟什么都没做，您总不能把罪名都扣在我头上吧？"

小丑冷笑："没错，确实不能全怪你，连你手下的喽啰也没少欺负她，单是玉石眼就好事多为。你还不知道吧？刘王氏当年是北京唱梆子的戏子，艺名小桃红，被一个官员买回家纳为小妾，庚子国难时和一名仆人趁乱私奔，抢了主家的钱财，还身背主家的人命。玉石眼是经励科出身，对梆子艺人也很熟悉，早就认出刘王氏的身份，也知道当初那桩旧案，多年来他以此要挟，从刘王氏身上榨取钱财。刘王氏的钱又从何而来？还不是压榨翠宝。"

副厅长至此方悟——难怪案发那晚我问玉石眼，刘王氏是否与人有恩怨，他矢口否认，原来问题最大的恰恰是他本人！而刘王氏不愿当年的事暴露，也绝口不提受玉石眼敲诈，他们互相遮掩。

张老七得知这个秘密，回头瞪了玉石眼一眼——好小子！挣来的钱都要上交，我吃大，你吃小，没想到你还偷偷藏了这么一条财路，竟没告诉我。

玉石眼吓得一哆嗦——不好！另一条腿也要折！

副厅长已有些不耐烦，于是说道："小丑，你说的这些与案件本身没多大关系吧？"

"大有关系！"小丑驳斥道，"别着急，今天咱是河边洗萝卜——一个个来。"说着又指着被警察押解的杨福，"堂堂弘庆杨家，宅子里悬着'乐善好施'的大匾，其实也是一窝浑蛋。你们老爷就是倚仗祖业吃喝玩乐的少爷秧子，还黄鼠狼下耗子，一代不如一代！你家那位二少爷是尼姑庵里养大的——只认得女人！肩不能挑，手不能提，唯唯诺诺一事无成，什么胆子都没有，唯独有色胆。仗着兜里有几个臭钱，玩弄了一个又一个，还说什么对翠宝是真情实意，其实不就是看人长得漂亮吗？你家那位二姨太，瞧不起这个，瞧不起那个，说艺人是下三烂。没错，作艺的身份是低贱，可她自己呢？她想利用翠宝谋得家产，还吃甜咬脆的，连下三烂都不如！还有你家那位正室夫人，简直就是修炼千年的老狐狸，嘴上说什么'宁拆十座庙，不毁一桩婚'，背地里横拦竖挡的是谁？就这德行还天天烧香念佛，跪在菩萨面前光琢磨阴谋诡计了。

你们一家子的事，关上门自己闹，就算人脑袋打成狗脑袋，也与旁人无关，为什么把一个可怜巴巴的无辜女子牵连在内？什么乐善好施、仁义之家，扯淡！"

杨福一脸苦相，臊眉耷眼——他是杨家老仆，当了一辈子奴才，遭主人训斥是家常便饭，并不把小丑的谩骂视作奇耻大辱，但他心里着急，只盼赶快了结这桩麻烦，他洗脱嫌疑好去敲定铺面房的事，老爷快不行了，夫人急等着要钱，不能再拖了。

"还有你！"小丑又朝何剑平发难。

"我……"何剑平已成惊弓之鸟。

"亏你还是清门下海的，比浊的还浊，生就一副忠厚相，吃空瓦相[1]的本事却是一流。你洁身自好，却给同行送烟膏，引逗别人吸毒，明知道姓宋的卖的是有害无益的假药，还让翠宝去买，令她越陷越深，安的什么心？不就是因为翠宝压你一头吗？不想自己长本事，就想把比你有本事的人害了，自己就成底角儿啦！翠宝刚死没两天，你又急急忙忙搬到隔壁住，是不是还想欺负寡妇，找机会谋夺那所小院呀？活该把你抓进监牢里吃苦，怎么不把你打死呢？满口仁义道德，一肚子阴毒损坏，你是个人面兽心的伪君子！"

何剑平满面羞愧，抬不起头。

"你们所有人……"苦瓜漫指刚才骂过的所有人，"你们都是害死翠宝的凶手！"

海青冷眼旁观，觉得苦瓜的情绪有些失控了。虽然隔着面具，但能感觉到，此刻他的表情一定无比愤怒，一定瞪圆了眼睛、竖起了眉毛，不再是平时说说笑笑的样子。他这不仅是控诉，还是发泄，是声嘶力竭的呐喊！他在代替翠宝发泄仇恨——回溯早先在茶摊相遇时的情景，谁能想到，这个看似桀骜不驯的女孩竟遭受了这么多痛苦折磨。

在场众人都被小丑凌厉的气势震慑住了，就连副厅长也不再催问。

---

1 吃空瓦相，隐语，吃空，蒙骗观众财物，占观众的便宜；瓦相，算计同行，以不正当手段夺取同行的利益。

照相机咔咔响个不停，镁光灯一闪接一闪，记录下众人的表情。

隔了好一会儿，小丑才渐渐稳定住情绪，又接着说："当然，还有一个人，是导致翠宝之死的最重要的人……"

终于要指出真凶了！

副厅长左顾右盼，目光扫过身边每一个人："是谁？"

"别找了，不在这儿。此人罪无可赦，已经被翠宝亲手处决。"

副厅长猛然意识到他说的是谁："难道……"

"没错，黄师傅。他是翠宝杀死的！"

不知不觉间天色已渐渐变黑，在场众人都紧了紧衣襟，不仅是因为晚风来袭，更因为这个骇人听闻的真相——有个年轻漂亮、娇羞妩媚的女孩亲手杀死了自己的师父，细想起来叫人心底发凉。

副厅长沉默半晌："有证据吗？"

"有。"

"在哪儿？"

"就在翠宝的遗物里。"

副厅长朝一旁的警察招招手，立刻有人把装着翠宝遗物的包袱拿过来。天色已晚瞧不清楚，李二爷吩咐手下混混儿点了五六支火把，还有沿街几家店铺的伙计也跟着凑热闹，纷纷把煤油灯挂出来，副厅长借着火光亲手解开包裹。

小丑蹲在房上，看着他们忙活，慢悠悠开了口："那包袱皮是一条披肩，您看看那上面的泥污，不觉得眼熟吗？"

"眼熟？"副厅长也曾观察过，并不觉得出奇，只是泥污里夹杂着一些白色碎屑，究竟是什么……正想着，忽有几片白花花、轻飘飘的东西从天而降，正落到披肩上。抬头一看——小丑正用力摇晃身旁的树杈。

槐花！白色碎屑是干枯的槐花！

黄师傅遇害的破庙外不也有一棵槐树吗？在发现尸体的两天前曾下过一场暴雨，槐花被风雨吹打，坠落在泥地里。副厅长终于明白其中的联系，却喃喃道："可是……光凭这个只能证明翠宝或许去过那座庙，并不能……"

"凶器也在包裹里。"

"什么?"副厅长不敢相信,凶器竟然一直就在自己眼皮底下。

"我奉劝您一句,应该多听听鼓曲。"小丑半开玩笑道,"您若是懂曲艺,兴许早发现了。翠宝的遗物中有一件看似合理,实际上却很不合理的东西。"

"合理却不合理……"副厅长甚是迷惑。

"鼓曲的种类有很多,不同曲种用的伴奏也不同。京韵大鼓、梅花大鼓用竹板打节奏,西河大鼓、乐亭大鼓用梨花片打节奏,翠宝唱的是梅花,自她学艺以来就没演过西河、乐亭,为何会随身带着梨花片?你要知道翠宝是在刘王氏管束下,如果身上带刀子之类的东西是很容易引起养母怀疑的。"

副厅长领悟,拿起梨花片仔细观察——梨花片是半月形的,铜制,两片为一副,所以又称"月牙片""鸳鸯板"。翠宝的这副片,其中有一片边缘磨得极薄,如利刃一般。

"原来如此。"副厅长承认失误,"我不懂,只知道这是唱曲用的,没仔细检查。下面警员也不精通,或许有人发现片上有刃,还以为这东西本来便是如此,没当回事。"

小丑笑了:"确实有匠人把梨花片磨薄一些,敲起来清脆,但没有磨出刃的,这样岂不扎手?您到翠宝家去过,注意到灶台下的斧子,怎么不往上瞧瞧?案板上还有磨刀石呢。"他仅仅指出将梨花片磨出利刃的是翠宝,却不提这副片的来历,不想把连芳也牵扯进来。"您的疏忽不止一处。您还去过生记药房,那家店挂羊头卖狗肉,其实是大烟馆,虽然已经买通警所,但谨慎起见还是开了一道后门,风声紧的时候用药柜把中间门洞一挡,前面卖药,后面照样抽大烟,客人从后门出入。抽烟的地方是两列大炕,跟大车店差不多,炕上用屏风隔成一段一段,供客人躺着抽烟,互不干扰。而这家店又距离破庙很近,步行只需两三分钟……您还不明白吗?"

副厅长懊恼不已,所有线索都曾在他眼前出现,就是不曾把它们联系起来，关键是当初发现黄师傅遇害是在翠宝死后，无形中模糊了两起命案的先后顺序，即便后来验尸结果表明黄师傅遇害在前，他都没疑心到翠宝身上，现在看来整个杀人过程很清楚。

凌晨四点，翠宝母女至生记药房买药，顺便抽大烟。刘王氏自然是吞云吐雾，翠宝呢？她没有抽烟，而是偷偷从后门溜出去。母女之间有屏风隔开，互相看不见，再说刘王氏两口烟下去已在幻境，还迷迷糊糊睡了一觉，怎会察觉翠宝的行动？至于宋惭生和药房伙计，即便注意到翠宝出去，也仅仅是短短几分钟，兴许认为她是出去解手，殊不知她是揣着梨花片去杀人。前一天刚下过雨，破庙附近土路泥泞，穿高跟鞋很不方便，而她为了"三不管"的演出随身带着朴素的衣服和鞋，这恐怕不是巧合吧？她换上布鞋，走到破庙，自然而然踩过有槐花的泥污，回来后又换成高跟鞋，布鞋依旧放进包裹，可能她还稍微清理了一下，但擦得不彻底，鞋底的泥污还是蹭到了披肩上。整个行凶过程非常简短，那个地方荒僻，而且天没亮，不会有路人看见，或许当她走进破庙时黄师傅仍在昏睡，未察觉危险降临，只要用梨花片往他脖子上一抹……且慢！动脉会喷血，死者会挣扎，翠宝身上怎么没有血迹？总不会一点儿也没沾到吧？她登台时穿的那件粗布小褂是淡蓝色的，沾上血很明显；原本穿的旗袍是紫色的，可是胸前有金线绣的牡丹花，染上血也擦不掉，莫非……

副厅长又看了一眼披肩——对呀！把披肩围在胸前不就行了。这披肩上的确有几点干涸的血迹，据刘王氏说这可能是她找药时不慎把手划破沾上的。现在想来这是巧合，割破刘王氏手指的应该就是有刃的梨花片，只是她当时急着找药没注意到是什么东西，她的血也并未蹭到披肩上，这干涸的血迹是黄师傅的！难怪翠宝要用披肩充当包袱皮，只要把它翻过来包裹东西，血污就看不到了。

"证据确凿。"副厅长欣然点头，"黄师傅在遇害前已身受重伤，以致不能抵抗。翠宝既然知道他栖身何处，并谋划杀人，莫非把他打残的人也是翠宝？"

小丑手指大牛："如果我没猜错的话，应该是这小子干的。"

"没错，是我干的。"大牛直言不讳，"小娥跟我说，她师父不是好东西，一直打她骂她，是她摆脱养母的阻碍，叫我狠狠揍他一顿。我是当哥哥的嘛，哪能不替妹妹出气？我毕竟是干力气活儿的，打个老家伙不在话下。"他说得理直气壮，仿佛这是一桩值得炫耀的事。

副厅长一听甚是气恼："把人殴伤还大言不惭，我看你分明就是杀人帮凶。"

"不不不。"大牛立刻软下来，"我不知道小娥想杀他呀！这是两码事，我冤枉……"

"够了！说说具体过程。"

"都是小娥给我出的主意。当时老家伙已经和小娥分开了，从家里搬了出去，但小娥还是很生气，对我说，那老家伙在庆萱茶楼伴奏，只要趁没人的时候跟他说，小娥找他有重要的事，他就会老老实实跟我走。果不其然，我在茶楼门口拦住他，这么一说还真管用，他乖乖跟着我走了。我把他带到西关破庙……这也是小娥事先定下的地方。一进门趁他不备，我从背后猛踹一脚，哪知……"大牛竟然笑了，"他摔了一跤竟不抵抗，反而跪在我面前，说自己该打，真是贱骨头！那我还客气什么？扇他几个耳光，又从庙门后面捡了根棍子，好像是顶门杠之类的东西，连打他好几下，把他的右腿打断，我就走了。"

"他的手指又是怎么折的？"

"这……"大牛本想糊弄过去这一段，无奈副厅长咬住不放，只得坦白，"我看他还带着一把琴，想拿走换几个钱，他却死抓着不放，我气急了就捡了一块砖头，猛砸他的手指，终究还是拿走了。"

"好啊，连打带抢，真威风！"人群中发出一阵议论，连混混儿们都出言讽刺——杀人不过头点地，都跪在地上认错了，打残一条腿也就罢了，还抢人家三弦，砸断人家手指。黄师傅是弦师，这不是毁人家一辈子吗？

大牛见他们耻笑，干脆不要这张脸了，嘴硬道："笑什么？就算替妹妹办事也不能白辛苦呀！反正已经把人伤成那样，不抢白不抢。当天晚上小娥还去庙里看过他，带着一些吃的东西……"

"后面的事我知道！"小丑突然高声打断大牛的供述，"翠宝去庙里看过黄师傅，觉得还不解气，还不够抵偿她多年来受的苦，所以又痛下杀手，这就是黄师傅遇害的真相……"

海青一愣——不对，这不是真相！

翠宝不是因为师父管教严厉而起杀心，是因为黄师傅对她做了不该做的事。回想卢先生那番十分隐晦的话，再结合大牛的供述，不难猜到真相。黄师傅生性孤僻，交际不广，将近九年的岁月里他全部的心血都花在翠宝身上，一开始只是想把翠宝培养成"一员大将"，可是随着翠宝一天天长大，他对徒弟有了不一样的情愫。想来他年近半百未成婚，并不是没有机会，同行之间难道就没有帮忙张罗的？可能他全都回绝了，因为他心里除了翠宝已经装不下别人啦！他也知道这种情欲有违伦常，也曾想"割断迷情归正路"，终是难以自拔。

而翠宝自小就亲近师父，在那个毫不幸福的家里，养母是逼她挣钱的魔头，反倒是外严内慈的师父更可亲，她乐于陪在师父身边，把师父视为至亲，却没注意到，日子一天天过去，自己已经从一个小女孩变成大姑娘了。她的亲近使黄师傅备受煎熬，难以自持，最终酿成悲剧……夺走翠宝贞操的既不是杨俊山，也不是张老七，是黄师傅！他们师徒也因此裂穴[1]，黄师傅自知罪孽深重，是主动离开的，上午向母夜叉请辞，下午就走了；母夜叉不知道发生了什么，但黄师傅请辞正合她意，乐得多收一笔房租。黄师傅走时意乱情迷狼狈不堪，就连乐谱遗失都没注意到。

不过他们师徒之间的感情是复杂的，翠宝确实仇恨师父，编了借口指使大牛去打师父，然而等她事后见到师父的惨状时，可能又动了恻隐之心——毕竟这个人曾给她许多关爱，毕竟这个人教给了她一身本事。难道黄师傅不自责吗？他承认自己有罪，心甘情愿承受了大牛的殴打。至于最后的杀戮，从某种意义上说甚至是帮助，因为黄师傅被打残了，他的手指不可能再复原如初，安身立命的本钱已经没了，无依无靠，无家无亲，在破庙里苟活有什么意思？更何况他还背负着无法承受的自

---

1 裂穴，行话，原本在一起表演的艺人分开，不再合作演出。

责，或许死在翠宝手里才是最好的解脱。发现尸体的警察曾说过，被害人没有多少挣扎的痕迹，那不仅是因为腿有伤，更是因为黄师傅已经不想活啦，他甘愿被杀……这真是一场悲剧。

想清楚这些，海青理解了苦瓜的良苦用心——是啊！何必把内情说出来？翠宝和黄师傅都已经死了，难道还要把丑事公告天下？让它成为桃色新闻，叫世人说短道长？算了，让他们安安静静地长眠吧。

副厅长未尝没察觉出矛盾之处，但这与案件本身没多大关系，便不再纠结，继续追问大牛："你殴打黄师傅是什么时候的事？"

"大概十天前……只记得是我偷偷去小娥家的前一天。"

"嘿嘿，原来闯进去烧箱子的也是你。"

"不错，也是我干的。"大牛彻底想开了，已经身无分文，又得罪了黑道，索性有什么说什么，反正自己没犯枪毙的罪，被警察逮走好过被乱刀捅死，监狱里至少还管饭呢，"那也是小娥的主意，她交给我院门钥匙，进去以后砸开堂屋……"

"为何只有院门钥匙，没有堂屋钥匙？"

"小娥说母夜叉戒心很重，自己房间的钥匙从不给她，只能把锁砸开，但她已经摸索到，东西收在墙角箱子里，叫我准备好煤油，连箱子一起烧掉。"

"烧什么东西？"

大牛一抬眼皮，说出三个字："卖身契。"

副厅长恨不得扇自己一个嘴巴——他只关注到那张照片，海青只注意到银票，他们都忽略了最重要的东西，翠宝的卖身契，那是刘王氏奴役翠宝的倚仗呀！

"小娥对我说，只要烧了卖身契，母夜叉就拿她没辙了，她就可以跟我一起生活，挣的钱都交给我，兴许将来还能反告母夜叉拐孩子，还能争夺财产呢。"

副厅长恍然大悟——难怪闯入者会使用放火的办法，因为他从一开始就抱着烧东西的目的；难怪闯入者会抢救银票、熄灭火焰，因为他觉得这些东西将来可能成为翠宝的财产，继而归自己所有。

提起放火，大牛还有些气愤："小娥骗了我，她说箱子里除了卖身契只是旧衣服，所以我没多心，又怕她们提早回来，着急忙慌就浇上油把火点上了。可等我连烧带劈弄开箱子，发现里面有许多东西，衣服也是丝绸的，或许很值钱，但已经被火引着了。匆忙中我就抢出一张蓝色印花银票，二百块呀！可惜我不识字，不知是不是记名的，要是兑钱时银号报警可就糟了，所以没敢拿，但心想这钱应该有小娥一份，反正出不了我手心，谁想到……可恶！"

副厅长冷笑："谁想到你妹妹没过几天就死了，再也捞不到一个铜子。你不甘心，所以前两天再次跑到刘王氏家放火泄愤。"

"没错！"大牛恶狠狠道，"凭什么那个母夜叉还住着好房、攥着银票？我得不到的东西她也别想得到！"

海青不禁摇头——这家伙真是穷凶极恶，应了甜姐儿那句话，受的苦难太多心理都已经扭曲了。不过他也因此遭到报应，若不是二次跑去泄愤还不至于暴露行踪。

围观众人一阵阵咋舌，都觉得这家伙既可悲又可恨。这时小丑又笑呵呵开口："大牛，你还不知道呢，你被翠宝狠狠耍了，办了一件天大的蠢事……你确定那张卖身契已经烧了吗？"

大牛眨眨眼："烧了呀，我不识字也辨不清，别的乱七八糟的东西不一定，反正凡是有一堆字儿的、有手印的全烧光了。"

"哈哈哈……"小丑仰天大笑，乐不可支。

众人不明所以，他究竟笑什么？莫非这小丑也有病？正在诧异之际又听到一阵哭声——连日失魂落魄的刘王氏终于有了反应。

副厅长暗自松口气，这婆娘要是痴痴呆呆赖在拘留所，还真不便轻易打发，不疯不傻就好办了。他心里虽厌恶，但还是关切地问了句："你没事吧？都过去了，别太难过。"

刘王氏似是已经清醒，抽抽噎噎道："那箱子里不是普通衣服，是我离开戏班时瞒着师父偷偷带出的一套行头[1]，一件新娘子的红色霞帔，

---

1 行头，戏装。

那是我前半辈子的一点儿念想，当初从北京逃难出来都没舍弃，就这么烧了……"

副厅长听她这样说也不免怅然叹息。

哪知小丑却越发大笑："哈哈哈……好个母夜叉！到这会儿了还在遮掩。你哭哭啼啼只为了那件霞帔吗？你是心里委屈。"

"委屈？"副厅长不解。

"是啊，她若早知道卖身契烧了，何必还遮遮掩掩、谎话连篇？您别看她咋咋呼呼，又是撒泼又是装傻，其实心里担惊受怕，委屈极了。"

"为什么？"

"她怕卖身契落到别人手里。烧了不可怕，反倒是落到别人手里却没烧，才真正可怕。"

副厅长完全听不明白："你小子说什么疯话？"

"哈哈，不是我疯，是你笨。告诉你吧，翠宝根本就不是刘王氏的养女。"

小街之上又是一阵哗然，所有人都觉得不可思议，然而小丑的态度却很坚定。此时天已经完全黑了，虽然有火把也照不远，小丑一袭黑衣站在房上，他的身体仿佛已融化在黑夜里，只有扭曲的笑脸似飘浮在半空中，嘲笑着在场的每个人。

副厅长不住摇头："不可能！她们一起生活了十年，'三不管'所有艺人都能做证，怎么可能不是养母与养女的关系？别开玩笑了。"

"我没开玩笑，这是事实。"小丑背着手，在房上踱来踱去，"有个不正常的地方，不知您想过没有。张大牛先是潜入刘王氏家里烧东西，翠宝死的那天又闯进后台要钱，摔碎的茶碗明明白白有他的指纹，刘王氏是亲眼见过他的，甚至知道他的身份，为什么在您查案时只字不提？"

对呀！这个疑问一直盘踞在副厅长心底，百思不得其解。大牛到同乐茶楼后台找翠宝要钱，玉石眼审讯时不提这件事可以理解，毕竟吃了好处。刘王氏没理由不提呀，就算她不认为大牛是下毒的人，但作为翠宝的亲哥哥，又一再滋扰破坏，应该是她最痛恨的人，为什么反而要庇护？

小丑接着说："'三不管'的艺人都知道，翠宝从小就很漂亮，连大牛也承认妹妹是因为漂亮才能多卖几个钱。唯独有一个人说不漂亮，就是刘王氏，她宣称翠宝小时候是丑模丑样的脏孩子，她撒这个谎是想掩盖什么？"

"莫非……"副厅长隐隐有了一点猜测，却还不能肯定。

"一般来说不能生养的人家买孩子都是要男孩，养儿防老嘛，买个女儿养十年就嫁出去了，怎么承袭家业？可刘柱偏偏就买个女孩，这是为什么？"

"我明白了。"副厅长醒悟，"遥想十年前，刘柱也才三十出头，刘王氏不能生，并不是他有问题。他花二十块大洋买的不是养女，是小妾！"

刘王氏的哭声戛然而止。

"哈哈哈。"置身事外的李二爷忽然放声大笑，"你们还费这么大力气，琢磨来琢磨去，我早知道啦！"

"你怎么知道？"连小丑都很意外。

李二爷向前两步，摇晃着小辫子："哈哈，刚才一提卖孩子的价码我就明白了。实不相瞒，十年前凡是这条街上的窝铺都归我管，卖孩子也得经由我手，买走是为子、为奴、为妾，还是送到窑子里，价码都不一样，卖身契也要写清楚，省得日后麻烦。到现在我还记得清楚，只有长得漂亮领走做妾的才能写到二十块。"

刘王氏怔怔地抬起头："你、你叫李德兴？"

"不错。"李二爷一拍胸口，"是我，咱素不相识，你是在卖身契上见过我的名字吧？我是保人。不单是张老万卖闺女的保人，这条街所有卖孩子的都是我作保。"

"二哥，您厉害呀。"张老七刚才被他奚落，此时终于抓到反击的机会，"帮这么多人办事，真有威望。不过有点儿事没弄清楚，卖身契写二十块，张老万到手只有十七块，差的三块进了谁的兜儿？"

李二爷老脸一红，只顾着夸口，不留神说漏了嘴。"三不管"来的混混儿故意放声大笑，围观众人也是一阵嘘声——老家伙仗势欺人，挣了多少黑心钱？这条街上的人敢怒不敢言，今大趁着天黑人多又有警察在场，还不嘲讽他一番？

"肃静！"副厅长不想再掺和蝇营狗苟的事，只是逼问刘王氏，"翠宝明明是妾，怎么又变成养女的？"

刘王氏身子一晃，瘫坐在地，嘴角微微抽动，露出一丝笑容，那是惨淡的、无奈的、自暴自弃的笑："哼！我就知道，早晚会有这一天。这就是我的命，怎么挣扎都逃不脱的命……"这个强悍的女人终于彻底屈服。拥挤的小街上一时间鸦雀无声，所有人都呆呆望着她，静静听她诉说。

"当初我随刘柱逃到天津，开始的几年一切都好，他疼爱我，我也把他照顾得妥帖，闲来无事关上门唱一段《蝴蝶杯》《喜荣归》，我们是一对共患难的恩爱夫妻。可再好的日子也经不起消磨，过几年就变味儿了。我不能生养，他嘴上虽没抱怨过，但对我越来越不耐烦，差不多也是从那时起我为了解闷开始抽大烟，这一抽嗓子坏了，戏也唱不上调，再加上身体发福，他就更嫌弃我了，到后来眠娼宿妓时常不归。我又能怎么办呢？女流之辈，又不是干净出身，睁一只眼闭一只眼，有吃有喝也就忍了……可忽然有一天，他领回个孩子，说以后这就是我的女儿，命她管我叫娘。一开始我还挺欢喜的，可渐渐察觉不对，他打量那孩子的眼光有问题，就好像当年在赫舍里家偷偷看我一样，后来我无意中在柜子顶上发现了卖身契，这才明白……"

"你认识字？"海青觉得意外，不禁问出口。

刘王氏苦笑："我是堂子出来的，当年讲什么'琴棋书画，色艺双绝'，我也学了点儿……刘柱太恶毒了，看见那张契的时候我就明白了他打的什么算盘。他早想纳妾了，却不敢，一来我们是私奔出来的，若随便找个姑娘纳进来，日久天长兴许把过去的事情吐露出来；二来他也知道我不容，怕把我惹急了，跑到衙门自报丑事，跟他来个鱼死网破。

所以他就弄个不懂事的小丫头，先在家养着，等将来长大了再说……"

原来如此！海青突然想起，前几日副厅长告知她翠宝不是处子之身时，她反应激烈，自言自语地说什么"不会的！她还那么小"，原来她以为是刘柱所为。

"还不止如此呢！刘柱忽然变得特别殷切，以前我抽大烟时他总嫌弃，可自从有了这孩子，他竟主动为我买烟膏，一买就是许多，叫我敞开抽、随便抽……我就明白了，他想让我死！我死了就没人知道他的旧案了，他就可以名正言顺把那丫头娶了，生儿育女另过日子。这就是我当年瞎了眼，跟着私奔出来的男人！多恶毒啊……可惜人算不如天算，我没死，他先死……"

副厅长盯着她的眼睛："刘柱真是暴病而亡吗？"

刘王氏不答，过去九年了，既无人证也无物证，这是只属于她自己的秘密，一个苦命女人为了活下去的秘密。她面无表情愣了片刻，接着道："刘柱死后，我独自跟这个孩子过日子。孩子小，不懂事，根本不知道自己的身份，我也没告诉她。刘柱死后断了收入，我又戒不掉这口嗜好，坐吃山空日渐艰难，我就招了几个租客，又求他们帮忙，请来了黄师傅，教翠宝唱曲卖艺……"

"哼！"小丑接过话茬儿，"总算说到点子上啦！钱钱钱，你留着翠宝就为了叫她挣钱养你。'三不管'买女孩的艺人多了，罕有你这么无情的，你不但使唤翠宝，还恨着她，因为她差点儿夺了你的地位。你报复她，折磨她，要把你受过的苦加在她身上！另外你还忌惮她，那张卖身契是两面带刃的刀，一方面你要用她吓唬翠宝，把她牢牢拴在你身边，乖乖给你赚钱；另一方面你又不能让她看懂那张契，因为她养女的身份是假的，所以你不让她识字……副厅长！问您个问题，如果一家男主死了，他的小妾能分到什么？"

副厅长猛醒："按现行规定，妾为家属之一员，应与其他家属同受相当之待遇。翠宝是可以继承刘柱部分财产的，而且没必要一直侍奉刘王氏，她可以争取自由！"先前的疑问也随之解开——刘王氏并不是庇护大牛，而是如小丑所说，怕卖身契没有烧毁，落入大牛手中。她不敢提这条线索，因为一旦追查到大牛，若其手中握着那份契约，作为翠宝的血亲可以打官司追索翠宝生前财产！

一切心事皆被捅破，刘王氏顿时崩溃，伏在地上泣不成声："死丫头！她骗我！在我面前演戏。失火那晚我们谈了一夜，她承认亲哥哥来找过她，还猜测是她哥来偷卖身契，可她跪在我面前发誓，说她哥哥是个不争气的赌鬼，说我才是她唯一的亲人，就算没了卖身契她也不会舍我而去。我半信半疑，又不知那张契烧没烧掉，不敢追究，只能含糊答应，心想着再唱一个月，尽快让她和杨家成婚，赚到彩礼我就把房子都卖给何剑平，拿着所有钱找个清静地方度过余生，哪知没过几天这丫头就死了，扔下一团乱麻……"

"你上当了。"小丑嘲讽道，"一切都是翠宝算计好的。她是个聪明的姑娘，又得师父喜爱，你不让她识字她就真的听话吗？黄师傅肯定教给她不少，只怕她早就看懂那张卖身契了。她谋划这事儿，就为报复你多年来的压榨，不但烧掉你的财物，还要让你误以为卖身契丢了，叫你落个人财两空，有苦难言，寝食难安，尝尝受煎熬的滋味！"说罢他又笑呵呵转向大牛，"傻小子，你也被耍啦！翠宝早把你看透了，后来不过是在利用你。而且你比刘王氏更可笑，到现在还不明白自己干了什么蠢事吧？你本来能捞到翠宝的遗产，但是争取这份遗产的唯一凭据被你自己烧了。"

大牛瞠目结舌，半张着嘴愣了好一阵，突然放声大笑，笑得连眼泪都掉下来——笑自己的愚蠢，笑自己烂泥扶不上墙，笑自己活该是受穷的命！

刘王氏哭，张大牛笑，一个呼天抢地顿足捶胸，一个前仰后合涕泪横流，这两人都受到极大的心理打击，似乎都癫狂了，幽幽火光下仿佛两个颤抖的鬼魅。

吴梦生拍下这戏剧性的一幕，发现已是最后一张胶卷，只好叫助手收起镁光灯，不耐烦地质问小丑："说了这么半天，最关键的呢？翠宝究竟是谁杀的？"

"唉！我的吴大记者，亏你还是个聪明人，树林里放风筝——绕住了！怎么还没看明白？翠宝是自杀呀！"

自杀……自杀……

围观众人爆发出一阵阵惊呼，曹副厅长却已不觉奇怪，目睹这一晚的种种变故，已隐隐感觉到了。他悄然转过身，朝李大彪使个眼色——此案差不多已了结，该对小丑下手啦！

小丑叉腰站在房上，笑对下面的所有人："翠宝自幼被迫卖艺，虽然日子很苦，养母也苛待她，可心里总有个盼头，盼着将来挣钱自立，或是嫁个有情义的丈夫，或是寻到自己真正的家人，过好日子。可惜这世道不容，她生生被一群浑蛋逼上了绝路！先是她这个哥哥，非要跑来相认，结果却是吃她花她，跟她的养母没什么两样，这算哪门子亲人？然后是那位杨少爷，甜言蜜语的好色之徒，嫁这么个丈夫也凑合忍了，进过一次杨家大宅才看明白，原来这家人不过是拿她当争夺财产的工具，根本不当人看，嫁这样的人家有什么好果子吃？不嫁，也没有退路，张老七虎视眈眈地想霸占她呢！还有她师父……"他险些脱口而出，但还是克制住了，"也待她不好。还有何剑平这种同行小人的算计，引逗她深陷毒瘾。身边这些人，不是想从她身上捞好处就是想害她，你们说说，这么一个年纪轻轻想要洁身自好的弱女子，还有活路吗？"

海青默默闭上眼睛，发出一声惆怅的感叹——是啊！大家都在探寻谁跟翠宝有仇，却忘了看看翠宝活在一个什么样的世界里。即便她已经偷看过卖身契，可是自由对她而言依旧是镜中花、水中月。试想一下，就算她离开刘王氏，甚至争到一部分财产，能改变什么？能躲得过哥哥的盘剥吗？能逃得出张老七的魔爪吗？能改变自己被当作玩物的命运吗？这世道从不曾给女人半分自由！或许还有一条路，就是随波逐流，甘愿承受一切，在泥泞中苟且偷生，甚至再对比自己更弱小的人敲骨吸髓，那么三十年后这世上又多了一个母夜叉，终究活成自己最痛恨的样子！但翠宝是善良的，她选择结束，彻底结束这场无休无止的噩梦……

"等等！"理由很充分了，但吴梦生对这样的结果不甘心，"我明明亲眼看到她死时的情景，怎么会是自杀？"

"哈哈哈，吴大记者，我问你个问题——当初是谁羞辱你，气得你追着翠宝不放，一直追到'三不管'命案现场？"

"是……是翠宝本人。"吴梦生似有所悟。

"张老七，我问你，是谁邀你到同乐茶楼，目睹了凶案，气得你要管这件事？"

"是翠宝。"张老七眉头紧锁，笑不出来了。

"哈哈，她还特意买来一把跟你一样的茶壶，造成有人想毒害你的假象，耍得你团团转，还因此跟杨五爷大闹一场。其实烟膏是她从宋惭生的烟馆带来的，藏在雪花膏的瓶子里，为了防备化妆时有人瞧见，她还磨着杨俊山又给她买了瓶新的，化妆时用那瓶新的，再趁人不注意时从旧的那瓶里取出烟膏放进茶壶。她确实是一心赴死，先喝鸦片水，再喝耗子药，全都是自己准备的，唯一没想到的是张大牛去后台纠缠，幸而敷衍过去了，却也因此留下可供追查的线索。她总被母夜叉盯着，没多少自由，毒药来源其实很简单，她家门口就是集市，什么药铺、杂货铺全都有，我敢打包票，茶壶、毒药全是在那条街买的，不信你们去查。"

"嗜……"张老七又恢复了笑容，不过这次是惨笑——自己响当当的人物字号，竟叫一个唱曲的丫头算计了，还在大庭广众之下被戳破，又是损兵折将又是丢人现眼，栽到家啦！

"杨福，是谁把你家少爷带到'三不管'，让他卷入这一案？"

"是翠宝！"

"玉石眼，是谁送你镯子，害你被误会，又被打折腿？"

"是翠宝！"

"明白了吧？都是翠宝谋划的，从她指使大牛去烧卖身契的那一刻起，她就有赴死之心了，后面所做的一切都是报复。她一个弱女子根本无力抗争，只有用死来报复伤害她的人，试想若不是死在台上，谁会在意她这条命？她把所有伤害过她的人都卷入这一案，叫他们麻烦缠身、丑态百出。别忘了，翠宝本就是艺人，装哭装笑手到擒来，她在咽气的最后一刻演了一出被人谋害的大戏，这恐怕也是她这辈子演得最成功、最痛快的一次，好一段酣畅淋漓的《黛玉归天》。"述说至此小丑低下头，郑重其事地望着吴梦生，"恕我口冷，你也是逼死翠宝的凶手之一，你知道吗？"

"我?!"

"是啊！谁在报上说她品德败坏、有伤风化？谁主张禁绝女艺人登台？现在看看，这能怪艺人吗？我的吴大记者，您是文化人，整天嚷着高台教化，这年头有权有势的缺德鬼满大街都是，可不能柿子专拣软的捏呀。"

"这……"吴梦生一阵脸红。

"没关系，您比他们强得多，至少有改正的机会。翠宝一案的真相被我戳破了，自杀治不了旁人的罪，可她这条命不能白丢！她究竟经历了什么、受了多少委屈、逼死她的人是谁，就劳烦您宣扬了。"

吴梦生环顾刘王氏、张大牛，乃至张老七、何剑平、玉石眼等人，一时间怒满胸膛，也不顾文化人的矜持了，说出句粗话："放心吧，我写篇号外，一定要把这群王八蛋的嘴脸公之于众。"

"好，那就拜托您了。"小丑抱拳拱手，"青山不改绿水长……"告辞的话未说完，忽见脚下蹿起个人影——李大彪已悄悄挤到房檐底下，就等这一刻，蹬着窗台猛然跃起，朝他脚踝抓来！

饶是小丑多加小心，也吓一大跳，赶忙脚尖点地向后一跃，李大彪如钢钳般粗大的手指从他脚面上蹭过——好险！

曹副厅长早就把手枪掏出来，见李大彪一抓不中，立刻举枪，哪知还没来得及瞄准，旁边的海青扯着脖子一声大叫："小丑要跑，快追呀！"

随着他这一嚷，场面顿时大乱，警察、混混儿、记者，乃至许多看热闹的都跟着小丑的身影往街外跑，人潮涌动，推推搡搡，竟将曹副厅长撞了个趔趄，枪险些脱手。等他直起腰来再瞄准，小丑蹿房越脊已经跑远，乱哄哄的又怕误伤旁人，只得收手，狠狠瞪海青一眼："成事不足败事有余，帮倒忙你永远是第一名！"

还是李大彪反应最快，攀上房去在屋顶上追，紧接着二龙也爬上去追赶——小丑把张老七的丑事公之于众，自今以后是敌非友，也不能放过他。李二爷身为"一方诸侯王"，小丑在他的地盘来去自如，同样面上无光，也领着徒子徒孙在下面追。唯独苦了玉石眼，瘫在地上没人理："兄弟们！把我抬走呀，别扔下不管……哎哟！谁踩我的腿啦？"这条街本就不宽，早挤得水泄不通，摔倒的、绊倒的不计其数，吵吵嚷嚷沸反盈天。副厅长慢了一步被堵在后面，情急之下朝天鸣枪，这才震住场面，挤过人群追了出去。

此刻已入夜，街外一片黑暗，却有许多光影晃动——副厅长早有布置，情知小丑难抓，事先准备了大批警力，带进去的只是一半，另一半在外面等待围捕，给每个人都配备了手电筒，并且调集十多辆警车，在谦德庄至英租界的路上反复巡逻，车灯闪耀来往不绝。

即便如此还是没挡住小丑，李大彪气喘吁吁指着北边一片松树："他蹿到公墓里去了。"

"自投死路！"副厅长冷笑，"我就料到他可能会往林子里钻，咱的车就围着公墓巡逻，只要他一露头立刻就能发现，我就不信他的两条腿能跑过四个轮子……传我的命令，车队继续包围巡逻，剩余的人随我进去搜捕。"

李大彪有些犹豫："不好吧？万国公墓是英国人管辖的地方。"

"什么英国、法国，今儿就算把教堂翻个底朝天，也得把小丑抓住！按我说的办……"

话音未落灯光刺眼，一辆汽车迎面驶来，副厅长还以为有巡警来汇报情况，等它停到面前才发现不是警车。紧接着驾驶席的车窗摇开，探出一张脸——这张面孔凶巴巴的，皱纹累累，眉目阴森，额头上还有一道殷红的疤痕。

副厅长一见这副尊容险些掏枪，可仔细一打量，才想起这是郑宅的管家老吴。

"我不放心少爷，来迎迎。他在您身边吗？"

"这儿呢……"海青跑得上气不接下气，从后面赶上来。

副厅长又瞥他一眼："不早了，你快回家吧。"别给我添乱啦！

这时副驾驶的窗户也摇开，从里面探出一张年轻的笑脸——正是小苦瓜。

"我们来的时候看见小丑了。"

"什么！"副厅长大惊，"在哪儿？"

苦瓜信口开河："就在爱丁堡路，戴着面具一通狂奔，我们拐弯差点儿撞上他。是吧，大叔？"

"啊？嗯。"老吴赶紧答应。

"可恶！他怎么逃出包围圈的？"副厅长急匆匆钻进自己的车，带着众警察朝英租界疾驰而去。后边混混儿、记者们也紧追不放，跟头把式地追了下去。

等这一大群人走远，海青才慢悠悠上了汽车，却见苦瓜仅是把面具摘了，身上还穿着夜行衣呢。

"我的妙计不错吧？早猜到副厅长不会善罢甘休，要不是事先叫大叔开车在公墓里等着，你今天插翅难逃。"海青放松下来，打了个哈欠，"大功告成，总算结束了。"

"是啊，尘归尘土归土，都结束了……"苦瓜慨叹一声，与方才说瞎话时的语气截然不同，眼中竟闪着一丝泪光。

尾　声
返　场

十天后，英租界郑公馆。

赵经理笑逐颜开，钱襄理喜气洋洋，两人一左一右，紧紧挎着海青的胳膊，赞不绝口——

"少爷，您是真正的高人。莫看平时吊儿郎当、不务正业，原来是韬光养晦，哄着我们玩呀！关键时刻您一出手，胜过我们半个多月的奔波，佩服佩服。"

"是啊，真人不露相。这次若不是您运筹帷幄，铺面房的生意怎会如此顺利？您为公司省了一千块大洋。这就叫虎父无犬子……不！虎舅无犬甥，少爷青出于蓝，将来咱们利盛还要更上一层楼。"

两人心悦诚服，滔滔不绝夸了半小时，海青脸皮虽厚，也有些不好意思——都是巧合。曹副厅长一时气愤抓了杨福，到真相大白才释放，反倒给利盛商行帮了忙。杨福获释时杨光宪病情加重，眼看快不行了，赶紧找利盛继续谈买卖，钱襄理趁机压低价格。这时候杨夫人已经来不及另寻买家，为了赶在老爷去世前隐匿财产，明知吃亏也只能饮恨签下这笔买卖，最终的交易价竟比报价低了整整一千块。赵经理、钱襄理不知内情，还以为是海青串通副厅长设计好的，佩服得五体投地。

"二位谬赞。"海青按捺住得意之色，"我有个建议，不知当讲不当讲？"

"您是少东家，又立下这么大功，提什么要求都行呀。"

"好，我觉得咱们应该多做好事。这次不是省了一千块大洋吗？把这一千块拿出来，捐给红十字会和掩骨会吧。"经过这次案件海青感慨良多。

"这……"赵经理有些犹豫，"数目是不是太大了？"

钱襄理却道："我看可以，钱没有白花的，至少给咱利盛买了个好名声，比做一千条广告都强。如今正是城头变幻大王旗的时候，在天津卫落下个美名，将来无论谁接管政府都得高看咱们一眼，老板回来一定高兴。再者我心里有算计，不出两个月弘庆西号的杨光宗就得来找咱，他可是处心积虑要把东号的产业都接收过去，岂能放弃祖传的老店铺？到时候我加个高价，不单把这一千块赚回来，兴许还多挣他一两千。"

"唉！"海青感叹，"钱大哥，你才是真正的厉害角色……现在杨家情况如何？"

"乱套啦！杨光宪刚一咽气便闹得家宅不安，丧事没办完二姨太就嚷着分家，听说已经向法院递了状子。可惜所托非人，那位杨俊山少爷不谙世事，又不通门路，随随便便找了个姓佟的律师。那家伙我认识，人送绰号'佟三刀'，是出了名的讼棍，一向是两面三刀，吃完了原告吃被告。杨家本就一团乱麻，再由这个搅屎棍儿一搅和，不败落才怪。"

"这或许就是报应吧。"

赵经理另有所思："少爷，曹副厅长这次帮了大忙，咱们是不是应该……"到这会儿他还以为是串通好的，惦记给副厅长送一笔呢。

"大可不必。"海青窃笑，"他现在瞧见我就心烦。"

赵、钱二人又说了许多恭维话，才起身告辞。海青很有礼貌地把他们送出家门，一回头，见老吴一副哭笑不得的表情。

"怎么样？这桩买卖我办得漂亮吧？"海青故意气他。

老吴心里跟明镜一样，但无论如何这笔买卖确实是赚了，实在无话可说："嘻，真是傻人有傻福。"

"不对，这叫好心有好报。"

"别得意，您的运气不可能永远这么好。"

"好不好的以后再说，至少这次舅舅回来我能圆满交差……我出去一趟，不用给我预备午饭了。"

"等等，少爷……"

"哎哟！生意都做成了，您怎么还拦着我呀？"

"不是，您刚才吩咐赵经理把一千大洋捐出去？"

"怎么，您不赞同？"

"不是，我突然想起一件事。"老吴一本正经道，"前几天您好像立了个誓，说如果再干涉公司的业务您就是……什么来着？"

海青白了他一眼，苦笑着出门而去。

秋风瑟瑟，衰草萋萋，天色也阴沉沉的，西郊的坟地一片悲凉，焚化的纸钱如黑蝴蝶般漫天飞舞。甜姐儿和连芳蹲在坟前，一边烧纸一边哭泣，倾诉着永别之痛，苦瓜和海青也都一脸哀戚——今天是翠宝下葬后的头七，他们一起来祭奠。

这座坟是用翠宝的私房钱修的，在西郊的一众坟墓中算是比较讲究的，青石的墓碑、台阶，还在四周砌了一圈围栏。可惜外表的光鲜无法掩盖死者的凄惨，偌大的墓碑只刻了"花翠宝之墓"五个字，没有任何血亲的落款，茕茕孑立一座孤坟。

此情此景好不凄凉，连芳抹着眼泪哼起了梅花调，是一曲无比哀婉的《黛玉思亲》：

> 黛玉说，吃的什么粥，用的什么药，就是仙丹妙药也不灵。日深一日难望好，西方送我赴幽冥。我死后你们不必常思念，清明时多把黄土蒙几层。单等到夜静更深黄昏后，你们在篱前花下叫我几声……

甜姐儿从怀里掏出那枚金戒指，此刻终于明白了。这枚戒指上刻着一柄如意、一堆柿子的图案，谐音正是"事事如意"，这就是那枚消失的订婚戒指，翠宝根本没把婚约当回事，她将这枚戒指当作礼物送给甜姐儿了。

倏然间，甜姐儿想起翠宝那天说的话——"我就要享福了，以后不愁吃、不愁穿，不必吃苦受罪。"

当时只当是炫耀的话，现在想来一切皆有征兆。在生命的最后一刻，翠宝洗去铅华，卸下首饰，重拾朴素的布衣，穿着好姐妹的娘亲给她做的鞋。这身衣服不是演出用的，而是她给自己准备的装裹！清白而来，清白而去，活着时卖唱卖笑，死时不再沾染一丝红尘俗气。这未尝不是一种解脱，只是太孤苦了……

想至此，甜姐儿拉住苦瓜的手："改天你再寻个石匠来，把我名字刻在碑文下边，就写'小妹甜姐敬立'。"

"还有我的。"连芳也道，"不能让她孤孤单单的，我们就是她的亲姐妹。"

"好，我去办。"苦瓜答应了，"不过前几天立碑时你们为何要把她的名字写作'花翠宝'？她不姓花呀。"

"我知道，但有个姓氏总比没有强。她活着时像花一般漂亮，就让她姓花吧。"

"怎么没有姓？她本该姓张，就算她哥哥对不起她，总要顾及她的爹娘。"

甜姐儿摇头："不对，她不姓张。"

"别固执，这不能乱改。"

"她不姓张。"连芳也道，口气十分坚决，"以前我听翠宝说过，她被卖的时候虽然还小，但隐隐约约有印象，当时她娘舍不得，把她紧紧搂在怀里，被人贩子硬生生夺了去。张大牛却说，他娘在来天津之前就被大水冲跑了。还有，翠宝从未提起她有个哥哥，更不要说什么脸上有瘊子，翠宝肯定不是你们说的那个张小娥。"

苦瓜目瞪口呆："不可能！难、难道……"

海青插嘴道："有件事我也一直疑惑，案发那晚副厅长审问母夜叉时你不在，母夜叉提起，当年买翠宝时最初要价五十块，可张大牛说他爹卖女儿时最初要价三十，这点对不上呀。"

"难道……搞错了？"苦瓜讶异不已，"可是……为什么？"如果翠宝与张家毫无关系，为什么要与张大牛相认呢？

"唉……"甜姐儿已猜到他所思所想，流泪道，"或许因为翠宝太孤单了。"

是啊！翠宝孤苦无依。就在张大牛风风火火找她认亲的那一刻，她明知搞错了，还是一口应承下来，因为她太想有亲人，太想有自己的家啦！或许那一刻大牛的感情是真挚的，深深打动了她，她想要这样一个哥哥，保护她，关怀她，哪怕把自己变成张小娥。他们相貌有些相像，只要翠宝自己不说破，不会有人知道，可以糊里糊涂当一辈子亲兄妹。可是翠宝看走眼了，她万万没料到，片刻喜悦之后得到的却是更多痛苦。

翠宝有句口头禅"从来不看别人脸色"，然而她这短暂的一生却始终是看别人脸色活着，被养母压榨，被混混儿欺负，被同行算计，被有钱有势的人视作玩物。她就像一只蜗牛，坚强的外壳下是柔弱的内心，而且是那么渺小可欺。但她爱憎分明，临死之时报复了恶人，也报答了待她好的人——那天她去茶摊讥笑甜姐儿，并非出自本心，而是因为她了解甜姐儿的性情，怕甜姐儿在她死后伤心，所以摆出狂傲的绝交之态，与其叫好姐妹难过，不如叫甜姐儿忘了她！随后她又跑到连芳眼前，口口声声说自己因美貌结仇，可能死于非命，因为她知道连芳相貌不佳深感自卑，她要借自己的死告诉连芳，美貌未必是幸运。她真是一个善良的好姑娘啊！

不过……翠宝既然不是张小娥，卖身契又怎会由李二爷担保？莫非是巧合？是呀，唯一的解释就是翠宝的父母也在谦德庄，也是逃避洪水的难民。或许揭露案情的那一刻，她真正的亲人也在那条街上，也在看热闹，还以为是别人的故事，殊不知是自家的悲剧……

想至此苦瓜后脊梁一阵发凉，太悲惨了！无亲无故、无依无靠，到死都不知自己的真名实姓！他不忍再想，也没必要再去探究了。也罢，美人如花随风而逝，就让她姓花吧。

苦瓜移步，走到十米开外另一座孤坟前，深鞠一躬："黄师傅，您也安息吧。"这对师徒有冤仇，也有情愫，不宜离得太近，也不便离得太远，就让他们保持这样的距离，让两个孤苦伶仃的人遥遥相望、彼此守候吧。

祭奠完毕，四人离开坟地，没坐车，沿着大道漫步向东，聊起最近发生的事。《津华日报》出了份专刊，吴梦生从头至尾详细披露了翠宝之事，引起极大反响。受舆论影响，张老七也收敛许多，连这个月的地钱都没收，也没再刁难万掌柜，同乐茶楼重新开张。不过艺人们都明白，安宁只是一时，过不了多久混混儿们又会故态复萌，何年何月才能掀翻压在身上的大山？

海青抱着苦瓜的肩膀，依依不舍："过几天舅舅就要回来了，恐怕不能整天跟着你混了。"

"太好了。"苦瓜戏谑道，"最好离远点儿，咱俩上辈子一个是丧门神、一个是扫把星，只要凑到一起准出事。"

"瞧你说的，办案时有捧有逗，不是挺好玩吗？"

"好玩？我这是玩命呀！你在人堆里偶尔垫一两句，我在房上又说又跑的，下次不干了。"

"嘻！三分逗七分捧，别看我活儿少，关键时刻四两拨千斤。再说干不干也由不得你，回回都说不干，回回都摊上麻烦。"

苦瓜面带严肃："别开玩笑了，我是认真的。曹副厅长不傻，一回不明白，两回不明白，三回还不疑心？我没猜错的话，他应该已经开始怀疑咱们了。"

"是吗？"海青半信半疑。

说话间他们已到西关大街，恰巧路边一条胡同里走出个脏兮兮的妇人，蓬头垢面，弯腰驼背，穿着半旧的衣服，手里拄着一根拐棍，走起路来晃悠悠，一副大病在身的样子。四人一见无不惊诧——母夜叉刘王氏！

虽然只十日之隔，却完全是另一番景象了。赫舍里遇害毕竟是前清时候的事，警察厅懒得过问，刘柱的死虽然大有可疑，也已经十年之隔，躺在坟墓里的刘柱恐怕只剩骨头了，一无凭据，二无见证，连个苦主都没有，实在无法侦办，于是翠宝之事完结后刘王氏仅仅被关押两天就释放了，但惩罚是逃不过的。何剑平原形毕露，已无颜面在天津献艺，灰溜溜回了北京，他租住的那座院子被警察厅视为翠宝的遗产扣押了，翠宝生前的衣服首饰也都被抄没。张大牛因纵火、伤人等罪判刑下狱，他得不到这份遗产，所有财物均按无主之产处置，已经变成奉军的军饷了。

刘王氏落个人财两空，只剩一所烧过的破房子，即便如此也没过上太平日子。张老七一肚子邪火无处发泄，翠宝死了，便把这笔账算在她头上，时常派混混儿登门滋扰，又是偷又是抢的，她想再招一门租客都没人愿意租；再加上身染毒瘾难以戒断，这项花费无法减省，经此一番打击，种种病症也都勾了出来，连咳带喘，不过数日光景连绸缎的衣服都当卖出去，灰头土脸甚是狼狈。

街头巧遇四人，刘王氏先是一愣，自觉难堪扭身便走。

"慢着！"甜姐儿叫住她，"有件东西给你。"

苦瓜不解何意，却见甜姐儿把那枚金戒指掏出来，赶忙阻拦："你怎么……"

"别管。"甜姐儿随手一抛，将戒指扔到刘王氏脚边。

苦瓜觉得可惜："这是翠宝送给你的呀。"

"我知道。"甜姐儿一脸凝重，"既然送给我，就由我做主。这女人原本也是个苦命的，毕竟翠宝曾喊她娘，我就再给她一次机会。如果她能改邪归正，也算帮翠宝做了一件功德；如果她还是死性不改，这戒指也不够她折腾几日，她多活一天不过是多受一天的罪……走吧。"

刘王氏抛开拐棍扑倒在地，拾起戒指看了看，非但不感激，反而骂起来："这本来就是我家的东西，装什么好人？你们是贼，偷老娘的！不得好报！"随后又疯癫癫地喃喃自语，"总算找回来了，这就是结亲的凭证！好亲戚钢刀切不断，我是杨俊山的丈母娘，拿着它一定能从杨家要到彩礼……不不不，翠宝已经死了，杨家要是不认我怎么办？还是换点儿钱，抽几口烟吧……对！过了烟瘾再想办法，有一就有二，一定能找到第二个翠宝养活我！咳咳咳……"

江山易改本性难移，这个既可怜又可恨的女人已经无药可救。

"唉！"甜姐儿回过头，轻轻瞥她一眼，"你呀……别挨骂了。"

（全书完）